삼키는 칼

1

■ 일러두기

1. 『삼키는 칼』은 소설이다. 『삼키는 칼』은 성경과 고고학적 연구를 뼈로, 소설적 허구를 살로 지녔다.

2. 『삼키는 칼』의 무대는 지금의 이스라엘 영토 인근이며, 시기는 기원 전 1000년 무렵이다. 고고학적으로 청동기와 철기 전환기이다.

3. 몇몇 단어를 고쳐서 썼다. 감람나무는 올리브나무로, 종려나무는 대추 야자나무로, 상수리나무는 참나무와 엘라나무로, 군대 장관은 사령관 으로, 군장은 장군으로 구분해 썼다. 이외에도 더 많으나 일일이 적어 두진 못했다. 이러한 바로잡음은 자료를 두루 참고해 결정했다.

4. 히브리라는 개념은 다윗이 살던 시기에 존재하지 않았다. 분열기 이스 라엘은 북의 이스라엘과 남의 유다로 나뉘었는데, 이들 민족을 일컫는 호칭이 이스라엘이었다. 즉, 국가명칭과 민족명칭이 같았고, 소설 내에 서는 이 둘을 구분해 줄 다른 명사가 필요했다. 나는 국가 이스라엘과 국가 유다를 한데 합친 민족의 개념으로 히브리 민족이라는 대체어를 편의상 만들었고, 작품 내에 썼다. 소설 내에서 히브리라 함은 이스라 엘 민족을 가리킨다.

삼키는 칼

1

이중세 장편소설

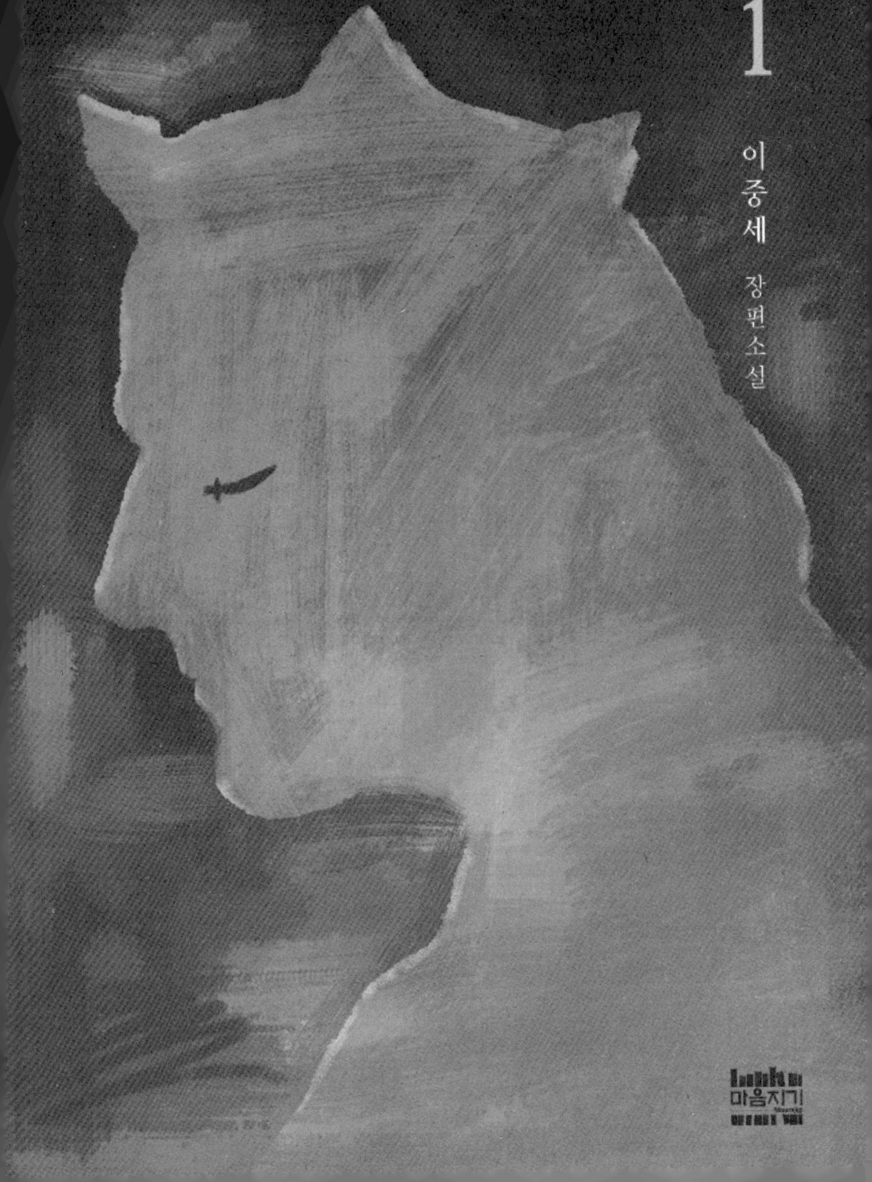

마음지기

1권

【 통일 이전 】

| 이스라엘 사람들 |

사울 ｜ 죽은 이스라엘 왕

이스보셋 ｜ 이스라엘 왕

아브넬 ｜ 이스라엘 사령관이자 사울의 삼촌

리스바 ｜ 사울의 첩

룸만 ｜ 리스바의 유모

알모니 ｜ 사울과 리스바의 첫째 아들

므비보셋 ｜ 사울과 리스바의 둘째 아들

레갑 ｜ 이스라엘 장군이자 바아나의 형

바아나 ｜ 이스라엘 장군이자 레갑의 동생

후새 ｜ 아렉의 젊은 장로

미갈 ｜ 사울의 둘째 딸이자 다윗의 첫 아내

| 유다 사람들 |

다윗 ｜ 유다 왕

요압 ｜ 유다 사령관이자 다윗의 조카

브나야 ｜ 유다 호위대장

아히도벨 | 길로 장로이자 다윗의 심복

엘리암 | 유다 장군이자 아히도벨의 아들

아비아달 | 제사장

사독 | 제사장

【 통일 이후 】

| 왕궁 |

다윗 | 이스라엘 왕

미갈 | 다윗과 재결합한 첫 아내

암논 | 다윗의 첫째 아들

압살롬 | 다윗의 셋째 아들

다말 | 다윗의 딸이자 압살롬의 동복동생

아도니야 | 다윗의 넷째 아들

스바댜 · 이드르암 · 솔로몬 | 다윗의 아들들

삼마 | 장군이자 다윗의 형 중 하나

요나답 | 장군이자 삼마의 아들

므비보셋 | 사울의 손자이자 요나단의 아들

| 왕궁 인근 |

요압 ǀ 사령관

아비새 ǀ 장군이자 요압의 동생

아마사 ǀ 장군이자 요압의 사촌 동생

아히도벨 ǀ 다윗의 조언자인 길로 장로

후새 ǀ 아렉 장로이자 다윗의 친구

엘리암 ǀ 장군이자 아히도벨의 아들

밧세바 ǀ 우리아의 아내이자 아히도벨의 손녀

우리아 ǀ 장군이자 밧세바의 남편

여호야다 ǀ 대제사장이자 브나야의 아버지

브나야 ǀ 호위대장

여호야다 ǀ 서기관이자 브나야의 아들

여호사밧 ǀ 사관이자 여호야다의 친구

아비아달 ǀ 제사장

요나단 ǀ 제사장이자 아비아달의 아들

사독 ǀ 제사장

아히마아스 ǀ 사독의 아들

잇대 ǀ 그렛과 블렛 출신의 외인부대를 이끄는 장군

| 리스바 가족 |

리스바 ｜ 신분을 숨기고 살아가는 사울의 첩

알모니 ｜ 사울과 리스바의 첫째 아들

므비보셋 ｜ 사울과 리스바의 둘째 아들

룸만 ｜ 리스바의 유모

가말 ｜ 계약에 따라 리스바를 돕는 사람

| 그 외 |

하눈 ｜ 이스라엘 사절을 모욕한 암몬 왕

나단 ｜ 광야에 사는 선지자

1부

동굴

꿈과 묵상 속에서 간혹 동굴이 떠오르곤 했다.

엔게디 요새는 유대 광야에 자리했다. 유대 광야는 모래와 먼지로 뒤덮인 불모지였다. 거기로부터 불끈 솟은 갈색 절벽은 영원히 사라지지 않을 시간의 주름을 온몸에 절규하듯 드러내며 저 멀리로 구불구불 벋어갔다. 구름은 좀처럼 없었다. 태양은 푸른 공간에 뜬 백색 눈동자였다. 엔게디 요새의 갈색 담은 그 눈동자에 의해 단단히 담금질 된 것만 같았다. 깜빡임 없는 그 시선 아래 모든 것이 하얗게 말라붙었다.

다윗과 그의 추종자들은 오후에야 엔게디 요새에 다다랐다. 꾀죄죄한 몰골로 자주 등 뒤를 돌아보는 그들은 왕의 군대에 쫓기는 중이었다. 요새 벽은 무너져 있었고 사방에는 흙먼지가 켜켜이 쌓여 있었다. 지하에는 조금의 식량도 비축되어 있지 않았다. 실망했지만 그들은 엔게디에서 하루 묵기로 했다. 오늘 밤을 지내고 내일 해가 저물 즈음까지 쉬기로 결정한 것이다. 그들은 허물어진 벽 그늘에 기어들어가 웅크리고 누웠다. 꿈도 없는 잠이 그들을 새벽까지 단단히 움켰다.

돌과 먼지로 뒤덮인 엔게디 요새에서는 휘몰아치는 바람으로 인해 지평선이 구불구불하게 보였다. 높은 곳에 짝지어 선 보초들은 높다랗게 솟은 갈색 절벽 옆구리의 얇게 쌓인 지층을 세며 시간을 보냈다. 세월이 공들여 바른 겹겹의 흔적이자 무수한 주름이었다. 광야의 바람은 메말랐고 모래가 섞여 있었다. 그것에 아프게 쓸리며 주름의 틈은 깎이고 패였다. 때때로 견디지 못한 틈들이 허물어지며 넓어졌고 깊어지며 간혹 동굴이 되었다. 그곳에서 전갈은 구부러진 꼬리를 묵직한 독으로 채워나갔고, 갈라진 혀로 부푼 독니를 핥던 독사는 구불거리는 몸으로 거무스름한 어둠을 쓸었다.

한낮의 잔혹한 태양을 피해 그늘로 물러난 보초들은 시선을 지평선에 둔 채 두런두런 이야기를 이어나갔다. 그들은 물에 관해 이야기했다. 그들 중 하나가 말했다. 노아를 두렵게 만들었던 빗물이 성벽처럼 높은 저 절벽마저 잠기게 만들었을 거야. 방주가 요새보다 컸을지에 대해, 끝도 없이 퍼부었다는 비에 대해, 동물들이 매일 배출했을 엄청난 양의 분뇨에 대해 그들은 떠들어댔다. 신의 명령에 의해 방주에 올랐을 동물들은 고요함을 유지했을까? 그들을 먹일 엄청난 양의 풀과 고기를 노아는 어떻게 마련했을까? 고요했든 시끌벅적했든 간에, 물이 들어오지 못하게 꽉 닫힌 방주는 지독히 어두웠을 테고, 천장에서는 빗소리가 그치지 않았을 것이 분명했다. 그 많은 물을 떠올리는 그들의 목은 동굴처럼 메말라 있었다. 물, 방울방울 퍼지는 간절함이여. 배고픔은 참을 수 있었다. 그러나 목마름은 아니었다.

다윗은 오랫동안 왕을 섬겨온 충성스러운 부하였다. 그러나 왕은 여러 차례 다윗을 죽이려 했다. 왕도 다윗도 어찌할 수 없는 이유 때문에 왕은 다윗을 향해 여러 번 칼을 들었다. 견디다 못한 다윗은 달아났고 추종자들이 그 뒤를 따랐다. 왕은 보복을 주저하는 사람이 아니었다. 다윗을 따르려는 자들은 가족 모두를 광야로 데려왔다. 먹여야 할 입 수십 개를 맞이하며 다윗은 억지로 미소 지었다.

광야는 폐허였고 아무것도 자라나지 않았다. 충분한 건 아무것도 없었다. 다윗과 추종자들은 늘 굶주렸다.

광야 밖에서는 왕의 군대가 순찰을 하였다. 광야 언저리에는 유목민들이 살았다. 그들 중 몇몇은 다윗 무리에게 먹을 걸 주고, 몇몇은 왕의 군대에 그들을 밀고했다. 광야에는 마른 바람이 웅웅 울었다. 왕의 군대를 피하기 위해 머릿수건을 깊이 눌러쓴 그들은 울음의 중심으로 나아가야 했다.

광야에는 깊은 동굴이 많았다. 그중 몇 개는 사람이 숨을 만큼 안이 넓었다. 그들은 그 움푹한 곳에 오그려 앉아 왕의 군대가 왔던 곳으로 되돌아가길 빌었다. 깊은 밤 그들 중 몇몇은 물을 구하러 광야 밖으로 나갔다. 칼날 같은 돌에 나귀 발굽이 깨졌고 가죽 신발 바닥이 찢어졌다. 물로 가죽 주머니를 불룩하게 채워온 적은 드물었다. 그러나 그들 중 누구도 불평하지 않았다.

그들은 간혹 광야를 가로지르는 자들을 만나기도 했다. 수십 마리의 낙타와 나귀 가득 짐을 실은 대상隊商들이었다. 그들은 이스라엘에서 짠 향기로운 올리브기름과 양털을 이집트로 가져갔고, 그곳에서 사들인 아마포를 고국에서 무더기로 팔았다. 광야 곳곳에는 대상을 노리는 도적 떼가 그득했다. 다윗과 추종자들은 대상을 호위해 굶주림을 면했고, 도적 떼를 소탕해 재물을 노획했다.

도적들에게 빼앗은 은 덩어리를 들고 다윗과 추종자들은 광야 밖에서 셈을 치렀다. 말린 무화과나 밀이 필요했지만, 나귀 먹이로나 쓰이는 보리나 기장도 마다치 않았다. 식량을 가득 진 장정들이 우쭐대며 돌아오면 그들의 동굴은 환희로 벅적거렸다.

간혹 운 나쁜 자들이 광야 밖에 도사린 왕의 군대에 붙들렸다. 왕의 군대는 붙든 자들을 광야 밖 싯딤나무에 목매달았다. 밤이 이슥해지면 다윗과 추종자들은 광야 바깥으로 나왔다. 시신의 발을 깨무는 하이에나를 내쫓은 그들은 끈을 끊어 시신을 내리고 서둘러 판 얕은 무덤에 죽은 자를 뉘었다. 돼먹지 않은 장례방식이었건만 그조차도 여의치 않았다. 그러나 추종자 중 누구도 불평하지 않았다.

때때로 왕의 정찰병이 광야 깊이 들어왔다. 그때마다 다윗과 추종자들은 다른 굴로 거처를 옮겨야 했다. 아이와 노인이 나귀에 탔고 짐을 진 다윗과 부하들이 먼지 속을 따라 걸었다. 헤져 너덜너덜해진 신에 껄껄하게 모래가 쓸렸다. 그들 뒤에 길게 남은 발자국을 사막의 바람이 흩어 뭉갰다. 너절한 삶이었다. 나를 버려다오. 다윗은 간곡하게 호소했다. 그러나 부하들은 그 말을 못 들은 척 했다.

간혹 노인들이 죽었다. 비탄에 빠진 여자들이 땅을 할퀴었고 제 머리칼을 쥐어뜯었다. 유족들이 말라비틀어진 향 품을 물에 풀어 시신을 닦아 염을 하면, 다윗과 부하들은 단단히 묶인 시신을 작은 굴에 모셨다. 그리고는 돌을 굴려 굴 입구를 막고 정으로 쪼아 돌에 표시했다. 빈곤하고 척박한 광야의 삶이 노인의 죽음을 앞당겼음을 모두가 알았다. 그러나 누구도 다윗을 원망하지 않았다. 그래서 다윗은 고통스러웠다.

왕은 한순간도 다윗을 포기하지 않았다. 왕은 지치지 않는 추적자이자 인내심 많은 사냥꾼이었다. 꿈속에서 다윗은 왕의 청동 검을 보았다. 칼날은 암청색으로 번들거리고 있었다.

왕은 다윗 당신을 질투해요. 부하들이 말했다. 다윗에게 왕관을 빼앗길지 모른다는 공포가 왕을 사로잡고 있다며 추종자들은 먼 곳을 짚었다. 왕이 도사렸을 북쪽 어딘가를.

다윗은 왕에게 대항할 뜻이 없었다. 엎드린 그는 자신을 겨눈 칼날이 멀리 떠나가기를 바랄 뿐이었다. 그들 모두가 모닥불에 둘러앉았던 어느 저녁, 부하 중 하나가 물었다.

왕을 죽이고 그 자리에 앉을 생각이 없나요? 그가 자연사할 때까지 기다릴 작정이에요?

다윗은 운명을 믿었다. 신께서 자신을 왕좌로 이끌 거라면 조바심을 낼 필요가 없다고 생각했다. 그렇기에 다윗은 이렇게 대답했다. 모든 게 신의 뜻대로.

왕이 자기를 왜 증오하는지 다윗이 모르진 않았다. 태양처럼 강렬하게 쏘는 순백의 질투.

한때 다윗은 왕이 가장 총애하던 사람이었다. 그가 왕의 이름으로 승리한 전투가 대체 몇 번이었던가. 그렇기에 그는 주변 어느 나라로도 도망갈 수 없었다. 혼자였다면 다윗은 자신이 승리했던 나라들 너머로, 세상 끝으로 달아났을지도 모른다. 하지만 그에게는 가족까지 대동한 채 자신을 따르는 부하들이 있었다. 광야 가장자리에서는 왕의 군대가 저벅저벅 걸었고, 두 다리 아래에는 추종자들이 녹은 밀랍처럼 엉겨 있었다.

때때로 분노가 치밀었다. 그것은 다윗의 그림자에 머물렀다가 불쑥 그의 마음을 집어삼켰다. 그럴 때면 다윗은 스스로를 다독이려 동굴 깊이 틀어박혔다. 그는 왕을 미워하고 싶지 않았다. 그러나 그러기가 정말 쉽지 않았다.

광야에서 다윗은 하나의 깃발이었다. 다윗을 에워싼 추종자 모두가 다윗만 바라보았다. 그럴 때면 활달한 성품이 도움되었다. 그는 미소를 지어 지친 자를 격려하고, 농담을 해 성난 자를 다독였다. 하지만 내면 깊은 곳에 제어할 수 없는 불꽃이 일렁이긴 다윗 또한 마찬가지였다. 한계에 다다를 때면 다윗은 홀로 동굴 깊이 들어갔다.

광야는 한계를 제시하는 땅이었다. 우글거리는 벌레가 잠든 자의 몸을 깨물어댔다. 틈새를 찾아 미끄러지는 뱀의 낮은 위협이 귓가를 자극했다. 뒤처지는 자를 물어뜯으려 하이에나와 들개가 근방을 어정거렸다. 햇빛이 땅을 하얗게 쪼는 한낮에 다윗과 추종자들은 서늘한 동굴과 절벽 틈새에 어쩔 수 없이 붙들렸다. 밤이면 낙타털 깔개를 뚫고 올라온 추위가 뼈를 물어뜯었다. 발굽 깨진 나귀는 성마르게 고개를 비틀었고, 혹이 말라붙은 낙타는 메마른 울음을 토해냈다. 지평선이 왕의 군대로 얼룩지면 다윗과 추종자들은 달빛 속에서 다른 동굴로, 왕의 군대가 알지 못할 먼 광야로 다급한 걸음을 걸었다.

그러나 영원히 도망칠 수는 없었다. 삼천 명의 병사를 이끌고 왕은 광야에 직접 들어섰다. 다윗과 추종자들은 엔게디 근방 동굴에 숨어 있었다. 언덕길 중간에 뚫린, 입구가 작은 동굴이었다. 어둠 깊이 웅크린 그들은 왕의 군대가 지나가기를 빌고 또 빌었다. 손차양을 한 추적자들은 주름진 갈색 절벽과 말라빠진 바위산을 샅샅이 훑었다. 방향을 가늠하려 왕은 몸을 굽혔고, 불분명한 자취를 더듬으려 손으로 땅을 쓸었다. 동굴 입구에 엎드린 다윗은 왕을 굽어보고 있었다.

저기로.

왕이 동굴 맞은편 벼랑 그늘로 삼천 명의 병사를 들여보냈다. 고삐가 노새 목 너머로 던져졌다. 노새에서 내린 왕이 다윗과 추종자들이 숨은 동굴로 홀로 걸어왔다. 아찔해진 다윗이 동굴 안으로 기어들어 갔다. 동굴 깊이 숨은 모두가 서로를 움켜잡고 부들부들 떨었다.

왕이 조심스레 동굴 안쪽을 살폈다. 밝은 바깥에 선 왕에게 어두운 동굴 안은 시커멓게 보였고, 동굴 안에 웅크린 자들에게 왕의 윤곽은 성벽만큼이나 크고 높게 느껴졌다. 의심을 품은 왕이 손에 쥔 창을 동굴 안쪽으로 뻗었다. 창날에는 한기가 서려 있었다. 어두워진 동굴 입구에서 타오르는 왕의 시선을 응시한 다윗이 오그라든 어깨를 떨었다.

왕이 창을 동굴 벽에 세웠다. 어둠 깊이 자리한 수백 개의 눈동자가 자신들을 죽이려 광야까지 날아든 왕의 등을 보았다. 겉옷과 허리띠를 한쪽에 던져둔 왕이 쿠토네트팔꿈치와 무릎을 덮는 통으로 된 옷. 가장 기본적인 의복이며 일할 때의 차림이기도 하다를 걷고 쪼그려 앉았다. 용변을 보려는 것이었다.

잠시 후 뒤를 돌아본 다윗은 깜짝 놀랐다. 어둠 속에서 가시처럼 빽빽이 솟은 창백한 손가락들이 왕의 등을 가리키고 있었다. 부하 중 하나가 칼을 들이밀었다. 다윗, 왕을 죽여요. 어서 왕을 찔러 우리의 고통을 끝내버려요. 받아든 칼 손잡이는 몹시 차가웠다.

한참 뒤 다윗은 고개를 저었다.

가! 가서 왕을 죽여!

수많은 눈동자들이 악을 써댔다. 어쩔 수 없이 칼을 품은 다윗이 어둠 속을 조용하게 미끄러져 갔다. 그는 겁에 질려 있었다. 조금의 기척만 느껴져도 왕의 부릅뜬 눈이 자신에게 쏟아질 것만 같았다. 동굴 밖이 보였다. 거기에는 왕의 비명에 달려올 삼천 명의 호위병이 있었다. 뒤돌아보자 수백 개의 눈동자가 보였다. 다윗이 고요히 칼을 치켜들었다.

그리고는 왕이 바닥에 던져둔 겉옷을 칼로 베었다.

다윗이 동굴 안으로 조용히 돌아왔다. 수백 개의 시선이 쏟아 내는 분노를 견디려 그는 이를 악물었다.

세마포 조각으로 뒤를 닦은 왕이 겉옷을 입고 허리띠를 묶으며 동굴 밖으로 나갔다. 왕과 삼천 명의 병사는 비스듬한 비탈을 올라 반대편 협곡으로 건너갔다. 그제야 다윗은 동굴 밖으로 나와 왕을 불렀다.

왕이여, 당신의 옷자락을 보세요.

잘린 겉옷 자락을 보며 왕은 식은땀을 흘렸다. 내가 저를 죽이려 드는데, 저는 나를 살려 보냈구나. 왕은 다윗의 명예로운 행동에 감탄했다.

다시는 너를 쫓지 않겠노라.

다윗이 땅에 엎드려 절을 했고 왕은 그 길로 광야를 떠났다. 하지만 몇 달 지나지 않아 왕은 추적을 재개했다. 다윗에 대한 사울의 증오와 공포는 그렇게나 뿌리 깊었다.

그때 왕을 죽였다면 어땠을까요?

모닥불 곁에 둘러앉은 부하들이 간혹 물었다. 옛일을 들척여 뭘 어쩌려고. 그러나 어둠 속에 홀로 누웠을 때, 다윗 또한 그 생각에 사로잡히곤 했다.

그때 왕을 죽였다면 무슨 일이 벌어졌을까?

그들은 굴 입구에서 포식자의 주린 송곳니를 본 초식동물이었다. 그들의 뒤는 막혔고, 그들의 앞은 포식자의 거대한 몸이 드리운 그림자로 뒤덮여 있었다. 그들이 칼을 휘둘렀더라면, 삼천 명이 빼 든 칼날에 모두 죽고 말았을 것이다. 우리는 화禍가 지나갈 때까지 엎드렸던 거야. 다윗은 종종 생각했다. 엎드려라. 화가 지나가고 복이 올 때까지, 엎드려라.

옆 동굴에서 비명이 울렸다. 입구를 천으로 가린 동굴 안에서 배가 부푼 여인 하나가 산통을 겪고 있었다. 어둠 속에 드러누운 한 생명이 빛을 보기 위해 몸을 트는 중이었다.

주여, 우리에게도 빛을.

그들은 아직 굴속에 있었고, 저 너머에서 번뜩이는 건 입구를 틀어막은 짐승의 잔혹한 눈빛만인 것 같았다.

언제까지 이 메마른 땅에서 살아야 하는 걸까요.

이렇게 묻는 자들이 있었다. 그 질문엔 이 가혹한 시간을 칼로 끝내지 않은 다윗에 대한 원망이 담겨 있었다. 그럴 때마다 다윗은 힘찬 미소를 지으려 애썼다.

주께서 우리를 돌보실 거야.

바깥에는 왕의 섬뜩한 칼날이, 안에는 부하들의 숨 막히는 힐난이 존재했다. 찔리지 않기 위해, 다윗은 꼿꼿이 세운 몸을 굽히지 않으려 애썼다.

어둠은 물러가리라.

그러나 그때가 언제인지, 어둠에 갇힌 다윗은 가늠할 수 없었다.

1
울림

북채가 벼락처럼 내리꽂혔다. 깊고 풍성한 떨림을 내며 북들이 연이어 울렸다.

사방으로 번지며 북소리는 깊이 스몄다. 병사들이 함성을 내질렀다. 여러 소리가 어우러지며 덩이졌다가 부딪혀 깨어졌고, 누그러졌다 다시 풀리며 뒤엉켰다. 기브온 성읍 근방이었다.

공기를 진동시키며 북 가죽은 잘게 떨었다.

기브온은 넓은 밀밭과 풍성한 샘을 지닌 성읍이었다. 몇 년 전부터 그곳에는 베냐민 지파 사람들이 살았다. 성읍 문은 잠긴 지 오래였다. 성벽 위에 빼곡히 선 기브온 주민들의 얼굴은 일그러져 있었다. 전투가 벌어질 그 땅에 그들의 타작마당과 밀밭이 있었다.

북소리는 그칠 줄 몰랐다.

양쪽 군대 모두 격렬하게 북을 두들겨댔다. 피를 끓게 하고 숨을 가빠지게 만드는 리듬이 전장에 선 두 군대를 뒤흔들었다. 칼집에 들어앉은 장군의 여문 칼날이 전율했고 깃발이 몸서리치듯 펄럭였다. 흥분한 병사들이 연이어 함성을 질렀다. 북들의 진동과 병사들의 심장 고동은 깊이 연동된 것만 같았다. 이스라엘과 유다가 서로를 향해 함성을 질러댔다. 보리와 아마 수확이 끝난, 맵고 지독한 여름이 시작될 무렵이었다.

유다 사령관은 요압이었다. 콧방울이 두툼하고 콧대가 우뚝한 그는 회향 씨처럼 검은 눈동자로 날카롭게 쏘아보는 사람이었다. 손가락 한 마디 길이로 다듬은 수염을 얼굴 전체에 기른 요압은 턱이 네모났고 두꺼운 입술에 입이 넓었다. 이마에 굵은 주름 서너 개가 난 그는 체구가 작았지만 거무스름한 낯빛에 위엄이 서려 노려보면 모두 겁을 먹었다. 이 자존심 강한 사령관은 유다 왕 다윗의 칼이었다.

팔짱을 낀 요압은 책임에 대해 생각하는 중이었다. 그가 거느린 군대는 유다 왕국 전력 전체나 다름없었다. 요압에게는 이 싸움에서 반드시 이겨야 할, 나아가 병력을 잘 보전해야 할 책임이 있었다. 요압이 적을 노려보았다. 싸움에 자신이 없진 않았다. 이스라엘 사령관은 아브넬이었다. 경험 많은 장수지만 사울 왕이 죽은 뒤로 예전 같지 않다는 소문이 많았다.

"대표들이 나아가고 있습니다."

요압 뒤에 선 나하래가 저 멀리를 짚었다. 요압이 몸을 일으켰다. 뒤에 늘어섰던 장군들이 요압 곁으로 다가왔다. 요압이 장군들에게 말했다.

"블레셋 방식이야."

병사들의 함성이 워낙 컸기에 그들은 서로에게 소리를 지르다시피 했다.

"맞습니다. 골리앗을 내세워 결투를 요구하다가 우리 왕에게 박살 났잖아요." 얼굴이 벌게진 장군 아비새는 잔뜩 흥분한 듯했다. 키가 크고 뺨이 홀쭉한 그는 날카로운 눈을 지닌 최고의 파수꾼이었다.

"뭐가 됐든 빨리 끝나는 게 나아!" 장군 아사헬이 아비새의 말을 받았다. 그 둘은 사령관 요압과 형제간이었다.

이스라엘에게 유다는 손톱 밑 가시였고, 유다에게 이스라엘은 넘어야 할 산이었다. 그리고 그 둘의 머리 위에는 블레셋이라는 강대한 매가 활공하고 있었다. 이스라엘과 유다 모두 피해를 입지 않고 승리하길 바랐다. 수확된 보리와 아마를 약탈하러 블레셋이 올라올 시기가 머지않았기 때문이었다.

대표자끼리 결투를 벌여 전투 승패를 결정하자는 제의는 이스라엘이 먼저 냈다.

"아브넬이 낼 가장 좋은 패였지." 요압이 이죽거렸다.

"우리가 쥔 패 중에서도요."

아비새의 지적에 요압이 마지못해 고개를 끄덕였다.

마주 선 두 군대 사이에는 추수가 끝난 밭이 펼쳐져 있었다. 대표는 각각 열두 명이었다. 단창을 들고 허리에 단도를 찬 그들의 근육이 긴장으로 팽팽했다. 북소리와 함성이 빈 밭 전체에 울려 퍼졌다. 얼굴이 붉어진 병사들이 발을 구르고 무기를 흔들자 소리가 어지러이 뒤섞였다.

전장 반대편에서는 이스라엘 사령관 아브넬이 몸을 일으켜 상황을 살피는 중이었다. 아브넬은 걱정스러웠다. 그는 다윗의 유다 왕국을 협상을 통해 끌어안아야 할 상대로 여겼지, 칼과 단도를 써야 할 적으로 인식하지 않았다. 당연히 그는 이 싸움이 내키지 않았다.

그러나 이스라엘 왕 이스보셋은 막무가내였다. 출전을 주저하는 아브넬을 패배주의자로 몰아붙인 이스보셋은 군대를 동원해 운을 시험해볼 것을 요구했다. 하지만 남쪽에 도사린 유다는 만만치 않았고, 그들을 상대하는 건 쉬운 임무가 아니었다.

연기 같은 구름이 태양 주변을 어른거렸다. 강한 바람에 먼지가 해일처럼 일어 병사들을 덮쳤다가 저 먼 지평선으로 사라져갔다. 북소리와 함성이 잦아들었다가 다시 끓어올랐다. 대표들에게 힘을 불어넣기 위해 양쪽 병사 모두 공중에 주먹을 흔들고 무기를 치켜들었다. 들썩이는 깃발이 굽이쳤다.

단창을 쥐고 조잡한 방패를 갖춘 대표들의 허리엔 단도가 매달려 있었다. 마주 선 그들은 잠자코 상대를 노려보았다. 싸움을 알리는 신호 따위는 없었다. 무기를 빼 든 그들이 서로에게 달려들었다. 스무 걸음 정도 좁혀지자 단창을 내던졌다. 비명 속에서 방패가 깨져나갔고 팔뚝 뼈들이 부러졌다. 박힌 창날이 구부러져 방패에 거추장스럽게 매달렸다. 방패를 내던진 자들이 단도를 뽑아 들었다. 그들이 서로를 향해 몸을 내던졌다. 양쪽 군대의 함성이 높아졌다. 공중에 들린 칼날이 물고기 비늘처럼 번들거렸고 적을 붙들려는 왼손이 우악스럽게 공중을 할퀴었다. 피가 솟구치는 상처를 움켜쥔 양쪽 대표들이 곰처럼 으르렁거렸다. 엎어진 몸으로 칼날이 쏟아졌고 찔린 자들이 비명을 지르며 몸을 뒤틀었다. 추수 끝난 밭으로 시뻘건 피가 튀었다. 양쪽 군대에서 쏟아진 함성이 빈 밭에 가득했다. 작열하는 햇빛에 섬뜩하게 빛나는 칼날들은 어지러이 날리는 유성우 같았다. 찢긴 살과 튀는 피와 잘린 뼈를 본 양쪽 군대의 미간에 깊은 주름이 졌다. 마른 땅이 붉은 피로 꺼멓게 젖었다.

결투는 한순간에 끝났다. 북소리와 함성이 천천히 잦아들었다. 양쪽 대표 모두가 빈 밭에 쓰러졌다. 그 우렁찼던 함성이 어디 갔나 싶게 사라졌고, 공허한 우울감마저 전장 가득 도는 듯했다.

아브넬이 병사 하나를 불러 세웠다. "가서 요압에게 전해라. 군대를 동시에 물리자고."

그만하면 충분히 겨뤘잖은가. 피를 더 흘릴 이유가 없었다. 이스보셋과 달리, 아브넬은 이스라엘의 가장 큰 적은 유다가 아닌 블레셋이라고 여겼다.

그러나 요압은 생각이 조금 달랐다.

수십 년이 흘러 머리가 하얗게 센 뒤, 그때 군대를 물렸으면 어땠을까 요압은 생각하곤 했다. 그 순간은 분기점이었어. 앞으로 닥칠 수많은 파국과 이어질 커다란 갈림길이었지. 하지만 그런 순간은 불현듯 다가오는 법이었고, 그 순간이 지닌 의미는 오랜 세월이 지난 뒤에야 깨달아지기 마련이었다.

이 모든 분란은 사울 왕의 질투에서 시작되었다. 사울은 둘째 사위이자 장군인 다윗을 시기했고, 죽이려 들었다. 다윗과 그의 추종자들은 사울의 칼을 피해 광야를 떠돌며 목숨을 부지해야 했다. 당연히 요압을 비롯한 다윗의 추종자들은 사울과 그의 부하들을 증오했다. 아브넬은 사울이 가장 신임했던 부하이자 친척이었고, 다윗의 부하들이 사울 다음으로 미워하는 자였다. 요압은 유다 대표들이 이기건 지건 이스라엘과 전투를 벌일 작정이었고, 여러 장군에게도 그리 일러두었었다.

사울을 미워하기로는 장군 아사헬이 으뜸이었다. 몸이 날씬하고 발목이 가느다란 아사헬은 요압의 막냇동생이자 사슴발이라는 별명이 붙었을 정도로 발이 빠른 장군이었다. 가죽 창 덮개를 벗긴 아사헬이 청동 투구 가죽끈을 바짝 당겨 맸다. 청동 정강이 보호대와 가죽 신 끈을 마저 조인 그가 외쳤다.

"아브넬의 목을 잘라 다윗 왕께 바치겠어."

유다 진영에서 다시 북소리가 울렸다. 그걸로 아브넬은 요압의 대답을 알아들었다. 아브넬이 손바닥으로 젖은 이마를 훔치고 투구를 고쳐 썼다. 이스라엘 진영 또한 북을 두들겼다. 마음이 달아오른 양쪽 병사 모두가 매끈히 다듬은 몽둥이로 가죽 덧댄 나무 방패를 탁탁 두들겼다. 이스라엘과 유다 모두 광석을 녹일 정도로 뜨거운 불을 지필 줄 몰랐고, 시트론 빛깔로 달궈진 금속을 잡아 두들길 방법도 알지 못했다. 전장 전체에서 단창에 단도까지 지닌 자는 열에 서넛이 될까 말까 했다. 아브넬과 요압의 병사들은 참나무 곤봉이나 낫을 들고 전투에 나서고 있었다.

북소리와 함성 속에서 아브넬은 주저했다. 정말 공격하진 않겠지. 각자 왕을 세웠다고는 하지만 동족이 아닌가. 아브넬은 질서 있는 퇴각을 고심했다.

요압은 아브넬이 망설인다는 걸 알아차렸다. 그는 물러설 생각이 조금도 없었다. 요압은 승리를 갈망했다.

"운을 시험하자."

요압이 외치자 장군들이 환호했다. 무릎 꿇은 나하래가 사령관에게 칼을 바쳤다. 푸르스름한 청동 칼날이 거무룩한 몸통을 뒤번거렸다. 요압의 지령을 받은 장군들이 병사들에게 뛰어 내려갔다. 쇼파르양의 뿔로 만든 나팔를 잡은 신호병들이 양 볼을 부풀렸다. 꺼끌꺼끌한 쇼파르 소리가 투명한 창공을 깊이 찔렀다.

쇼파르 소리에 아브넬은 혀를 찼다. 서로를 삼키려 입 벌린 이스라엘과 유다를 블레셋이 지켜본다는 걸 요압은 모른단 말인가. 그러나 덤비는 적에게 등을 보일 수는 없었다.

유다 장군들이 맨 앞에 선 병사들에게 무릿매를 돌리라 명령했다. 돌을 물린 무릿매가 빙빙 돌기 시작했다. 공기를 가르는 붕붕 소리는 말벌의 위협처럼 선득했다. 요압의 수신호가 떨어지자 그들은 무릿매 한쪽 끈을 놓았다. 돌들이 새카맣게 날아갔다. 무릿매를 든 자들 뒤에 섰던 병사들이 함성과 함께 앞으로 달려나갔다. 방패와 단창을 든 자들이었다.

이스라엘 병사들이 펼친 방패에 우박 떨어지는 소리가 우레같이 울렸다. 방패가 가리지 못한 부위에 돌을 맞은 자들이 비명을 지르며 나뒹굴었다. 그러나 부상병을 돌볼 겨를이 없었다. 단창 든 자들이 파도처럼 달려들고 있었다. 이스라엘 병사들 또한 단창을 움켜쥐었다. 단창이 서로의 방패를 쪼갰고, 장정들이 선 채로 죽었다. 달려든 자들이 막아선 자들을 덮쳤다. 몽둥이와 낫이 으스러지라 부딪쳤다. 두려움을 이기기 위한 함성 사이로 고통스러운 비명이 새어 나왔다.

이스라엘 사령관 아브넬이 병사들을 독려했지만 유다를 밀어내기엔 역부족이었다. 훈련이 부족한 병사일수록 기세에 좌우되기 쉬웠고, 기세에 밀리면 회복하기 어려웠다. 외곽은 진작 무너졌고 중앙까지 적이 밀려들 판이었다. 아브넬의 장군들이 전장으로 뛰어들었고 안간힘을 다해 진격을 막아내려 했지만, 기세를 되돌릴 순 없었다. 만약 유다 병사들이 싸움에 능했다면 죽은 이스라엘 병사는 더 많았을 것이다. 그들은 계통을 잃은 적을 반나절 공격해 고작 삼백여 명을 죽였다. 죽은 유다 병사는 십여 명쯤 되었다.

글렀군. 전세가 기울어진 걸 확인한 아브넬이 고개를 절레절레 저었다.

"퇴로를 확보하자."

승리했으니 이쯤에서 만족하겠지. 아브넬은 그리 여겼다. 장군 레갑과 장군 바아나가 뒷걸음질 치는 병사들을 꾸짖어 태세를 정돈했다. 화살과 돌들이 퇴각하는 이스라엘의 뒤꿈치로 날아들었다. 아브넬은 전쟁터 한복판, 퇴각하는 이스라엘의 뒤를 지켰다. 흙먼지가 하늘 높이 일었고 적의 북소리가 몇 걸음 앞이었다. 다친 병사를 부축

해 대열에 합류시킨 아브넬이 투구를 고쳐 썼다. 붉은 깃이 달린 묵직한 청동 투구였다.

아브넬과 달리 요압은 이 싸움을 동족 간의 비극으로 여기지 않았다. 요압은 적과 아군의 구분이 명확한 사람이었고, 적은 되도록 철저히 분쇄시켜야 한다고 믿었다. 적이 동족인지 뭔지 알게 뭐란 말인가.

"쫓아라. 철저하게 두들겨 줘."

요압에게 이스라엘은 정복 대상 그 이상도 이하도 아니었다.

갈색 먼지 사이로 아사헬은 붉은 깃을 바라보았다. 저거다, 바로 저거야. "가자, 전리품이다." 아사헬이 맹렬한 속도로 내달렸다. 모두 사슴발을 뒤쫓아 이스라엘의 등을 두들기기 시작했다. 광란이 유다 병사 전체를 사로잡았다. 요압 또한 맨 앞에서 돌진하는 아사헬을 보았다. 요압은 아사헬이 너무 깊이 들어간다고 생각했지만 그를 불러들이진 않았다. 깃발처럼 이름을 드높여라, 사슴 발을 가진 아우야. 아사헬은 기어이 유다의 창끝이 될 모양이었다. 저 끝에 승전의 영광이 꿰이리라.

아브넬은 자신을 노리는 아사헬의 단창을 알지 못했다. 아브넬은 병사들이 열을 잘 맞춰 질서 있게 퇴각하길 바랐지만 유다 병사들은 그럴 틈을 주지 않았다. 긴 창을 쥔 이스라엘 사령관이 소리를 내질렀지만, 겁에 질린 병사들은 말을 듣지 않았다. 뒤를 흘끔 본 아브넬이 뭉개지는 부하들의 행렬을 바짝 따랐다.

붉은 깃에 흠뻑 취한 아사헬은 오직 그것만을 목표로 내달았다. 그는 방패를 버리고 단창 하나만 꽉 쥐었다. 이걸로 아브넬을 꿰리라, 승리를 확정지을 전리품을.

한참을 내달린 아브넬이 헐떡이며 주변을 살폈다. 인근 주민들이 뜨거운 협곡이라고 부르는 곳이었다. 부연 먼지 속에서 기브온 성벽이 가물가물 보였다. 레갑과 바아나는 이스라엘 패잔병들을 협곡 안으로 들인 모양이었다. 그 순간, 아브넬은 아사헬을 발견했다.

그 가득한 살기만으로도 아브넬은 단창 쥔 자가 자신을 죽이려 한다는 걸 알았다. 긴 창 한 자루를 틀어쥔 아브넬이 또다시 내달렸다. 북소리와 쇼파르 소리가 저 먼 뒤에서 희미하게 울리다 기어코 끊어졌다.

기브온 성읍 인근인 기아 성읍에 다다를 때까지 질주는 계속되었다. 작열하는 햇빛에 기아 성읍의 성가퀴는 이지러진 것처럼 보였다. 아브넬은 자신의 얕고 빠른 헐떡임 사이로 아사헬의 간절하고도 가쁜 호흡을 들었다. 메마르고 뒤틀린 대지에서 뿜어져 나온 열기가 폐를 찔렀다. 협곡은 암갈색 바위와 잿빛 잔돌이 나뒹구는 불모지였다. 추적자의 숨을 머금은 창날이 지독히 가깝게 느껴졌다. 아브넬이 두려움에 사로잡혔다.

"물러나라, 나는 너를 죽이기 싫다."

아브넬이 뒤를 향해 소리 질렀지만 아사헬은 아랑곳하지 않았다. 헐떡이며 달아나는 짐승이 가당치 않게 협박이라니. 아브넬의 등에 창을 박겠다는 열정에 지독히 취한 채 아사헬은 내달렸다. 곧추 세운 단창이 송곳니처럼 번쩍였다.

아브넬은 자신을 쫓는 자가 누구인지 몰랐다. 아사헬이 내뿜는 증오가 그의 뒷덜미를 간질였다. 나는 너를 죽이고 싶지 않아! 정말 그랬다. 아브넬 또한 자신이 분기점에 놓였다는 걸 어렴풋하게나마 알고 있었다. 자신을 쫓는 자의 죽음이 자신의 멸망과 연결되어 있다는 기이한 예감에, 아브넬은 단단히 사로잡혀 있었던 것이다. 그렇기에 그는 외쳤다.

"그만둬! 너를 죽이기 싫어!"

훗날 헤브론 성문 근방에서 피와 내장을 쏟으며 죽어갈 때서야, 아브넬은 지금의 예감이 무엇이었던 지를 깨달았다. 그러나 이미 두 사람은 암몬 산 근방 말라붙은 황갈색 땅을 지났고, 그들 앞에 놓인 다양한 가능성은 서서히 닫히는 중이었다. 운명은 하나의 출구를 향해 내달리고 있었다. 둘 사이의 간격은 열 규빗 정도에 불과했다.

창을 든 아사헬은 황홀경에, 기이한 기쁨에 사로잡혀 있었다. 찌를 거리를 한 뼘만 넓게 잡았다면 운명이 달라졌을까. 아사헬의 창은 어중간한 거리에 자리했다. 창은 아브넬의 등에 박힐 수도 있었고, 땅을 찍을 수도 있었다. 파멸에 접어들지 않을 가능성 또한 반이나 남아 있었다.

그러나 아사헬은 오직 거리만을 생각했다.

이제.

곧.

아주 조금씩 줄어드는 거리에 골몰했기에 아사헬은 아브넬이 멈출 수도 있다는 생각은 전혀 하지 못했다. 아브넬 또한 고개를 돌려가며 거리를 재고 있다는 생각을 하지 못했던 것이다.

아브넬이 겨드랑이 사이로 창을 깊이 찌르며 우뚝 멈췄다.

뒤로 내밀어진 창에 다리를 제어하지 못했던 아사헬이 배를 찔렸고, 창 자루를 겨드랑이에 끼운 아브넬이 모래 위로 길게 미끄러졌다. 전갈 꼬리처럼 치켜세워졌던 아사헬의 단창이 돌 위로 뎅그렁 떨어졌다. 비명도 흘리지 못한 채 아사헬은 죽었다. 기아 성읍 맞은편 암마 산 근방이었다. 아브넬이 창을 놓자 창 대가리가 모래땅에 박혔고, 꿰인 아사헬의 몸이 창 몸뚱이를 훑으며 바닥으로 미끄러졌다. 죽은 자의 더운 피가 마른 땅 깊이 스몄다.

레갑과 바아나가 추스른 이스라엘 군대는 암벽 위로 물러나 있었다. 아사헬을 따르던 유다 병사들이 시신을 알아보고 멈춰 섰다. 추격은 끝났다. 뒤늦게 도착한 장군들이 병사들을 정돈시켰다. 물주머니가 이리저리 옮겨 다녔고 깔깔했던 입 안이 달콤한 물로 풍족히 젖었다. 암벽 뒤로 해가 자리했기에 올려다보는 유다 병사들에겐 적들이 시커먼 성채 위에 늘어선 것처럼 보였다.

나귀에서 내린 요압에게 소식이 전해졌다. 에워쌌던 병사들이 사령관에게 길을 틔워주었다. 요압이 피에 젖은 아사헬을 굽어보았다.

"요압!"

암벽 위에서 우렁찬 목소리가 들렸다.

"아브넬."

시신으로부터 눈을 떼지 못한 채 요압이 속삭이듯 대답했다.

"언제까지 칼이 사람을 집어삼켜야 하겠느냐? 싸움에서 이기고도 동족의 피를 더 요구한단 말이냐?"

요압은 숨이 막혔고 뭔가에 고통스레 짓눌리는 기분이었다. 한참 뒤에야 그는 목소리를 크게 낼 수 있었다.

"아브넬! 네가 내 아우를 죽였구나. 집안의 자랑거리요, 가장 빼어난 자였다."

아브넬이 조금 뒤 대꾸했다.

"나는 그를 몰랐다. 쫓지 말라고 충고했지만 듣지 않았어. 네 아우는 죽음을 자초했다, 요압. 그가 내 피를 먼저 요구한 거야. 나는 네 동생의 피에 책임이 없다."

적갈색 바위에 부딪힌 아브넬의 목소리가 메아리쳤다. 빈 바람이 암벽 아래로 휘몰아쳤다. 입술을 깨문 요압이 장군들에게 명령했다.

"병사를 정돈시켜라."

땀과 먼지를 뒤집어쓴 유다 병사들이 숨을 골랐다. 요압이 시신으로 눈을 돌렸다. 창을 땅에 꽂아두기 위해 숫돌로 간 창 뒤끝에 아사헬은 배가 꿰뚫린 모양이었다. 요압이 암벽을 향해 나아갔다.

"아브넬! 여호와의 살아 계심을 두고 맹세하는데, 네가 방금 말하지 않았다면 내 군대가 내일 아침까지 너희를 쫓았을 것이다."

그 말이 허세임을 요압도 아브넬도 알았다. 요압은 아사헬을 잃기가 꺾인 유다 병사를 위해 그 말을 쏟아 낸 것이었다. 아사헬의 죽음이 일으킨 당혹감에 추격자들의 피는 차갑게 식어버렸다.

요압은 암벽 위를 노려보았다. 아브넬은 암벽 위에 불쑥 솟은 시커먼 돌기둥처럼 보였다. 신호병의 손에서 청동 나팔을 낚아챈 요압이 숨을 크게 들이마셨다. 둔탁한 쇳소리가 비명처럼 사방을 찔렀다. 맨 앞에 선 병사가 깃발을 곧추세웠고, 나머지가 피 묻은 옷의 먼지를 털었다. 암벽 위를 향한 시선을 거두지 않은 채 유다 병사들은 천천히 뒷걸음질 쳤다. 헐떡거릴 지경이 되어서야 요압은 청동 나팔에서 입을 떼었다. 암벽 위에서 이를 지켜보던 아브넬도 서서히 퇴각했다.

요압이 시신을 뒤집고는 아브넬의 창을 뽑았다. 늘어진 아사헬의 몸에서 피가 쏟아졌다. 뒤늦게 도착한 아비새가 비명을 지르며 시신의 발을 붙들었다.

"막내야!"

비통한 울음이 터져 나왔다. 갑옷을 벗어던진 아비새가 자기 겉옷을 잡아 찢었다.

나하래가 요압에게 다가왔다. 나하래가 사령관의 갑옷 끈을 풀자 요압도 멍하니 자기 겉옷을 잡아 찢었다. 몸이 날랜 아사헬은 형들보다 늘 한 발씩 앞서 달렸다. 마지막 길마저 너는 한발 빨랐구나.

분노가 요압을 뒤흔들었다.

병사들이 방패를 포개고는 시신을 들어 그 위에 올렸다. 통곡하던 아비새가 찢어진 겉옷을 벗어 피와 내장이 쏟아지는 배를 싸맸다. 시신 양쪽에 선 병사들이 방패 가장자리를 들어 올렸다. 떠 매인 아사헬의 손이 늘어지자 아비새가 허리띠를 끌러 양손을 배 위로 올려 묶었다. 눈동자에 차가운 분노를 담은 채 요압은 이 광경을 하나하나 기억에 새겼다. 이겼으나 진 것 같은, 졌으나 이긴 것 같은 전투였다. 전투에서 승리한 유다는 아사헬을 잃어 패배했고, 패배한 이스라엘은 아사헬을 죽여 패전의 기운을 닦아냈다. 요압이 숨을 삼켰다. 스올히브리 말로 저승 천장에 다다른 아우의 피가 비명으로 끓어오르는 게 느껴져.

아, 전투만큼이나 잔인한 삶이여.

요압이 사방을 둘러보았다. 북소리가 들리는 듯했다. 누가 사령관의 명령 없이 북을 울리는가. 손을 내저었지만 울림은 멈추지 않았다. 이 소리를 멈춰다오. 귀를 막은 그가 낮게 신음했다.

지독한 피로에 붙들린 요압은 그 울림이 자기 심장이 내는 절박한 고동임을 끝내 알아차리지 못했다.

2

물

긴 숨을 몰아쉬며 후새는 머릿수건을 벗었다. 가는 주름이 진 네모난 이마와 매부리코가 드러났다. 지독한 햇살이었다. 그가 얼굴을 찡그리자 무성한 속눈썹이 초록색 눈동자를 삼켰다.

한 달 전 이스라엘 왕 이스보셋의 전령이 아렉에 도착했다. 이스라엘 모든 성읍에 같은 임무를 띤 동료들이 보내졌다고 전령은 대답했다. 둘러앉은 장로들이 인장 찍힌 밀랍을 찢고 돌돌 말린 양피지를 풀었다. 소집령이었다.

에브라임 지파에 속한 아렉은 장로의 수가 가장 많을 때도 다섯을 넘지 않았다. 삼십 대 중반인 후새는 장로 중 가장 젊었다. 장로들이 자신을 대표자로 뽑았다는 소식을 후새는 보리 추수를 지켜보다가 들었다. 집으로 돌아와 짐을 싼 후새는 종 하나를 데리고 곧장 아렉을 떠났다. 하솔 출신의 종은 사십 줄에 막 들어선 참이었고, 구루병을 앓아 굽은 등 때문에 가말히브리 말로 낙타이라 불렸다. 걸음이 바빴지만 고향을 대표해 왕을 만난다는 설렘이 여독을 중화시켰는지 후새는 피곤하지 않았다.

검은 곱슬머리에 초록색 눈동자를 지닌 후새는 서글서글한 인상을 지녔고 성품도 그런 편이었다. 오직 그와 가까운 사람들만이 부들부들한 표정 아래 뼈처럼 자리한 단호함을 알았다. 팽팽했던 피부는 나이가 들면서 주름지기 시작했는데, 이마가 우선이었고 서류 작성에 시달린 눈 밑이 다음이었으며 부드럽게 미소 지으면 짙어지는 입가 주름이 마지막이었다. 그에겐 아들을 낳다가 죽은 아내가 있었고, 다정한 그는 혼처가 많았음에도 아내를 다시 얻지 않았다.

햇볕이 조금씩 따가워지는 무렵이었고 그 열기에 첫 무화과가 익어가는 계절이었다. 후새는 말린 대추야자열매를 입에 넣었다. 말린 지오래된 열매에선 먼지와 햇볕의 맛이 났다. 부드러운 바람이 살랑였다. 바람은 마하나임 성벽 아래 자리한 엘라나무 숲을 지나온 모양이었다. 햇볕 쬔 엘라나무의 달콤하고 싱그러운 향기에 후새는 정신이고양되는 느낌을 받았다.

"여리고가 대추야자나무 성읍이라더니, 마하나임은 엘라나무 성읍이라 할 만하구나."

마하나임은 넓적한 사발을 엎은 것 같은 언덕 위에 자리했고, 그곳에 이르는 길은 부드럽게 경사져 있었다. 후새가 머릿수건을 좀 더 눌러 썼다. 짙은 하늘이 사파이어 빛으로 푸르렀다. 마하나임에 이르는 길 양쪽을 덮은 상인들의 갈색 천막이 미풍에 출렁였다. 물건 값을 물어보고 흥정을 주고받는 웅성거림이 정겨웠는데, 그런 나지막한 소란이 낙타털 천막을 풀럭이게 만드는 것 같았다. 후새는 말린 무화과 한 덩이와 약간 신 포도주 반 부대를 샀다. 그는 사흘 뒤 돌아갈 예정이었다. 빈 가죽 주머니를 가져간 가말이 우물에서 물을 채워왔다. 후새가 물을 받아 마셨다.

"개운하구나."

하지만 묘하게도 가슴 깊이 시원하진 않았다. 두 사람은 가죽 주머니를 기울여 손발의 먼지를 씻어내고 얼굴을 문지르는 사치를 누렸다. 수염에 달린 물방울을 털어내는 가말의 얼굴이 흡족해 보였다. 물주머니를 다시 기울여보았지만, 물은 여전히 몸 깊은 곳에 이르지 못했다.

상인들의 주머니는 은으로 풍성했고 입속엔 소식이 그득했다. 후새의 부들부들한 말솜씨와 꾸밈없는 태도에 상인들의 입은 부드럽게 풀렸다. 후새는 두 달 전 벌어진 기브온 싸움에 대해 자세히 들을 수 있었다. 후새는 요압이라는 이름이 낯설었다.

"요압은 자신을 지휘관이라 부른답니다. 적에게 돌진하는 장군이 아니라, 어디로 돌진해야 할지 장군에게 지시하는 사람이라는 뜻이죠." 마하나임을 슬쩍 돌아본 그들이 나지막이 덧붙였다. "다윗의 기세가 만만치 않아요."

다윗은 자신의 새 나라가 얼마나 견고한지 과시한 셈이었다. 요압이라는 자의 명성 또한 아브넬만큼 높아진 모양이군. 후새가 생각에 잠겼다.

이스보셋의 사치와 낭비벽을 비난하는 상인도 많았다. 성문 근방에서 만난 늙은 무두장이는 이스라엘 왕이 너무 많은 밀과 꿀과 향신료를 소비하고 있다고 여겼다.

"이스라엘은 새 무기와 잘 조련 된 군대를 지녀야 해. 그러려면 지도자들이 거친 음식에 익숙해져야만 하지. 이스라엘에겐 그게 필요하다오."

"더 굳건한 믿음이 아니고요?"

"여행자여, 내 혀는 기둥을 가리키고 있다오. 바닥 돌이 아니고."

이스보셋과 아브넬의 다툼에 대한 소문도 많았다. 왕위 계승 서열에서 한참 밀려나 있던 이스보셋은 아버지 사울과 형들이 한꺼번에 죽으면서 엉겁결에 왕관을 썼는데, 분에 넘치는 지위를 감당 못하는 모양이었다. 왕이 된 이스보셋은 자신을 그 자리로 밀어올린 아브넬을 미워했는데, 잠시만 지닐 거라 여겼던 군권과 인사권을 아브넬이 틀어쥐고 놓지 않았기 때문이라고 했다.

"사실, 기브온 싸움은 이스보셋이 다윗의 손을 빌려 아브넬을 죽이려는 술책이었다지요."

설마 그렇게까지는. 의미심장한 표정으로 고개를 끄덕이는 그릇 장수에게 후새는 미심쩍은 표정을 지었다.

후새가 가장 많이 접한 불만은 왕의 사치스러움이었다. 마하나임 왕궁에 들어가는 물품의 양이 사울 왕 때보다 훨씬 많아졌다는 것이다. 이스보셋이 사울의 한 줌 유산을 죄다 먹어치우고 있다며 그들은 고개를 내저었다.

낙타 탄 대상들에게는 먼 곳의 소식을 들을 수 있었다. 북쪽 접경지대엔 아람이 침입해 촌락을 불태웠고 가축을 빼앗아갔다. 서쪽에 자리한 촌락들에는 블레셋이 침입해 타작마당에 널어둔 밀을 강탈해 갔고, 암몬과 에돔 근방에선 강도가 들끓어 무역로가 끊겼다.

"무장하지 않고서는 길을 떠날 수조차 없어요."

낙타에서 내린 대상들이 짐 사이에 찔러 넣은 곤봉을 손끝으로 가리켰다.

"맷돌엔 먼지가 앉았고 타작마당 또한 비었죠. 적이 훑어가고 짐승이 털어 먹은 포도원에는 여우들이 들락거린답니다."

"왕의 수비병은요? 마하나임에서 파견한 병사는요?"

"왕의 노새는 늙어빠졌고 전차바퀴는 헐거워요. 수비병이 든 단창엔 녹이 슬었고요. 방패는 없는 거나 마찬가지랍니다. 뭘 기대하겠어요?"

대상들이 퍼뜨린 절망이 후새의 걱정을 부풀렸다.

후새가 옷의 먼지를 털자 가말이 나귀 고삐를 말아 쥐었다. 성문으로 이어진 비탈길은 접시 가장자리만큼이나 완만했다. 활짝 열린 성문은 달구지를 맨 소의 푸덕거림과 등짐을 가득 진 나귀 울음으로 북적였다. 짐과 사람을 실은 수십 마리의 낙타들이 먼지바람 속에서 눈을 끔뻑이며 후새를 내려다보았다. 낙타의 속눈썹에는 깊은 졸음이 엉겨 있었다.

애당초 이스라엘 왕궁은 기브아 성읍에 자리했었다. 기브아는 이스라엘의 첫 왕이 된 사울의 고향이었고 이스라엘 중심부에 자리해 영향력이 영토 전반에 미치기 쉬웠다.

그러나 사울이 길보아 전투에서 블레셋의 손에 죽으며 많은 게 변했다. 패배를 수습한 이는 아브넬이었다. 아브넬은 왕의 거처를 마하나임으로 옮겼다. 마하나임은 큰 성읍이었고 북쪽에 자리했기에 블레셋의 침략에 며칠 더 대비할 수 있었다. 제사장들이 이스보셋에게 기름을 붓자마자 아브넬은 마하나임 성벽 보강에 매달렸다. 모든 주민이 동원되어 삭아버린 성벽 돌을 으깨 빼버렸고 무너진 성벽을 아예 헐어 치웠다. 기초 돌은 든든했다. 아브넬의 독촉이 쏟아졌고, 새로 쪼은 돌로 성벽을 쌓아 올리느라 수백 명이 수십 일을 매달려야 했다. 회반죽으로 잘 보강된 마하나임의 성벽 높이는 열다섯 규빗에 이르렀다. 후새는 가말을 시켜 성벽에 마련된 화살 쏘는 구멍 수를 세어보게 했다. 견고한 성읍들이 으레 그러하듯 높은 벽으로 이뤄진 성문 통로는 직각으로 꺾여 있었다. 두 개의 문 사이에는 선선한 그늘이 드리워져 있었고, 거뭇한 그림자에 잠긴 수비대원들은 창을 기대놓은 채 잡담을 나누고 있었다. 안쪽 성문엔 수비대 처소가 붙어 있었고 성벽은 암갈색이었으며 망대로 통하는 돌계단은 잿빛이었다. 띄엄띄엄 돌계단이 놓인 성벽은 저 멀리로 뻗어 나가며 차츰 가늘어졌다. 두꺼운 성문에는 청동이 덧입혀져 있었다.

아브넬의 걱정에도 불구하고 블레셋은 아직 마하나임으로 달려들지 않았다.

왕성답지 않게 성안 도로는 좁았고 폭도 일정치 않았다. 진흙 벽돌로 지은 암갈색 집들은 다닥다닥 붙어 있었다. 단층집 옥상은 행군 빨래나 수확한 과일을 말리는 장소였고, 해가 진 뒤 찾아오는 선선함을 즐기기에 알맞은 공간이었다. 바람이 불자 매어놓은 흰 빨래들이 부드럽게 펄럭였고, 그것은 영원을 향해 고하는 작별의 손짓인 것만 같았다. 암갈색 진흙 벽돌을 쌓아 벽을 세우고 회반죽을 허리 높이로 바른 집들은 옹골차 보였다.

"서쪽에 몰려 있는 건 어디나 비슷하군."

후새가 가리키자 가말이 고개를 끄덕였다. 이스라엘 전체엔 일정하게 서풍이 불었고, 부유한 사람들은 날아드는 연기와 먼지를 피하기 위해 서쪽 높은 곳에 집을 지었다. 마하나임도 서쪽으로 갈수록 구운 벽돌로 짓고 타일로 멋을 낸 저택이 많아졌다. 왕궁은 그 너머에 자리했다.

"쉴만한 곳을 마련하고 여기로 돌아오게."

소개장을 쥐어 준 후새가 가말을 먼저 보냈다. 아렉 장로들은 도움을 청할만한 마하나임 유력자를 여럿 일러주었는데, 후새는 그중 한 집에 머물 작정이었다. 가말이 돌아오기 전에 후새는 아렉을 대표해 왕을 만나 뵈려 했다. 후새는 왕궁 경비병에게 왕의 사자가 가져왔던 소집령장을 건넸다. 양피지를 펼쳐 본 경비병이 앞장섰고, 후새가 가말에게 손을 흔들었다. 주인이 보이지 않게 된 뒤에야 가말은 뒤돌아섰다.

들어가자마자 왕궁을 이루는 세 채의 건물이 보였다.

"왼쪽 건물에서는 회의를 열거나 왕께서 청원자를 만나십니다. 행정관을 위한 사무실은 반대편 건물입니다. 왕과 가족들은 가운데 건물에서 지내십니다."

경호와 통제를 위해 가운데 건물에만 담장이 둘러진 듯했다. 담장은 다섯 규빗 높이였는데 경비병은 담장 안에 뜰이 마련되어 있다고 설명했다. 그리고 보니 시든 금작화와 수선화의 엷은 향기가 흘러나오는 듯했다. 제비가 푸드덕거리며 건물 너머로 사라졌다. 철새들이 북으로 이동할 시기였다.

파피루스 꾸러미를 든 사람들이 후새를 지나쳐갔다. 허리에 먹 그릇을 찬, 골풀로 만든 붓과 붓 다듬을 작은 칼을 움켜쥔 서기관들이었다. 서기관은 왕을 도와 국가 사무를 보았고 직위를 세습했다. 전국으로 보낸 소집령장을 작성하고 봉인을 누른 자도 저들 중 하나였겠지. 구운 벽돌과 타일로 지어진 서쪽 집 몇 채가 저들의 소유일 거라고 후새는 확신했다.

물을 충분히 머금지 못한 후새의 내장처럼 건물 통로는 구불구불했다. 그곳 어딘가에서 후새는 늙은 시종에게 인계되었다. 경비병은 다시 왕궁 입구로 돌아갔다. 시종의 세마포 옷은 아주 말끔했고 세련된 주름이 가도록 공을 들여 맨 허리띠는 고급스러웠다. 잠시만 기다려달라며 늙은 시종은 양해를 구했다.

"밀 포대와 포도주 부대를 어디에 쌓아 두어야 하는지 일러주어야 하거든요."

잠자코 선 후새는 일꾼들이 일하는 광경을 한동안 바라보았다. 일이 마무리되자 늙은 시종이 후새를 돌아보며 앞쪽으로 손을 뻗었다.

늙은 시종이 앞섰고 젊은 장로가 뒤따랐다.

"매일 저 정도가 들어오나요?"

늙은 시종이 조심스럽게 대답했다.

"대개는요."

쌓인 밀 부대와 포도주 단지를 돌아보는 후새를 시종이 빠른 눈길로 훑었다. 눈이 마주친 후새가 겸연쩍은 미소를 지었다. 후새가 엄지손가락으로 뒤를 가리켰다.

"어떤 경로로 저렇게 많이 쓰나 싶어서요."

"지출 세목은 다양하지요." 늙은 시종이 알아들었다는 표정을 지었다. "들쭉날쭉한 편이랍니다."

"왕궁 바깥에서 왕실 납품에 관한 소문을 들었어요. 매일 맥주 네 부대와 대추야자로 담근 술 두 부대가 들어간다더군요. 꿀도 많이 쓰인다지요? 회향과 박하를 비롯한 향신료는 말할 것도 없고요." 후새가 손으로 뭔가가 부푸는 듯한 동작을 했다. "밀은 어떻습니까? 왕궁 나귀까지도 밀을 먹는다던데."

"그럴 리가!" 시종이 터무니없다는 표정을 지었다. "헛소리에요."

"사람들은 말 지어내길 좋아하죠." 후새가 인정했다.

"지체 높은 분을 헐뜯기 위한 소문이라면 더더욱요." 늙은 시종은 불쾌한 기색을 감추려들지 않았다.

"완전히 근거 없는 이야기인가요?"

"두말 할 필요도 없지요."

"날조되었다는 거로군요."

"이스라엘 왕과 그분을 모시는 자들에 대한 부당하고도 모욕적인 공격이지요."

후새가 시종의 얼굴을 주의 깊게 살폈다.

"정말 그렇게 생각하세요?"

"물론이죠."

하지만 사람들은 그렇게 믿고 있었다. 그게 중요한 거야. 사실 여부는 상관없지. 사람들이 그렇게 믿는다는 사실 자체가 중요했다.

그리고 그런 믿음을 뒤바꾸는 건 너무도 어려웠다.

"시간을 흘려보내려고, 빈둥대려고 그런 이야기를 떠들어요. 돌아서면 깡그리 잊어버릴 헛소리를." 늙은 시종이 얼굴을 씰룩거렸다.

알현실로 가는 길은 돌기둥이 늘어선 짧은 회랑으로 구성되어 있었다. 왕과 왕의 가족들이 지내는 건물로 이어지는 통로는 알현실 반대편에 있다고 늙은 시종은 설명했다.

"왕의 식탁은 어떤가요? 꽤 많은 물품이 소비된다던데요." 질문은 날카로웠다. 하지만, 후새의 얼굴에는 머뭇대고 난감해하는 표정이 보였다.

"지금껏 많은 분을 안내했습니다만." 늙은 시종이 나무라는 표정을 지었다. "왕의 식탁에 대해 묻는 분은 처음이군요."

"묻지 않을 뿐이겠죠. 생각을 안 한 건 아닐 거예요." 날선 대꾸와 달리 얼굴엔 여전히 주저하는 기색이 가득했다.

"묻지 않을 뿐이라고요?" 늙은 시종이 되물었다. "에브라임 지파 전체가 그렇게 믿나요? 아니면 아렉에서만 그럽니까?"

"마하나임에 와서 들었어요. 성 아래 사람들은 그리 믿더군요."

"낙타털 장막 아래서 시시덕거리는 버러지들!" 늙은이가 입술을 뒤틀며 비웃었다. "말뿐이에요, 오직 말."

하지만 그 말은 쇠도 녹이지요. 우리는 달궈내지도 못하는 그 쇠를. 그러니 어떻게 그 말들을 무시하겠는가.

"사람들은 왕에게 바친 공물이 어떻게 쓰이는지 궁금해할 뿐이에요."

헛기침을 한 늙은 시종이 우아하게 고개를 갸웃거렸다.

"왕께 물품을 바치는 건 그들의 의무예요. 그 사용처를 왜 밝혀야 합니까. 왕께서는 방문하는 누구에게든 부드러운 빵과 알맞게 구워진 고기와 잘 익은 포도주와 향긋한 기름을 대접하십니다. 지금 제가 뵙고 있는……."

"후새입니다."

"후새 님 또한 그런 대접을 받으실 테지요. 왕실은 그런 쓰임까지 감당하고 있어요."

"사람들은 곱게 간 밀과 향신료와 꿀로 맛을 낸 고급요리가 왜 필요한지 궁금해해요. 굳이 그걸 먹을 필요는 없지 않겠어요?"

늙은 시종이 가당찮다는 표정을 지었다.

"그럼 신 포도주와 막노동꾼의 빵으로 신하와 청원자를 대접해야 할까요? 그따위 사료로 왕의 식탁을 채울 순 없어요. 공물 사용처는 왕께서 결정할 일입니다. 왕 마음대로란 말입니다."

입을 다문 후새가 숨을 몰아쉬었다. 아렉 장로는 자신을 다스리려고 애쓰는 중이었다.

"오다가 마하나임 수비대를 보았어요. 창날엔 이가 빠졌고 땀 찬 정강이 보호대엔 녹이 슬었더군요." 후새가 잠시 숨을 돌렸다. "보세요. 아렉에 있는 내 누이와 여종은 요새 새 가죽 부대를 기워요. 다음 달이면 첫 포도가 나올 테니 새 부대를 마련하려는 것이지요. 포도를 수확한 다음엔 밀을 거둬야 해요."

"즙 틀과 타작마당이 분주하겠군요."

"그리고 부푼 포도주 부대와 꽉 찬 곡물 보관 탑을 빼앗으러 블레셋이 밀려들겠지요. 하지만 창날엔 이가 빠졌고 정강이 보호대엔 녹이 슬었잖아요."

이스라엘은 그들을 막을 수 없었다. 포도나뭇가지를 잘라낼 작은 낫과 추수한 밀을 떨어낼 도리깨와 굶주린 코요테를 쫓으려 깎은 몽둥이로는 철검 든 블레셋을 이길 수 없었다. 이스라엘에게는 쏟아질 적을 막을 방벽이, 잘 조직된 군대가 필요했다. 그것이 그들이 왕을 먹이는 이유였다.

후새가 그런 말을 덧붙이려는 순간, 늙은 시종이 손가락 하나를 들어 보였다. "이런! 젊은 아렉 장로의 의문을 풀어줄 분이 마침 보이는군요."

후새가 아브넬을 처음 본 건 아니었다. 변경을 순방하다 들른 이스라엘 사령관을 위해 아렉 유력자들이 베푼 잔치에서, 그는 아브넬을 보았다. 후새가 옷매무시를 가지런히 했다.

염색하지 않은 쿠토네트 위에 남색 겉옷을 입고 허리띠를 맨 사령관은 키가 크고 체격이 우람했다. 사령관은 낮은 목소리로 곁에 둘러선 장군들에게 지시를 내리는 중이었다. 갑옷을 입은 장군들은 허리에 긴 칼을 차고 있었다.

"참신한 시각을 갖춘 젊은 아렉 장로 후새께서 사령관께 여쭐 게 있다 하십니다." 한 발 물러난 늙은 시종이 경청하겠다는 시늉을 하며 고개를 조아렸다.

이스라엘 사령관은 기분이 썩 좋지 않아 보였다. 속내가 잘 드러나는 사람인 것 같군. 아브넬의 머리카락은 추수하기 직전의 밀 색깔을 연상시켰다. 저 멋진 머리 매듭은 북방식인 모양이야. 가까이에서 보니 아브넬은 표정이 꽤 풍부한 사람이었다. 후새를 돌아보기 전, 아브넬은 기둥 저편에 잠시 눈길을 주었다. 흐트러진 마음을 정돈하려는 모양이었다. 아렉 장로를 바라보는 아브넬의 눈동자는 진한 검은색이었다.

"아렉은 젊은이에게도 송사를 묻소?"

후새와 대면한 아브넬이 친밀한 투로 물었다. 아브넬은 후새의 새카만 수염과 장로라는 직위를 동시에 가리키고 있었다.

"아렉은 가장 어리고 미숙한 자에게 큰 짐을 맡겼습니다."

"아렉은 이스라엘 왕과 사령관에게 지혜를 빌려주기 싫은 모양이군."

"수염 검은 이를 보내야 창으로 뒤를 찌르는 법을 제대로 배워올 거라며 저를 보냈습니다."

아브넬이 하얀 이를 드러내며 웃었다.

"당신한테 창 사용법을 가르쳐 아렉을 평안하게 할 수 있다면 왜 안 그러겠소?"

후새가 고개를 숙였다.

"후새라고 합니다."

"샬롬. 아브넬의 인사를 받으시오."

마주 고개를 숙인 아브넬이 후새를 끌어안고는 화평의 입맞춤을 했다.

"벌에게 쏘인 기분이군. 내게 그런 말을 하다니 당신은 담이 큰 사람이오."

"다급한 사람입니다. 목마른 자는 강물인지 바닷물인지 가릴 겨를이 없으니까요."

"아무거나 들이켜서야 되겠소? 바닷물은 결국 목구멍을 오그라뜨릴 뿐인걸. 용건을 들어봅시다. 나는 청원을 들어야 할 의무를 졌으니 말이오."

아브넬을 뒤따르던 후새가 장식 기둥처럼 멀거니 선 늙은 시종을 돌아보며 눈썹을 들어 올렸다. 늙은 시종이 시큰둥한 미소를 지으며 고개를 까딱거렸다. 사령관과 아렉 장로가 알현실 주변을 함께 걸었다.

"우선은 이스라엘 전체가 아렉의 희생을 기억해 주었으면 합니다. 길보아에서, 많은 아렉 젊은이가 사울 왕과 함께 죽었습니다."

"유감이오. 그들을 묻어주었소?"

"그들 모두를 고향에 묻으려고 서너 번을 오갔습니다. 시신을 옮길 장정이 부족해 쉽진 않았습니다."

아브넬의 대답은 낮고 묵직했다. "아렉의 고통을 잊지 않겠소."

후새가 사령관의 표정을 살피려 고개를 살짝 기울였다.

"아렉은 왕과 사령관을 신뢰했고, 앞으로도 그럴 겁니다."

"좋소. 아렉은 충직하군. 그대의 성읍에 무기를 들 자가 몇이나 되지?"

아브넬은 아렉의 형편을 물었고 후새는 성의껏 대답했다.

"아렉에 소집령을 보낸 일도 방금 질문과 관련된 것이겠지요?"

아브넬이 고개를 끄덕였다.

"밀 수확기가 다가오잖소. 평원에 사는 블레셋 놈들도 정신없을 무렵이지. 그놈들은 자기 밭의 수확을 끝내자마자 엉덩이를 들썩일 거요. 벌써 국경 부근의 촌락들이 습격당하고 있소. 방어태세를 갖춰야하지."

후새는 내일 회의가 꽤 길어지겠다는 생각을 했다.

"왕을 뵈러 가는 중이었소?"

"허락하신다면요."

아브넬이 후새의 어깨에 손을 올렸다.

"왕을 뵙기에 좋지 않은 때요. 그대를 만나기 직전에 소식을 들었거든. 내가 대신 아렉의 인사를 전하겠소. 근방을 둘러보고 가시오. 왕궁이라기엔 초라한 편이지만."

후새는 아브넬을 통해 알아내려 했던 여러 가지 사안을 가만히 되삼켰다. 블레셋 대책부터 세금 문제까지 안건이 많았지만 지금 내놓기엔 마땅치 않아 보였다. "환대에 감사드립니다." 후새가 고개를 숙였다.

아브넬이 몸을 기울였다. "환영하오, 아렉. 여독을 푸시오. 내일 많은 결정을 해야 하니."

후새와 작별한 아브넬이 몸을 돌렸다. 서너 걸음 떨어졌던 아브넬의 장군들이 사령관 곁으로 다시 모였다.

"왕에게 가실 겁니까?"

아브넬이 고개를 끄덕였다. 후새를 만나기 직전 아브넬은 술 취한 이스보셋 왕이 행패를 부리고 있다는 보고를 받았다. 그들은 알현실을 가로질러 왕과 그의 가족들이 지내는 가운데 건물로 넘어갔다. 호위병들이 창을 치켜세웠고 닫힌 침전 앞에서 서성이던 시종들이 우르르 물러섰다.

"도로 주무신다고?"

제 목 지키기에 급급한 것들. 짚단처럼 버스럭거리는 시종들을 향한 아브넬의 시선이 차디찼다. 문을 두들기려던 시종이 아브넬의 주의를 받고 손을 움츠렸다. 레갑이 등잔불을 빼앗아 들었고 바아나가 문을 벌컥 열었다.

방의 흐릿한 윤곽이 보였다. 창에는 두꺼운 천이 둘러쳐져 있었다. 서너 개의 등잔불이 깜빡였지만 넓은 방을 비추기에 켜진 등잔불 수가 너무 적었다. 어둠에 눈이 익고서야 방 안 풍경이 자세히 들어왔다. 접시에 눌어붙은 고깃덩어리는 허옇게 굳은 기름에 역겹게 엉겨 있었고, 은 접시에 담긴 빵과 과자는 엎어진 포도주를 뒤집어쓴 채

덩이져 있었다. 성 밖 가난한 자들이 구경도 못했을 케이크와 별미가 접힌 이불 사이에 바스러져 있었고, 싸움이라도 벌인 듯 유리로 만든 값비싼 세공품이 박살 나 있었다.

창가로 걸어간 아브넬이 길게 늘어진 천을 잡아 뜯었다. 창에 끼운 나무 창 가리개 윤곽에 테두리처럼 자리한 햇살은 금으로 만든 실처럼 보였다. 성난 장군들이 나무 창 가리개를 당겨 뺐다. 빛기둥이 어둠을 가르며 쏟아졌다. 잠에 취해 있던 이스보셋이 눈가를 팔뚝으로 덮었다. 아브넬이 잡아 뜯은 천에서 은빛 먼지가 꿈처럼 피어올랐다. 창턱을 넘은 달콤한 바람이 후텁지근하고 불쾌한 방 안 공기를 문가로 밀어냈다.

마침내 이스보셋이 몸을 일으켰다. 땀에 흠뻑 젖어 꾀죄죄해 보이는 그는 긴 손가락을 지닌 깡마른 사내였다. 창백하고 불안정해 보이는 그가 손으로 이마를 짚었다. 뾰루지 잘 나는 불그죽죽한 피부를 지닌 이스보셋은 쏘아보는 눈매만이 사울을 닮아 있었다.

이스보셋이 손을 휘젓자 문가에 섰던 시종이 뛰어들어 은 대야를 받쳐 올렸다. 왕이 구역질을 했고 구토물이 침대보로 튀었다. 다른 시종이 익숙한 손길로 왕의 수염과 머리칼에 묻은 오물을 닦아냈다. 왕이 손을 들어 빛을 막았다. 그의 입에서 시고 독한 냄새가 풍겼다.

아브넬이 뒤를 돌았다. 그는 이 한심한 광경이 수치스러웠다. 아브넬이 부하들과 시종들을 내보내려 손을 흔들었다.

"멈춰."

시종이 바친 물수건으로 이스보셋은 이마를 눌렀다. 왕의 시선은 음침했고 발할 독을 재운 입술은 잔뜩 뒤틀려 있었다.

"나가라." 아브넬이 손을 휘저었다.

"어딜 가. 다들 앉아." 몸을 일으키려 애쓰며 이스보셋이 낄낄거렸다. "이스라엘의 꼭두각시 왕을 구경할 좋은 기회잖냐."

이스보셋이 딸꾹질을 했다. 이불을 확 젖힌 그가 벌떡 일어섰다. 벌거벗은 왕을 본 장군들이 참담한 표정으로 시선을 돌렸다. 꼬부라진 혀를 놀리며 이스보셋은 악단을 지휘하는 것처럼 손을 휘저었다.

"자, 모두 아브넬의 노고를 치하하자. 밤낮으로 분주한 아브넬 없이 이스라엘은 멸망하고 말리라. 아브넬에게 포도주를 하사하자. 창고를 열어라. 그에게 은금을 내리게."

비틀거리며 이스보셋은 지껄여댔다. 손을 뻗어 왕을 붙든 시종들이 이스보셋에게 떠밀려 벽 쪽으로 나자빠졌다. 집기가 깨지고 그릇들이 박살 났다. 나뒹군 시종들이 몸을 오그리며 바닥에 엎드렸다. 휘청거리며 다가온 이스보셋이 자신의 가슴팍을 움켜쥘 때까지, 아브넬은 꿈쩍도 하지 않았다. 먼 곳을 응시하는 그의 눈동자는 꺼멓게 죽은 심지처럼 보였다. 고개를 치켜들며 이스보셋은 아브넬의 멱살을 틀어쥐었다.

"사실이야, 아브넬?"

아브넬이 왕에게로 시선을 돌렸다. 불쾌한 냄새를 풍기는 이스보셋은 절벽 끄트머리에 매달린 표정이었다. 구부린 손가락을 아브넬 얼굴 앞에서 흔들며 이스보셋이 소곤댔다.

"아브넬 그대가 왕이 받아야 할 환호를 가로챘다는 소문이 있어."

"누가 그런 헛소리를 한답니까?"

"낮에는 내게 와야 할 영광을 도적질하고, 밤에는 담을 넘어 선왕의 첩을 끌어안는다던데?"

이스보셋의 속삭임은 낮고 빨랐다. 가까이 선 몇 명만이 이 믿기지 않는 말에 제 귀를 의심했다. 아브넬은 자기 얼굴에 불거졌을 혐오감을 어찌해야 할지 몰랐다. 이스라엘 사령관이 으르렁거렸다.

"이런 모욕은 평생에 처음입니다."

아브넬이 왕의 손가락을 하나씩 잡아 자신의 겉옷에서 떼어내었다. 팔을 휘저어 아브넬을 뿌리친 이스보셋이 두어 발 물러섰다. 왕의 손가락이 공중 어딘가를 모호하게 가리켰다.

"장로들을 불러들였다지? 왜 그랬어? 내게서 왕관을 빼앗아 네 이마 위에 두려고?"

"장로 소집은 왕께서 이미 허락한 사안입니다."

"기억나지 않아."

"유다 문제를 논의하고 블레셋에 대비하고자 이스라엘 장로들을 소집했습니다."

"기억 안 난데도."

"보름 전 일입니다."

"명령해 봐. 내 머리통한테 명령하라고. 아브넬 당신이 명령하면 떠오르겠지. 감히 누구 명령인데."

이죽거리던 이스보셋이 걸음을 옮겼다. 엉거주춤 섰던 아브넬의 장군들이 뒤로 물러났다. 이스라엘 왕의 손가락이 장군들의 가슴을 찔러댔다.

"이 좋은 구경거리를 놓치면 안 되지. 기다려봐. 조금 있으면 사자 앞발을 지닌 사령관이 왕의 짚단 같은 목을 반으로 꺾을 테니까."

얼굴에 경련이 일 정도로 화가 난 장군들이 경멸 어린 눈빛으로 이스보셋을 흘겨보았다. 이스라엘 왕이 오아시스를 발견한 방랑자처럼 날뛰었다.

"좋은 생각이 났어. 지금 너희 본 내 한심한 꼴을 널리 소문내라. 너희 아브넬의 개들이 극성맞게 짖어서 너희 주인에게 왕관이 넘어가게 만들어."

"말씀이 지나치십니다."

고개를 외로 꼰 왕이 소리 난 쪽을 훑어보았다.

"레갑이로구나. 너는 왕의 장군이냐 아브넬의 장군이냐."

레갑은 대꾸하지 않았다. 이스보셋이 그에게 바짝 다가갔다. 두 사람의 코가 맞닿았다.

"레갑, 레갑, 오, 레갑. 아브넬의 사랑스러운 개새끼야."

이스보셋이 손을 들어 레갑의 뺨을 만지려 들자 흠칫 놀란 장군이 고개를 뒤로 뺐다. 이스보셋이 발작적인 웃음을 토해냈다.

"레갑아. 내가 네 귀에 새로운 소식을 부어줄까? 네 귓바퀴가 부들거릴 정도로 놀라운 소식을 들려줄까?" 어깨를 움츠린 이스보셋이 레갑을 쏘아보며 속삭이듯 말했다. "잘 들어라. 너희 사령관 아브넬이 내 아버지 사울 왕이 남긴 첩 리스바와 몸을 섞었다."

강고한 침묵 아래 모두가 눈만 데굴데굴 굴렸다. 이스보셋의 시선은 레갑의 놀란 눈에 단단히 고정되어 있었다.

"못 알아들은 거냐? 내 이복형제를 낳은 여자와 육체관계를 맺었단 말이다. 밤마다 담을 넘었고 달빛 아래서 밀어를 속삭였어. 죽은 조카의 첩을 손에 넣은 거지! 내 아버지 사울은 당신을 신뢰했는데……. 어떻게 그런 짓을!"

"조용히 하시오!"

부들부들 턱을 떨던 아브넬이 치려던 고함은, 말린 대추야자만큼이나 오그라들어 있었다.

이스보셋은 여전히 레갑을 노려보는 중이었다. 눈을 깜빡이며 이스보셋은 속삭였다.

"그게 무슨 뜻인지 알지, 레갑?"

죽은 자의 여자와 육체관계를 맺는다는 건, 죽은 자가 지녔던 명성과 지위와 재화를 모두 상속받는다는 의미지요. 그러나 레갑은 그 생각을 내뱉지 못했다. 죽은 자는 이스라엘 왕 사울이었다. 레갑의 이마가 식은땀으로 흠뻑 젖었다. 이스보셋이 몸을 돌렸다.

"내 귀에 속삭여주는 사람이 있고, 내 손에 물증을 쥐어 주는 사람이 있다. 너와 리스바는 빠져나갈 수 없어. 내가 너희 둘을 재판정에 세워 돌에 맞아 죽게 만들 테다."

아브넬의 입술이 달싹거렸지만 말은 흘러나오지 않았다.

"다들 나가." 잔뜩 가라앉은 왕의 음성은 역청의 부글거림을 떠올리게 했다. "창을 닫아! 빛이 괴롭다 했잖나!"

허둥대던 시종들이 나무 창 가리개를 집어 들어 창에 끼웠다. 창이 닫히는 소리 하나하나가 도끼처럼 아브넬의 속을 내려쳐 한없이 아래로 꺼져 내리는 내리막계단을 만들어냈다. 계단은 깊이를 모르는 어둠 너머로 내리뻗어 있었다. 나무 창 가리개 틈으로 햇빛이 들어오는 통에 방 안은 겨우 어스름을 면할 정도였다. 이스라엘 왕이여, 그대와 나는 어디서부터 틀어진 겁니까. 짐작조차 가지 않았다. 당신 아버지는 내 조카였어. 내가 사랑한 탁월한 사내이자 나를 신임한 늠름한 왕이었지. 왕이 죽자 아브넬은 혼란에 빠진 이스라엘을 수습해야 했고, 사울의 남은 아들은 길보아 전투에 참여하지 않은 이스보셋뿐이었다. 왕관을 쓰라는 달콤한 권유와 남모를 흔들림이 아브넬에게 없지 않았다. 그러나 사울과의 의리를 떠올리며 아브넬은 유혹을 거절했었다. 왕관 쓴 채로 스올에 들어간다면 어떻게 사울을 대면하겠나. 기름과 왕관을 이스보셋에게 양보한 아브넬은 왕을 돕는 역할에 만족하려 들었다. 그렇기에 아브넬은 분하고 억울했다. 이스보셋, 이런 식으로 내 등에 칼을 박아선 안 돼. 심연 아래로, 뻗은 내리막계단으로 굴러떨어지며 아브넬은 이를 악물었다.

창백하게 질린 아브넬이 왕을 노려보았다. 육중한 침묵에 모두의 숨이 막혔다. 아브넬이 입을 뗐다.

"적을 물리칠 계획을 짜고 오그라든 나라 형편을 펴느라 온몸의 피를 짜냈거늘. 헌데, 왕관 쓴 당신은 비천한 꼬락서니로 내 뒤를 캐고 있었군."

"왕관 씌운 허수아비를 세우고 네 마음대로 이스라엘을 주물렀잖느냐. 모두 내게 손가락질을 해. 어리석은 왕이라고, 이스라엘이 허약해진 건 모두 내 탓이라고. 웃기는 일이야. 나는 그저 꼭두각시에 불과한데!"

"당신이 비운 술잔과 먹어 없애고 흩어 없앤 공물을 떠올려보시오. 뭐가 부당합니까?"

"그건 왕이 받아야 하는 당연한 대가야."

"밀과 포도주를 바친 자들이 이제 피와 땀을 요구할 거요. 왕과 백성은 서로에게 의무를 지는 겁니다."

"아냐! 그래선 안 되지. 난 허울뿐인 걸. 권력을 휘두르고 병사를 호령한 자는 너 아브넬이야."

이를 악문 아브넬이 턱을 치켜들었다.

"난 사울 왕의 집안에 충성을 다했고 당신을 다윗에게 넘겨주지 않으려 애썼소. 그런데 왜 리스바를 들어 나를 비난하는 거요?"

"네가 아버지의 첩을 내리눌러 그분의 권위를 물려받고, 그 권위로 왕관을 가져가려 했기 때문이다."

"내가 왜 그리했겠소? 까짓 왕관 가져가면 그만인걸."

이스보셋의 뺨에 경련이 일었다. 아브넬이 손가락을 들어 왕을 가리켰다.

"사울 왕과의 의리 때문에 나는 당신에게 왕관을 씌웠고, 당신의 나라 이스라엘을 지키려 밤낮으로 일했소. 당신이 나랏일을 익힐 때까지만 나는 자리를 지키려 했소."

"의리? 넌 아버지의 죽음을 이용해 권세를 잡은 비열한 협잡꾼이야."

"이 비열한 협잡꾼 덕에 이스라엘이 망하지 않은 거요. 길보아 전투로 사울 왕이 죽은 지 꽤 오랜 세월이 흘렀소. 그동안 대체 뭘 했소? 군사는 부족하고 적들은 너무 강해." 아브넬이 고개를 흔들었다. "더 이상은 무리요. 나는 다윗을 이스라엘 왕 삼겠소."

이스보셋이 벼락을 맞은 얼굴로 덜덜 떨었다. 분노한 그가 사령관을 향해 손가락을 찔러댔다.

"들었는가? 반역이다. 묶어, 저 반역자를 묶어!"

나란히 엎드린 시종들의 어깨를 잡아 아브넬에게 내던지며 이스보셋이 악을 썼다. 왕의 턱수염에 찐득한 침이 엉겼다. 이스보셋을 쏘아보던 아브넬이 몸을 홱 돌렸다. 발광하는 왕을 비웃으며 장군들이 사령관을 뒤따랐다. 입 벌린 동굴 같은 어둑한 침전에서 이스보셋은 분노에 찬 욕설과 저주를 내뱉었다. 레갑의 동생 바아나가 문을 꽉 닫았다.

이스보셋과 가까운 유력자들이 아예 없진 않았다. 그들이 세력을 모아 저항하려 들지도 모르겠군. 어둑한 복도를 노려보는 아브넬의 눈빛이 한없이 서늘했다.

"출입을 통제해. 왕을 여기 묶어둔다."

아브넬이 명하자 칼을 빼 든 호위병들이 문에 바짝 붙어 섰다. 이스라엘 사령관이 어둑한 복도를 빠져나갔고, 장군들이 뒤따랐다. 찐득한 땀으로 젖은 형 레갑의 이마를 본 뒤에야 바아나는 제 이마 또한 그렇게 젖었음을 깨달았다. 동생과 눈이 마주친 레갑이 그제야 긴 숨을 내쉬었다.

광란이 물러나자, 비할 바 없는 피로가 밀려들었다. 이스보셋은 침상에 누웠다. 그는 시종에게 나무 창 가리개 하나를 빼게 했다. 구름이 무성해 햇빛이 잠잠했다. 불쾌한 속을 다스리려 이스보셋은 물을 마셨다. 몸 깊은 곳에서 뭔가 꾸르륵 잠기는 소리를 들으며 이스보셋은 도로 누웠다. 이불을 정돈한 시종들이 물러가 벽에 붙어 섰다.

채 가시지 않은 흥분 속에서 이스보셋은 왕좌를 떠올렸다. 두꺼운 백향목으로 틀을 만들고 상아로 장식한 그곳에 제대로 앉으려면, 수직으로 뻗은 등받이 각도에 맞춰 허리를 꼿꼿이 세워야 했다. 모든 이의 우러름을 받아야 했기에 왕좌는 위가 좁아지는 여러 겹의 단 위에 놓여 있었다. 길보아 전투에서 이긴 블레셋 사람들은 목이 잘린 아버지 사울의 시신을 성벽 높은 곳에 못 박았다. 그들도 알았다, 왕이 어디에 자리해야 하는지를. 그들은 이스라엘 왕의 시체를 그가 응당 있어야 할 높은 곳에 둔 것이었다. 이스보셋이 입술을 깨물었다.

나는 저 높은 곳에 합당한 존재인가.

그가 원한 삶은 이런 게 아니었다. 이스보셋은 막 돋은 새잎처럼 빛나던 나날을 흘어 보내며 살아왔다. 왕좌에 앉자마자 이스보셋은 자기 인생의 한 장후이 끝났다는 사실을, 문 저편으로는 영원히 돌아갈 수 없다는 사실을 깨달았다.

이스보셋은 아브넬과의 언쟁을 곰곰 떠올려보았다. 그걸 지금 생각한들 무슨 소용이겠나. 그러나 이스보셋은 그 생각을 멈출 수 없었다.

아브넬이 다윗에게 정말 항복할까. 아브넬을 막아낼 수 없겠지. 이스보셋은 무력한 왕이자 지지세력 없이 권좌에 오른 통치자였다. 오, 아브넬이 다윗의 자비를 구한다.

그 자비는 내게도 미칠까, 나만 비켜 갈까.

숨을 깊이 들이마시며, 이스보셋은 자비에 대해 생각했다. 자비로운 다윗에게 왕관을 넘겨준 뒤 작은 거처에서 옹색한 삶을 이어가는 게 나의 미래인가. 그는 자신을 지지할 몇몇 유력자들과 성읍 몇 곳을 떠올려보았다. 한 줌도 안 되는 이름 더미가 목록에 올랐다가 이스보셋이 내뿜는 한숨 한 줄기에 훅 날아가 버렸다. 이스보셋의 얼굴이 우그러졌다.

차라리 왕관을 내던지고 사라지는 것도 좋으리라. 그는 동굴 같은 왕궁에서 벗어나 아무도 알아보지 못하는 광야에서 열에 들떠 죽고 싶었다. 푸석해질 정도로 지치고 축축해질 정도로 낙담한 그는 모든 일에 넌더리가 났다.

이스보셋은 이복동생 알모니를 떠올렸다. 사울 왕은 첩 리스바와의 사이에서 아들 둘을 낳았는데, 큰아들이 일곱 살 된 알모니였고 작은아들이 네 살 된 므비보셋이었다. 알현실로 몰래 찾아온 알모니는 할 말이 있다며 축축한 손을 옴찔거렸다. 아이의 힐끗거리는 시선이 아버지 사울과 어찌나 흡사한지 이스보셋은 하마터면 비명을 지를 뻔했다. 제 어머니를 고발하는 알모니의 붉은 혀를 이스보셋은 홀린 듯 바라보았다. 그 붉은 살점 아래 도는 피가 자신의 몸에도 흐를 것이었다.

흔적을 남기는 자취의 법칙이 있었다.

죄를 싣고 자궁에 고이는 생명의 법칙이 있었다.

그림자 형태까지도 빼닮게 만드는 유전의 법칙이 있었다.

원죄를 짓고 태어난 그들 모두가 그 엄정함 아래 살다 죽을 것이었다.

다시금 바람이 불었다. 나무 창 가리개 밖에서 새 우짖는 소리가 들렸다. 이스보셋이 시종을 불러 나무 창 가리개를 끼우게 했다. 그리고는 도로 천을 두르라 명령했다.

자신이 드러누운 곳을 이스보셋은 낯설게 돌아보았다. 아버지가 변을 보았다던 엔게디 동굴도 이처럼 어두웠을까. 다윗이 몰래 옷자락을 베었다던 그 동굴에서, 그의 아버지는 오래 묵은 변을 쏟아 몸을 트이게 했었고 다윗의 하소연에 눈물을 쏟아 죄책감을 덜어냈었다.

이스보셋은 배를 문질러보았다. 아랫배 어딘가 걸려있을 저 고뇌가 나날이 야물어 가는구나. 시종이 등을 켜자 불꽃이 어둠을 담담히 밀어냈다. 일어선 이스보셋이 물잔을 다시 들었다. 삼킨 물은 가슴께를 맴돌 뿐 아래로 내려가지 못했다. 숙취로 지끈거리는 왕의 머리에 물을 머금은 수건이 올려졌다. 아브넬과의 일을 다시 떠올리며 이스보셋은 욕설과 저주를 웅얼거렸다. 아브넬에 대한 폭로와 모욕이 실은 자기혐오 때문임을 끝내 모른 채, 이스라엘 왕은 실신하듯 잠들었다.

왕궁에서 나온 아브넬 일행은 사령관의 집으로 갔다. 많은 손님을 맞기 위해 벽을 튼 이 층 방은 넓고 쾌적했다. 아브넬이 종들에게 마실 것을 내오게 했다. 메소포타미아 산 융단 위에 장군들은 둥글게 앉았다. 종들이 양쪽에 귀가 달린 큰 항아리 두 개에 알맞게 익은 포도주를 담아 내왔다. 문양을 새긴 나무 그릇에 다양한 견과류와 양젖 치즈가 담겨 나왔고, 아침에 남은 빵을 데우려 화덕이 다시 뜨거워졌다. 장군들이 포도주 항아리를 빠르게 비웠다.

"하미쯔병아리 콩을 삶아 으깬 후 올리브기름을 넣고 반죽해 만든 소스가 없잖아."

빵을 받은 장군들이 손가락으로 바닥을 두들기자 종들이 부리나케 뛰었다. 일 층 창고에서 하미쯔 단지를 가져온 종들이 빈 항아리를 거둬가고 포도주를 새로 내왔다. 손등으로 입가에 묻은 포도주를 닦던 바아나의 시선에 레갑의 달아오른 얼굴이 들어왔다. 이스보셋의 욕설과 비아냥거림을 맨 앞에서 감당했던 레갑은 아직 분이 삭지 않은 모양이었다.

대기는 아직 맵고 따가웠다. 숨 막히던 오후가 사그라지고 있었다. 술 오른 장군들이 슬슬 입을 뗐다.

"정말 다윗에게 항복하실 겁니까?"

이스보셋에게 진저리치는 것과 다윗을 섬기는 일은 별개였다. 아브넬은 은잔에 담긴 포도주가 거뭇해 보인다는 생각을 했다. 아브넬은 다윗에게 나라를 넘기겠다는 자신의 말을 곱씹는 중이었다. 뱉고서야 그 말이 자기 안에 있었음을 깨달은 말이었기에, 아브넬 또한 그 순간이 아직 믿기지 않았다. 왕의 권력이 오그라들었다는 이스보셋의 불평도 일리 있었다.

그렇다고 부하들 앞에서 그런 식으로 모욕해선 안 됐다. 이스보셋. 너는 나 아브넬이 지켜온 수십 년간의 충성과 헌신에 침을 뱉었어. 아브넬이 모욕감에 몸을 떨었다.

애당초 사울의 힘은 왕의 권력과 상비군 지휘관의 권한 사이에 놓여있었다. 블레셋이라는 강대한 적을 상대하려면, 분열된 연합체가 아닌 집중된 단일권력이 필요했다. 이스라엘 장로들은 왕이 지파들의 의견을 존중하며 나라를 이끌길 바랐고, 왕의 권한이 커지기라도 할까 봐 늘 전전긍긍했다. 그렇기에 사울이 쥔 첫 왕권은 몹시 제한적이었다. 게다가 처음으로 왕이 된 사울에게는 통치를 도울 사람과 조직이 전혀 없었다. 지금 당장 집을 지어야 하는데 망치와 끌도 없이, 변변한 일꾼 하나도 없이 허허벌판에 혼자 선 격이었다. 품이 넓어서가 아니라, 어쩔 수 없는 필요 때문에 사울은 자기 권한의 일부를 아브넬에게 넘겼다. 이스라엘 첫 왕은 바닥에 먹줄을 댈 집의 설계를 하는 것부터 돌을 쪼고 회반죽을 이기며 다듬은 돌을 올리고 나무를 덧대는 일까지 홀로 해내야 했다. 누군가는 그 집에 채워 넣을 갖가지 가구나 그릇을 비롯한 온갖 잡동사니를 마련하는 일을 담당해야 했다. 그래서 사울은 아브넬을 세웠다.

어쩌면 그런 상황이 사울의 정신을 갉아먹었는지도 몰라. 불완전한 왕권으로 나라를 다스렸던 사울은 늘 조급함과 불안에 시달렸다. 말년의 사울은 의심이 많았고 진홍빛 분노를 자주 터뜨렸으며 자기 자신도 어쩔 수 없는 근심에 늘 붙들려 있었다. 아브넬의 뒤에는 사울이 있었지만, 사울의 뒤에는 누구도 없었다. 사울이 죽은 뒤에야 아브넬은 사울의 외로움을 이해할 수 있었다. 그를 움켜쥐고 뒤흔들었던 그 지독했던 광증마저도.

나는 맡아왔던 일을 그저 해온 것뿐이지만, 이스보셋은 권한을 침해당했다고 여겼을 수도 있겠지. 아브넬은 이스보셋을 이해했다. 자신을 허수아비 삼았다는 그의 비방도 일리가 있었다. 그러나 아브넬은 사울의 고통과 눈물과 헌신을 속속들이 알고 있었고, 그의 피땀이 깃든 이스라엘을 이스보셋에게 깃털만큼이나 가볍게, 아무 근심 없이 홀가분하게 넘길 수만은 없었다. 아브넬은 권력을 천천히 넘겨야 한다고 생각했고, 그것이 이스보셋 본인에게 도움이 될 거라고 생각했다. 아브넬은 사울이 다윗에게 보였던 순백색의 질투를 떠올렸다. 그리고 이스보셋이 쏘아 보냈던 그 순백색의 광증을 떠올려보았다. 그제야 아브넬은 다윗의 고통을 온전하게 느낄 수 있었다.

아브넬과 리스바를 돌에 맞아 죽게 하겠다던 이스보셋의 외침이 떠올랐다. 모세가 남긴 토라는 형이 죽으면 동생이 형수와 결혼해야 한다고 가르쳤다. 형이 지녔던 지위를 계승하면서 형수와 조카들의 생계를 책임지는, 일종의 사회안전망이었다.

그러한 토라의 가르침은 이스라엘 사회에 일정한 관념을 만들어냈다. 세대가 흘러가며 이스라엘 사람들은, 죽은 자의 아내를 육체적으로 취하면 그에게로 죽은 자의 명성과 지위 또한 넘어간다는 생각을 믿게 되었다. 많은 사람이 지나다닌 곳이 길이 되듯, 많은 사람이 공유한 생각은 관습이 되었다. 리스바를 통해 사울 왕의 명성과 지위를 가지려 한다는 이스보셋의 비난이 아브넬은 괴로웠다. 나는 그녀를 사랑한 것뿐인데. 그러나 사람들이 둘의 관계를 어떻게 여길지는 그의 진심과는 하등 상관없었다.

레갑은 아브넬을 바라보고 있었다. 뭔가 묻고 싶은 눈치였다.

"정말 항복하실 겁니까? 이스보셋을 내치고 다윗을 세우실 겁니까?"

"레갑. 내가 뱉은 말을 삼킬 사람이더냐?"

장군들이 기쁜 표정을 지었다. 그들 전체에 어렸던 일정한 긴장이 그제야 누그러들었다.

"죽어버린 씨에는 물을 줘도 뿌리가 돋지 않는 법."

바아나가 너스레를 떨자 모두 잔을 들어 동의를 표했다. 흥이 난 레갑이 말을 받았다.

"삶긴 콩에 싹이 틀 리 없잖아!"

장군들이 목젖을 울리며 웃어댔다. 삶긴 콩은 시원찮은 이스보셋을 가리키는 그들만의 은어였다. 아브넬이 농담에 끼어들었다.

"삶겼는지 몰라본 내 눈이 문제였군."

레갑이 손을 내저었다.

"삶은 콩인지 생콩인지는 심어봐야 아는 겁니다."

지난 일을 어쩌겠는가. 아브넬은 리스바와의 일을 누가 고자질했을지 궁금했다. 그들이 밀회하던 안뜰은 왕의 시종이 접근할 수 없는 공간이었고, 호위병들은 모두 자신에게 충직했다. 아브넬의 명치가 근심으로 딱딱해졌다.

그는 내일 회의에 대해 생각했다. 알 수 없는 인생이었다. 방위 계획을 검토하려던 자리가 항복을 논의하는 자리로 뒤바뀌다니, 포도주가 물이 된 꼴이었다. 장로들의 동의를 끌어낼 수 있을지 아브넬은 걱정스러웠다. 내 둔한 혀에 몇이나 동조할까.

껄껄 웃는 소리가 들렸다. 아브넬은 장군들을 찬찬히 살펴보았다. 그들에게선 아무런 낭패감도 찾아볼 수 없었다. 이스보셋에 대한 신뢰가 저 정도였구나. 다윗에 대한 신망이 그만큼 큰 셈이었다. 골리앗을 죽이고 장군에 임명된 다윗은 아브넬과 함께 사울 왕을 섬겼었다. 다윗과 절친했던 사울 왕의 맏아들 요나단과도 아브넬은 가까웠다. 원정을 떠난 다윗에게 군량을 건네러 간 적도 여러 번이었다. 다윗이 두통을 앓는 왕을 위해 비파를 연주하던 그 방에 아브넬도 앉아 있었다. 좋았던 시절이었다. 다윗과는 멍에를 같이 진 적이 있었고, 함께 하던 영광도 없지 않았다. 물론 광야로 달아난 다윗을 죽이러 군대를 끌고 가기도 했지만……. 나쁘지 않았어. 전반적으로 괜찮았지.

그때 '머리'라는 단어가 아브넬에게 들렸다. 아브넬이 퍼뜩 고개를 들었다.

"머리라니?"

바아나가 아브넬을 돌아보았다.

"왕위는 오직 죽음으로만 계승되는 법입니다." 바아나가 혀로 입술을 축였다. "다윗에게 바칠 예물 중에 이스보셋의 머리만 한 게 어디 있겠습니까?"

장군들의 눈동자에 어린 서리가 반짝거렸다. 그 찬 기운은 그들이 지닌 무기에서 말미암은 것이었다. 평생 칼을 잡아온 그들의 눈동자에 칼날의 차가움이 매일 조금씩 괴어, 한기로 사무쳤던 것이다. 초조해진 바아나가 주사위 든 손을 흔들었다. 말뼈로 만든 주사위를 짤각거리는 건 그의 오랜 습관이었다. 아브넬이 미간을 찌푸렸다.

"길보아 전투를 떠올려봐라. 나는 없었지만 너희 중 몇몇은 사울 왕의 최후를 보았잖느냐. 패배한 그분은 자살을 시도하셨지. 하지만 칼은 비스듬히 박혔어. 그분은 고통을 끝내달라며 주변에 간청했다지? 아말렉 노예가 소원을 들어주었다. 그런데 그놈은 이 소식을 다윗에게 전하면 큰 보상을 받을 거라고 생각했어. 원수가 죽었다는 소식에 기뻐하며 상을 내릴 거라 착각한 거지. 그 멍청이는 황금 왕관과 팔찌를 빼 남쪽으로 달려갔다. 다윗이 그 아말렉 노예를 어쨌지?"

모르는 사람이 없는 이야기였다. 취기로 붉어진 얼굴들이 아브넬의 다음 말을 기다렸다.

"선지자 사무엘은 여호와의 뜻에 따라 사울의 머리에 기름을 부었어. 그 머리가 다른 사람의 머리와 구별된다는 뜻이지. 다윗은 그 사실을 귀하게 여기는 사람이다. 다윗은 어떤 일이 있더라도 왕을 해하면 안 된다고 믿어. 그게 왕 자신의 명령이었다고 해도 말이다. 다윗은 왕을 죽게 한 아말렉 노예를 죽였지."

바아나가 몸을 기울이며 속삭였다.

"사울과 다윗 사이엔 그랬을지 몰라도 이스보셋은 다릅니다."

"왜 그렇지?"

"사울 왕이 다윗을 쫓아냈을 때 다윗은 부하 약간을 거느린 떠돌이에 불과했어요. 하지만 지금은 유다 장로들이 세운 왕이에요. 분명 이스라엘 전역을 손에 넣고 싶어 할 겁니다. 하지만 이스보셋을 죽이지 않고 어떻게 이스라엘을 차지하겠습니까? 우리가 걸림돌인 이스보셋을 들어 뺄 지렛대 노릇을 해주면 내심 고마워할 겁니다."

"바아나, 네가 틀렸다. 사울을 죽인 자를 죽였기 때문에 다윗은 이스보셋을 죽인 자도 죽일 거야. 그는 그런 식으로 사람들의 마음을 얻어왔어. 그게 다윗의 방식이지."

사령관의 말을 장군들은 알아듣지 못했다. 아브넬은 물 단지에 입을 댔다. 물이 넘쳐 수염과 앞섶이 젖었다. 그러나 타는 가슴은 젖어들지 않았다. 목구멍 어디에선가 물이 증발하는 것 같았다. 물로 배불렀건만 여전히 목마른 아브넬은 흘러내리는 모래산을 끝없이 기어오르며 한없이 미끄러지는 기분이었다. 아브넬이 손등으로 입가를 닦았다.

"내일 이스라엘 장로들에게 이 일을 알리겠다. 그런 다음에 다윗과 맹약을 세우겠어. 아무래도 내가 직접 가야겠지."

아브넬이 장군들을 안심시켰다.

"다윗에게 너희 모두의 지위를 보전해달라고 요청하겠다. 이스라엘과 유다가 합쳐져도 큰 변화는 없을 거야. 포도주끼리 뒤섞여도 어차피 포도주일 테니."

그러나 장군들에게 어린 살기는 사라지지 않았다. 바아나의 말이 그들 가슴에 깊이 박힌 모양이었다. 이스보셋을 경멸하는 그들은 제대로 앙갚음하고 싶어 했다. 아브넬이 엄한 눈초리로 장군들을 돌아보았다.

"너희 마음에 세워진 칼을 집어넣어라. 절대 이스보셋을 죽여선 안돼."

한 번 사람을 삼킨 칼은 또다시 삼킬 자를 찾는 법이니.

왕궁 구조는 이스라엘 여느 집과 비슷하면서도 달랐다. 부유층의 주택처럼 왕궁도 이 층으로 이뤄졌는데, 일 층엔 화덕이 놓인 부엌과 창고와 종들의 거처가 자리했고 이 층은 가족들의 방과 손님방이 마련되어 있었다. 지열을 덜 받기에 이 층이 보다 쾌적했다. 하지만 왕궁은 많은 방문객을 맞아야 했고 공간 활용도 조금 달랐다.

왕과 가족들이 사는 건물은 마하나임의 다른 주택과 비슷하게 활용되었지만, 서기관들의 건물이나 알현실이 있는 큰 건물은 일 층이 주로 쓰였다. 왕좌가 놓인 알현실은 청원자를 위한 대기실과 많은 사람이 모일만한 큰 홀 사이에 자리했다. 아브넬의 명령을 받은 시종들이 그 큰 홀로 장로들을 안내했다. 지금 후새가 앉은 큰 홀에는 백여 명의 장로가 앉아 있었다. 입장하며 그들 모두는 의결된 내용을 허락 없이 발설하지 않겠다는 맹세를 했다. 약속의 말에 묶인 뒤에야 그들은 홀에 들어설 수 있었다. 이집트 사람들과 달리 이스라엘 사람들은 바닥에 둘러앉길 좋아했다. 화려하게 짠 융단으로 안내받은 그들은 지파 별로 모여 앉았다. 이집트식 의자 사용에 익숙한 후새는 바닥에 오래 앉자 무릎이 쑤셨다.

이스라엘 열두 지파는 지파 내 성읍들이 자체적으로 세우는, 딱히 정해 놓지 않은 수의 장로를 지녔다. 왕의 회의에 참석하는 장로의 수는 유동적이었고, 각 지파가 보낸 수에 따라 정원이 결정되었다. 그들은 때때로 제사장의 흉패에 붙은 우림과 둠밈히브리 제사장이 여호와의 뜻을 묻기 위해 사용했던 두 개의 패을 통해 여호와의 뜻을 물었지만, 모든 일에 그런 방식을 사용한 건 아니었다.

시중들기 위해 들락날락하던 시종들이 내보내졌고, 창 든 호위병들이 밖에서 문을 닫았다. 아브넬은 홀 중앙에 큰 지도를 펴게 했다. 넓은 세마포엔 이스라엘과 그 이웃 나라들이 그려져 있었다. 지도 곁에 서서 아브넬은 이스라엘이 처한 형편을 설명했다.

"평원의 성읍을 보시오. 길보아 패전 전후로 우리가 블레셋에게 빼앗긴 성읍 말이오. 물론 되찾아야겠지. 하지만 몇 년 내로는 불가능하오."

아브넬의 발언 사이로 간간히 질문이 날아들었다. 대답을 궁리하느라 아브넬은 침묵에 잠기기도 했다.

"쇠로 된 무기라? 그걸 지니면 좋겠지. 하지만 어떻게? 철광석을 어디서 구한단 말이오? 쇠를 달굴 수도 없고, 노랗게 달아오른 쇠를 집어 들 수도 없잖소. 하지만 블레셋은 그걸 할 수 있지. 그 차이는 거대하오."

현실이 반영되지 않은 제의가 지루하게 이어지면 아브넬은 말을 잘랐다.

"그걸 내가 모르겠소? 요단 강 건너편 비옥한 땅……. 거길 차지한

들 지킬 수는 있겠소?"

터무니없는 의견에는 핀잔을 주기도 했다.

"유다와 블레셋이 한패라고? 당치않소. 다윗이 잠시 블레셋 왕 아기스를 섬긴 건 사실이오. 유대 광야에 숨어 지내다가 버티지 못하고 블레셋 땅으로 내려갔잖소. 하지만 다윗은 블레셋 용사 골리앗을 죽였소. 아기스가 받아주었으나 블레셋 사람들은 다윗을 여전히 원수로 여깁니다. 다윗 또한 우리만큼 블레셋을 미워하지. 그건 확실하오."

유다 왕국에 대한 질문은 꽤 많았다. 후새 또한 주의 깊게 귀를 기울였다.

"다윗과 그의 부하들은 고난을 함께 했소. 시련으로 맺어진 결속은 시냇가 돌 만큼이나 단단한 법이지."

아브넬은 아는 만큼 대답했고, 유다와 지형적으로 가까운 여러 지파 장로들의 견해를 묻기도 했다.

유다 정복을 주장하는 자들도 있었다. 그들은 그래야만 블레셋과 겨룰 수 있다고 믿었다. 양손을 펼친 아브넬이 좌중을 가라앉혔다.

"유다 정복은 전혀 시급하지 않소. 이스라엘과 유다 사이엔 여호수아조차 정복 못한 강력한 성읍 여부스가 있소. 이스라엘과 유다가 싸우면 여부스가 기회를 얻을 테고, 블레셋도 치고 나올 거요. 유다와의 싸움엔 이득이 전혀 없소."

질문이 서서히 줄어들었고 막막함은 점점 커져갔다. 모두가 서서히 깨달았다. 이스라엘의 태세는 헐거웠고 그를 둘러싼 형세는 불온했다. 북쪽 아람으로 시작해 암몬, 모압, 에돔을 거쳐 유다와 블레셋까지. 적에게 둘러싸인 이스라엘은 잔뜩 오그라든 것처럼 보였다.

아브넬이 홀 전체를 둘러보았다. 깊은 침묵에 눌린 그들은 조여드는 숨을 틔우려 간간히 헛기침을 했다. 아브넬이 잔을 들어 물을 마셨다. 이제 그 말을 해야 했다.

"어떻게 하면 이스라엘을 지켜낼까…… 함께 고민하기 위해 나는 여러분을 모셨소. 하지만 어제 내 마음이 바뀌었소."

숨을 깊이 들이쉬었지만 호흡은 편안해지지 않았다.

"길보아 전투가 끝나자마자 나는 이스보셋을 왕 삼아야 한다고 여러분을 설득했소. 몇 해 전 일이지. 나는 왕좌가 비면 큰 혼란이 생길 거라고 생각했소. 그러나 이제 나는 여러분께 사죄하려하오. 이스라엘은 왕을 잘못 선택했소."

숨 쉬는 소리조차 들리지 않았다. 모두 사령관의 입만 바라보았다.

"이스라엘은 한계에 다다랐소. 나는 다윗에게 화평을 제의하고, 그에게 이스라엘을 이끌어 달라고 요청할 작정이오. 이스보셋으로는, 아브넬로도 이스라엘은 평안하지 못할 거요."

홀이 끓어오르기 시작했다. 앉은 자들이 손을 뻗으며 발언을 요구했다. 그중 몇몇이 소리를 지르며 말을 쏟아 냈다.

"사령관! 다윗은 사울 왕을 배반한 도망자고, 블레셋 왕 아기스의 발끝을 핥은 개요. 그런 자에게 이스라엘을 넘기겠다고?"

베냐민 장로들이었다. 사울 왕은 베냐민 지파 출신이었고 이는 그들의 큰 자부심이었다. 웅성거림이 커졌다. 아브넬이 손을 들었다. 홀이 조용해졌다.

"다윗이 블레셋 왕 아기스의 용병이었던 건 사실이오. 하지만 그건 부득이한 일이었고, 다윗은 동족을 해치진 않았소. 다윗이 사울 왕의 사위였다는 사실을 잊지 마시오. 약혼한 다윗에게 사울 왕은 신부 값으로 블레셋 사람의 포피 이백 개를 요구했었소. 그가 블레셋 사람 이백 명을 죽이는데 며칠이 걸렸지? 누가 그를 능가하오? 누가 그보다 빨리 블레셋 사람을 죽일 수 있소? 우리의 가장 커다란 위협이 누구요?"

아무도 입 열지 않았다. 아브넬은 세마포 지도를 돌아보았다. 바닷가 드넓은 지역에 시커멓게 자리한 블레셋은 이스라엘을 덮쳐오는 검은 구름처럼 보였다. 베냐민 장로들의 얼굴에 불만이 가득했지만 대안이 없긴 그들도 마찬가지였다.

"내가 직접 다윗과 담판 지을 거요. 약속하겠소. 이스라엘의 이득을 지키겠소. 유익을 얻지 못하면 다윗의 지배를 받아들이지 않겠소."

불안감이 홀을 가득 채웠다. 지켜보던 후새가 손톱을 깨물었다. 이스라엘이 다윗에게 항복한다니. 다윗이 이스보셋을 대신하고 이스라엘과 유다가 분열 이전으로 돌아간다고? 축축한 손가락으로 아렉 장로의 뜨거운 숨이 흘렀다. 아렉 전체가 들썩이겠군. 장로님들이 내 설명을 듣다가 졸도하시겠어.

침묵하던 베냐민 장로들이 물었다.

"이스보셋 왕은 어찌할 겁니까?"

"다윗의 뜻대로 할 거요."

뒤섞인 질문들이 이곳저곳에서 솟구치자 아브넬이 손을 내저었다.

"의견을 구하려는 게 아니오. 결정을 선포하려는 거지."

격분한 베냐민 지파 장로들이 벌떡 일어섰다. 격렬한 항의와 비난이 아브넬에게 쏟아졌다.

"왕을 불러주시오! 그분과 직접 상의해야겠소!"

항의하는 자들을 둘러볼 뿐 아브넬은 아무 반응하지 않았다. 그는 입 열지 않았고 함성은 잦아들 줄 몰랐다.

항의와 비난 한가운데 섰던 아브넬이 천천히 걸음을 뗐다. 아브넬이 가까워질 때마다 고함 소리가 잦아들었다. 베냐민 장로들 앞에 아브넬은 우뚝 섰다. 고요한 시선으로 그는 장로들을 돌아보았다.

"베냐민의 자손들이여. 사울 왕의 숙부였으며 사령관이자 호위대장이었던 나 또한 베냐민의 자손이오. 사울 왕이 죽기 전 선지자 사무엘은 이런 예언을 했었소. 여호와께서 사울의 나라를 떼어 더 나은 이웃에게 주었다! 하지만 난 그 예언을 무시했고 이스보셋을 왕으로 세웠소. 그대들은 내 의견에 가장 먼저 찬성했었지. 사무엘의 예언을 무시한 나와 그대들은 선포된 여호와의 뜻을 앞장서 거역한 사람들이오."

신의 뜻이라. 후새가 저도 모르게 몸을 떨었다.

"베냐민 장로들이여. 사울 왕가를 보존하고 싶소? 하지만 그건 이스라엘에게 아무 도움이 못 되오."

뒤돌아선 아브넬이 홀 전체를 향해 외쳤다.

"다윗에게 이스라엘을 형제로 받아들여달라고 요청할 거요. 차별은 있을 수 없소. 베냐민은 멸시받지 않을 것이며 유다 또한 우대받지 않을 거요. 받아들일 수 없다고? 우리의 메마른 나라를 보시오."

아브넬의 손가락이 바닥의 지도를, 그 중심의 이스라엘을 가리켰다. 사령관의 목소리는 착 가라앉아 있었다. 이것이 우리를 살릴 마지막 수단이오, 그리고.

"이것만이 우리를 적실 마지막 물이오."

3
비파

왕은 궁에 있지 않았다. 아히도벨은 포도원으로 안내받았다.

아히도벨은 반듯한 이마와 갈색빛 도는 눈썹을 지닌 차분하고 명석한 사람이었다. 포도원으로 이어지는 오솔길 양쪽 수풀은 새벽에 내린 이슬로 축축했다. 겉옷 무릎께를 걷어쥔 아히도벨이 고양이처럼 조심스레 걸었다. 청금석을 연상시키는 푸른 눈을 지닌 아히도벨은 올해로 마흔여덟이 되었다. 길로 지방의 유력자로 부와 권세를 함께 지닌 그는 몸집이 작았지만 지혜는 남보다 곱절은 많았다.

매듭지거나 기름 바르지 않은 그의 머리카락은 엷은 갈색이었는데 정수리는 서리 내린 것처럼 뿌옜고, 못생긴 편은 아니었지만 돌아볼 정도로 미남도 아니었다. 그늘에 앉아 밝은 곳에 선 사람들을 관찰하길 즐기는 그는 매일 새벽 그날의 우선순위를 정리하는 거로 하루를 시작했다. 갖가지 것에 온갖 질서를 부여하기 좋아했으며 통제력이 상실되는 상황을 병적으로 싫어했다. 정확한 짐작과 근거 있는 예견으로 정평이 난 아히도벨은 다윗의 부름을 자주 받았고, 왕의 근신들은 그를 왕의 꾀주머니라 부르며 두려워했다.

포도원은 비탈 위에 자리했다. 언덕을 물고기 비늘처럼 가지런히 덮은 연둣빛 나뭇잎들이 나긋한 미풍에 찰랑이듯 몸을 떨었다. 산 아래 축사에서는 소가 울었다. 배고픈 짐승들이 좁은 울에 몸을 부딪치고 있었다. 해가 높아지며 공기의 선선함이 천천히 사라져갔다. 아히도벨의 숨이 거칠어졌다. 오늘도 뜨거운 하루가 되겠어.

포도원을 두른 허리 높이의 돌담은 밭을 일굴 때 나온 돌로 쌓은 것이었다. 흙은 부드럽게 다듬어져 있었고, 포도나무는 두어 걸음 간격으로 심어져 있었다. 땅에 끌리지 않게 돌로 괸 포도나뭇가지에는 묵직한 포도송이가 매달려 있었다. 포도를 제때 따려는 일꾼들이 포도나무 사이를 바삐 오갔다. 허리를 구부린 아히도벨이 손을 뻗었다. 포도송이가 달린 가지가 부드럽게 휘어졌다. 아히도벨의 서툰 손길에 포도 껍질이 부드럽게 찢어졌다. 흘러내린 달콤한 과즙이 손끝에 방울져 맺혔다. 꽤 높아진 금빛 햇살이 칠흑 같은 포도 껍질에 감미로이 머물렀다.

일꾼들이 어깨에 걸친 바구니는 가장자리가 검붉었다. 거기 묻은 포도 찌꺼기에서는 달콤한 냄새가 났다. 일꾼들은 땅에 흘린 포도알을 줍지 않았다. 토라는 추수 때 땅에 흘린 곡식을 가난한 자를 위해 남겨두라고 가르쳤다. 일꾼들이 그늘로 물러갈 뜨거운 정오가 그들에게 허락된 시간이었다. 가난한 자들을 위해 왕의 일꾼들은 뒤꿈치를 들고 걸었다.

포도밭 사이에는 포도즙 틀이 마련되어 있었다. 돌로 된 포도즙 틀에는 포도 밟는 자가 붙들 밧줄이 설치되어 있었고, 한 귀퉁이엔 새로 짠 가죽 부대와 가죽끈이 쌓여 있었다. 사내들이 즙을 받을 항아리를 늘어놓았고, 여인들이 포도알을 따 미리 닦아놓은 포도즙 틀 안에 던져 넣었다. 조금 이따, 몸을 정결히 한 사내들이 허리에 천을 동이고 포도즙 틀에 들어가 포도를 밟을 예정이었다. 공중으로 뛰어오른 그들이 검은 과즙을 밟을 때, 축제의 노래와 기쁨의 박수가 포도즙 틀 주변을 가득 채울 것이었다.

"언제 도착했지?"

포도 수확을 돌아보던 다윗 왕이 엎드린 아히도벨을 일으켜 끌어안았다.

다윗은 작은 체구에 탄탄한 근육을 지닌 사람이었다. 감탄을 일으킬 정도의 미모를 지닌 형제들과 달리, 다윗은 수수한 정도에 지나지 않았다. 둥근 이마를 덮은 다윗의 검은 머리칼이 물결치듯 구불거렸다. 이제 막 삼십 대에 접어든 그는 총명한 검은 눈동자와 전장에서 부러져 휜 코와 가지런한 이를 지닌, 몸이 날래고 행동만큼 생각이 활기찬 사람이었다. 쿠토네트 차림의 다윗은 기분이 무척 좋아 보였다.

"별일 없지? 좋아 보이는군."

아히도벨의 어깨에 손을 얹은 그가 활짝 웃었다. 다윗은 소박한 매력으로 친밀함을 자아낼 줄 알았고, 그걸 자주 써먹는 편이었다.

왕의 곁엔 브나야와 요압이 있었다.

몸집이 큰 브나야는 왕의 호위대장이었다. 대제사장 여호야다의 아들인 그는 다윗 왕과 광야의 고난을 함께 한 사람 중 하나였다. 다윗도 목소리를 못 들어봤다는 소문이 돌 정도로 브나야는 과묵했다. 가만히 선 브나야를 끌어안은 아히도벨이 화평의 입맞춤을 나누었다.

"아, 샬롬."

브나야와 달리 요압은 아히도벨에게 팔을 벌리면서 다가왔다. 아히도벨이 엷은 미소를 지었다.

"잘 지내시지요, 아히도벨?"

"좋지요. 왕께서 이리 아침운동의 기회를 베푸시기까지 하니."

환하게 마주 웃은 요압이 아히도벨을 끌어안았다.

요압과 아비새와 아사헬을 낳은 스루야는 터울이 많이 나는 다윗의 이복누이었고, 맏아들 요압은 삼촌 다윗보다 네댓 살 많았다. 마른 체형이 있고 살집 많은 사람이 있듯 사람 성정도 타고나는 법이었다. 아히도벨과 요압은 잘 어우러지지 않는 성정을 지녔고, 서로가 그 사실을 잘 알았다. 그러나 요압은 다윗 왕의 신임을 받는 아히도벨을 가볍게 여기지 않았고 아히도벨 또한 이 까다로운 사령관을 거스르고 싶지 않았기에, 둘 사이는 차지도 덥지도 않았다.

"엘리암이 집에 있던가?"

다윗이 아히도벨의 팔을 잡아끌었다. 그들은 느긋하게 포도원을 거닐었다.

"아직 안 들어왔더군요."

"어제 근무였던가?"

"글쎄요. 갑옷 걸이가 비어있긴 했지요."

"그랬군. 스마야, 스마야! 어디 있지?"

다윗이 두리번거렸다. 다윗의 시종장이 서둘러 왕 앞에 나섰다.

"이런! 자네는 정말 작기도 하군. 브나야 뒤에 숨으니 머리털도 안 보여."

"작은 게 요긴한 법입니다. 주머니 속 은 덩어리가 그렇지요."

"입속 혀도 그렇겠지. 잘못 놀리면 목을 베는 칼날이 되겠지만."

스마야가 당해낼 수 없다는 몸짓을 보이며 허리를 구부렸다.

"오늘 얼마나 딸 거지?"

"포도 말이군요. 해가 기울 때까지 힘껏 일하겠다고 합니다."

"내일이면 늦어. 포도주를 담그기엔 지금도 너무 익었어. 저렇게 달 고 탐스러운데 고작 건포도나 만들 거야?"

시종장이 가당찮다는 듯 고개를 저었다.

"그럴 리가요."

기분이 좋아진 다윗이 포도밭 사이를 오가며 명령을 내렸다. 칼을 몸에 바짝 붙인 덩치 큰 호위병들이 나지막한 포도나무 사이에서 쩔 쩔맸다.

"이봐. 빨리 움직여. 그래 거기. 내 일꾼들이 귀한 포도를 나르도록 길을 터주라고. 스마야, 왕궁에 궁둥이 붙이고 앉은 놈들 죄다 불러. 모두 포도를 따는 거다. 쿠토네트에 검은 포도 얼룩이 지지 않은 놈 은 맹물에 빵 한 조각만 먹을 줄 알라고 해."

무릎까지 쿠토네트를 걷어 올린 시종장이 산등성이 아래로 내달리자 다윗이 아히도벨을 바짝 끌어당겼다. 왕의 목소리가 낮아졌다.

"남쪽에 안 좋은 소식이 많아. 알지?"

아히도벨이 심드렁한 투로 되물었다.

"제가 듣지 못한 비명이 있던가요?"

"결국 다 같은 모양의 끔찍함이지. 불타는 촌락, 포개진 시체들, 작물과 짐승을 빼앗기고 울부짖는 생존자들."

다윗이 걸음을 멈췄다. 싱그러운 바람 사이로 일렁이는 황금빛 햇살이 헤브론과 그 주변 촌락을 비추고 있었다. 헤브론의 도타운 성벽과 옹골찬 성문이 멀찌감치 보였다. 지력地力을 늘리기 위해 수확 끝난 밀밭을 갈아엎는 농부들과 올리브 수확을 가늠하러 가지를 구부리는 아낙들과 수레에 묶인 나귀를 먹이려 이삭 떤 줄기를 묶어 든 아이를 유다 왕은 한동안 바라보았다.

"횃불 든 도적 열 명이 촌락 하나 덮치는 건 일도 아니지. 말과 낙타를 탄 이 승냥이들은 밤엔 시글락을 털고 새벽엔 엔게디로 돌아갔다가 다음 날 밤이면 헤브론 주변을 어지럽혀. 놈들은 보리가 든 자루랑 포도주 부대 몇 개는 나귀 등에 지우고, 양과 염소는 목 자르고 내장을 빼 빈 말에 얹어 가지. 피해는 크지 않아. 하지만 내 백성은 이 짐승들이 또 올지 모른다는 불안 때문에 일상을 그르쳐. 벌판이 비고 시장이 말라붙고 마을이 고립되지."

"삶이 파괴되죠."

"더할 나위 없이 완벽히."

자신의 조언자를 돌아보던 다윗이 브나야와 요압을 가리켰다.

"방금 이들과 결정했다네. 장군들을 남부로 보내려 해."

"사령관도 가시나요?"

다윗의 눈빛이 몽롱해지며 속삭이는 것처럼 대답이 작아졌다. "아직 결정하지 않았네." 터벅터벅 걷기 시작한 다윗을 모두가 뒤따랐다.

"보름은 족히 걸릴 거야, 이번 순찰은. 자네 아들 엘리암이 이끌지도 모르지."

"그 애의 어깨가 그만큼 강하길 바랍니다."

"저 성문을 뚝 떼어 얹어도 끄떡없을걸. 오랫동안 아들을 못 보겠군, 아히도벨."

"그게 그 애 일인걸요."

"요압, 자네를 남쪽으로 보내는 게 옳은지 고민이야."

두어 걸음 뒤에 섰던 요압이 왕에게 다가왔다.

"나가라 하시면 나가고 물러가라 하시면 물러갑니다. 저는 그저 북쪽이 걱정스러워 그러지요."

요압은 이스라엘을 가리키고 있었다. 산 아래를 보던 유다 왕이 고개를 두어 번 끄덕였다. 다윗이 다시 걸음을 뗐다. 왕은 젊었고 따르는 자들의 연배도 그와 비슷했다. 앞장선 다윗이 땅에 떨어진 나뭇가지를 주워 흔들었다. 다윗이 콧노래를 불렀고, 으깨진 포도송이의 들큼함 위로 파리들이 붕붕거렸다.

포도원이 내려다보이는 산마루에 올라가서야 다윗은 걸음을 멈췄다. 돌이 너무 많아 사면을 깎다 만 곳이었다. 파헤쳐진 땅 주변에 잔

돌이 무성했다. 다윗은 나뭇가지로 종아리를 툭툭 쳤다. 왕의 뜻을 알아차린 브나야가 수신호로 호위병들을 짝 지워 사방에 분산시켰다.

다윗이 가지로 땅을 훑어 바닥을 가지런히 골랐다. 그 위로 유다 왕은 몇 개의 선을 그었다. 그것은 지도였다. 폭이 좁고 남북으로 긴 이스라엘과 유다가 거기 있었다. 다윗은 이스라엘 북쪽에 아람을, 동쪽에 암몬을, 그 아래에 모압을 표시하고 에돔을 유다 남쪽에 그려 넣었다. 이스라엘과 유다 서쪽에 자리한 블레셋은 뭉툭한 낫 모양이었다.

"이게 불과 십 년 전이었어. 대략 이런 정도였지. 그런데 점차."

다윗이 선을 추가했다. 주변 나라들의 선이 부풀었고, 이스라엘과 유다는 오그라들었다. 해안에 위치한 블레셋은 이스라엘 아래쪽을 잠식한 뒤 위로 점점 뻗어갔는데, 보는 사람을 질리게 할 정도로 부푸는 속도가 빨랐고 북쪽 끝은 레바논에 닿을 지경이었다. 다윗은 쪼그라든 이스라엘과 유다 사이에 오랜 골칫거리인 여부스를 표시해 주었다.

"얼마 전부터 정탐꾼을 멀리 보냈지."

지도를 노려보며 다윗이 두어 걸음 물러섰다. 바위에 앉은 그가 나뭇가지로 지도를 찌르는 시늉을 했다. 요압은 유다 북쪽 경계를 노려보는 중이었다.

"북서쪽 아람족속부터 들여다볼까. 아람 소바와 아람 마아가와 아람 그술로 나뉘진 그들은 거슬러 가면 한 족속이지. 분열되었지만 여전히 강력해. 전차를 모는 그들은 매서운 재칼이지. 그 아래는 암몬이군. 얍복 강에서 발원한 암몬은 해 뜨는 방향으로 뻗어 나갔지. 울룩불룩한 구릉을 지나 갈가리 찢긴 협곡 너머 높이 솟은 바위산에 성읍을 세웠어. 정사각형 집과 둥근 탑을 가진 암몬 사람들은 내 백성을 도살하려고 깊은 밤 협곡을 가로지르지."

다윗 왕의 설명은 그 자신의 경험으로 뼈를 삼고 다양한 경로에서 얻은 정보로 살을 이룬 것이었다. 나뭇가지 끝은 사해 동쪽 기슭을 가리키고 있었다.

"암몬과 강 하나를 사이에 두고 모압이 자리하지. 우리와 그들 사이엔 사해가 놓여있어. 물고기 대신 소금기둥이 층지어 깔린 곳 말일세. 아히도벨 자네는 죽은 바다 건너편을 가보았겠지?"

험준한 그곳 절벽은 악마의 아래턱만큼이나 날카로웠다. 계단처럼 층진 사해의 하얀 계곡과 뻐드렁니처럼 제멋대로 자라난 벼랑은 한때 아히도벨의 일터였다. 소금 거래는 그야말로 짭짤했고, 아히도벨은 거기에 역청 판매를 얹어 부를 쌓았었다. 가보기만 했던요. 아히도벨이 흡족한 미소를 지었다.

"계속할까. 모압의 견고한 보병은 금작화 뿌리로 화살촉을 만들어 맹렬히 쏘아대지. 놈들의 화살은 뱀처럼 달려들어. 그들은 아말렉 사람들과 결탁해 우리 땅을 자주 침범하지. 그 아래엔 에돔이 있군. 발 빠르고 인내심 많은 그들은 진정한 사냥꾼이지. 그리고……."

나뭇가지는 해안가를 찍어 누르고 있었다.

"블레셋, 우리 원수들. 아낙 자손의 도읍엔 거인들이 즐비하지."

"몸이 크면 때릴 곳도 많지요."

요압이 퉁명스레 대꾸하자 유다 왕이 너털웃음을 지었다.

"정말 그렇더군. 하지만 골리앗의 죽음을 통해 블레셋 사람들도 배웠어. 요새 그들의 투구는 이마와 뒤통수까지 감싸더군. 블레셋의 방패가 얼마나 크고 두꺼운지 다들 알 거야. 그들의 칼날은 가죽 투구를 쉽사리 쪼개고 예리한 단창은 크고 무겁지."

"블레셋은 잠시 미뤄둬도 좋지 않을까요?"

아히도벨의 질문에 다윗이 얼굴을 찌푸렸다.

"또 아기스 얘기로군."

블레셋은 다섯 왕의 연합체였다. 다윗은 그중 하나인 가드 성읍 아기스 왕 밑에서 용병 노릇을 했었다. 사울 왕이 죽자 북쪽 형제들을 신뢰하지 못한 유다 지파 장로들은 강력한 지도자를 세워 혼란에 대처하려 했다. 유다 장로들의 긴급한 요청을 받은 다윗은 한걸음에 달려와 유다 왕에 등극했다. 다윗이 등극하자 아기스는 사절을 보내 축하했다. 그는 다윗에 대한 통제력을 행사할 수 있다고 여겼고, 자신의 부하였던 다윗을 통해 이스라엘을 견제하려 들었다.

"아기스를 비롯한 블레셋 다섯 왕은 남과 북으로 갈라진 우리가 격렬히 싸우길 원하지. 나누면 다루기 쉬워지니까."

"언젠간 블레셋을 끝장내야 합니다. 지독한 작자들이에요."

요압이 미간을 찌푸렸다. 요압은 초창기부터 다윗을 따랐고 함께 광야를 떠돌았으며 용병이 된 다윗과 함께 블레셋의 모욕을 견뎠었다. 다윗이 사령관의 말을 담담히 받았다.

"때가 이를 것이다, 요압. 지독했던 대접을 되갚아 줄 그날이."

두 사람이 마주 보며 웃었다.

"우리가 블레셋을 이긴 횟수가 얼마나 되죠? 이스라엘과 유다로 갈라지기 전부터요."

아히도벨이 물었다. 왕과 그의 사령관이 얼굴을 마주 보았다.

"열에 두어 번이나 될까요." 요압이 답했다. "근래 들어서는 한 번도 없고요."

아히도벨이 고개를 저었다. 사울 왕 등극 직전 블레셋 연합체는 이스라엘과 싸워 이기고 여호와의 성궤까지 빼앗아 갔었다. 이후 수십 년 동안 뺏긴 성궤를 되찾을 엄두도 못 낼 정도로 이스라엘은 쇠약해져 있었다.

"당장은 뾰족한 수가 없습니다." 요압이 고개를 흔들었다. "이스라엘과 유다가 하나였을 때도 절절맸는데 말이죠."

"그나마 우릴 노리는 놈들이 블레셋 하나라는 사실에 감사해야 할 정도야." 다윗이 얼굴을 찌푸리며 팔짱을 꼈다. 그는 지도를 굽어보았다. 사방에 적이 든 칼날이 가득했고, 이스라엘과 유다는 당장에라도 피 흘리며 도살당할 것만 같았다. 그는 가장 큰 걱정을 조언자에게 물었다.

"전쟁이 일어날까?"

"블레셋과요?" 아히도벨이 되물었다. "아뇨."

"왜?"

"블레셋 다섯 왕이 서로를 어떻게 여기는지 아시잖아요. 그들은 서로를 경멸해요." 의문이 담긴 눈동자를 돌아보며 아히도벨이 덧붙였다. "이 세계 끝에서 저 세계 끝으로 오고가는 대상들이 여전히 제게 소식을 가져다줍니다. 그들이 얘기하더군요. 블레셋 왕들은 서로에게 등을 보이기를 두려워한다고요."

다윗이 미심쩍어했다. "그래도 침략이 없진 않을 거야."

"십여 명씩 소규모로 넘어와서 촌락을 털어가겠죠."

아히도벨의 대답을 들으며 요압은 저 똑똑한 길로 장로가 헤아린 숫자가 틀리지 않길 바랐다. 유다의 짧은 국경을 지킬 충분한 병력을 그들은 지니지 못하고 있었다. 게다가 상대가 블레셋이라면 더더욱.

나뭇가지를 구부리며 다윗이 긴 숨을 내쉬었다. "그것만 있다면 블레셋과 겨뤄볼 만할 텐데."

"무엇 말입니까?" 아히도벨이 물었다.

"철이죠."

잔뜩 잠긴 브나야의 목소리가 들리자 모두가 놀란 얼굴로 돌아보았다.

철광석을 녹여 무기와 갑주를 만드는 방법은 그 근방에서 오직 블레셋만 아는 특수한 기술이었다. 바다 건너에서 배워온 야금술로 블레셋 사람들은 힘을 덜 들이고 농사를 지었고, 수레바퀴와 투구 가장자리에 쇠테를 둘렀으며, 야문 칼로 적의 방패와 갑옷을 더 쉽게 쪼갰다. 그런 블레셋과 맞서기는 쉽지 않았다. 쇠칼을 든 블레셋을 상대하며, 이스라엘과 유다는 곤봉과 나무 방패의 빈약함을 충성심과 용기로 보충해야 했다.

"블레셋의 야금술은 **빼어나지**."

다윗의 목소리엔 짙은 고통이 배어 있었다.

"이스라엘도 쇠를 다뤄 병기를 만들면 좋을 텐데요."

왕과 요압과 브나야가 서로를 돌아보았다. 다윗이 요압에게 고개를 끄덕였다. 주변을 살핀 요압이 목소리를 낮췄다.

"쇠 다루는 기술을 우리도 이젠 압니다."

다윗을 돌아보는 아히도벨의 입이 벌어졌다. "정말인가요?"

다윗이 사울에게서 달아나 처음 간 곳은 광야가 아닌 블레셋이었다. 추종자들과 유대 광야 엔게디 요새에 들어가기 전의 일이었다. 그러나 블레셋 사람들에게 다윗은 사울만큼이나 큰 원수였고, 당연히 그를 죽이려 들었다. 다윗은 문에 몸을 비비고 수염이 젖도록 침을 흘려 미친 사람 행세를 해야만 했다.

"그래, 그 미치광이 행세를 하던 무렵에 처음으로 블레셋의 야금술을 보았지. 하지만 그걸 익히게 된 건 훨씬 뒤의 일이야." 다윗은 그 시절 이야기를 떠올리는 걸 좋아하지 않았다. "광야 생활을 마치고 블레셋 용병 생활을 할 때였지."

"우리에게 대장간을 안 보여주려고 갖은 애를 썼지요." 요압이 코웃음 쳤다.

"하지만 꼭대기에 오르는 길이 오직 하나뿐이던가. 우리는 대장장이 하나를 매수했고 그다음은 쉬웠어." 다윗이 한숨을 내쉬었다. "하지만 그 기술을 우리 걸로 만들기는 어찌나 고되던지."

풀무로 불기운을 높이고 거푸집에 쇳물을 굳힌 다음 적당한 돌과 물로 쇠의 날을 세우는 일.

저 아래에서 노랫소리가 들렸다. 일꾼들이 부르는 노래였다. 포도 즙 틀이 왁자지껄했고 높아지는 해가 간혹 구름에 잠겼다. 다윗과 요압의 시선을 번갈아 보던 아히도벨이 커다란 미소를 지었다. 자신을 부른 이유를 그제야 알아차린 것이었다.

"광석이로군요. 제가 그걸 구해야 하는 거군요."

다윗이 마주 웃었다.

아히도벨이 기억하기로 철광석은 요단 강 동편부터 홍해에 이르는 광대한 지역에 풍부하게 매장되어 있었다. 하지만 그곳은 모압과 에돔이 지배하는 땅이었다. 아하, 철광석을 구매할 수단이 필요하신 거로군. 철광석을 수입하려면 대상이, 그들과 연결된 선이 필요했다. 판매망과 접촉할 수 있는 내 경험 또한.

"판로부터 물건 운반에 이르기까지 모두 다. 수단과 방법을 가리지 말아야 해."

"그들은 파라오의 불알이라도 가져올 겁니다."

"가격만 맞는다면 말이지?"

만족스럽게 손바닥을 비비며 다윗이 웃었다. 아히도벨이 바닥으로 몸을 기울였다. 그의 손가락이 북쪽 바닷가에 점을 하나 찍었다.

"두로로군요." 요압이 알아보았다.

북쪽 해안에 자리한 두로는 명성 높은 무역항이었다. 세상의 모든 배가 그곳으로 가 싣고 온 진기한 물품을 내려놓았고, 자색 염료와 금속세공품과 옷감과 재목과 밀과 기름과 말을 싣고 그들이 왔던 세상 끝으로 되돌아갔다. 뱃머리에 성난 눈을 그려 넣은 두로의 배들은 남으론 이집트와 키레네를 오갔고, 북으론 시프러스와 로도스를 지나 드문드문 흩어진 섬과 그 너머 안개의 해안까지 항해했다. 두로에서 철광석 구하긴 차라리 쉽지. 아히도벨은 그걸 이곳 헤브론까지 운반하는 일을 근심했다. 두로에 접근하려면 여부스 인근을 지나 이스라엘 영토를 통과하거나 블레셋 땅을 가로질러야 했다.

다윗과 요압은 지도를 굽어보며 토론하는 중이었다. 다윗이 나뭇가지를 던졌다.

"요압 네 말이 맞아. 적은 많고 우리는 분열되었지. 하지만 나는 여전히 승산이 있다고 믿어."

"이스라엘을 가볍게 봐선 안 됩니다."

무릎을 굽힌 요압이 주먹으로 펼친 손바닥을 탁탁 쳤다.

"그들도 적인가요?"

아히도벨이 끼어들자 요압이 응수했다.

"우리에게 칼을 빼 드는 모든 자가 적이지요."

"갈라졌던 물길은 합쳐져야 하죠. 그게 순리입니다."

다윗의 눈길이 아히도벨에게 잠시 머무르다 떠났다. 요압이 왕의 주의를 환기시켰다.

"이스라엘의 칼날에 아사헬과 유다 병사들이 죽었습니다. 왕께서는 잊지 마십시오."

요압의 단호함은 우뚝한 암벽을 연상시켰다. 다윗은 대답하지 않았다.

"이스보셋 왕은 어떤 사람입니까?"

아히도벨은 궁금증을 참는 사람이 아니었다. 유다 지방에서 오래 살았던 아히도벨은 사울 왕가와 교류가 많지 않았다. 질문엔 긴장을 누그러뜨리려는 속셈도 얼마간 있었다. 아히도벨을 돌아본 다윗이 슬며시 웃었다.

"대체로 어머니를 닮았어. 아버지에게선 편두통을 물려받았지." 손에 묻은 흙을 턴 다윗이 하늘을 올려보았다. "시간이 꽤 지났군."

그들이 비탈 아래로 내려가자 브나야의 부하들이 그림자처럼 솟아나 앞과 뒤를 호위했다. 포도즙 틀 부근에선 노래와 박수 소리가 들렸다. 어느 나무에선가 쏙독새가 울었다. 왕이 사령관을 독촉했다.

"요압, 아까 지시한 사안 좀 검토해 와."

"지금 말입니까?"

"빨리 보고를 듣고 싶군."

요압이 서둘러 산비탈을 내려갔다. 왕과 아히도벨은 포도원에 남아 사령관을 바라보았다. 나귀에 올라탄 사령관이 헤브론으로 멀어졌다. 칼 손잡이를 쥔 브나야는 여전히 사방을 경계하는 중이었다.

"철을 손에 넣어야 해. 내 백성이 무장해야 해."

다윗이 손가락으로 수염 아래를 긁었다.

"광석과 불을 다룰 자들이 많아져야 합니다."

"몇 명 포섭해 두었어. 거푸집과 화로 만들 방법을 상세히 알려 주었더니 그럴싸한 걸 내놓더군. 이스라엘 사람들 손이 꼬부라졌다는 건 블레셋이 지어낸 거짓말이야. 우리도 잘 배울 수 있어. 안 그런 가?"

"옳습니다."

"화로를 많이 설치해야 해. 그것도 자네가 총괄하게. 비용을 아끼지 마. 쇠를 다루려면 물이 많이 필요하고, 불을 강하게 지피려면 숯도 적잖이 사들여야 해."

들어갈 비용과 인력을 어림잡던 아히도벨이 이마를 찌푸렸다. "보통 일이 아니군요."

다윗이 아히도벨의 어깨에 손을 올렸다. 그가 길로 장로의 눈을 깊이 들여다보았다.

"자네 목록 맨 위에 이 일이 올라가야 해. 지금까지는 요압과 브나야만이 이 계획을 알았어. 하지만 이젠 자네가 지휘해야 해. 호위대 병력 절반을 붙여주겠어. 그들을 써서 일을 진행시키게. 블레셋이 우리 머리 위에 발을 올리기 전에 쇠칼을 쥐어야 해. 시간이 많지 않아. 모든 피와 땀을 짜내어 내 백성을 무장시키게."

아히도벨이 다윗에게 엎드려 절을 했다. 활짝 웃은 다윗이 아히도벨을 일으키고는 브나야를 가까이 불렀다.

"이제 철과 연관된 모든 사업은 아히도벨이 담당한다."

브나야가 고개를 숙였다. "호위대는 모든 명령을 완수할 것입니다." 호위대장의 목소리가 무척 웅숭깊었다.

시간이 얼마나 있을까. 아히도벨은 블레셋이 걱정스러웠다. 그들의 국가는 이제 막 걸음마를 떼는 수준이었고, 의심 많은 아기스는 유다를 깊이 들여다보고 있었다.

"블레셋도 알게 될 겁니다."

"감출 수 있을 거야."

"얼마나 오래 그럴 수 있을까요?"

"글쎄." 다윗이 고개를 갸웃거렸다. "어떻겠나, 브나야? 우리가 제 때에 철로 된 무기를 지닐 수 있게 될까?"

"믿음으로 무장한다면 부지깽이로도 블레셋을 이길 겁니다."

브나야의 말에 다윗이 큰소리로 웃었다.

"자넨 좋은 제사장이 됐을지도 몰라. 그렇지?"

"그러기엔 너무 과묵한 편이죠." 브나야가 응수했다.

포도 밟는 광경을 보며 생각에 잠겼던 다윗이 눈을 깜빡였다. "결 국 시간과의 싸움이 될 거야."

산을 내려오는 유다 왕의 기분은 한껏 고조되어 있었다. 가까이 오 게, 조언자여. 그대에게 물어야 할 게 또 있으니. 주변을 둘러본 다윗 이 아히도벨의 팔을 부드럽게 잡아당겼다.

"한 가지 더."

"분부만 내리소서."

"이스라엘과 관련된 거야. 철광석보다 더 큰 일이지."

"이스보셋이 목 잘리고 시신이 성벽에 박혔답니까?"

다윗이 얼굴을 찡그렸다. "자넨 가끔 너무 신랄해."

"정말로 그렇게 생각하세요?" 아히도벨이 놀란 표정을 지었다.

다윗이 펼친 손으로 모사의 팔을 두드렸다. "이스라엘에서 밀사가 왔어."

"얼마 전에 아브넬을 시켜 공격해 놓고. 이스보셋도 꽤 뻔뻔하군요."

"이스보셋이 아니야. 아브넬이 보낸 밀사지. 들은 그대로 자네에게 읽어보지. 나 아브넬은 이스라엘을 들어 유다 왕 다윗께 드리려 합니다. 이 일을 논의하기 위해 뵙길 원합니다."

아히도벨이 저도 모르게 긴 휘파람을 불었다. 다윗이 고개를 끄덕였다.

"너무 좋아서 의심이 들 정도지."

"믿을 수가 없군요. 열 살만 더 먹었어도 졸도했을 겁니다. 놀랍군요. 놀라워요! 철광석에, 야금술에, 그 많은 철광석과 숯을 운반할 책임에, 이스라엘까지!"

생각에 잠겼던 아히도벨이 천천히 물었다.

"누가 이 일을 알죠?"

"저쪽은 모르겠어. 이쪽은 나와 충직한 그대, 그리고 내 그림자 브나야."

요압은 모르는군. 아하. 왕은 사령관에게 이 일을 알리지 않았어. 대체, 왜?

"비공개겠죠?"

"회담이? 아니. 아브넬은 공개적으로 만나길 원해. 낮에 헤브론 성문으로 당당히 걸어 오겠다더군. 아브넬의 밀사가 아직 헤브론에 있어. 답변을 줘야 해."

"사령관에겐 왜 감추셨지요?"

왕은 대답을 고르는 것처럼 보였다.

"내 조카는 말이야. 뭐든 잊어버리는 법이 없다네."

다윗 왕은 요압을 배제시키길 바라는군. 요압이 회담을 망쳐버릴까 걱정하고 있어. 아히도벨은 판단하기가 어려웠다. 여기에서 고개를 끄덕이게 되면 요압을 배제하는 일에 찬성하게 된다. 뭐든 잊어버리는 게 없는 요압은 아히도벨의 동조 또한 기억할 것이었다. 요압을 논의에 참여시키자고 할까? 자신이 낼 한 마디에 요압은 논의 중심에 진입할 수도, 밖으로 내던져질 수도 있었다. 하지만 아히도벨은 분수를 넘어서는 충고를 하고 싶지 않았고, 까다로운 요압을 잘 다룰 자신 또한 없었다. 그래서 아히도벨은 다른 사안을 끌어들였다.

"아브넬과 이스보셋의 알력이 그렇게나 대단했던가요? 그 사냥개가 제 주인을 물 정도로?"

"이스보셋은 왕관 없는 왕이지. 아브넬은 자기 일을 묵묵히 했을 뿐이라고 생각했겠지만 이스보셋은 다르게 여길걸." 다윗의 생각이 다른 곳으로 슬슬 옮아갔다. "아브넬은 이스라엘에서 인망이 높아. 그가 내게 고개를 숙인다? 무얼 더 바라겠나."

아히도벨이 고개를 끄덕였다. 좋은 조짐이긴 했다.

"또다시 이스라엘과 유다가 싸워선 안 됩니다."

아히도벨이 못을 박았다. 다윗이 숨을 길게 내쉬었다. 생각에 잠겨 있을 때 다윗의 눈빛은 깊어지고 목소리는 푹 잠겼다.

"아브넬이 진심일까?"

"조건을 걸지도 모르지요."

"자신이 지배하는 나라를 바치며 아브넬은 내게 뭘 요구할까?" 다윗은 회의적이었다. "아브넬은 책임감이 강한 사람이지. 사울 왕에게 충직했고."

"그를 좋아하시는군요."

"당연하지. 내게 나라를 주겠다는데."

두 사람이 함께 웃었다.

"왕이시여. 아무리 그래도 아브넬에게 성의 표시를 요구해야 합니다." 아히도벨은 한 판으로 판돈을 쓸어오기보다는 조금씩 꾸준히 따는 걸 선호했다. "담보를 요구하세요."

"떠보자는 건가?"

"담보를 앞세운 맹세가 아브넬을 구속할 겁니다."

"맹세라. 뭘 요구하지?"

아히도벨이 눈을 가늘게 떴다. "미갈 공주가 가장 좋습니다."

미갈은 사울 왕의 둘째 딸이자 다윗의 첫 아내였다. 다윗을 사위로 맞긴 했지만, 사울은 다윗을 질투했고 그를 죽이고 싶어 했다. 그때마다 미갈은 다윗 편을 들었고 남편이 달아날 시간을 벌어주려 아버지를 속이기까지 했다. 다윗이 광야로 달아난 뒤, 사울은 이혼을 선언했고 미갈을 발디라는 사내와 억지로 재혼시켰다.

다윗은 아히도벨의 말을 즉각 알아들었다. 미갈을 다윗에게 보내려면 집안의 가장인 이스보셋이 미갈과 발디의 이혼을 선언해야 했다. 아히도벨은 회담을 보증하는 일에 이스라엘 왕의 동의가 선결되게끔 단서를 단 셈이었다. 그 동의가 설령 시늉에 불과하더라도.

"다른 자와 결혼했어도 미갈은 여전히 사울 왕의 딸입니다. 이혼한 미갈과 재결합하게 되면 다윗 왕은 다시 사울 왕의 사위로 돌아가게 됩니다. 사울 왕의 사위에게는 사울 왕의 왕관을 물려받을 자격이 생기지요."

"절묘한 꾀야." 다윗이 미소 지었다. "아브넬의 밀사에게 미갈에 대해 말해 두겠어."

"아브넬이 온다면 대대적으로 환영해 주어야 합니다. 그를 구워삶아야 해요."

"맞는 말이야."

끄덕인 다윗이 요압을 곰곰 떠올렸다. 요압은 아직도 아사헬의 죽음에 대한 원한을 뜨겁게 간직하고 있었다. 아브넬과 충돌하기라도 하면 일이 온통 망가질 거야. 다윗은 도통 잊는 법이 없는 조카의 불같은 성미가 걱정스러웠다.

해가 높아졌고 그늘로 물러난 일꾼들이 원기를 돋우려 신 포도주를 삼켰다. 아히도벨을 독려하기 위해 다윗은 나귀 한 마리를 하사했다. 그는 베풀길 좋아하는 왕이었다. 그늘진 산등성이, 포도나무 우거진 언덕에서 그들은 작별했다. 왕이 아히도벨을 끌어안고 화평의 입맞춤을 했다.

"아브넬의 사절을 보내고 다시 논의하세."

시종 하나가 그를 마구간으로 안내했다. 나귀는 발굽과 이가 단단했고 손질된 털은 반들거렸다.

나귀를 타고 나오던 아히도벨은 축사 옆 창고를 지났다. 잡품을 쌓아 두는 장소인 모양이었다. 창고 문 앞 탁자 위엔 끌과 대패와 나뭇조각이 널려 있었다. 나귀에서 내려 대팻밥을 만지작거리던 아히도벨에게 지나가던 호위병이 일러주었다.

"왕께서 어젯밤 만드신 겁니다."

반들반들하니 깎인 나무틀은 긴 호를 이루며 구부러져 있었다. 손마디로 두들기니 맑은 소리가 통통 울렸다. 감돌던 소리가 귓전에 은근히 남았다. 나무틀에 낸 구멍 수를 세어보니 줄 열 개를 매는 보통비파와 달리 열두 줄을 매게 되어 있었다. 비파 열두 줄 그리고 히브리 열두 지파. 왕께서는 베냐민에서 유다까지를 하나의 악기 아래 나란히 묶어두고 싶으신 모양이었다. 이 악기가 언제쯤 완성될까. 아히도벨은 그것에서 흘러나올 선율이 궁금했다.

해가 진 뒤 아히도벨은 아들 엘리암의 집에서 손녀 밧세바와 함께 저녁을 들었다. 소녀는 할아버지와의 식사가 즐거우면서도 아버지의 빈자리가 못내 쓸쓸한 모양이었다.

소식은 다음 날 아침 날아들었다. 아히도벨의 질문을 받은 엘리암의 부관은 사령관 요압이 변경순찰 임무를 받아 오늘 새벽 헤브론을 떠났다고 대답했다. 허공을 바라보던 아히도벨은 고개를 잠깐 끄덕이기만 했다.

4
올무

어둠 너머 엘라나무 숲에서 구슬픈 올빼미 울음이 들려왔다. 깨어
난 리스바가 부스스 일어나 앉았다. 싱그러운 공기에는 엷은 꽃향기
가 배어 있었다. 한낮 열기에 부풀었던 대기가 달빛 아래 가라앉았
고, 금작화와 수선화의 향이 밤의 부드러운 가장자리에서 피어올랐
다. 잠든 아이들 위로 리스바가 몸을 기울였다. 알모니의 매끈한 이마
와 부드러운 곱슬머리를, 므비보셋의 짙은 속눈썹과 통통한 뺨을, 그
녀는 오래도록 바라보았다.

아주 오래전 일이었다. 사냥을 떠나려는 아버지 아야와 작별하며
어린 리스바는 물었다. 사랑하는 아버지, 땅은 저토록 드넓고 골짝
은 까무러치게 깊은데 어떻게 사냥감을 찾으시나요? 발뒤축 굳은살로
땅을 긁으며 아야는 대꾸했었다. 애야, 모든 존재는 자취를 남긴단다.

그러고 보니 므비보셋의 짙은 눈썹과 여문 보리 색깔의 피부에는 자신의 얼굴이, 알모니의 엷은 곱슬머리와 가는 입술에는 죽은 남편의 모습이 또렷한 것 같았다. 존재의 자취는 거기 그렇게 남아 있었다. 리스바가 자신의 보석들을 질리는 일 없이 들여다보는 동안 달은 높아졌고 부엉이 울음소리는 깊어졌다.

리스바는 짙은 갈색 머리에 녹색 눈동자를 지닌, 선이 고운 여인이었다. 둥근 이마가 가지런한 그녀는 유순하고 사랑스러운 인상이었고 미소 지으면 눈 끝이 부드럽게 휘어져 내려갔다. 끝이 가늘고 얇은 귀는 층지게 자른 머리카락 사이로 언뜻언뜻 드러났고, 잘 구운 빵처럼 엷은 갈색을 띠는 피부는 반들반들 윤이 났다. 남편 사울 왕이 죽은 뒤로 코걸이를 하지 않았기에, 콧방울의 아문 자국은 희미했다. 머리를 매듭지어 한데 묶길 좋아하는 그녀는 편한 차림새를 좋아했다.

침상에서 내려가려던 리스바가 동작을 멈췄다. 발목에 뭔가가 거치적거렸다. 리스바의 발목에 실이 묶여 있었고, 반대편 끝은 맏아들 알모니의 발목에 묶여 있었다. 실의 매듭과 아들의 잠든 얼굴을 그녀는 번갈아 보았다. 다시 부엉이가 울었다. 실을 당겨 끊은 리스바가 알모니에게 이불을 덮어주었다. 자기 발목에 남은 매듭을 깜빡 잊은 그녀가 의문에 찬 얼굴로 거듭 돌아보며 방을 나섰다.

문밖을 나온 그녀는 석회를 발라 매끈하게 마감한 좁고 긴 통로를 걸었다. 같은 건물이지만 이스보셋의 침전과는 건물 내에서 이동할 길이 막혀 있었다. 출입할 계단마저 따로 지닌 그곳은 리스바와 두 아들만의 공간이었다.

통로 반대편 끝에는 좁은 돌계단이 자리했다. 돌계단 위는 옥상이 었고, 아래는 담장이 둘러쳐진 안뜰로 통했다. 금작화와 수선화의 향은 거기서 피어오르고 있었다. 돌계단 옆에는 바깥 담장으로 시야가 반쯤 막힌 창이 뚫려 있었고, 창 아래에는 노간주나무로 만든 긴 의자가 놓여 있었다. 아침이 되면 리스바의 두 아들은 안뜰로 이어지는 계단 뒤쪽 식당을 향해 달음질을 하곤 했다.

침실 문을 당겨 닫은 리스바가 돌계단을 통해 안뜰로 내려갔다. 밤이 짙었다. 진홍빛 불기운이 안뜰을 감싼 담 밖을 돌다 저 너머로 사라졌다. 순찰하는 호위병이 든 횃불 끄트머리인 듯싶었다. 안뜰은 둥글게 쳐진 높다란 담 안에 조성되어 있었고, 일곱 걸음이면 반대편 담에 다다를 정도로 자그마했다. 돌계단과 아치형의 바깥 통로를 지닌 안뜰은 사울과 리스바 가족에게만 허락된 비밀한 공간이었다.

오늘 아침 내린 이슬은 평소보다 많았는데, 그 덕인지 물 먹은 꽃잎 색이 진해 보였고 싱그러운 풀대가 단단해 보였다. 신을 벗은 리스바가 무성한 풀잎 위를 밟았다. 한낮의 열기에 시달렸던 풀잎은 바삭거렸고 아직까지 꽤 따뜻했다. 길게 누운 풀잎이 발바닥 주름 사이를 기분 좋게 파고들자 머리 가죽이 저릿저릿해졌다. 발목까지 내려오는 쿠토네트 파씸쿠토네트와 달리 팔을 덮는 긴 소매가 달린 옷. 밑단도 상대적으로 길다을 들어 올린 리스바가 넓지 않은 안뜰을 천천히 거닐었다. 풀잎이 버스럭거릴 때마다 리스바 안의 무언가가 잘게 부서져 나갔고, 숨을 내쉴 때마다 마음 가득 일었던 티끌이 조금씩 사라져갔다. 그녀는 간혹 몸을 굽혀 말라가는 꽃에 눈길을 주었고 꽃잎에 코를 대보기도 했다. 어느덧 돌계단에 되돌아온 리스바가 뒤돌아섰다. 아치형으로 장식된 안뜰 출입구, 바깥으로 통하는 저 통로는 짙은 어둠에 가려져 있었다. 리스바에게는 허락되지 않은 세상이었다. 멀리서 자박거리는 소리가 들렸고 불그스름한 빛이 담장 위로 다시금 번져왔다. 신발을 집어 든 리스바가 계단을 올랐다. 그녀가 움켜쥐었던 자국이 쿠토네트 파씸에 굵은 주름으로 남았다.

룸만은 거기, 계단 옆 창가에 놓인 노간주나무 의자에 앉아 있었다. 흐릿한 달빛 아래 그녀는 석류 껍질을 벗기는 중이었다.

"안 주무시고 뭐 하세요?"

옷자락 끌리는 소리에도 고개를 들지 않던 룸만이 석류 껍질을 쓸어 모아 리스바가 앉을 자리를 마련했다.

룸만은 허리가 굵고 가슴이 풍성하며 구운 자고새처럼 피부색이 짙은 에돔 여인이었다. 룸만은 리스바의 유모였고 그녀가 철들기 전부터 가깝게 지냈던 사람이었으며 지금은 그녀의 아이들을 보살폈다. 겁먹은 것 같은 순한 눈으로 모두의 지루한 푸념을 불평 없이 들어주는 거로 유명한 룸만은, 주머니에 가득 넣은 과자나 말린 과일을 마주치는 사람들에게 조금씩 나눠주길 좋아했다. 희미한 달빛 아래, 룸만의 짧고 통통한 손가락이 껍질에 붙은 붉은 석류 알을 긁어냈다. 룸만의 주름진 입술이 새콤한 석류즙으로 촉촉했다.

"꽃밭에 다녀왔어." 룸만 곁에 앉은 리스바가 쿠토네트 파씸의 주름을 문질러 폈다.

"정원을 돌보는 일꾼들이 어제도 제게 불평했어요."

"풀을 밟으면 생기가 돋는걸. 유모도 해볼 테야?"

"꽃에게 미안해서 사양하겠어요."

뜨거워질 내일에 어차피 꽃은 말라 시들 것을. 리스바는 침실 쪽을 돌아보았다. 몸을 기울인 룸만이 달빛에 물든 바닥을 살펴보았다.

"바닥에 묻었을 풀물은 내일 닦겠어요."

"더러워지지 않았어. 룸만, 난 더는 유모의 아가가 아니라구."

"그래요. 마님은 이제 두 아이의 어머니이고 왕궁의 귀한 자리에 앉으신 분이죠."

방긋 웃은 룸만이 손바닥에 모은 석류를 리스바 손에 흘려주었다.

"유모가 석류를 먹으면 왜 그리 웃음이 나는지 모르겠어."

"왜 그런 이름을 지어줬는지 모르겠어요." 룸만이 고개를 저으며 투덜거렸다.

"무슨 말이야?"

"아버지는 신 과일을 싫어했거든요."

자디잔 루비들이 부서지며 입 안 가득 달콤한 화사함을 퍼뜨렸다. 씨앗을 입에 털어 넣은 룸만이 남은 석류 껍질을 벗겨내려 엄지손가락을 구부렸다. 껍질 안에는 붉은 씨앗이 **빽빽**이 들어차 있었다. 리스바는 딸에게 '석류'라는 이름을 준 늙은 유모의 아버지를 떠올려보았다. 그녀는 룸만의 아버지가 미간을 찌푸리게 만드는 상큼함 때문이 아니라, 많은 씨를 품은 탐스러움을 떠올리며 이름을 주었으리라 생각했다. 두 사람은 서로의 볼 안에서 나는 오도독 소리를 들었다.

"저는 아직도 마님의 대답을 기다리고 있어요." 룸만이 넌지시 입을 폈다.

입을 꾹 다문 리스바가 혀로 입 안 석류 알을 굴렸다. 내가 무슨 대답을 할 수 있겠어?

사울이 살아있을 때 그런 건 아니었다. 그 정도로 파렴치하지는 않았다. 간혹 지나치던 긴 복도에서, 성찬이 차려진 식탁 근방에서, 우거진 엘라나뭇가지 밑에서, 별들이 가득했던 왕궁 담장 옆에서, 북적이던 연회장 주변에서, 낙조가 머물던 회랑 어귀에서 둘의 눈빛이 얽혔지만, 그것이 의미를 지니게 된 건 불과 몇 달 전이었다.

그 날, 당혹스러울 정도로 섬뜩했던 불꽃은 두 사람의 심장을 서슴없이 삼켰다. 급작스러운 떨림 속에서 두 사람의 밤이 불면으로 사위었고, 그리움의 파고가 차츰 높아져 열병 앓는 그들을 질식시켰다. 부하들을 떼어낸 아브넬과 룸만을 따돌린 리스바가 담이 둘러쳐진 안뜰에서 부둥켜안았을 때, 그들은 자신의 가슴을 두드리는 상대방의 심장 고동을 마침내 들었다. 그 밤 아브넬의 뺨을 쓸어내리며 리스바는 깨달았다, 오른쪽 가슴은 마주 안은 연인의 심장 고동으로 채워야 함을. 그들은 낭떠러지로 가는 걸음을 멈출 수도, 멸망의 잉태를 그만둘 수도 없었다.

"얼마나 어리석은 짓인지!" 룸만이 한숨을 쉬었다.

"알아."

"제가 뭐라고 말씀드렸죠? 마님이 가진 가장 큰 약점이요."

"아이들."

그러나 그건 가장 강한 무기이기도 했다.

"왕은 사령관과 사이가 나빠요."

"이스보셋은 모두와 그래."

"아브넬과 특히 그렇죠."

룸만은 단단히 결심한 것처럼 보였다. 버텨 선 그녀가 숨을 들이쉬자 큰 가슴이 부풀었다.

"물론 왕도 사령관을 어쩔 순 없겠죠. 아브넬은 막강하니까. 하지만 왕은 마님과 두 왕자를 제 맘대로 처분할 수 있어요. 그분은 집안의 가장이니까요."

리스바가 주먹을 틀어쥐었다. "이스보셋이 내 아이들을 건드리면······."

룸만이 고개를 가로저었다. "왕을 어떻게 예측하겠어요? 그분은 아브넬을 미워하죠, 사울 왕께서 다윗을 그랬던 것처럼요. 왕은 마님을 해코지해서 아브넬을 얽으려 들 거예요. 아브넬을 다치게 할 순 없겠죠. 하지만 마님을 해쳐서 아브넬에게 고통을 줄 순 있어요." 룸만의 눈썹이 비파 몸통처럼 구부러졌다. "왕에게 빌미를 주지 마세요. 사령관과 관계를 끊어버려야 해요."

창밖 풍경 대부분을 가린 안뜰 담장을 내다보며 리스바는 근심 어린 표정을 지었다. 아브넬과의 관계를 알아챈 뒤부터 룸만은 지금처럼 잔소리를 하거나 눈물을 동반한 한탄을 쏟아 놓아 리스바를 압박해 왔다.

"대답하세요. 어쩌실 거예요?"

룸만이 독촉했지만 리스바는 대답하지 않았다. 그녀는 실과 매듭에 대해 생각하는 중이었다.

"마님과 사령관은 간통을 벌이는 거예요."

토라는 간통한 유부녀와 사내를 돌로 쳐 죽이라고 명령했다. 달빛 아래, 룸만의 단단한 눈동자는 타오르는 것처럼 보였다.

간통이라는 단어의 묵직함에 리스바는 새삼 놀랐다. 그녀는 그 단어가 자신이 맞을지 모를 돌만큼이나 단단하다고 생각했다. 그녀는 알모니를 떠올렸다. 자신을 재우다가 깜빡 잠든 어머니의 발목을 조잡한 올무로 엮으며 그 애는 대체 무슨 생각을 했을까.

두려움이, 참담한 가정이 그녀 안에 차올랐다. 그 애가 나를 왜 묶어두려 했지. 사내애들이 하는 흔한 장난이었을까. 매듭…… 매듭. 어쩌면 그 애 가슴에 가득했던 건 두려움이었을지도 몰라. 그 나이 아이가 감당 못 할 진실을 목격했을 때 품었음 직한, 끔찍한 두려움.

불현듯, 수치심이 그녀를 휘감았다.

그때 뭔가가 창턱에 부딪쳤다. 리스바가 몸을 기울였다. 잠시 후 작은 돌이 다시 창턱으로 날아들었다. 일어나려는 리스바를 룸만이 붙들었다.

"가지 마세요." 억센 에돔 억양이 튀어나왔다. "왕이 마님을 죽일 거예요."

리스바가 여종의 손등을 톡톡 두들겼지만 룸만은 꿈쩍하지 않았다. 다시 창턱에 돌이 부딪쳤다. 부딪친 작은 돌이 리스바의 머릿속에 끌 수 없는 불꽃을 일으켰다. 리스바가 속삭이듯 말했다.

"정리할 거야. 그 말을 하러 가는 거야."

룸만이 반쯤 일어났다. "제가 할게요. 제가 내려가 말씀을 전할게요."

"아냐. 직접 할 거야."

리스바가 돌아서려하자 유모가 팔에 힘을 주었다.

"제가 잘 전할게요."

"날 내버려 둬!"

낮고 단호한 리스바의 음성이 룸만의 고집을 깨뜨렸다. 풀죽은 여종이 시선을 떨어뜨렸다. 고개 숙인 룸만이 입 안에 남은 석류를 깨물었다. 그제야 리스바는 거칠어진 자신의 숨결을 깨달았다.

"유모는 몰라."

"마님은 제 젖을 먹었지요."

한숨 쉰 리스바가 룸만의 무릎을 끌어안으며 수그린 유모의 얼굴을 올려다보았다.

"룸만, 잘 들어." 그녀가 유모의 무릎을 두드렸다. "큰 아이가 알아챈 것 같아."

룸만의 눈이 커졌다. 턱을 바르르 떠는 그녀에게 리스바가 말했다.

"유모. 나도 좋은 엄마이고 싶어."

룸만이 잠자코 리스바를 바라보았다. 리스바는 룸만의 주름진 눈가에 자리한 공포를 읽었다. 저와 비슷한 것이 내 얼굴에도 드러나 있겠지. 리스바는 마음을 가다듬으려 애썼다. 구름에서 뛰쳐나온 달이 칼날처럼 위태로워 보였다. 그 아이가 언제 알아차렸을까. 리스바가 부르르 몸을 떨었다. 수치심에 사로잡힌 그녀는 다른 방법을 떠올릴 수가 없었다. 끊어야 해, 지금 당장 아브넬과 끊어야 해. 다시 한 번 창턱에 작은 돌이 부딪쳤다. 늙은 유모가 다정하게 말했다.

"발밑을 조심하세요. 구름이 짙어요."

무릎에 놓인 리스바의 손등을 룸만이 토닥였다.

돌계단 아래로 내려가는 급한 걸음 소리를 들으며 룸만이 한숨을 내쉬었다. 제 말이 들어갈 틈이나 있겠어요? 저도 알고말고요. 마님 가슴엔 신께서 불어넣은 정념의 숨결이 가득하겠지요.

"지독한 사랑 같으니!" 룸만이 웅얼거렸다.

이 늙은이의 가슴에도 그것이 자라 피어났던 적이 있었죠. 그 뿌리 때문에 메마른 가슴이 온통 갈라졌답니다. 누가 알까요, 꽃으로 뒤덮인 황홀경이 쓴 나물로 뒤바뀌는 그 고통을. 마님, 제가 빌게요. 신께 빌게요. 마님께서 어둠 속에서 꽃을 밟느라 손에 쥔 보석 두 개를 잃지 않게 해달라고 간절히 빌게요.

얼굴을 문지르며 룸만은 잠을 쫓았다. 나무 의자에 커다랗고 펑퍼짐한 궁둥이를 붙인 그녀가 달을 보며 입술에 묻은 석류즙을 핥았다. 발소리가 멀어졌고 옷깃이 격렬하게 스치는 소리가 희미하게 들렸다. 달빛도 미치지 못하는 어둑한 공간에서 몸을 맞붙이고 있을 두 사람을 상상하며 룸만은 불안에 젖었다.

마음이 무거운 탓에, 룸만은 복도 저 너머에 그들의 대화를 지켜본 누군가가 있다는 사실을 알아차리지 못했다.

이 소리가 들리는지 아브넬은 묻고 싶었다. 펄떡이는 그의 심장이 온몸에 전율을 뿜어 올리고 있었다. 흐릿한 달빛 아래 촉촉하게 타오르는 리스바의 붉은 입술이 반쯤 열렸다.

거친 호흡으로 아브넬은 연인을 부둥켜안았다. 그는 리스바의 심장 고동을 가까이 느끼고 싶었다. 두 사람의 손이 서로의 몸을 쓸고 또 쓸었다. 옷이 구겨졌고, 서로의 숨결이 귀밑머리와 구레나룻에 닿았다. 그 숨이 닿는 것만으로도 달아오른 격정을 감각하는 것만으로도, 살이 빨갛게 일어나 부풀 것만 같았다.

천천히, 조금 천천히. 지금 이 밤처럼, 좀 더 느긋하고 부드럽게.

그녀의 정수리에서는 가벼운 땀 냄새가 났다. 아브넬이 리스바의 뺨을 자기 가슴에 댔다. 어둠이 우묵이 고인 곳으로, 자라난 풀과 꽃으로 짙어진 벽으로 그녀를 끌어당기는 순간, 리스바가 입을 열었다.

"할 말이, 할 말이 있어요."

양손으로 청동 같은 아브넬의 가슴을 내리누른 채 리스바가 두 걸음 뒤로 물러섰다. 지금이 아브넬을 보는 마지막 순간이야. 별안간 든 생각에 리스바는 소스라치게 놀랐다. 그녀는 둘로 나뉘어 있었다. 끔찍한 결심을 품은 그녀와 서성이는 그녀가 리스바 안에서 서로를 마주 보고 있었다. 알모니가 묶은 올무는 리스바의 발목이 아니라 심장을 묶어버린 것만 같았다. 결심을 굳힌 그녀가 연인의 짙은 눈썹과 길고 갸름한 콧날, 엷은 광택 나는 거무스름한 살결과 사랑스러운 머리칼을 바라보았다.

영원히 잊지 않기 위해.

아브넬의 눈동자에는 의문이 떠올라 있었다. 불안을 품은 그는 리스바의 입술에서 자신을 아프게 할 말이 나올까 봐 겁먹었다. 군대를 지휘하고 적을 베고 쏟아지는 돌과 날아드는 단창을 향해 전진하던 거한이, 자신을 꺼꾸러뜨릴 연인의 말을 기다리며 눈을 깜빡이고 있었다.

어떻게 시작하지. 난감한 표정으로 리스바는 몸을 떨었다. 손을 편 그녀가 두근대는 가슴을 내리눌렀다.

"이 말을 내기가 얼마나 힘들었는지 몰라요."

아브넬의 지긋한 시선이 연인에게 머물렀다.

"돌아가신 내 아버지 아야는 좋은 분이셨어요. 어머니를 잃고는 늘 술에 취해 계셨지만, 그건 아픈 속을 달래려는 안간힘이었지요."

아야의 재산 한 무더기는 친척들의 갈퀴손에 순식간에 찢겨나갔다. 리스바를 돌보게 된 이모부는 조카를 구슬렸다. 네가 결혼할 즈음에 돌려줄 테니 네 어머니의 유품을 맡기렴. 리스바는 찰랑거리는 금 목걸이와 진주 박힌 반지를 넘겨줘야 했다.

룸만만 곁에 남았어도 리스바는 냉대와 푸대접을 견뎠을 것이다. 룸만을 팔고 리스바를 결혼시켜 하찮은 신부 값을 움킬 궁리를 하는 사촌들의 쑥덕거림을 엿듣자 그녀는 결심을 굳혔다. 리스바는 한 줌 남은 자기 세계가 바스러지는 걸 내버려 둘 수 없었다. 룸만을 부추긴 리스바는 이모부가 머리맡에 두는 나무함을 몰래 부수고는 은 덩어리 두 줌을 꺼내 머릿수건에 쌌다. 밤을 새워 달린 그들은 순전히 요행으로 뒤쫓아 온 사촌들을 따돌렸지만, 막상 자유의 몸이 되자 갈 곳이 없었다. 리스바는 유다의 길로 성읍으로 가려 했지만, 그조차도 여의치 않았다. 막연한 여행길 속에서 은 덩어리는 삽시간에 말라버리고 말았다.

"어떤 고초를 겪었는지 말씀 드렸었죠? 우린 물을 구걸했고 누렇게 곰팡이 슬고 벌레가 잔뜩 낀 말린 무화과를 주워 먹었어요. 그건 밭을 갈던 가난한 농사꾼조차 못 먹겠다며 내버린 것이었죠. 우린 가난한 자들이 내버린 쓰레기를 삼키며 살아남았어요."

아브넬은 온 신경을 집중하는 것 같았다. 아, 내가 할 이야기가 저이가 듣기 원하는 이야기였더라면. 그녀는 자기 말에 멍들 아브넬의 가슴을 쳐다보았다. 멀리 부엉이가 날개를 퍼덕였고 순찰병의 자박거리는 발소리가 멀어졌으며 리스바의 눈에 눈물이 고였다.

사해 근방까지 내려간 리스바와 룸만은 추수 끝난 밭에서 이삭을 줍고 마을 허드렛일을 감당하고 부글거리는 거품 속에서 빨래를 문질러 쉬어빠진 빵 덩어리를 받았다. 밤이 되면 그들은 마을 성소 담 아래로 기어들어가 그늘을 침상 삼고 달빛을 이불 삼아 혼절하듯 잠들었다. 미천한 여인들이 대개 그렇듯 맨발에 누더기 차림인 그들은 굶주림으로 눈이 푹 꺼진 방랑자였다.

"나중엔 먹을 걸 얻기 위해 몸을 팔려고 했지요." 썩지 않은 음식을 먹는 일이 그녀의 유일한 소원이었다. "룸만이 머리를 쥐어뜯으며 울부짖지 않더라면 정말 그렇게 했을 거예요."

아가씨의 이모부님이 절 팔겠다고 해요? 우리를 떼어놓겠다고 하나요? 그런 게 가능할 리 없어요. 아가씨와 저는 한데 묶여 있는 걸요. 우리가 영원히 그럴 거라는 걸 아가씨도 알고 저도 알죠. 룸만은 야엘에게 받은 친절한 대접을 딸인 리스바에게 돌려줘야 한다고 믿었다. 룸만, 내 곁에 있어 줄 거야? 리스바는 수도 없이 물었고 룸만은 그때마다 대답했다. 남을 거랍니다, 귀여운 아가씨. 아가씨가 버리지만 않으면 이 쓸모없는 에돔 계집은 아가씨 곁에 머물 거랍니다. 영원히 말이지요.

"그렇게 비천한 지경에 빠진 우리를 구원한 분이 사울 왕이었어요."

암몬과 전투를 벌이고 마하나임으로 귀환하던 사울은 길가에서 우연히 얽힌 리스바의 눈길에 묘한 끌림을 느꼈다. 그는 누더기 걸친 소녀와 그녀의 여종을 가까이 불렀다.

"만일 사울 왕이 내 몸을 강제로 열려 했다면 혀를 깨물었겠지요." 사울은 리스바를 진심으로 환대했고 마음 문을 여는 데 오랜 공을 들였다. "얼마 되지 않아 저는 그분을 사랑하게 되었어요."

리스바가 손가락으로 눈 밑을 훔쳐 고인 눈물을 흩었다. 진하고 끈끈한 수액이 가득 담긴 우기의 초목들처럼, 리스바의 그 시절은 슬픔과 고통으로 꽉 차 있었다. 그러나 그러한 슬픔과 고통은 기쁨의 원천이기도 했다. 왕의 여자가 된 행운 때문이 아니었다. 누군가에게 기대지 않고 척박한 삶을 어떻게든 꾸려가려 했던 기억이 리스바에게 향긋한 자부심과 은은한 만족을 주었던 것이다.

아브넬은 리스바에게 귀를 기울이고 있었다. 그는 마음 졸이며 리스바의 이야기에 열중했다. 사울과의 추억이 사랑의 발길을 잡아맨다는 뜻일까. 사울이 지핀 사랑의 심지가 아직 저 여인 안에 꼿꼿하다는 이야기인가. 아브넬의 입안이 바짝 말랐다. 사랑 때문에, 오직 그 이유로 인해 아브넬은 불안이 주는 고통을 견딜 수 있었다.

"당신 말을 기다리고 있소." 차분해지기 위해 아브넬은 숨을 가다듬었다.

아브넬, 사랑하는 아브넬. 당신을 볼 때마다 죄책감을 느꼈다는 말을 어떻게 할 수 있을까요. 누더기 차림의 나를 구원해 주고 내게 보석 같은 두 아들을 주고 십 년이 넘도록 평안한 삶을 제공했던 사울로 인해 빚어진 죄책감을요. 리스바가 제 가슴을 괴롭게 내리눌렀다.

"죔쇠로 단단히 묶인 것만 같네요."

보이지 않는 손을 들어, 리스바는 자신을 묶은 것들을 매만져 보았다. 사랑스러운 아이들도 짜릿한 아브넬도 전왕의 첩이라는 신분도 아들이 묶어놓은 실도, 그녀에겐 올무였다. 그것은 살아있음으로 인해 지워진, 어찌할 수 없고 부술 수도 없는 속박이었다. 그녀가 아브넬을 바라보았다. 갈망을 불러일으키는 그 붉은 입술에서 리스바는 시선을 돌릴 수 없었다. 그녀는 지금껏 돌이 두렵지 않다고 말해 왔고 실제로도 그랬다.

그 순간 리스바는 깨달았다. 그녀가 두려워한 건 자신과 아브넬에게 날아들 돌이 아니었다. 어머니가 죽은 아버지를 배반했다는 단단한 진실이 아들들을 후려칠까봐 그녀는 겁이 났던 것이다.

"계속 이럴 순 없어요." 리스바는 아브넬을 이해시킬 말을 더듬었다. "당신의 적들이 우리 관계를 알면 가만있지 않을 거예요."

"적? 이스라엘에 나를 거역할 자가 있단 말이오?"

아브넬이 호기롭게 말했지만 리스바의 굳은 얼굴은 펴질 줄 몰랐다. 그녀가 벽 앞에 웅크리자 아브넬이 곁으로 다가왔다. 리스바가 치맛단을 살짝 추켜올리자 복사뼈가 드러났다.

"큰애가 묶은 거예요."

주저앉아 발목에 감긴 실을 붙들며 리스바가 말했다. 그녀의 표정을 살피려 아브넬이 몸을 기울였다. 쪼그려 앉은 리스바가 손가락을 넣어 실 가닥을 끊었다. 아브넬이 연인의 얼굴을 감싸려 손을 뻗었다. 리스바는 단호히 고개를 돌렸다. 그녀의 뺨은 젖어 있었다.

구슬픈 부엉이 울음이 안뜰에 가득했다. 아브넬은 며칠 전에 있던 이스보셋과의 일을 떠올렸다. 이스라엘 사회에서, 죽은 왕의 여자를 취한다는 건 죽은 왕이 점했던 권력과 지위와 그의 나라마저도 모두 갖겠다는 의사표시로 받아들여졌다. 이스라엘 사령관인 아브넬은 선망의 대상이었고, 어떤 여인도 자기 집에 들일 수 있는 힘이 있었다.

그러나 그는 사랑해서는 안 될 단 한 사람을 사랑했다.

리스바가 손을 뻗어 안뜰 벽을 짚었다. 벽이 드리운 그림자에 리스바가 검게 잠겼다.

"미안해요."

"뭐가 말이오?"

"전부 다. 모든 게 다."

말을 잊지 못한 두 사람이 서로를 바라보았다. 충동적으로 손을 뻗은 리스바가 아브넬의 잘 손질된 수염과 탄탄한 목덜미를 어루만졌다. 아브넬의 쿠토네트는 어둠에 잠겨 새카매 보였고, 거기를 짚는 건 꼭 심연에 손을 담그는 것 같았다. 청동 문 같은 가슴 안에서 용암을 뿜으며 아브넬의 심장이 고통으로 요동쳤다. 리스바가 아브넬의 가슴에서 손을 뗐다.

"안녕, 아브넬. 이젠 이곳에 내려오지 않을 거예요."

깨물린 입술이 하얗게 질렸다. 뒤를 돈 리스바가 안뜰을 가로질렀다. 진흙 속을 걷는 것만 같았다.

토막토막 끊어진 리스바의 말들이 모두 이해된 건 아니었다. 하지만 아브넬은 말이 아니라, 그녀 내면에서 퍼져 나온 울림으로 리스바의 속내를 이해했다. 아브넬이 리스바를 급히 붙들었다.

"리스바, 이건 너무……."

"아뇨, 이미 늦은 걸요."

"시간을 줘."

"시간이 있다 한들, 뭘 어쩌겠어요?"

아브넬은 정직해야 한다는 걸 알았다. 조금도 보태선 안 되었다.

"아무것도 약속할 수 없소. 당신에게 청혼하고 아이들의 아버지가 되어주겠다는 내 간절한 바람조차 약속할 수 없어. 우리 사이엔…… 사울이 있지. 하지만 리스바, 시간이 필요해. 당신을 묶은 것? 끊어내겠소. 내가 모두 끊어내겠어. 당신을 조이는 그 모든 걸……."

리스바가 고개를 저었다. 돌아서지 않은 채 그녀는 손가락으로 담장 밖 어둠을 가리켰다.

"우린 이 깊은 밤을 틈타 만나왔죠. 앞으로도 그럴 테고요. 저 출입구가 횃불 든 왕의 부하들로 메워지면 우린 재판정에 넘겨질 거고 당신과 나는 참관인들이 던진 돌에 함께 묻히겠지요."

"내가 여기에서 당신을 꺼낼 거요. 기다려주시오. 고향이 아니어도 상관없지. 어디든 좋은 곳으로 당신과 왕자들을 데려가겠소. 거기서 당신이 내 아내와 아이들의 엄마로 살아가게 해주겠소."

리스바에게 아브넬의 갈망과 다급함이 느껴졌다. 그녀는 굳어지려는 발을 단호하게 떼었다. 그러나 아브넬의 열망으로부터 멀어지기는 너무도 어려웠다.

"리스바! 당신을 원해. 제발!"

리스바는 저항했다. 하지만 몸이 움직여지지 않았다. 알지 못할 힘이 그녀를 꽉 붙든 것만 같았다. 리스바에게 다가온 아브넬이 석상처럼 굳은 그녀를 단단히 끌어안았다.

그녀는 창턱을 두들기던 작은 돌을 떠올렸다. 그것이 피워 올렸던 자그마한 불꽃.

그녀의 이름은 리스바였다.

그건 히브리말로 뜨거운 돌이라는 뜻이었다.

5

삼키는 칼

대추야자열매가 익어갈 즈음 아브넬은 헤브론으로 떠났다. 여행하기 좋은 계절은 아니었다. 모래 머금은 뜨거운 남서풍이 덮쳐올 때마다 그들은 퍼덕이는 머릿수건으로 입을 감싸며 숨을 멈췄다. 콧구멍에 모래먼지가 들어찬 나귀들이 고개를 흔들며 신경질을 부렸고, 그때마다 뻑뻑한 수레 축이 끽끽거렸다.

그들은 많은 예물이 실린 수레와 함께였고 여정은 더딜 수밖에 없었다. 이틀이 지난 뒤에야 속도가 붙기 시작했다. 아브넬 일행은 좀처럼 쉬지 않았고 달이 뜬 뒤에야 천막을 치고 불을 지폈다. 멀찌감치 정찰 나갔던 병사들은 한밤이 되기 전 돌아왔다. 나귀 뱃대끈을 늦추며 정찰병들은 헤브론과의 남은 거리를 보고했다. 모레 오전이면 헤브론에 도착하겠구나. 불침번을 정해 준 아브넬은 그런 생각을 하며 잠자리에 들었다. 기우뚱한 아몬드나무 위로 달이 걸렸고 낮 동안 들썩였던 모래가 하얗게 잠잠했다.

미갈을 보내는 일은 쉽지 않았다. 이스보셋은 누나를 전남편에게 돌려보내겠다는 결정에 몹시 화를 냈다. 하지만 장로들은 아브넬의 의견을 이미 추인했고 이스보셋은 기댈 곳이 없었다. 인장 반지를 바닥에 내던진 왕이 무기력으로 몸을 떨었다.

사울이 골리앗을 죽인 장수에게 주겠다던 딸은 원래 장녀 메랍이었다. 그러나 다윗은 미갈과 결혼했다. 다윗에게 반한 미갈이 아버지를 졸랐기 때문이었다. 다윗을 사랑한 미갈은 남편을 증오하는 아버지에게 절망을 느꼈다. 아버지에 의해 이혼이 선언되고 발디와 강제로 결혼하던 날 미갈은 머릿수건을 깊이 눌러써 부은 눈을 감추었다. 미련한 발디는 고상한 미갈의 성에 차지 않았다. 그러나 미갈을 향한 발디의 마음은 꽤 뜨거웠고, 아브넬에 의해 강제로 이혼하게 되었을 때는 미갈이 탄 가마를 한참 동안 울면서 쫓아오기까지 했다. 미갈은 곧장 유다 헤브론으로 보내졌다. 그렇게 다윗은 옛 아내와 재결합했고, 이스라엘을 양위 받을 법적 지위를 회복했다.

나귀에 앉아 아브넬은 리스바를 떠올렸다. 다윗이 사울의 아들들을 어떻게 대할지 모르겠다며 리스바는 불안해했었다. 복수가 당연한 권리로 인정되고 당한 대로 갚아주는 게 정의라고 믿어지는 사회에서, 다윗은 예외적인 사람이었다. 그는 사울을 죽일 여러 번의 기회를 스스로 포기했고 왕의 자살을 도운 사람을 죽이기까지 했다. 다윗은 여호와가 세운 왕을 사람이 끌어내릴 수 없다고 여겼고, 왕에 대한 실망이 신에 대한 불신으로 이어져선 안 된다고 믿었다. 다윗만큼 사울을 존중한 사람은 없었다. 리스바는 눈을 가늘게 뜨며 물었었다. 다윗의 관용이 우리에게도 미칠까요.

사울의 첩이 낳은 아들들에게도?

리스바는 의심스러워했지만, 아브넬은 이를 여성 특유의 민감함으로 여겼다. 아브넬과 작별하기 직전에야 리스바는 겨우 진정했다. 그러나 불안감은 가라앉은 것일 뿐 사라진 게 아니었다. 왜 그리 불안했는지 얼마 못 가 리스바는 깨달았지만, 그건 훗날의 일이었다.

나귀는 잘 훈련되었고 걸음도 가지런했다. 작별 직전 아브넬은 모든 일이 정리되면 고향 기브아로 함께 가자고 말했다. 사람들이 사울왕과 리스바의 과거를 깡그리 잊을까. 그렇지 않더라도 무슨 상관인가. 내가 돌아오면 저 멀리 떠납시다. 그건 아브넬의 청혼이었다. 리스바는 활짝 웃어 보였다. 그녀의 눈가에 진 잔주름은 아름다웠다. 아브넬은 후파결혼식에 쓰이는 화려한 천막 아래로 들어서는 화관 쓴 리스바를 떠올렸다. 내가 그 어여쁜 손가락에 슈라못 반지를 끼워 주리라. 모래먼지를 머릿수건으로 막으며 아브넬은 미소 지었다.

기브온 성문은 활짝 열려 있었다. 지난봄 이스라엘과 유다가 전투를 치른 곳이었다. 양과 염소를 앞세운 목동들이 언덕 아래를 가로지르고 있었다. 빈 밭을 덮었던 눅눅한 핏자국은 사라지고 없었다.

"우리는 거기를 헬갓 핫수림이라 부릅니다."

아브넬 앞에 불려온 목동이 대답했다. 그건 날카로운 칼의 밭이라는 뜻이었다. 아브넬은 이 밭에서 죽은 대표들을, 전투 전날 자기가 직접 선별했던 기골 장대한 사내들을 떠올렸다. 아브넬! 네가 내 아우를 죽였구나. 아사헬의 죽음에 책임을 돌리던 요압의 생생한 외침이 되살아나 아브넬의 마음을 무겁게 했다. 아브넬의 부하가 가죽 두레박을 던졌지만 마른 우물에서는 진흙만이 딸려왔다.

다음 날 기브온 남쪽에서 아브넬 일행은 삼백 명의 유다 병사를 만났다. 다윗이 붙여준 호위병이었다. 아브넬은 다윗의 호의에 기뻐했다. 든든한 호위병이 붙자 아브넬의 독촉이 거세졌다. 이스라엘에서 멀어질수록 아브넬은 예민해졌다. 그는 회담을 마치자마자 떠날 계획이었다. 여행 내내 아브넬은 마하나임을 걱정했다.

그들이 헤브론 인근에 다다랐을 때 해는 가장 높은 곳에 떠 있었다. 높은 산 위에 세워진 헤브론은 아브넬 일행을 굽어보는 듯했다. 수레 끄는 나귀들이 터벅터벅 걸었고 아브넬의 나귀가 푸득거렸다. 구불구불한 길은 산자락에 눌어붙은 것만 같았다. 헤브론으로 이어지는 길 양쪽에는 수백 명의 사람이 늘어서 있었다. 환영 인파였다. 수많은 사람이 환호하며 인사를 보냈고, 어리둥절했던 아브넬 일행도 간간이 손을 흔들어 화답했다. 높이 자리한 헤브론 성문에서는 경쾌한 음악이 들렸다. 북쪽 사람들을 맞으러 악사들이 늘어선 모양이었다.

길고 긴 경사로의 끝은 헤브론 성문이었다. 성문 안쪽엔 유다 장로들과 다윗의 부하들이 서 있었다. 아브넬이 나귀에서 내렸다. 이스라엘 사령관이 칼을 풀자 수행원 모두가 이를 따랐다. 손잡이가 화려하게 세공된 철검 몇 개와 손때 묻은 청동 검 수십 개가 수비대 건물 안쪽 벽에 나란히 세워졌다.

성문에 들어선 아브넬에게 유다 제사장들의 인사와 축복이 쏟아졌다. 이스라엘과 유다의 분열은 제사장들에게도 영향을 미쳤는데, 제사장 아비아달을 비롯한 몇몇이 광야까지 다윗을 따랐고 유다가 세워지자 유다 왕국 제사장이 되었다. 제사장들은 성장 차림이었는데, 소매 달린 쿠토네트 위에 소매 없는 푸른색 겉옷에 에봇을 덧입은 차림이었다. 금색, 청색, 자색, 홍색 실을 가늘게 꼬아 짠 바둑판 모양의 천에 열두 지파를 상징하는 열두 개의 보석을 박은 에봇은 제사장만 입을 수 있는 옷이었다. 하얗고 둥근 제사장의 모자엔 규례에 따라 '여호와께 성결'이라는 문장이 새겨진 금패가 달려 있었다. 그들이 환한 얼굴로 아브넬 일행을 맞았다.

"기쁨의 아들이여!" 제사장들을 이끌며 아비아달이 외쳤다. "함께 걸읍시다. 복된 걸음으로 다윗의 왕성을 거닙시다."

아브넬 일행과 다윗의 부하들이 나란히 섰다. 제사장들을 따라 그들은 헤브론 왕성을 걸어 올라갔다. 제사장들이 걸을 때마다 푸른색 겉옷 아랫단에 둥글게 장식된 금방울과 석류 모양으로 깎인 붉은 보석이 짤랑거렸다. 주택 옥상에 올라간 사람들이 푸르고 싱그러운 대추야자가지를 흔들었고 향료 만들려고 모아둔 말린 꽃잎을 뿌렸다.

헤브론은 이스라엘과 유다를 통틀어 가장 높은 곳에 세워진 성읍이었다. 하늘에 가장 가까웠기에 헤브론은 예전부터 제사 드리기에 알맞은 땅으로 여겨졌다. 다윗은 헤브론 서쪽 높은 지대에 자리한 안뜰 너른 이 층 건물을 왕궁 삼았는데, 헤브론 유력자 중 하나에게 값을 제대로 치르고 사들인 집이었다. 요압은 왕궁 양쪽 집을 허물고 싶어 했고 브나야도 확장 공사에 찬성했지만, 다윗은 허락하지 않았다. 이제 막 나라를 세운 그는 헤브론 거주민의 지지가 너무도 간절했다. 백성을 밟고 서면 발밑이 들썩거리는 법이야. 요압과 브나야는 왕의 신념을 꺾지 못했었다.

왕궁이라 하기에 너무도 옹색한 그 집 앞에서, 세마포 쿠토네트 위에 양털로 짓고 쪽빛으로 염색한 겉옷을 입은 다윗은 선 채로 아브넬을 맞았다. 무릎을 꿇어야 할지 어쩔지 고민할 짬을 주지 않으려 다윗은 아브넬에게 서둘러 다가갔다. 유다 왕이 이스라엘 사령관을 당겨 안았다. 이스라엘 일행을 따라 헤브론 왕궁까지 걸어온 수백 명 환영 인파가 손뼉치고 환호했다. 그 사이로 아브넬은 다윗의 들뜬 목소리를 들었다.

"형제여, 환영하오!"

융단 깔린 큰 홀에는 편편한 방석과 양털 넣은 말랑말랑한 받침이 마련되어 있었다. 홀 끝에 자리한 왕좌는 흰 천으로 덮여 있었다. 손님들이 예정된 자리에 앉자 종들이 음식이 담긴 커다란 은그릇을 들였다. 은그릇의 벌어진 양 귀를 종 두 사람이 들었고, 뜨끈하게 오른 향긋한 김이 뒤쪽으로 물결쳤다.

구운 자고새가 가장 먼저 놓였다. 회녹색 잎과 노란 꽃을 지닌 운향으로 맛을 돋운 자고새의 노릇한 껍질은 기름으로 촉촉했고, 회향과 박하로 맛을 낸 소스에는 작은 콩과 부추가 버무려져 나왔다. 탈곡한 지 얼마 안 된 밀을 곱게 갈아 아몬드와 피스타치오와 꿀과 함께 반죽한 따뜻한 케이크가 나왔고, 향이 짙고 쌉싸래한 뒷맛이 매혹적인 포도주가 작은 항아리 수십 개에 나뉘어 담겼으며, 소금과 향신료로 풍미를 더한 구운 물고기가 뒤따랐다. 시장한 자들의 혀 밑에 군침이 감돌았다. 마늘과 양파와 함께 구워져 나온 붉은 사슴고기는 독특한 향으로 이목을 끌었는데, 그건 회향과 계피를 교묘히 배합한 주방장의 야심작이었다. 풍부하게 제공된 이집트 오이는 길쭉하고 물이 많아 먹는 이를 기쁘게 했다. 계절 때문에 과일이 마땅치 않았지만 탓하는 이는 없었다. 다윗은 악사들을 독려해 흥겨움을 고취시켰고, 주방을 독촉해 식탁을 풍성하게 채웠다. 먹고 마시며 그들은 흡족히 즐겼다.

"당신을 다시 만나다니."

아브넬의 양해를 얻은 다윗이 북쪽에서 온 사람들 사이를 오가며 인사를 나누었다. 옛 동료들의 환심을 사고 그들의 마음을 얻기 위해, 다윗은 자기 마음을 기꺼이 내어주었다. 다윗은 기억이 불러일으키는 달콤한 은은함에 미소 지었고 혀끝에 감기는 추억의 쌉싸래함에 신음했으며 세월의 빠른 걸음에 그만 탄식했다.

길보아 전투에 살아남은 사람들 앞에서 다윗은 오래 머물렀다. 그는 사울 왕의 최후에 대해 듣길 원했다. 사울의 살에 박혔던 화살과 그의 갑옷을 파고들었던 칼날이 다윗의 가슴을 저몄다. 유다 왕의 눈에 눈물이 차올랐다. 그건 쉬운 일이 아니었다. 주인이자 장인이자 왕인 사울은 다윗을 증오했고 죽이려 들었으며 그의 아내를 빼앗아 다른 이에게 주었기 때문이었다.

그리고 그런 사울에게 가장 충직했던 부하가 바로 아브넬이었다.

그는 사로잡힌 다윗의 부하들을 광야 언저리에 매단 사람이었고, 다윗을 밀고하러 온 자에게 은 덩어리를 내주던 사람이었다. 사울이 부하들을 이끌고 깊은 광야를 뒤졌을 때 아브넬은 가장 가까이서 왕을 모셨다. 다윗 무리를 죽이기 위해 타오르는 광야를 헤매고 쥐똥과 죽은 도마뱀이 두껍게 깔린 동굴을 뒤적이며 어둑새벽 식어가는 모닥불에 손을 대 달아난 다윗과의 거리를 가늠하던 자가 아브넬이었다. 하지만 다윗은 아브넬을 미워하지 않았다. 그는 아브넬이 사냥개임을 알았고, 좋은 사냥개는 주인의 명령 없이는 물지 않는 법이라고 믿었다. 아브넬은 사울 왕에게 충직했던 것뿐이야. 다윗은 이스라엘과 유다를 통합시키기 위해 아브넬이라는 요긴한 수단이 필요했다. 다윗은 사울에게 그랬던 것처럼 아브넬이 자신을 충성스럽게 섬겨주길 바랐다.

악사들이 연주하는 비파와 수금 소리가 은은해졌고 그 사이로 웃음소리가 터져 나왔다. 아히도벨은 연회 분위기가 만족스러웠다. 갈라졌던 이스라엘과 유다가 순조롭게 합쳐질 것 같아. 만족스러운 얼굴로 입술과 손끝에 묻은 기름기를 빵조각에 닦아내던 아히도벨이 홀 한 귀퉁이에 앉은 미갈을 그제야 발견했다. 턱을 치켜들고 잔잔하게 미소 짓는 그녀는 홀 전체를 굽어보는 것처럼 보였다. 숨 막히게 높은 곳에서 비천한 아래를 들여다보는 것만 같군. 멀찌감치 미갈을 건너보며 아히도벨은 그런 생각을 했다.

그 유명한 다윗의 용사들이 보이지 않는군. 운향으로 맛을 돋운 자고새를 우물거리며 아브넬은 생각했다. 연회에 당연히 참석했어야 할 유다 사령관도 보이지 않았다. 다윗의 배려인가. 아브넬은 고마운 마음이 들었다. 요압에게 할 위로의 말이 마뜩잖아 고민하던 차였다.

잠시 쉬었던 악사들이 원기를 회복해 다시 연주에 나섰을 즈음에도 홀 안은 여전히 친밀한 대화와 웃음소리가 가득했다. 다윗이 아브넬 곁으로 돌아오자, 아히도벨이 다윗에게로 몸을 기울였다. 나란히 앉은 그들이 드문드문 대화를 나눴다. 아브넬의 요구는 아히도벨이 예측한 것과 그리 다르지 않았다. 다윗은 아브넬의 조건을 두말하지 않고 수용했다. 다윗은 사울이 임명한 장군과 관리와 제사장의 직위와 재산을 빼앗지 않겠다고, 이스라엘 장로를 유다 장로와 동등하게 대우하겠다고 약속했다. 사울 왕가의 재산과 생명 또한 보장했다.

"임시방편이었지. 즉흥적이었고." 다윗은 자신이 즉위한 경위를 설명했다. "생각해 봐요, 아브넬. 유다는 블레셋과 바로 붙어 있잖아요? 유다 장로들은 블레셋이 곧 밀어닥칠 거라고 판단했어요. 그들은 혼란을 막아줄 지도자가 필요했는데, 마침 내 생각이 났던 거요."

"저 또한 혼란을 막아야 했습니다. 아들이 아버지를 잇는 게 마땅하다고 여겼지요."

"그래. 우리 둘 다 그럴 수밖에 없었던 거요."

다윗이 고개를 끄덕였다. 아브넬은 이스보셋을 입에 올렸다. 두 사람 모두 이스보셋을 매우 민감하게 다루어야 한다는데 뜻을 같이했다. 다윗은 피를 바라지 않았다.

"이스보셋에게 직접 왕관을 넘겨받을 수 있겠소?"

아브넬은 그럴 필요가 없다고 대답했다.

"이스라엘 제사장들과 장로들이 기름을 부었으니 그들이 여호와께 제를 올려 사죄하고 왕 삼았던 걸 철회하면 그만입니다. 다윗 왕께서 직접 양위를 받을 필요는 없습니다."

종잡을 수 없는 이스보셋을 굳이 무대 위로 올릴 필요는 없다고 아브넬은 생각했다. 다윗의 생각은 조금 달랐다.

"그게 여호와의 뜻과 합치되는지 모르겠소. 제사장들과 논의해 봐야겠는 걸."

두 사람은 이스라엘과 유다의 제사장들에게 각각 해석을 부탁하고 협의 하에 이를 처리하기로 결정했다.

"단에서 흐른 물은 남쪽에 고입니다."

한참 뒤 아브넬이 입을 떼자 다윗이 몸을 기울였다. 가장 북쪽에 위치한 단 지파에서 남쪽으로 흐른 물은, 갈릴리 바다를 이루고 요단강이 되었다가 사해에 다다라 고였다.

"북쪽 사람 모두의 마음이 남쪽으로 속속 흘러들어올 겁니다." 다윗을 돌아보며 아브넬이 덧붙였다. "북쪽 물이 남쪽으로 흘러들어오듯 말입니다."

알아들은 다윗이 흡족한 미소를 지었다. 백단목으로 만든 비파 두 개가 짝을 이뤄 화음을 냈다. 모든 것이 한껏 무르익어갔다.

"장로들이 회합을 통해 결정을 내렸다고 했지요?" 다윗이 물었다.

"이스라엘 장로들이 제 제안에 동의한 겁니다."

"나는 그대는 믿소."

잔 가장자리를 매만지던 다윗은 이스보셋을 염두에 두고 있었다. 남은 포도주를 꿀꺽 삼킨 아브넬이 대답했다.

"제가 이미 다윗 왕께 마음을 돌이켰습니다. 모든 이스라엘이 충성을 다할 것입니다."

다윗이 만족스러운 표정으로 두 손을 비볐다. "여호와께 큰 제사를 드려야겠군. 그분께 나의 감사를 올려야겠어." 다윗이 덧붙였다. "내가 이 책임을 잘 감당해야 할 텐데."

열악한 정세와 곤궁한 형편과 비참한 백성을 물려받은 다윗은 탐욕스러운 이웃에 맞설 강대한 나라를 건설해야 했다. 철광석 생각이 다윗의 머릿속에 꽉 들어찼다. 그가 저도 모르게 옆에 앉은 아히도벨을 돌아보았다.

빈 접시가 늘어났고 그릇 바닥에 남은 음식들이 기름에 엉겨갔다. 다윗이 아브넬에게 말했다.

"크고 많은 물이 노예였던 이스라엘 사람들을 구하고 이집트 사람들을 쓸어버렸어요. 한 번 이뤄졌던 역사는 다시 일어날 수 있지요. 세상 모든 나라가 여호와의 능력을 보게 될 거요. 그분을 끝내 믿지 않았던 이집트 사람들처럼 말이오. 찢어진 조국이 합쳐져 큰 물결을 이루고 적들을 쓸어낼 거요, 아브넬."

왕의 검은 눈동자에서 빛이 번쩍였다. 어둡고 축축한 우물에 던져진 두레박이 한 갑Cab의 빛 덩어리를 길어 올린 것만 같았다. 아브넬은 명치 어딘가에 박혀있던 단단한 쐐기가 뽑혀나가는 기분을 느꼈다. 더할 나위 없이 시원하고 몸 안에 활력이 가득해지는 느낌이었다.

몸을 구부린 아브넬이 약속했다.

"내가 당장 가서 내 주 다윗 왕을 위해 온 이스라엘을 불러 모아 왕과 언약을 맺도록 하겠습니다. 왕께서 모두를 다스리실 수 있게 말입니다."

식사를 마치자마자 아브넬은 몸을 일으켰다. 이스라엘 사령관은 마하나임을 근심했고, 빨리 돌아가 다윗과 약속한 일을 처리하고 싶어 했다. 다윗은 아브넬의 입장을 십분 이해했다. 그들은 맡겼던 칼을 돌려받았다. 성문까지 배웅 나온 다윗이 아브넬의 팔꿈치를 쥐며 속삭였다.

"평안히 가시오. 다시 만날 날을 손꼽아 기다리겠소."

이스라엘 사령관과 유다 왕이 고개를 어긋매끼며 화평의 입맞춤을 했다. 짧은 식사시간 동안 가까워진 이스라엘 사람들과 유다 사람들이 서로를 끌어안으며 평안을 빌었다.

해가 이미 많이 기울어 어제 천막 친 곳까지는 가지 못 갈 것 같았다. 아브넬은 이마를 문질렀다. 몸이 무거웠고 몹시 피곤했다. 그가 이 년 동안 이끌어왔던 이스라엘은 이제 새 주인을 얻게 되었다. 내가 걸머졌던 멍에와 부담 또한 다윗에게 가겠지. 그러나 삶은 계속되리라. 그는 리스바와 함께할 소박한 생애를 떠올려 보았다. 그거면 충분했다. 아브넬이 나귀의 배를 발로 툭 찼다. 거센 모래바람이 일었고, 올 때보다 더 많은 예물을 나르게 된 나귀들이 불만스레 고개를 흔들었다.

마하나임을 떠나기 직전까지, 아브넬은 리스바와의 일을 고자질 한 자를 잡으려 들었다. 용의자라 해봤자 얼마 되지 않았다. 그는 리스바 몰래 에돔 여종을 데려오게 했다. 양손을 맞잡은 룸만의 자세는 리스바가 난처할 때 하는 행동과 새긴 듯 똑같았다. 아브넬은 룸만을 오래도록 바라보았다. 저 에돔 종은 내 여인에게 긴 자취를 남겼구나. 사람이란 곁을 지키는 소중한 사람을 닮아가기도 하는 모양이었다. 룸만에게 정교히 세공된 은잔을 내리며 아브넬은 리스바를 잘 돌봐 달라고 당부했다. 에돔 여인의 긴장한 어깨가 그제야 스르르 내려앉 았다.

그는 리스바의 아들들을, 조카 사울이 남긴 자식들을 생각했다. 그 아이들을 사울보다 더 사랑할 수 있을까. 떠올려보려 애썼지만, 알모니와 므비보셋의 얼굴은 좀처럼 또렷해지지 않았다. 그는 간신히 알모니의 곱슬머리와 므비보셋의 고동색 눈동자를 생각해냈다. 리스 바가 그토록 절실했건만, 그녀의 두 보석은 아브넬에게 별빛만큼이나 멀고 아련했다. 다윗이 이스라엘 왕을 겸하면 사울은 옛 왕에 지나지 않게 되고, 리스바와 아이들은 권위를 잃는 대신 자유를 얻을 것이었 다. 그 자유로 리스바는 자신의 품에 둥지를 틀까. 그녀의 어린 새들 이 새아버지의 보살핌을 받아들일까.

멀리 샘이 보였다. 오후의 열기를 피하게 해달라는 일행의 간청이 전달되었다. 아브넬은 허락했다. 종들이 나귀에게 물을 먹였고, 소화 가 덜 된 사람들이 물 언저리를 거닐었다. 다윗이 붙여준 유다 호위 병들에게 아브넬은 반 세겔Shekel 분량의 은 조각을 나눠주었다. 마침

말린 무화과가 있어 입이 궁금한 유다와 이스라엘 사람들이 함께 나눠 먹었다.

뛰듯 걷고 있었지만 사령관과의 간격은 자꾸만 벌어졌다. 나하래는 돌계단을 두 개씩 디디며 요압을 따랐다. 나하래는 요압의 칼을 든 사람이었고, 그 자신은 사령관을 호위하는 한 자루의 칼이었다. 깔개와 음식 접시가 흩어져 있는 홀에는 포도주 향기와 향신료 냄새가 아직 짙었다. 성읍 바깥 야생돼지들이 포식하겠군. 수북이 쌓인 음식쓰레기를 나하래는 놀란 눈으로 힐끔거렸다.

남부 멀리 설치된 망대와 수비대를 시찰한 유다 사령관은 헤브론에 방금 귀환했다. 예정보다 이른 복귀였건만 정작 놀란 건 요압 자신이었다. 말린 꽃잎이 길바닥에 너저분하게 널려 있었고, 누렇게 말라붙은 대추야자나뭇가지가 골목에 더미를 이루고 있었다. 입술이 부르트고 손마디가 뻣뻣해진 악단이 보였고 왕궁 경비대마저 허리띠를 풀고 벽에 기대 노닥거리는 중이었다. 무슨 일이 있었던 거지? 거리는 한산했다. 왕의 시종들만이 어지러워진 왕궁을 치우느라 분주했다.

경비병을 불러 자초지종을 들은 요압의 얼굴이 벌겋게 달아올랐다. 장군들에게 뒷정리를 명령한 요압은 나하래만을 대동한 채 왕궁에 들어섰다. 사령관이 헐떡이며 왕궁을 가로지르자 가죽 갑옷에 달린 쇳조각이 절그럭거렸다.

왕은 왕궁 옥상을 거니는 중이었다. 왕의 곁에 아히도벨이 서 있었기에, 요압은 이 모든 꾀가 길로 장로에게서 나왔다고 오해했다. 이를 악문 요압이 무릎을 꿇었고 나하래도 함께 군례를 올렸다. 요압이 고개를 들어 다윗을 바라보았다. 과자를 훔치다 단지를 깨뜨린 어린애 표정이로군. 요압이 목소리를 높였다.

"미천한 종이 임무를 마치고 돌아왔나이다."

다윗과 길로 장로가 짧게 시선을 주고받았다. 다윗이 요압의 말을 받았다.

"사령관의 노고가 크다."

눈을 잠시 감았다 뜬 요압이 남부 수비대 상황을 상세하게 보고했다. 망루의 수와 수비대의 태세와 각 성읍에 비축된 식량이 요압의 입술을 통해 또렷이 드러났다. 한숨 돌린 다윗이 몇 가지 물었고, 나하래의 확인을 거친 요압이 왕의 궁금증을 풀어주었다. 요압은 남부에 떠도는 소문과 실상을 구분해 보고했고, 다윗과 아히도벨은 귀를 기울였다.

보고가 끝났다. 그러자마자 요압이 물었다. "누가 왔다 갔습니까?"

다윗이 잠시 시간을 끌었다. "아브넬이 왔다가 나의 환대를 받고 돌아갔다."

유다 사령관은 한참 동안 아무 말도 하지 않았다. "왜 그 자를 그냥 보내셨습니까?" 요압의 말투가 퉁명스러웠다. "아브넬은 유다의 방비 태세를 염탐하러 온 겁니다. 대수롭지 않게 여겨선 안 됩니다."

"선한 일로 왔기에, 선하게 돌려보냈다." 불안해진 왕이 덧붙였다. "아사헬 또한 내가 아끼던 장군이었고 내 혈육이었다. 하지만 사적인 일이 우선이 되어선 안 돼, 요압."

다윗이 시종을 불러 먼 길에서 돌아온 사령관과 장군들에게 음식을 베풀라고 명령했다. 바닥에 시선을 고정한 요압이 고개를 숙였다.

"그가 이미 떠났거늘 어쩌겠습니까?"

긴장으로 팽팽해졌던 나하래의 가슴이 천천히 가라앉았다. 요압을 그냥 보내기 찜찜했던 다윗이 블레셋 동향에 관한 질문을 퍼부었다. 아주 오랜 시간 요압은 대답을 이어나가야 했다. 요압은 인내심을 갖고 왕의 의문을 모두 풀어주었다. 꽤 많은 시간이 흐른 뒤에야 요압은 물러날 수 있었다.

음식 바구니를 든 시종을 거들떠보지도 않은 요압이 돌계단을 뛰어 내려갔다. 왕궁 입구까지 내달린 그가 헐레벌떡 따라온 나하래에게 소리를 질렀다.

"나귀를 가져와!"

그늘에 나앉은 장군들이 벌떡 일어났고 화가 난 유다 사령관이 악을 썼다. 사령관의 피가 부글거리는 소리가 나하래의 귀에 똑똑히 들렸다. 나하래의 깍지 낀 손을 밟은 요압이 나귀에 올랐다. 사령관의 눈에서 불꽃이 뚝뚝 떨어졌다.

왕궁 경비병들이 대령시킨 나귀에 나하래도 허겁지겁 올랐다. 사령관을 따라잡으려고 나하래는 나귀 배를 거칠게 찼다. 돌아보니 나귀 탄 장군들이 영문 모르겠다는 얼굴로 뒤를 따르고 있었다.

성문까지 질주한 요압이 수비대 대장에게 이스라엘 무리의 행방을 물었다. 문지기의 손끝 방향으로 나귀 대가리가 돌아갔다.

아하. 이제 알겠어. 미뤄둬도 좋을 변경의 일을 시급히 처리하라며 다그친 다윗이 요압은 그제야 이해되었다. 자신을 따돌린 왕이 미운 것만은 아니었다. 요압은 동생을 죽인 자가 유다 왕성 헤브론에 다녀 갔다는 사실 자체에 분노했다. 내가 관리하는 이 땅 헤브론에, 네가 감히. 아브넬을 맞기 위해 자신을 멀리 보낸 다윗을 요압은 이해했다. 왕의 말마따나 그건 공적인 행위였다. 사령관인 그는 왕에게 남부 변 경에 대해 차분히 보고했다. 그것 또한 공적인 행위였다. 이제 요압은 책임으로부터 자유로웠다. 공적 책무를 마친 지금이 사적 복수를 감 행하기 가장 좋을 때였다. 배를 차인 나귀가 갈기를 거칠게 떨었다.

얼마나 달렸을까. 나하래가 고삐를 당겼다. 다리로 나귀 허리를 바 짝 조인 요압은 땅으로 몸을 기울이는 중이었다. 발굽 자국과 수레바 퀴 자국이 희미했다.

"나하래!"

나하래의 뒷덜미를 붙든 요압이 저 멀리를 가리켰다.

"녀석들이 보이냐?"

햇살은 찌르는 것 같은 백색이었고 지평선은 열기로 지글거렸다. 눈꺼풀 위로 구르는 땀방울을 나하래는 닦아냈다. 멀리 자리한 암갈 색 바위와 그 뒤 펼쳐진 거무튀튀한 절벽이 열기 속에서 흐물거렸다. 눈을 깜빡인 나하래가 부글거리는 지평선을 다시 노려보았다.

수레 가득 담긴 예물의 둥근 윤곽을 나하래는 간신히 알아보았다.

"샘인데도 헤브론 사람들은 그곳을 우물이라고 부릅니다. 시라 우 물이라고 하죠." 부들거리며 나하래가 손가락을 뻗었다. "그들이 거기 있습니다."

수염을 쓰다듬는 요압의 눈매가 묘하게 번들거렸다. 뒤늦게 출발한 장군들이 그제야 도착했다. 멈춰선 나귀들이 제자리를 맴돌았고 발굽으로 단단한 대지를 땅땅 두들겼다. 요압의 심상치 않은 기색을 느낀 장군들의 표정이 딱딱했다.

"너 그리고 너." 요압이 장군 둘을 짚었다. 나하래는 그중 하나의 이름이 우리아였음을 어렵사리 떠올렸다. 임명된 지 얼마 안 되는 젊은 장군이었다.

"저놈들을 따라잡아. 헤브론으로 돌아가야 한다고 말해. 다윗 왕의 명령이라고 말이야."

아무것도 모르는 젊은 장군 둘이 급히 떠났다. 남은 장군들이 요압에게 까닭을 물었다. 그들은 왕궁에서 무슨 일이 벌어졌는지 알지 못했다. 요압이 턱짓을 하자 나하래가 설명했다. 설명을 마친 나하래가 요압을 돌아보았다.

"아브넬이 돌아오면 어쩌실 겁니까?"

요압은 한참 동안 대답하지 않았다. 그가 장군들을 휙 둘러보았다.

"이 피는 내가 뒤집어쓸 거야. 너희는 물러나라. 이름을 더럽히지 마."

"왕께서 이 일을 아십니까?"

누군가 묻자 요압이 답했다.

"여호와께서 주신 기회를 사람이 어쩌진 못할 것이다."

장군들이 서로 돌아보았다. 사절들이 헤브론으로 걸음을 되돌린 걸 확인한 요압이 나귀 배를 걷어찼다. 땅에 침을 뱉은 나하래가 사령관을 뒤따랐다.

막 출발하려던 아브넬 일행은 멀리서 달려오는 두 필의 나귀를 보았다. 아브넬이 탄 나귀가 피곤한지 무릎을 까딱거렸다. 이스라엘 사령관은 잠자코 기다렸다.

무슨 일이지. 아브넬의 마음이 급히 놀았다. 설마 마하나임에 변고가 생겼다는 전령은 아니겠지. 아브넬은 불안을 누그러뜨릴 수 없었다.

두 장군이 탄 나귀 몸에는 먼지가 그득했다. 이것저것 물었지만, 다윗 왕의 명령을 전달한다는 그들은 아무것도 모르는 듯했다.

"돌아가자. 무슨 일이 생긴 모양이야."

섣부른 짐작에 사로잡힌 아브넬이 몸을 떨었다. 이스라엘과 마하나임, 그리고 리스바에 대한 근심이 그의 균형을 무너뜨렸던 것이다. 의논할 만한 상대가, 그가 신뢰하는 조언자와 유력자가 주변에 있었건만, 정작 아브넬은 그런 생각을 떠올리지도 못했다. 일행에게 대기하라고 명령한 아브넬은 몇 명만 대동해 헤브론으로 떠났다.

발굽 아래에서 누런 흙먼지가 일었다. 해가 저물어가고 있었고 대기는 아직 뜨거웠다. 성문을 통과했지만 그를 맞을 누구도 보이지 않았다. 너무나 고요해서, 아브넬은 한낮의 환대가 꿈처럼 여겨졌다. 거리를 지나 왕궁으로 가는 길까지 행인 하나 보이지 않았다. 걱정에 붙들린 아브넬을 태우고 나귀는 내달렸다.

벌건 석양빛에 잠긴 왕궁은 커다란 그림자를 드리우고 있었다. 그 그늘에 몇몇 사람이 나앉아 있었다. 그중 한 사람이 유난히 낯익었다. 나귀에서 내리며 아브넬은 그를 주의 깊게 쳐다보았다.

머릿수건을 벗어 던졌음에도 아브넬이 자신을 알아보지 못한다는 사실에 요압은 놀랐다. 다윗을 빨리 만나야 한다는 생각만이 가득 들어찼기에 아브넬은 요압을 알아보지 못했다. 대체 무슨 일 때문에 나를 도로 불렀나. 당황한 이스라엘 사령관은 무너진 균형을 끝내 찾지 못했다. 고삐를 놓은 아브넬이 요압을 힐끔대며 왕궁으로 향했다. 그의 눈길이 이 낯익은 남자에게서 떨어질 줄 몰랐다.

"넬의 아들이여, 평안한가."

일찍이 암마 산의 뜨겁고 두꺼운 갈색 바위들 사이에 메아리치던 그 목소리를 아브넬은 기억하지 못했다. 그는 웅얼거렸다.

"왕을 찾고 있소."

"왕은 피곤하시다."

계단이, 친밀하고 따뜻한 기운이 가득했던 작별의 장소가 보였다. 아브넬의 시선이 다시 요압에게로 돌아갔다. 그의 입이 반쯤 벌어져 있었다.

훗날 다윗 왕이 목격자들을 심문한바, 어떤 자는 아브넬이 악마의 속삭임에 넋이 나갔다고 말했고, 누군가는 일사병에 걸린 아브넬이 비틀비틀 걸었다고 증언했으며, 다른 이는 나귀에서 내리기 전부터 핏기 하나 없던 아브넬이 밀랍처럼 보였다고 회고했다. 나하래가 보기에 이들 말은 모두 옳으면서도 전부 틀렸다. 이스라엘 사령관과 유다 사령관 사이에 벌어진 일은 설명될 수 없었다. 나하래가 확실히 말할 수 있는 건 단 하나였다.

죽음에 대한 너무도 강렬한 확신이 아브넬을 오그라들게 만든 거예요.

"당신……"

그제야 아브넬은 자신이 누구와 대면하는지 깨달았다.

"나를 죽일 건가?"

요압이 든 칼을 흘끗 본 아브넬이 물었다. 그는 자기 허리에 찬 칼을 빼 들 생각도 하지 못했다.

"복수를 허락하시는 여호와의 뜻에 따라." 요압이 칼을 들지 않은 손으로 땅을 가리켰다. "땅이 손을 들어 받았던 내 형제의 피 값에 따라."

"어리석군."

"그대가? 아님 내가?"

"그대와 내가. 칼이 사람을 삼킬 때까지 멈추지 않는 우리 모두가."

요압의 칼이 아브넬의 배를 찔렀다. 요압이 칼을 비틀어 뽑았고 끔찍한 비명과 함께 내장이 쏟아져 내렸다. 무릎 꿇은 아브넬이 숨을 헐떡였다. 요압이 버둥대는 그의 덜미를 잡아 노을 아래로 끌고 나왔다. 아브넬의 피가 헤브론의 다져진 길 위를 길게 가로질렀다. 운명의 수레바퀴에 깔린 아브넬이 허우적거렸다. 몸을 기울인 요압이 속삭였다.

"넬의 아들아. 피가 아닌 무엇으로 피를 닦아내겠느냐."

칼에 반사된 노을빛이 아브넬의 눈 속에 날카롭게 차올랐다. 차가워지는 그의 몸이 피 웅덩이 속에서 반으로 구부러졌다.

6

헤진 가죽

비명을 지르며 리스바는 눈을 떴다. 누군가 잠든 그녀를 저 너머로 힘껏 내던진 것만 같았다. 땀에 젖은 이마에 머리카락이 들러붙어 있었다. 숨을 헐떡이며 그녀는 머리칼을 쓸어 넘겼다.

자고 있던 아이들이 보이지 않았다. 활짝 열린 침실 문이 보였다. 허리춤에 감긴 이불을 그녀는 벗어던졌다.

복도 끝 노간주나무 의자는 비어 있었다. 신도 신지 않은 채 그녀는 계단 아래로 내려갔다. 발바닥으로 올라오는 바닥 냉기가 섬뜩했다. 안뜰 전체에 안개가 내려앉아 있었다. 뿌연 공간 너머 시커먼 편도나무의 축축한 윤곽이 간신히 보였다. 너무도 조용했다. 땀방울이 흐르고 나서야 그녀는 귀밑머리가 축축이 젖었다는 걸 깨달았다.

알모니! 므비보셋!

해가 막 떠오르려는 참이었지만 대기는 벌써부터 뜨거웠다. 떨리는 음성으로 그녀는 아들들을 불렀다. 새소리조차 들리지 않았다. 그들이 알지도 몰라. 안뜰 바깥을 지키는 호위병이 떠올랐다. 리스바가 치맛단을 움켜쥐고는 급히 뛰었다. 안개가 짙었고 세 발자국 너머는 아무것도 보이지 않았다. 시커먼 안뜰 바깥 출입구는 이름 모를 짐승의 목구멍처럼 보였다.

리스바. 목소리가 들리자 그녀가 우뚝 멈춰 섰다. 그는 출입구 바깥 어둠에서 솟아 나온 것만 같았다. 그녀가 두어 걸음 내디뎠다. 햇빛이 떠올랐는지 안개 한쪽이 희붐하게 빛났다. 그러나 안개는 조금도 엷어지지 않았다.

그가 다시 한 번 그녀의 이름을 불렀다.

다가간 리스바가 그의 이마로 손을 뻗었다. 아브넬의 둥글고 훤한 이마에는 흙과 검불이 붙어 있었다. 영문도 모른 채 리스바는 아브넬의 더러워진 얼굴을 손가락으로 문질러 닦았다. 얼굴을 다 닦고 난 뒤에야 리스바는 아브넬의 배에 난 검고 깊은 상처를 알아차렸다. 골짜기 틈처럼 입 벌린 상처는 피와 오물 자국 없이 깨끗했다. 어둠 머금은 상처에, 리스바는 저도 모르게 헤져 찢긴 가죽을 떠올렸다.

아브넬이 그녀의 어깨에 손을 올렸다. 리스바는 상처 가장자리에, 어둠이 흘러나오는 그 텅 빈 공허에 손을 댔다. 고개를 든 리스바가 아브넬의 얼어붙은 눈동자를 보았다. 그의 가슴은 겨울 대지처럼 차갑고 단단했으며 갈라진 수염은 가시나무 같았다. 아브넬의 몸을 쓸어내리자 누런 흙먼지가 묻어났다. 그녀가 천천히 한 걸음 물러섰다.

맞잡은 두 손이 괴롭게 비틀렸다.

리스바. 그가 그녀의 이름을 불렀다.

왜 되돌아왔어요?

그녀가 언성을 높이며 꾸짖었다. 리스바는 누런 그것이 먼지가 아니라 말라붙은 헤브론의 흙임을, 아브넬의 시신이 이미 그곳에 누웠음을 깨달았다. 흙에서 온 그는 흙으로 돌아가기 위해 흙 속에 누운 것이었다. 아브넬의 발치에 늘어진 아마포 수의가 그제야 보였다.

받아들여요, 아브넬. 나도 그럴 테니.

그녀가 낸 말은 그녀가 하려던 것보다 훨씬 단호했다. 리스바는 돌아섰다. 그러나 그때 그 밤처럼, 발은 또다시 진흙 깊이 묻힌 것만 같았다. 심장이 눈물을 뿜어 올렸다. 만일 그가 다시 한 번 그녀를 불렀다면, 달콤하진 않더라도 마음을 담아 진실하게 리스바를 불렀다면, 그 밤처럼 그녀는 아브넬의 포옹을 받아들였을지도 모른다. 마주 안은 그들은 서로를 제외한 모든 것으로부터 아득히 멀어지며 상대방의 떨림을 가슴으로 마주했을 것이다. 서로의 입술에 서로의 뺨에 서로의 눈물에 놀라운 입맞춤을 퍼부으며, 세상을 하얗게 감싼 안개 속에서 영영 부둥켜안았을 것이다.

그러나 아브넬은 입을 열지 않았다.

돌계단을 향해 리스바는 비틀거리며 걸었고, 빛에 젖은 안개 속에 그는 그렇게 남았다. 볼 위로 눈물이 굴렀다. 손으로 눈물을 훔치자 영롱한 방울들이 꽃밭 너머로 날아갔다. 눈물이 단단한 돌벽에 부딪히며 보석처럼 맑고 산뜻한 소리를 냈다.

그때 날개들이 퍼덕였고 짐승들이 재우치며 길게 울었다.

리스바는 그 소리가 무얼 의미하는지 알지 못했다. 귀를 막은 그녀는 비틀거리며 계단을 올랐다. 소리는 멀어지지도 사라지지도 않았다. 노간주나무 의자에 다다른 그녀가 풀썩 주저앉았다. 가슴을 쥐어짜는 절규가 계단을 굴러 내려갔다.

한참 뒤에야 리스바는 자신이 허우적거린다는 사실을 깨달았다. 깊은 꿈에 익사할 뻔했다는 듯, 깨어난 그녀는 숨을 몰아쉬며 헐떡거렸다. 베갯잇이 축축했고 목구멍이 따끔거렸다. 리스바는 등 뒤에서 자신을 꼭 껴안고 있는 누군가를 돌아보았다. 뺨이 눈물로 젖은 룸만이 턱을 부들부들 떨고 있었다.

오, 아니야. 제발. 그녀는 룸만이 자신의 꿈이 틀렸다고 말해 주길 기다렸다. 그러나 룸만의 얼굴을 보자마자 그녀는 알았다. 룸만이 새벽에 들은 소식이 무엇인지, 룸만의 가슴을 뒤흔든 그 끔찍한 일이 무엇인지.

놀랄만한 침착함으로, 리스바는 꿈을 자기 안으로 받아들였다. 그랬다.

아브넬이 죽었다.

그날 아침, 목이 졸린 시장이 질식해버렸고 모든 거래가 완전히 중단되었다. 곡물값이 천정부지로 뛰었다. 창엔 창 가리개가 끼워졌고 문엔 빗장이 걸렸다. 가랑이 사이에 꼬리를 만 개들이 거리에서 낑낑거렸고 비어버린 광장에는 걷어내지 않은 천막이 펄럭거렸다.

아브넬의 복귀를 기다리던 자들은 모두 달아나고 없었다. 광기와 혼란의 가까워지는 발걸음 소리를 그들은 미리 들었던 것이다. 질서 가 토막 났고 파괴가 약탈당한 거리를 거닐었다. 공포가 담을 넘었다. 피난 가려는 사람들로 성문은 꽉 막혀버렸다.

그중 마하나임이 가장 극렬했다. 굶주린 자들이 왕실 창고를 습격 했지만 아무도 막으려 들지 않았다. 약탈과 방화가 빈번히 일어났고 사람이 죽어 나갔다. 탈영이 이어졌다. 레갑과 바아나를 비롯한 아브 넬의 장군들이 백방으로 손썼지만, 병사들은 손안의 모래처럼 빠져 나가기만 했다. 혼란은 더욱 커졌고 밤이 되면 높이 들린 횃불이 텅 빈 거리를 휩쓸고 지나갔다. 새벽녘 퀭한 눈을 한 아낙들이 혹시나 하는 마음으로 시장 거리를 지났지만, 변한 건 아무것도 없었다. 빈 주머니를 든 성난 군중이 왕궁 앞에 까맣게 몰려들면 겁먹은 아브넬 의 장군들은 창과 칼로 군중을 해산시키려 들었고 주린 자들은 돌을 던져 응수했다. 그리고 밤이 되면 횃불은 부쩍 늘어 새벽이 되도록 마하나임을 그을리게 만들었다.

블레셋과 암몬이 피 냄새를 가장 빨리 맡았다. 무장한 그들의 군대 가 변경을 침범해 사람을 상하게 하였고 가축과 식량을 빼앗아갔다. 밭고랑에 이스라엘의 피가 고였고, 아들을 잃은 늙은이와 어미를 잃 은 아이들이 비통함에 젖어 울었다. 강간당한 여인의 비명이 잦아드 는 새벽이면 불타버린 집 너머에서는 태양이 떠올라 담 아래 늘어진 시체를 세상에 드러냈다. 까맣게 타버린 집 주변을 어정거리며 연기 먹은 아이들은 그을음 묻은 얼굴을 들어 이뤄질 수 없는 구원을 간구했다. 제사장들이 절망 속에서 금식하며 여호와를 불렀다.

욤 키푸르, 대속죄일이 코앞이었다.

이스보셋이 이스라엘 모든 지파에 군대소집령을 보냈지만 응한 곳은 한 줌도 안 되었다. 왕은 어두운 침전으로 되돌아갔다. 헛소문이 혼란을 부추겼다. 어떤 이는 이불을 망토처럼 두른 이스보셋이 개선가를 부르며 왕궁을 돌아다닌다고 고해바쳤다. 누군가는 왕이 공문서에 남아 있는 아브넬의 인장 자국을 칼로 모두 긁어버리라 명령했다고 떠벌렸다. 미쳐버린 왕이 이집트로 도망가기 위해 금을 가득 실은 수레를 마련했다는 속삭임도 들려왔다.

누구도 혼란을 제어하지 못했다. 아브넬이 이스라엘을 위해 해오던 일들이 너무도 방대했기에 수습하려던 자들은 갈피조차 잡지 못했다. 거목이 쓰러진 자리는 빈터가 되었고, 아브넬을 잃은 이스라엘은 얇고 축축한 거죽만 남았다.

레갑과 바아나 형제는 아브넬의 저택에 앉아 있었다. 종들은 보이지 않았고 값나가는 물건은 사라지고 없었다. 바아나는 폭도들이 왜 아브넬의 저택을 습격했는지 이해하지 못했다. 성난 군중은 오목으로 만든 근사한 가구를 곤봉으로 때려 부쉈고 막아서는 종들의 머리를 벽에 찧었으며 부수지 않은 물건은 가져가버렸다. 시돈과 예오르의 큰 상인들이 바친 벽옥 장식 상아도, 두로 왕이 주었던 아름다운 황금 잔도, 금으로 빚고 벽옥수를 박아 장식한 황소 머리도, 장군들이 군침을 흘렸던 루비 장식의 황금 단도도 사라지고 없었다. 금쥠쇠가 달린 칼집과 토파즈로 꾸며진 쇠칼은 사령관이 특히 아꼈던 물건이었다. 박살 난 가구를 구석에 던져놓은 레갑이 나자빠진 의자 하나를 찢긴 융단 위에 세웠다. 일 층 창고를 뒤적이던 바아나가 흡족한 얼굴로 형에게 돌아왔다. 용케 습격을 피한 포도주 자루는 절반쯤 차 있었다. 형제는 종들도 쓰지 않았을 나무그릇에 시큼털털한 포도주를 따라 나눠마셨다.

레갑은 두려웠다. 아브넬 부하 중 그들 형제만이 이곳 마하나임에 남아 있었다. 모두 이 혼란의 땅에 남기를 거부했다. 그들에게는 돌아갈 고향 집과 가족이 있었다. 그러나 이들 형제는 아니었다. 레갑과 바아나에겐 아브넬뿐이었다.

바아나는 화가 나 있었다. 그의 생각에 사령관은 공정하게 통치했고 사람들을 억울하게 만들지도 않았다. 하지만 사람들은 혼란의 책임을 아브넬에게 돌렸다. 폭도들은 그의 빈집을 부수고 약탈해 아브넬을 모욕했다. 정말 그분이 돌아가셨을까. 레갑은 믿기지 않았다. 감히 누가 내 집에 이런 짓을 했냐며 그의 사령관이 저 문으로 들어올 것만 같았다.

"이대로 계속 있을 거야?" 바아나가 물었다. "뭐라도 해야 하잖아."

"생각은 술이 없을 때나 하자."

바아나가 자루를 들어 남은 양을 가늠했다. 둘은 경쟁하듯 포도주를 마셔댔다. 잔을 비울 때마다 바아나는 덜 부서진 세간을 집어 벽에 내던졌다.

"이스보셋의 멱을 땄어야 했어."

바아나, 술 취한 내 동생. 만일 누군가 바아나를 죽인다면 나 또한 요압처럼 피 값을 요구했겠지. 레갑은 고개를 끄덕였다. 요압은 정당한 권리를 행사한 거야. 우리 세계는 그런 법칙으로 이뤄져 있으니.

헤브론에서 돌아온 자들은 보고도 제대로 하지 못했다. 아브넬은 보안에 철저했고, 그 탓에 다윗과 사령관이 이뤄낸 합의를 사절단 누구도 정확히 알지 못했다. 레갑은 아브넬의 최후가 궁금했다. 그는 사령관이 요압과 마지막까지 싸웠을 거라고 생각했다. 조금도 물러서지 않은 채 힘차게 칼을 휘두르며. 레갑은 눈을 감았다. 사령관과 함께 죽지 못해 레갑은 괴로웠다.

누군가 거칠게 레갑을 흔들었다. 잠깐 졸았던 레갑이 얼굴을 찡그리며 깨었다.

"내 말 들었어? 하자니까!"

"뭘?"

"지금이라도 이스보셋의 모가지를 따자."

바아나의 칼은 이미 반쯤 뽑혀 있었다. 동생의 벌건 눈자위를 본 레갑이 바아나의 손을 덮어 칼을 도로 밀어 넣었다.

"머리를 잘라 뭘 얻으려고."

"요압이 휘두른 정의가 우리에게도 있잖아."

레갑은 귀가 번쩍 뜨이는 것 같았다.

형제는 브에롯에서 태어났다. 브에롯은 그비라와 기랏여아림과 함께 기브온 성읍에 딸린 마을이었다.

기브온의 역사는 매우 독특했다. 사백여 년 전, 히브리 사람들은 광야를 벗어나 가나안 지방에 들어섰다. 그들의 지도자는 여호수아였다. 히브리 열두 지파는 여리고 성과 아이 성을 무너뜨렸다. 그들은 단순한 정복을 넘어 여리고와 아이의 모든 사람을 전멸시켰는데, 그 건 여호와의 명령이었다.

기브온 성읍 사람들은 겁에 질렸다. 칼날이 멀지 않은 곳에서 번득이고 있었기 때문이었다. 그들은 말주변 좋은 자를 대표로 뽑아 낡은 신발과 옷을 입혔고, 나귀엔 헤어진 전대와 너덜너덜한 포도주 부대를 실었다. 여호수아는 그들의 행색을 보고 기브온이 멀리 떨어진 성읍이라고 생각했다. 기브온 대표들과 여호수아는 서로 침범하지 말자는 언약을 맺었다. 그리고 며칠 뒤 여호수아는 인근 성읍을 점령하기 위해 진군 명령을 내렸다. 몰려드는 히브리 사람들 앞으로 기브온 주민은 사절로 갔던 자를 내보냈다. 언약에 묶인 여호수아는 병력을 뒤로 물렸다. 그런 뒤 살려둔 기브온에게 성막 제사에 쓰일 나무와 물을 바칠 의무를 지웠다.

사백 년간 살아남은 언약을 깬 자는 사울 왕이었다. 기브온의 비옥한 포도원에 군침을 흘린 베냐민 지파 장로들이 왕을 부추겼다. 사울은 기브온 주민을 내쫓았고, 제비를 뽑은 베냐민 지파 사람들이 기브온 사람들의 포도밭을 나눠가졌다. 수백 명이 넘는 기브온 주민이 하루아침에 집과 땅을 빼앗겼다. 격노한 그들의 저주가 그 땅에 독처럼 서렸다.

땅을 잃은 기브온 사람들은 베냐민 지파 사람에게 스스로를 팔아 종이 되거나, 가슴에 흐르는 비통의 강물을 따라 영원히 헤매는 비참한 유랑민이 되거나, 도적이 되어 남을 죽이다 죽임 당했다. 레갑과 바아나를 비롯한 기브온 유민은 블레셋에 패한 사울이 목 잘려 성벽에 박힌 게 자신들의 저주 때문이라고 생각했다.

레갑과 바아나를 지탱해 준 건 칼이었다. 떠돌며 굶주리던 형제는 용병이 되었고, 우연히 아브넬의 수하가 되었다. 형제의 사연을 알게 된 아브넬은 사울이 죽은 뒤에야 그들을 장군으로 임명했다. 형제는 이스라엘과 사울이 아닌 아브넬 개인을 주인으로 여겼다. 아브넬 역시 베냐민 지파였지만 형제는 어느 집단이든 선인과 악인은 섞여 있기 마련이라고 결론짓고 사령관에게 충성을 다했다.

바아나는 여전히 레갑을 들여다보는 중이었다. 머리를 흔들었지만 술기운은 조금도 줄어들지 않았다. 레갑은 바아나가 이해되지 않았다.

"요압과 우리가 왜 같은 입장이라는 거야?"

"왜 아니지?"

"사울이 우리 기브온 사람들을 죽인 건 아니잖아."

"죽인 거나 다름없지. 자기 땅에서 뿌리 뽑힌 농민이 무슨 수로 살아갔겠어?" 바아나가 공중을 쿡쿡 찔렀다. "사울이 허락했으니 베냐민 지파가 우리를 내쫓고 우리 땅을 차지한 거잖아. 안 그랬으면 우린 여전히 기브온에 살았을걸."

"사울은 허울에 지나지 않아. 정말 나쁜 건 베냐민 장로들이지."

레갑의 항변에 바아나가 냉소를 퍼부었다.

"웃기는 논리네. 베냐민 지파가 부추겼더라도 사울이 허락하지 않았다면 언약은 깨지지 않았을 거야. 사울은 사백 년의 약속을 깼고,

평화로이 살던 우리를 황무지와 광야로 내쫓았어. 기브온의 고통은 사울 때문이야."

눈이 뒤집힌 바아나가 펄펄 뛰었다.

"아비의 죄를 아들이 피로 갚아야 해." 바아나가 덧붙였다. "마하나임은 결국 다윗의 지배 아래 들어갈 거야. 그때가 되면 늦어. 우리 지위를 보장받아야 하잖아."

이제야 본론이 나오는군. 장차 이뤄질 다윗 왕국에 한 자리 차지하기 위해 이스보셋의 머리를 잘라가자는 거냐. 레갑은 혀가 바짝 말라붙는 것 같았다.

"기브온의 후예인 우리에게 정당성이 있다고 치자. 그걸 다윗이 인정하겠어?"

"형도 소문 들었잖아. 아브넬 사령관을 죽인 요압을 다윗이 살려줬다면서. 다윗도 요압의 정당성을 인정한 거잖아. 복수가 온당하다고 판단 내린 거라고."

레갑이 고개를 저었다.

"다윗이 기브온의 분노를 이해할 리 없어. 사울 왕과 그 아들을 향한 기브온의 원한을 그가 어떻게 이해하겠어? 잘 들어라, 바아나. 이스보셋은 왕이야. 왕의 몸에 칼을 댄 자를 그가 어떻게 했지?"

"요압은 죽지 않았고, 우리도 마찬가지일 거야." 끈적이는 땀을 닦으며 바아나가 씨근덕댔다. "내가 다윗에게 설명할게. 기브온이 받은 고통에 대해, 사울과 그의 자식들이 치러야 할 피 값에 대해. 듣고 나면 우리의 정당성을 인정할 거야. 요압을 벌하지 않은 것 같이."

레갑이 손바닥을 무릎에 비볐다. 마하나임만이 아니라 레갑의 머 릿속에도 혼란은 휘몰아치고 있었다. 그는 무엇이 옳고 무엇이 그른 지 판단할 수 없었다. 이스보셋의 머리가 전리품이 될까. 다윗이 기브 온 유민의 복수를 이해해 줄까.

바아나가 형에게 바싹 다가왔다. "최소한 우리 기브온 사람들의 원 수는 갚을 수 있어."

얼굴을 문지른 레갑이 고개를 가로저었다.

"바아나, 잘 들어봐. 우리가 마하나임에 질서를 부여할 수만 있다 면, 그리되면 사령관의 유산은 우리 거야. 남은 병사를 동원하고 몇 몇 장군을 불러서……."

헛된 꿈속에서 허우적거리는 레갑을 보며 바아나가 낄낄거렸다.

"사울 왕이 죽으면서 이스라엘에서는 알맹이가 사라졌어. 사령관께 서 헤진 가죽을 기우며 겨우 모양새를 보전한 이 나라를 우리가 붙 든다고? 우리가 사령관을 대체할 수 있다고?"

코가 닿을 정도로 바아나가 바짝 다가왔다.

"사령관 자리에 앉는다 치자. 우리가 누굴 섬기게 되지? 우리 머리 에 누가 서게 되지?"

이스보셋, 멸망의 자식.

바아나의 주먹에 들린 뼈 주사위가 짤각거렸다. "어차피 반반이야. 다윗에게 환대받거나, 죽임 당하겠지. 확실한 건……."

레갑이 말을 마저 끝냈다. "이스보셋이 제 아비의 죗값을 치른다는 거겠지."

빙긋 웃은 바아나가 주사위를 창밖으로 내던졌다.

새 우는 소리가 들렸다. 아히도벨은 고개를 돌렸다. 빈 가지가 흔들리고 있었다. 무더운 오후였고 그는 홀 밖에서 서성이는 중이었다. 무슨 말을 해야 하지. 얼굴을 잔뜩 찌푸린 길로 장로가 터벅터벅 걸었고, 얇은 가죽 신 아래에서 풀썩 먼지가 흩날렸다.

스마야가 홀에서 나와 아히도벨을 안내했다. 시종장은 곤혹스러운 표정이었다. 며칠 전만 해도 시끌벅적했던 이 공간이 오늘은 무덤처럼 고요했다. 홀에 깔렸던 융단과 수많은 탁자는 간데없었다. 그릇과 접시를 풍성하게 채웠던 음식과 거기서 흘렀던 향 짙든 따끈함도 사라지고 없었다. 문 가까이 섰던 브나야가 눈인사를 보냈다. 그의 너른 어깨 뒤로 누군가가 보였다. 제사장 아비아달이었다.

영민하고 토라에 해박한 아비아달은 다윗과 광야의 고난을 함께한 사이였다. 잿빛 머리가 조금씩 벗어지기 시작한 아비아달의 긴 코끝은 살짝 굽었고 입매는 넓적했다. 둥근 체형을 지닌 제사장의 손가락은 통통했고 가슴을 덮은 수염은 몹시 풍성했다. 지금처럼 입을 꾹 다물면 심술궂게 보이는 아비아달은 남모를 따스함을 지닌 사람이었다. 아히도벨을 돌아본 제사장이 체념조로 고개를 끄덕였다.

"계속 저러고 계셨던 건 아니죠?"

아히도벨이 아비아달 너머로 왕을 보았다. 쪼그려 앉은 다윗은 누군가와 대화를 나누는 중이었다. 아비아달이 못마땅한 투로 대꾸했다.

"간혹 서성이기도 하셨지."

여호와께 올리는 다양한 제사를 총괄하는 이 아론의 후예는 신을 섬기는 일꾼이자 왕의 조언자였다. 아비아달의 아버지 아히멜렉은 놉 성읍의 제사장이었는데, 곤경에 빠진 다윗을 도왔다가 동료 제사장 여든네 명과 함께 사울에게 살해당했다. 아비아달만이 달아나 엔게디 광야로 다윗을 찾아왔으며, 다윗이 유다 왕이 된 뒤에는 제사장에 임명되었다. 아비아달에게 묵례를 올린 아히도벨이 왕에게 다가갔다.

왕과 대화를 드문드문 나누던 이는 제사장 사독이었다. 아히도벨이 다가가자 입을 다문 사독이 눈인사를 보냈다. 아비아달보다 조금 어린 사독은 삼십 대 후반에 키가 작고 과묵한 사람이었다. 그러나 그와 가까운 사람들은 작심한 사독이 얼마나 유려한 말을 쏟아 낼 수 있는지 잘 알았다. 아히도벨 또한 사독과 깊은 대화를 나눠본 적이 있었다. 냇가 돌 마냥 매끈한 말이 짤그락짤그락 맑은소리를 내지. 윤기 있는 검은 머리칼을 지닌 사독은 아래로 내려가며 점점 뾰족해지는, 그에게 큰 자부심을 주는 멋진 수염을 지녔다. 사독의 눈동자는 파랬고, 깊은 생각에 잠기면 긴 손가락으로 이마를 짚곤 했다. 상황 판단이 정확한 사독은 행동이 차분했고 타협의 여지가 없을 때에만 말투가 단호해졌다. 아비아달과 달리 사독은 다윗과 광야의 고난을 함께 하지 않았다. 사독은 다윗이 유다 왕이 될 즈음에 집안사람 스물두 명을 이끌고 귀순했다. 그렇기에 같은 제사장이지만 정치적 위상은 아비아달만 못했다.

다윗은 왕좌가 놓인 단 아래 쪼그려 앉아 짧고 단단한 칼로 팔뚝만 한 통나무를 깎고 있었다. 자세히 보니 사자를 조각하는 것 같았다. 뒷짐 진 제사장들을 뒤로 한 아히도벨이 왕 앞에 섰다.

"거긴 왕의 자리가 아닙니다." 길로 장로가 지적했다.

고개도 들지 않고 다윗이 물었다. "내가 왕이 맞나?"

아히도벨은 침묵했다. 때로 침묵은 가장 위대한 대답이었다.

사자 갈기를 아주 그럴듯하게 깎았군. 솜씨가 좋아. 하지만 다윗은 왕이었고, 나뭇조각으로 세공품을 만드는 건 그의 일이 아니었다. 쇠칼에 벗겨진 나뭇조각이 공중으로 튀었다. 나무 속에 반쯤 묻힌 사자는 머리와 앞발만 드러난 상태였다. 아히도벨 뒤로 두 제사장이 다가왔다. 왕이 마음의 부유물을 가라앉힐 때까지 아히도벨은 잠자코 기다렸다.

"왕이 할 일이 뭐지?" 사자 갈기에 윤곽을 넣기 위해 다윗은 칼을 거꾸로 잡았다.

"여호와를 경외하는 일이지요." 귀를 쫑긋 세웠던 제사장 아비아달이 대답했다.

사자를 움켜쥔 다윗이 손에 힘을 주었다. "아래로는?"

떠오르는 항목을 주워섬기다간 밤을 새울 지경이었다. 다윗이 고개를 들었다.

"너무 많은가? 아냐. 왕이 해야 할 일은 딱 한 가지야. 나눠주는 거. 모두에게 골고루."

다윗이 겉옷을 흔들어 무릎에 깔린 나뭇조각을 떨어냈다.

"광야는 끔찍해. 강한 햇빛이 살을 지지고 한밤의 추위가 뼈를 씹어대지."

"광야에선 사람 밑바닥이 드러나지요." 아히도벨이 대답했다.

"맞아." 다윗이 끄덕였다. "그곳에서 나는 지도자가 되었지. 황량한 땅에 갇힌 헐벗고 굶주린 비렁뱅이들의 대표가 되었어. 나는 그들을 먹이고 보호했네. 그러나 내가 감사 인사만 받았을까? 아냐. 그들은 내게 무리지어 대들었어. 칼을 빼 들어 나를 몰아세우기도 했지. 그들은 내 지도력을 의심했고 내 결정을 불안해했어. 제사장, 그대도 기억하지? 유다 광야의 고난을 함께 했던 모든 자는 자신들의 필요가 채워질 때에만 나를 따랐어."

아비아달이 겸허한 표정으로 고개를 숙였다. 다윗이 나무로 깎은 사자를 쳐다보았다.

"왕이라. 유다 장로들이 내게 왔지. 왕관을 주려고 말이야. 내가 뭘 느꼈는지 아나? 공포야." 다윗이 한동안 말을 잇지 않았다. "광야는 좋은 핑곗거리였지. 모두 함께 굶주릴 수밖에 없었으니. 하지만 유다 왕은 얘기가 달라. 드넓은 포도원, 밀과 보리로 뒤덮인 들판, 무수한 올리브나무. 잘 먹은 백성은 왕을 잊지. 그러다가 굶주리기 시작하면 손가락은 목표를 찾아 빙글 돌아. 그들이 주리고 괴로울 때 누구에게 폭언을 퍼부을까? 유다 장로들이 내게 기름을 부었지. 난 생각했어. 내게 기름 부은 너희가, 내 머리에 왕관을 얹고 엎드린 너희가, 가장 먼저 칼을 빼 들 거야."

다윗이 힘을 주자 칼이 구부러졌다. 다윗은 칼을 내던졌다. 돌바닥에서 쨍그랑 소리가 났다. 다윗이 사자 정수리에 붙은 나뭇조각을 긁어 뗐다.

"물론 지금까지 헤브론 사람들은 충직했네. 하지만 그 생각이 떠나지 않았어. 언젠간 불평이 나올 테고, 나를 향해 분노의 화살이 쏟아지겠지."

고개 든 다윗이 아히도벨을 올려다보았다. 다윗이 한숨을 쉬었다.

"그래. 나를 원망해도 좋아. 그러라고 왕을 세우는 걸 테지. 하지만 부당하잖아. 모든 게 잘 굴러갈 때는 자기 자신을 가리키며 우쭐대지만, 좋지 않을 땐 화난 얼굴로 왕궁을 흘겨보잖나."

"두려우십니까?"

모두 뒤를 돌아보았다. 낮고 잔잔한 목소리의 주인공은 사독이었다.

"제사장이여, 입들을 보게. 쇠도 녹여낼 그 입술들을. 손가락질할 테고, 쑥덕거리겠지. 벽 뒤에서, 담 아래에서. 헤브론에 전체에 소문이 구름처럼 번졌다더군."

그들 모두 소문을 들어 알고 있었다. 다윗이 요압을 몰래 끌어들여 이스라엘 사령관을 죽여 없앤 거라는 소문이 다양한 경로로 퍼지는 중이었다.

"요압의 표정을 기억나나, 아히도벨? 아브넬을 죽이고 돌아와 지은 표정 말일세. 지독하기 짝이 없더군. 원한 따윈 잊은 듯 행동하고 나서는 곧장 아브넬을 쫓아갔어. 그리고는 이곳 헤브론으로 불러와 제 손으로 죽였지. 내 왕궁 앞에서 직접!" 그날을 떠올리는 다윗의 얼굴이 분노로 검붉어졌다. "아브넬은 이스라엘과 유다의 통합에 중요한 역할을 할 예정이었어. 요압은 두 왕국이 다시 하나로 돌아갈 귀한 기회를 찔러 죽인 거야. 여호와여, 그 오만한 목을 꺾으소서! 어떻게 그럴 수 있지? 헤브론으로, 내가 축복을 빌며 떠내 보낸 장소로 내 손님을 불러들여 죽이다니."

빤한 행동 아닙니까. 아히도벨이 숨을 길게 내쉬었다. 아브넬의 시체는 왕에게 들이민 요압의 대답이자 자기를 따돌린 왕에 대한 복수였다.

하지만 여론은 요압에게 우호적이었다. 사람들은 요압이 동생 아사헬의 원수를 갚은 걸 지당하게 여겼다. 사람들은 용기를 드러낸 요압을 오히려 두둔했다.

다윗은 난감한 지경에 놓였다. 그는 자신을 거스른 요압을 처분해 여론의 반감을 얻을 수도 없었고, 요압을 내버려 두어 기강이 흔들리게 둘 수도 없었다. 게다가 요압에 대한 장군들의 신망이 무척 컸다. 이 모든 걸 가늠하고 아브넬을 살해한 게 분명해. 다윗은 분개했지만 어쩔 도리가 없었다. 자기 뜻을 거스른 요압을 처분할 수 없는 무력함 때문에 다윗은 분노했고, 그건 아브넬을 향한 이스보셋의 감정과 궤가 같았다.

그때 다윗에게 다가간 사독이 왕의 팔을 붙들었다. 그리고는 다른 손을 뻗어 왕좌 팔걸이를 잡았다.

"만인이 올려다보는 이 자리는 굽어보기 위해 존재하는 게 아닙니다. 만인을 대신해 올려다보기 위한 자리지요."

곰곰 생각하며 다윗은 사독의 다음 말을 기다렸다.

"왕께서는 아브넬을 가장 좋은 자리에 정중하게 묻었고 옷을 찢고 재를 뒤집어쓰셨습니다. 그뿐입니까? 죽은 그를 위해 슬픈 노래를 지었지요. 사람들이 오해합니까? 두려워 마세요. 돌과 갈대 상자가 강가에 있습니다. 둘 다 땅 위에 놓였지만, 비가 흘러 강물이 넘치면 갈대 상자는 떠오르고 돌은 보이지 않을 겁니다."

부서진 자존심의 잔해가 거기에 버려지기라도 한 것처럼, 다윗은 뚫어지라 바닥을 내려다보았다. 그가 일어서자 사독의 손이 스르륵 아래로 떨어졌다.

"요압을 어떻게 다스려야 옳지?"

엘리암, 그 애가 사령관의 지위를 물려받으면 어떨까. 아히도벨의 입술이 아들의 이름을 머금은 채 달싹거렸다. 하지만 준비가 되었을까. 부족한 준비가 그 애를 참담한 실패로 이끌지도 몰라. 직위가 그 애를 질식시킬지도 모르지. 아직은, 아직까지는. 아히도벨이 입을 꾹 다물었다. 그러나 언젠가는.

"왕이시여, 요압을 대체하기는 어렵습니다."

침묵하던 아비아달이 의견을 밝혔고 사독도 고개를 끄덕였다.

"요압과 아비새와 아사헬은 광야의 고난을 함께했습니다." 아비아달이 왕을 설득했다. "요압의 꾀와 아비새의 눈과 아사헬의 발을 떠올려보세요. 왕의 용사인 그들은 거대한 공적을 세웠습니다."

"요압은 내가 평안히 보내 준 자를 도로 불러와 죽였다. 그놈은 나를 모욕했어."

"왕께서는 요압에게 불필요한 임무를 줘 남쪽에 보냈습니다. 왕께서는 그를 속이셨어요. 이미 속았기에, 요압은 왕을 속이는 걸 두려워하지 않았습니다."

"그가 옳다는 건가?"

"그르지 않다는 겁니다."

다윗이 아비아달을 향한 시선을 거두었다. 나무에서 빠져나오지 못한 사자가 그의 손에 들려 있었다. 놀랄만한 절제력을 발휘하며 다윗은 깎다 만 조각상을 돌바닥에 살포시 내려놓았다.

누군가 홀의 출입문을 두들겼고 모두 돌아보았다. 문 옆에 선 아디노가 시선을 주목시키려 손마디로 나무문을 두들긴 것이었다. 아디노는 장군들의 통솔자였고, 키가 큰 아비새보다 머리 하나가 더 큰 거한이었다. 돌아보는 시선이 거북했던지 아디노가 큼큼 목청을 틔웠다. 그는 요압이 잃은 지위를 임시로 맡은 참이었다.

"왕을 찾는 자들이 있습니다. 레갑과 바아나라고 합니다. 진기한 선물을 가져왔다는데요."

다윗이 손짓해 아디노를 가까이 불렀다.

"그들이 누구지?"

"아브넬의 부하라 했습니다. 더는 모르겠습니다."

"진기한 선물이라고?" 다윗이 벌떡 일어났다. "어쩌면 누군가 아브넬의 뒤를 이었을지도 몰라."

"뒤를 이은 자가 다른 어떤 제의를 했다면……." 아히도벨이 왕의 말을 받았다.

다윗이 고개를 끄덕였다. "그들이 어디 있지?"

"왕궁 바깥 계단에 두었습니다."

다윗이 홀을 가로질렀고 브나야를 비롯한 모두가 왕을 뒤따랐다.

무기가 압수된 형제는 왕을 보자 무릎을 꿇었다. 다윗은 형제들의 장황한 자기소개를 묵묵히 들었다. 그들 사이에 놓인 가죽 부대가 눈에 띄었다. 오, 설마 저게 그건 아니겠지. 아비아달이 저도 모르게 얼굴을 찌푸렸다. 헐고 낡은 가죽 부대의 이리저리 기운 자국 사이로 불길한 예감이 검붉게 말라붙어 있었다. 가죽 부대에 시선이 둔 다윗이 손을 들어 바아나의 말을 막았다. 혀로 입술을 축인 레갑이 가죽 부대를 허둥지둥 챙겨 들었다.

"이스라엘과 유다를 함께 다스리실 다윗 왕께 이걸 바칩니다."

바닥에 손을 짚은 바아나가 말하자 레갑이 끈을 풀었다. 잘린 머리는 벌써 퍼렇게 썩고 있었다. 말라붙은 핏물과 체액 사이로 다윗은 이스보셋을 간신히 알아보았다. 고개 돌린 아히도벨이 토하지 않으려 입을 꾹 다물었다.

"왕의 목숨을 빼앗으려던 사울의 아들 이스보셋의 머리가 여기 있습니다. 오늘 여호와께서 사울과 그 자손에게 왕의 원수를 갚으셨지요."

이스보셋의 일그러진 얼굴에는 그가 죽어가며 겪은 고통이 고스란히 배어 있었다.

"그를 어떻게 죽였지?"

다윗이 묻자 바아나가 답했다.

"침상에 누워 낮잠을 자고 있었습니다. 저희가 다가가 찌르고, 목을 잘랐지요."

미소에 드러난 바아나의 앞니는 검게 썩어 있었다. 다윗이 손을 흔들자 바아나가 이스보셋의 머리를 도로 집어넣었다. 레갑이 바닥에 내린 가죽 부대를 다윗 쪽으로 공손히 밀어 바쳤다. 잘린 머리통 안에 고였던 썩은 물이 흘러내리며 검붉은 자국을 바닥 돌에 남겼다.

"들어본 적 없나? 사울 왕의 죽음을 도왔던 아말렉 사람을 내가 어찌했는지?"

바아나가 나서며 뭔가 설명하려 했지만 다윗이 손을 내저어 말을 잘랐다.

"아는 놈들이 이런 짓을 하진 않았겠지. 잠자는 왕을 침상에서 죽인 놈을 환영할 줄 알았더냐? 너희는 내가 그런 일을 기뻐하는 사람 같으냐? 아디노!"

호위병들의 어깨를 헤친 거한이 한걸음 쑥 나왔다.

"저들의 죗값을 자기 피로 갚게 해라. 목을 자르고 남은 손발을 헤브론 우물가에 내걸어."

레갑과 바아나가 비명 같은 고함을 질렀다. 갈퀴손을 뻗으며 다윗에게 달려들려는 형제를 아디노가 잡아 넘어뜨렸다. 칼을 빼 든 브나야가 어느새 왕 앞에 서 있었다. 창을 놓고 달려든 호위병들이 형제를 묶었고, 장군들의 통솔자와 호위대장이 마주 보며 웃었다.

"머리를 어쩌지요?" 아디노가 물었다.

"아브넬의 무덤을 열어 함께 묻어줘라."

가죽 부대를 내려다보는 다윗의 시선이 착잡해 보였다.

"아브넬보다 더 성대히 장례를 치러야겠다. 저놈들이 저희 왕을 죽였다는 사실을 널리 알려라. 이스보셋의 죽음에 내 책임이 없다는 걸 모두가 똑똑히 알아야 해."

레갑과 바아나가 악을 써대자 아디노가 그들의 입을 후려쳤다. 칼을 빼 든 호위병들이 묶인 그들을 끌고 나갔다.

왕이 주변을 돌아보았다. "스마야!"

다윗의 시종장이 급히 다가왔다.

"시종들을 풀어 장군과 서기관과 제사장과 장로를 불러들여라."

엎드린 스마야가 물었다. "왕이시여. 요압에게도 사람을 보낼까요?"

"그가 어디 있지?" 다윗의 목소리가 퉁명스러웠다.

"사령관은 자기 집에 머물고 있다고 합니다."

"내가 그를 이미 쫓아냈거늘, 왜 사령관이라 부르는가?" 눈을 매섭게 뜬 왕이 덧붙였다. "그대로 두라."

스마야가 절하고 물러나자 다윗은 알현실로 돌아갔다. 아히도벨과 사독과 아비아달도 왕을 따랐다. 이스라엘 내부 정황이 걷잡을 수 없이 돌아가는구나. 아히도벨의 얼굴이 흥분으로 붉었고, 두 제사장의 얼굴도 심상치 않기는 마찬가지였다. 뜻밖에 일이 쉽게 풀릴 수도 있겠어. 아히도벨이 아랫입술을 깨물었다. 몸통 잃고 머리 잘린 이스라엘은 다윗에게 손 내미는 것 말고는 뾰족한 수가 없었다.

모퉁이를 돈 스마야가 부엌으로 들어갔다. 시종장이 손가락을 까딱거리자 시녀 하나가 물 단지를 들고 뒤따랐다. 바닥 돌 위에 둥글게 남은 핏자국 위로 물이 끼얹어졌다. 시녀가 움킨 걸레로 문지르자 핏기 머금은 추악한 물이 돌 틈으로 냉큼 사라졌다.

7

기름

아비새가 잔을 채웠다. 은잔에는 바위를 오르는 사슴이 새겨져 있었다. 다윗 왕의 하사품이었다. 포도주를 들이켜는 요압의 낯빛이 검붉었다.

"그만 마셔."

요압이 마시던 잔을 내려놓았다. 몸이 자꾸 출렁였다. 나는 가죽 부대로구나. 낮부터 마신 진하고 독한 새 포도주가 내 안에 가득 담겼어. 식탁을 짚은 요압이 비틀거렸다. 아비새 말이 맞았다. 진작 잔을 놨어야 했다. 술은 불안을 일으키고 혼란을 더할 뿐이었다.

등잔불 심지에 머문 불꽃은 어둠을 담담히 밀어내고 있었다. 불꽃을 바라보던 요압이 눈을 슬쩍 감았다. 불꽃의 잔영이 눈꺼풀에 붉은 기운으로 남았다. 불꽃을 유지시키는 건 기름인가 심지인가. 요압은 등잔으로 몸을 기울였다. 요압의 숨결에 불꽃이 살랑거렸고 등잔에 담긴 기름 표면에는 주름이 일었다.

"안 나갈 거지?" 아비새는 창밖을 바라보고 있었다.

"너라도 가봐."

사절들이 헤브론에 이제야 들어서는 모양이었다. 창턱에 기댄 아비새가 말없이 잔을 비웠다. 베들레헴으로 진작 내려갈 걸 그랬어. 요압은 짜증이 났다.

그들 형제의 고향은 베들레헴이었고, 거기엔 물려받은 대지와 저택과 가족묘가 있었다. 아사헬이 죽었던 그날, 가족묘를 연 형제는 떠메고 온 막내의 시신을 오래전 장례 지낸 아버지 곁에 두었다.

"베들레헴은 형을 질식시킬 거야."

나른한 양 떼와 고요한 무화과나무와 느긋한 고향 사람들로 이뤄진 사랑스러운 베들레헴은 숨 막힐 듯한 지루함으로 가득했다. 아비새 말이 옳았다.

"며칠 내에 왕께서 마음을 돌이킬지도 몰라." 창밖을 건너보며 아비새가 말했다.

정말? 요압이 얼굴을 찌푸렸다. 죽어도 좋다며 벌인 짓이었다. 아사헬을 죽인 놈을 어찌 그대로 보내겠는가. 다름 아닌 명예의 문제였다.

요압은 잃어버린 지위에 대해 생각했다. 아디노가 사령관 직위를 계속 맡진 않겠지. 자기 그릇은 알 정도의 위인이었다. 흐음, 내 그릇은 어떨까. 나는 나를 어디까지 알고 있는가. 어디를 때려야 요압이 아플지는 다윗 또한 잘 알았다. 왕을 거역했지만, 요압은 사령관 지위를 박탈당하기만 했다. 그러나 요압에게는 별 차이 없었다. 사령관 직위를 잃는 것과 우물가에 잘린 손발이 내걸리는 것은 그에게 별다른 차이가 없었다.

멀리서 쇼파르 소리가 울렸다.

"이스라엘 장로들이 꽤 많은 예물을 실어온 모양이에요. 이리 늦어진 걸 보니." 아비새가 비아냥거렸다.

열흘 전 마하나임에 모인 이스라엘 장로들은 다윗을 왕 삼기로 했고, 이를 헤브론에 바로 통보했다. 다윗의 응답을 받자마자 헤브론에 내려가기 위해, 이스라엘 장로들은 마하나임에 대기했다. 승낙 서한을 지닌 다윗의 전령이 떠났고, 이스라엘 장로들을 맞으러 브나야의 호위대가 채비를 갖췄다. 북쪽 손님을 환영하기 위해 사람들이 다시 동원되었다. 이제 다윗 왕이 이스라엘과 유다 모두를 다스리는구나. 이 빛나는 날에 참석하지 못한다는 괴로움이 요압을 성나게 했다. 아비새 어깨너머로 보이는 창밖 정경에 요압은 잠시 마음을 빼앗겼다. 멀리 손바닥만 한 성벽과 점점이 바글거리는 환영 인파가 보였다. 횃불이 촘촘히 세워져 있었고, 그 사이에 선 사람들은 대추야자나무 잎을 흔들고 있었다. 거기에서 흘러나오는 희미한 피리 소리와 작은 북소리는 어스름 속 아지랑이를 떠올리게 했다.

왜 그랬지? 끌려온 요압에게 왕은 물었었다.

요압은 말없이 다윗을 올려다보았다. 마주 본 두 사람은 말을 나눌 필요가 없다는 사실을 깨달았다. 다윗이 말했다.

나와 내 나라는 아브넬의 피 앞에서 영원히 무죄하다. 죄는 요압과 그의 집안으로 돌아갈 것이다. 그 집에서 병든 자와 다친 자와 칼에 죽는 자와 굶주리는 자가 끊어지지 않게 하소서!

저주가 다윗의 본심이었을까. 말은 그저 말에 불과하다고 여겼기에, 요압은 왕의 저주에 개의치 않았다.

피는 오직 피로써만 씻기는 법이었다.

턱을 괴고 불꽃을 들여다보던 요압이 아브넬을 떠올렸다. 제가 흘린 피 웅덩이 속에서 고통으로 몸을 뒤틀던 아브넬. 그제야 요압은 아브넬이 흘린 피가 자신의 영혼에 지독하게 들러붙었음을 고통스레 깨달았다.

바람결에 실려 오던 악단의 연주가 한결 커졌다. 사람들이 마구 소리를 질렀다. 북과 소고와 피리와 쇼파르 소리가 박수 소리와 환호성 속에서 자글자글 끓는 듯했다.

"돌아가거라."

요압이 낮은 목소리로 말했다. 아비새는 창밖만 바라보았다. 요압은 침묵했고 환호성은 조금씩 높아졌다.

아브넬을 죽이자마자 요압은 집에 돌아왔고, 피가 잔뜩 묻은 그대로 침상에 길게 누웠다. 설핏 든 잠에 꿈이 깃들었다. 아주 오랜만에 찾아든 꿈이었다. 하지만 어떤 꿈이었는지는 기억나지 않았다. 모래 위에 부어버린 물처럼 꿈의 자취는 헛헛했었다.

"베들레헴에 갈 거야?"

아비새는 요압이 헤브론에 남아야 한다고 생각했다. 광야의 고난을 함께한 자를 다윗이 잊을 리 없어. 아비새는 화를 푼 왕이 조만간

형을 돌아볼 거라고 여겼다.

하지만 요압은 헤브론에 머무는 것 자체가 고역이었다. 내겐 맑은 정신이 필요해. 다윗의 나라는 적에게 둘러싸여 있었고, 어쩔 수 없는 전쟁을 치러야만 했다. 전쟁이 내겐 기회가 될 거야. 지위와 권세를 회복할 좁은 틈이 칼과 불 사이에 존재하고 있다고 요압은 생각했다. 잠잠한 베들레헴이 도움이 될 거야. 나는 쉬어야 해. 단 한 번의 기회를 움키기 위해서는 몸이, 무엇보다도 영혼이 평안을 얻어야만 했다.

대답을 듣지 못한 아비새는 요압을 쳐다보고 있었다. 잔을 그대로 둔 그가 일어섰다.

"내일 아침 베들레헴으로 떠날 거야."

아비새가 고개를 끄덕였다. "그게 형의 뜻이라면."

"가야 하지 않냐." 요압이 밖을 향해 턱짓했다.

"얼굴은 비치긴 해야겠지."

주먹으로 눈두덩을 문지르는 아비새는 노곤해 보였다. 요압의 상황은 아비새의 지위에 영향을 미치지 않았다. 왕은 낮에 시종장 스마야를 보내 이스라엘 장로들을 맞이하는 행사에 빠지지 말라고 아비새에게 당부하기까지 했다.

"오래 안 걸릴 거예요." 아비새는 다윗의 냉대가 짧지 않으리라 예상했다.

"내 약속 하나 하마." 요압이 고개를 돌렸다. "잃어버린 지위를 꼭 되찾겠다."

아비새가 고개를 끄덕였다.

한참 후 요압이 덧붙였다. "후회하지 않아."

굳었던 아비새의 표정이 조금 풀렸다. 형제가 서로를 끌어안았다. 술기운으로 불콰한 얼굴과 뜨끈해진 요압의 가슴에, 서늘한 결심이 꼿꼿했다.

그랬다. 그는 후회하지 않았다.

아비새가 떠나갔고, 만취한 요압은 벽에 기댔다. 환영 인파의 함성이 그 어느 때보다 컸지만, 요압의 정신은 다른 곳을 향해 있었다. 그는 등잔불을 들여다보는 중이었다.

요압은 갑자기 깨달았다. 불꽃은 심지와 기름 모두를 필요로 하는구나.

하나의 결과에는 다양한 원인이 존재해 있었다. 아사헬의 죽음은 아브넬의 죽음을 끌어당겼고 이스보셋의 잘린 목을 불러들였고 두 명의 배반자를 죽게 하였다. 뒤섞인 죽음들은 어떤 내일을 예비하고 있는가. 지금의 기름과 심지를 디딘 내일의 불꽃은 어떤 모양으로 피어오를 것인가. 불꽃을 향해, 그 너머를 향해 요압이 핏발 선 시선을 던졌다.

그 밤, 후새도 헤브론에 있었다. 그가 사절단에 포함된 건 아니었다. 후새는 전혀 다른 이유 때문에 유다 지파의 가장 큰 성읍 헤브론에 걸음 했다.

이번에도 가말에게 여행 준비를 시킨 후새는 젊은 종 하나를 붙여 그를 돕게 했다. 팔려온 곳에서 착안해 살리사라 불리는 젊은 종은 행동거지가 심란했지만 대답이 빠르고 잠이 적었다.

헤브론에는 나그네를 위한 여관이 두 개뿐이었고 그나마도 손님으로 꽉 차 있었다. 다윗 왕에게 초청받은 사절단이 아니었기에 후새는 숙소를 따로 구해야 했다. 성문 근방에서 서성이던 그들에게 게라라는 사람이 다가와 자기 집에 묵는 게 어떠냐고 제안했다. 나그네를 초청하는 건 토라에 규정된 의무였고 나그네를 대접하는 일은 미덕으로 여겨졌다. 게라의 집은 구불구불한 시장 거리와 담 하나를 두고 붙어 있었다. 얼마나 가까웠는지 거래를 마친 상인들이 관례적으로 내는 '짝'하는 박수 소리가 들릴 지경이었다. 게라는 자신이 초청한 나그네가 아렉의 장로라는 사실에 깜짝 놀랐다. 후새가 내민 은 덩이 약간과 질 좋은 양가죽 두 장을 게라는 끝내 받지 않았다.

다음 날 아침 살리사에게 짐 정리를 시킨 후새가 몇 글자 급히 적어 내렸다. 그는 살리사 몰래 가말을 불러 편지를 건넸다. 등 굽은 종은 해가 가장 높이 뜰 즈음에 돌아왔다.

"약속한 장소에 나와 있었습니다."

"직접?" 놀란 후새가 되물었다.

"전에 왔던 그 에돔 여자였지요."

편지를 받아 간 뚱뚱한 에돔 여인은 곧장 답장을 받아 나왔다. 편지엔 인장도 봉랍도 없었지만 글 모르는 가말이 내용을 알 리 없었다. 후새는 읽은 편지를 품 깊이 넣었다. 잠을 이루지 못한 후새가 그 밤 내내 뒤척였다.

다음 날 아침 식사를 마친 후새가 종들에게 은 조각을 나눠주었다.

"너희도 이 시끌벅적함을 즐겨야지."

떠들썩한 거리를 흘끔거리는 살리사의 눈이 흥분으로 반짝였다. 나가려던 가말이 뒤돌아보았다. 후새와 가말의 눈빛이 맞닿았다. 늙은 종이 가만히 고개를 끄덕였다.

후새는 방으로 돌아왔다. 방문을 닫아건 그가 편지를 다시 한 번 꺼내 읽었다. 매끄러운 비블로스 산 두루마리를 읽어 내리던 후새가 마음을 가라앉히려 종종 벽으로 시선을 던졌다.

그가 머무는 손님방은 아래층으로 이어진 돌계단에 바짝 붙어 있었다. 아래층 식탁에 놓인 여름 무화과는 신선해 보였다. 화덕으로 간 후새가 아직 남은 불꽃에 편지를 밀어 넣고는 재가 될 때까지 지켜보았다.

한낮이 지날 때까지 후새는 방에서 조용히 쉬었다. 그는 말린 포도를 물과 함께 먹었고 침상에 눕기도 했다. 피곤했지만 잠이 오진 않았다. 해가 많이 뉘기를 기다려 후새는 방에서 나왔다.

거래를 마치며 내는 '짝' 소리가 여기저기서 들렸다. 시장 골목을 천천히 거닐며 그는 다윗의 왕성을 둘러보았다. 열광적인 어제를 보내고도 헤브론 사람들은 아직 힘이 남은 모양이었다. "왕의 이름으로!" 대목을 놓칠 수 없는 상인들이 꽉 들어찬 광장을 향해 소리 높였고, 막대한 덤을 얹어주는 담대함을 발휘했다.

헤브론은 기쁨에 싸여 있었다. 마침 대속죄일을 지나 초막절로 향하는 즈음이었다. 왕의 창고와 지하실이 열렸고 부역과 세금이 면제

되었다. 시장 거리를 타박타박 오가는 소리가 손에 잡힐 듯 가까웠고 그들의 대화와 노랫소리가 또렷이 들렸다. 담 위를 넘어오는 노래에 후새는 귀를 기울였다.

그들은 골리앗을 죽인 왕의 용맹을 노래했다.

그들은 사울의 단창을 비껴가게 한 보이지 않는 손길을 찬양했다.

그들은 납치된 자를 구원하고 성벽을 넘은 적을 죽이는 왕의 능력에 열광했다.

그들은 한결같은 왕의 겸손을 기뻐했다.

그들은 칼을 잡고 무릿매를 돌리는 왕의 강한 팔에 감탄했다.

그들은 성문 사이에 앉아 백성의 송사를 듣는 그의 위엄과 뒤따르는 명석한 판단에 찬사를 보냈다.

그들은 다윗을 왕으로 세운 여호와의 섭리에 감사했다.

후새는 아브넬이 옳았음을 그제야 깨달았다. 신의 뜻은 다윗의 위位에 있었고, 그건 거스를 수 없는 여호와의 의지였다.

등극한 뒤에도 다윗 왕은 헤브론에 머물 거라고 했다. 이미 헤브론에 뿌리내렸거늘, 굳이 옮길 필요를 못 느꼈겠지. 하지만 북쪽 사람들의 마음은 지독하게 헝클어져 있었고, 그 마음을 헤아리기에 헤브론은 남쪽에 치우쳐 있었다. 후새가 피식 웃음을 흘렸다. 상관도 없는 일에 신경을 쓰고 있군. 난 그저 아렉의 젊은 장로에 지나지 않는걸. 우선은 닥친 일부터 근심해야 옳았다.

다리가 뻐근해진 뒤에야 후새는 게라의 집으로 돌아왔다. 종들은 아직 돌아오지 않았고 방은 비어 있었다. 그는 탁자 위에 놓인 병을

보았다. 얇게 빚고 점토 액으로 붉은빛을 드리운 꽃병이었다. 잎 모양
이 새겨진 붉은 병에는 아무것도 담겨 있지 않았다. 후새는 침상에
누웠다. 피곤했지만 머리는 그런대로 맑았다. 창문 너머로 거리의 소
음이 들려왔다. 얼마나 지났을까. 꽃병 그림자가 한층 길어졌고 그의
초조함도 커져갔다.

누군가 방문을 두드렸다. 품삯을 받고 집안일을 거드는 게라의 이
웃이었다.

"손님이 왔어요."

아래층 현관을 가리키며 여자는 미심쩍은 표정을 지었다. 후새는
알았다는 시늉을 했다.

그녀는 현관문 안에 서 있었다. 안쓰러울 정도로 오그라든 어깨를
떨며 그녀는 고개를 비스듬히 돌렸다. 두 겹 너울로 꼼꼼히 두른 여
인의 눈동자를 알아본 후새가 저도 모르게 탄식했다.

"이쪽으로."

계단을 내려선 게라의 이웃이 화덕 쪽으로 물러났다. 낯선 여인
을 훑어보던 그녀가 번쩍이는 후새의 눈길에 저도 모르게 시선을
돌렸다.

여인을 방에 들인 후새가 창턱에 놓인 등잔을 들었다. 등잔엔 기름
이 넉넉했다. 후새가 방밖에 나간 동안 오도카니 선 여인은 모은 양
손을 초조하게 비틀었다.

"물을 좀 주시오."

후새의 부탁에 게라의 이웃이 손잡이 달린 흙 단지를 내왔다. 잔

172

을 챙긴 후새가 물이 담긴 흙 단지를 받아들고 올라가 방 한가운데 놓인 탁자에 두었다. 도로 내려간 후새가 화덕으로 가 등잔에 불을 붙이고는 손으로 불꽃을 가리며 돌계단을 걸어 올랐다. 그가 몸을 내밀어 복도를 확인하고는 문을 닫아걸었다. 판자로 짠 가리개를 창에 끼우자 거리소음이 줄어들었고 따뜻한 불빛이 방 안을 은은히 채웠다. 여인에게 탁자 의자를 가리킨 후새가 침상에 앉았다.

여인의 눈썹에는 누런 흙먼지가 내려앉아 있었다. 두 겹의 너울을 벗자 부하게 인 금빛 모래먼지가 주홍색 불빛에 반짝이며 찬찬히 퍼져나갔다. 두 사람은 서로를 바라보기만 할 뿐 입을 떼지 못했다. 마법처럼 말이 사라지는 순간이 있다. 지금이 바로 그랬다.

"오랜만이에요."

리스바의 음성은 몹시 탁했다. 몸을 일으킨 후새가 탁자에 놓인 단지를 기울여 물을 더 따라 주었다. 잔을 내려놓은 리스바가 너울 끝으로 입술에 묻은 물을 찍어냈다. 후새가 물 단지를 들어 보이자 리스바가 고개를 가로저었다.

리스바는 그녀가 보냈던 에돔 여종만큼이나 지쳐 보였다. 아렉에 있는 후새의 집에 룸만이 찾아온 건 보름 전이었다. 사람들의 눈을 피하려 한밤을 틈탄 룸만의 부르튼 발에는 피딱지가 엉겨 있었다. 나귀도 없이 룸만은 그 먼 길을 달려왔다고 했다. 탈진한 룸만은 물을 마시며 한참 쉬어야만 했다.

"마님은 도움이 필요해요. 아뇨. 왕궁은 위험하답니다. 왕자님들이……. 모든 게 불타고 부서졌어요. 마하나임 말이에요. 이스보셋 왕이 그리되었으니, 마님과 왕자님들에게 무슨 일이 생길지 어찌 알겠어요? 아뇨, 거의 없답니다. 사울 왕께 받은 장신구 조금과 은 몇 덩이뿐이죠. 네, 어르신 말씀이 맞아요. 기댈 곳이 없지요. 마님이 도움을 구할 분은 어르신뿐이랍니다. 어르신뿐이죠."

후새의 어머니인 가비쉬는 리스바의 어머니인 야엘과 자매처럼 어울리며 함께 자라났다. 결혼하면서 두 여인의 물리적 거리는 멀어졌지만 정신적 결속은 강해졌다. 가비쉬와 야엘은 편지와 선물로 정을 나누고 종들을 시켜 서로의 근황을 물었는데, 얼마나 간절히 그리워했던지 같은 날 같은 꿈에서 서로 만나볼 지경이었다. 후에 리스바의 아버지인 아야가 죽고 야엘이 병들자 가비쉬는 어린 리스바를 맡겠다고 나섰는데, 녹슨 못에 찔려 곪은 상처가 그토록 부어오르지만 않았어도 그 일은 이뤄졌을 것이다. 파상풍에 걸린 어머니가 죽는 순간까지 리스바를 걱정했다는 사실을 후새는 잊지 않았다. 결혼한 뒤 야엘과 가비쉬는 딱 한 번 만났었고, 그 자리엔 어린 리스바와 후새도 있었다. 가비쉬와 그의 집안을 심정적으로 가까이 여겼기에, 마하나임을 빠져나온 리스바가 후새를 떠올린 건 당연하기까지 했다. 실제로 후새를 만난 건 어릴 적 단 한 번에 불과했지만 말이다.

룸만의 얘기를 들은 후새는 우선 먹을 걸 실은 나귀를 가말에게 딸려 리스바에게 보냈다. 기력을 회복한 룸만이 리스바에게 되돌아갔고, 그 사이를 가말이 두어 번 오갔다. 가말은 리스바와 두 왕자가 궁핍하고 꾀죄죄해 보였다고 말했다.

룸만은 리스바가 아렉에 살고 싶어 한다고 말했었다. 하지만 후새는 생각이 달랐다. 아렉에는 사울과 그의 집안을 기억하는 사람이 적지 않았다. 정체를 숨긴 채 살아가고 싶다는 그들에게 아렉은 위험했다.

"편지에 썼듯이 아렉에 모실 순 없습니다."

후새는 그 이야기부터 꺼냈다. 헤브론으로 출발하기 직전까지, 후새는 리스바 가족이 정착할 땅을 찾느라 몹시 바빴다. 설명을 들은 리스바가 한숨을 쉬었다.

"그렇게나 멀리……."

"유다 지방이 오히려 편할 겁니다."

무일푼인 그들은 후새의 변변찮은 도움에 매달릴 수밖에 없었다.

"십 남쪽입니다. 사람이 많지 않은 촌락이에요."

후새는 가난하진 않았지만, 남에게 한 재산을 떼어줄 정도로 부유하지도 못했다. 블레셋과의 전쟁에 형제를 잃은 후새에겐 먹여 살려야 할 친족이 많았다. 후새는 십에 자리한 그 땅을 지난해 부스럭 땅을 처분하려던 낙타 장수에게 사들였었는데, 밀 두 호멜을 심을만한 밭 한가운데 돌로 지은 단층집이 있었다. 양과 염소가 적당히 불어나기만 하면 넷이 살기엔 안 부족할 겁니다. 미리 가본 가말은 그리 계산했었다.

"갈멜에서 먼가요? 예전에 갈멜에 가보았어요." 리스바가 얼굴을 찌푸렸다.

"갈멜이요? 아, 그렇군. 갈멜……. 거기랑도 멀지 않지요."

생전에 사울 왕은 갈멜에서 아말렉 사람들을 쳐부수고 엄청난 전리품을 얻었었다. 사울과 그의 가족들에게 갈멜은 특별했다. 리스바는 뭔가 깊이 생각하는 눈치였다.

"가명을 쓰실 겁니까?" 후새가 물었다.

리스바가 고개를 저었다. "아이들이 더 혼란스러워하지 않을까요."

그들의 이름에서 사울을 떠올릴 사람이 적지 않을 텐데. 하지만 후새는 그 걱정을 입 밖에 내지 않았다. 닥쳐오는 걱정만으로도 리스바는 괴로울 게 분명했다.

"집은 외진 곳이지요."

고개를 끄덕이던 리스바가 간신히 미소 지었다. 차오르는 안타까움을 보이지 않으려 후새는 고개를 돌렸다. 기억에 성글게 남았던 아리따운 소녀는 어디로 사라졌는가. 먼지를 잔뜩 뒤집어쓴 초췌한 몰골의 여인이 정말 그 아이의 미래였나. 우리는 살아남아야 합니다. 리스바는 편지에 그렇게 썼었다. 두 아들을 살려달라는 울부짖음이 재가 되어버린 편지에 간절히 남아 있었다.

벽에는 우기의 비를 막으려 매년 칠하는 석회가 허리 높이로 발라져 있었다. 비가 들이칠 높이까지만 석회를 바른 것이었다.

"왕자들은 잘 계십니까?"

"더 이상은 아니죠."

다윗이 왕이 될 터였으니 그들은 더 이상 왕자가 아니었고, 왕궁에서의 안락함과 멀어졌기에 잘 계실 리도 만무했다. 리스바의 말투에서는 의지가 느껴졌다. 어머니인 리스바는 지금 그 누구보다 강해지려 하고 있었다. 후새가 안타까운 시선으로 리스바를 바라보았다. 흙

벽과 회칠한 벽 사이의 선처럼 분명한 경계에, 리스바와 두 아들은 놓여 있었다.

"힘들 겁니다."

"알아요."

"저는 부유한 사람이 아닙니다. 많이 도울 수 없어요. 미안합니다."

"충분해요. 집과 땅을 주셨잖아요. 그다음은 우리 몫이죠."

문 두드리는 소리에 두 사람이 고개를 돌렸다. 리스바 쪽으로 손 뻗은 후새가 문을 당겨 열었다. 몸을 오그린 가말이 공손히 고개 숙였다.

"지금쯤 제가 없어진 걸 알아차렸을 거예요."

가말이 가쁜 숨을 내쉬었다. 삼킨 쇠 구슬을 토해 내는 광대에 살리사가 정신 팔린 틈을 타 가말은 달아났다고 했다. 리스바는 이미 가말을 알고 있었다. 그러나 후새는 다시 한 번 가말을 소개했다. 가말은 침통해 보였다. 후새의 가슴이 먹먹해졌다.

헤브론에 오기 직전 후새는 몰래 가말을 불러 자기 생각을 털어놓았다. 리스바에겐 도움이 간절했다. 그녀는 땅을 일구고 가축을 불려 먹고 입을 걸 손수 마련해야 했다. 그러려면 주인의 정체를 발설하지 않을 정도로 입이 무겁고, 서툰 그녀와 아이들을 가르칠 정도로 농사일에 능하며, 궁벽한 삶을 견딜 정도로 충직한 사람이 필요했다. 사흘간 고민하던 가말은 결국 주인의 간청을 받아들였다.

"자넨 더 이상 종이 아니야. 자네를 풀어주겠네. 자유의 몸으로 저분을 돕는 거야."

가말의 손을 잡은 후새가 리스바를 돌아보았다.

"오랫동안 나와 내 집을 위해 헌신해 왔어요. 그를 믿으세요. 성심껏 도울 겁니다."

리스바가 몸을 일으켰다. 가말의 시선은 아래쪽, 회칠한 벽을 향해 있었다. 여인의 흰 손이 닿자 못 박인 굽은 손이 움찔 놀랐다. 가말이 고개를 들 때까지 리스바는 등이 굽은 그를 바라보았다. 표정을 정돈한 가말이 얼굴을 들자 고개를 끄덕인 리스바가 엷은 미소를 지었다.

가말이 짐을 꾸리도록 시간을 준 두 사람은 문 앞에서 잠시 대화를 나누었다. 후새에게는 지난 보름간의 궁금증을 풀 기회였다.

"왜 굳이 왕궁에서 나왔지요?"

후새가 보기에, 너그러운 다윗은 리스바와 두 왕자를 잘 대접해 줄 것 같았다. 다윗의 왕궁에서 그가 베푸는 빵을 먹으며 적당한 안락을 누릴 수도 있을 텐데. 후새는 내심 리스바가 성급한 결정을 내렸다고 생각했다. 거친 음식과 누추한 옷으로 땅을 파먹으며 살기가 어디 쉬운가.

리스바에게는 그러한 결정을 내릴 까닭이 있었다. 그녀는 아들들이 자기들만의 삶을 살아내야 한다고, 그러려면 변화를 받아들여야 한다고 믿었다.

한 가닥 올이 풀려나가기 시작하면 옷 전체가 너덜너덜해지는 법이잖아요. 그을음으로 얼룩지고 파괴로 멍든 마하나임에는 진홍빛 욕망이 넘실대고 있었다. 질서를 회복시켜야 할 장군들은 책임을 내던지고 달아났고, 탐욕스러운 표정을 지은 시종들은 왕궁창고를 거덜

냈다. 작당한 종들이 악한 주인을 죽였고, 용병을 사들인 주인들이 종들을 거리에 목매달았다. 옛 원한을 떠올린 자들의 칼이 이 틈을 타고 미쳐 날뛰었다.

마하나임에 머물 수는 없었다. 달아나 새 삶을 구해야만 했다. 그 러려면 변해야 해. 리스바는 그리 믿었다. 그 믿음은 알모니가 리스바 에게 대들던 그 날 굳어진 것이었다. 추악한 표정으로 아이는 악을 썼다.

"내가 이스보셋에게 밀고했어. 증오하는 아브넬을!"

리스바는 전율했다. 룸만은 얼이 빠진 리스바의 곁에 주저앉았고, 불안스레 손가락을 빨던 므비보셋은 겁에 질려 있었다.

바로 그 순간에 리스바는 왕궁을 버리기로 결심했다. 고작 열 살에 불과한 알모니는 이스보셋이 잃은 왕관이 제 것이 되어야 한다고 여 겼고, 므비보셋은 소리를 지르는 엄마와 형 모두에게 겁을 먹고 있었 다. 므비보셋의 통통 부은 손끝에서는 피가 흘렀고 잘근잘근 씹힌 살 점은 너덜거렸다. 성벽이 드리운 그림자 깊은 곳에는 사울의 자취가 아직 강했고 지키는 자 없는 성가퀴엔 푸르스름한 기운이 떠돌았으 며 비어버린 왕좌엔 얼버무리는 목소리가 감돌았었다. 왕궁이 내 아 이들을 괴물로 만들어. 리스바는 그리 생각했다.

그러나 이 모든 일을 설명할 순 없었다. 그래서 리스바는 이렇게 말 했다.

"그래야만 했어요."

때때로 섬뜩한 두려움이 그녀를 뒤흔들곤 했다. 호미를 잡고 보습을 들어 땅을 일굴 생각만 해도 숨이 막히고 아득해졌다. 그러나 틀린 방향으로라도 걸어나가야 했다. 멈춰 있다간 죽어, 나와 룸만과 아이들까지. 분노를 터뜨리는 알모니의 표정은 죽은 남편과 소름 끼치게 똑같았다. 오, 모든 존재는 자취를 남기느니. 나는 죽은 그이가 돌아온 줄로만 알았어. 알모니를 재우고 돌아온 룸만에게 리스바는 속삭였다. 고통과 슬픔을 담아내려 그녀는 뺨에 눈물병을 갖다 댔었다.

거대한 왕궁은 음침한 독니로 아이들의 생기와 싱그러움을 쭙 빨고 있었다. 그녀는 더 이상 고통에 찬 왕궁에 머물길 거부했다. 아야의 딸 리스바에게 왕궁에서의 삶은 한 편의 꿈이었다. 그러나 이제 눈을 떠야 했다. 사울을 만나기 이전의 삶으로 되돌아가야 했다.

그 발걸음은 고통스러우리라. 길에는 칼날 같은 돌이 가득하고, 찢긴 발바닥에선 피가 흐르리라. 눈물로 젖은 뺨을 땀방울이 덮으며 고된 노동의 자취를 더러운 얼룩으로 남기리라. 햇볕이 잡아 비튼 살갗이 나무껍질처럼 우그러들리라. 경악스러운 빈곤으로 윤기 잃은 삶이 우그러들리라. 그러나 그녀의 작심은 굳어진 지 오래였다. 리스바는 등 뒤의 문을 단단히 닫았다.

그만큼 알모니의 폭로는 끔찍했었다.

잘 될 거야. 모든 게 전부 다. 룸만을 후새에게 보내며, 그녀는 주문 같은 그 말을 종일 중얼거렸다. 그 말에 매달리지 않고는 조금도 버티지 못할 것만 같았다. 잘 될 거야. 그러나 모든 게 다 잘 되기 위해 얼마나 많은 눈물을 삼켜야 할지 그녀는 미처 알지 못했다.

리스바를 바라보는 후새의 눈빛엔 안타까움이 가득했다. 그녀가 내지 못한 이야기들이 느껴졌다. 다시 만날 테니까. 그는 몇 달 뒤에, 리스바가 십에 뿌리내릴 즈음에 거기 들를 예정이었다. 음식이 차려진 식탁 앞에 모인 그들은 단지를 기울이고 접시를 비울 것이었다. 검게 그은 밤 아래 쏟아진 이야기가 하얗게 사위어지리라.

가말은 짐이 많지 않았다. 리스바는 너울 두 개로 얼굴을 감았다. 드러난 눈이 움푹해 보였다.

"또 뵙기를. 베푸신 호의를 영원히 잊지 않겠어요."

"내 어머니의 유언을 지키려는 것입니다."

이스라엘 사령관의 두터운 호의 또한. 후새는 자신을 따뜻하게 맞아주었던 아브넬을 향한 답례를 이런 식으로 하게 될 줄은 꿈에도 몰랐다.

가말이 미리 나갔고 후새와 리스바가 돌계단을 내려왔다. 게라의 집안일을 돕는 여자가 샐쭉한 표정으로 일행을 돌아보았다. 남의 집에 묵는 나그네가 감히 창녀를 부르다니. 후줄근한 너울로 얼굴을 감춘 창녀는 건방지게도 히야신스석ㅎ 색깔의 해달 가죽 신발을 신고 있었다. 화대가 어마어마한가 보지? 여자가 절레절레 고개를 저었다.

후새가 가죽 주머니에 든 은 덩어리를 모두 꺼내 리스바에게 쥐여주었다. 리스바가 끝내 눈물을 떨구었다. 어머니의 결정을 왕자들이 잘 따를까. 후새는 걱정이 되었다. 더 이상 왕자가 아닌 그들은 빈한한 삶을 스스로 걸머져야 했다. 삶을 살아낼 이유를 스스로 찾아내야 할 텐데. 그렇지 않으면 그들의 삶은 뒤틀리고 말 텐데. 눈인사를 나눈 그들은 조용히 작별했다. 멀지 않은 시장의 부산함도 그들 마음에 인 쓸쓸함을 가라앉히진 못했다. 가말의 굽은 등이 후새는 측은했다. 저기 내가 지운 곤고함이 얹혀 있구나.

방으로 돌아온 후새가 침상에 누웠다. 그러다 벌떡 일어나 탁자로 갔다. 은이 담겼던 빈 가죽 주머니가 거기 놓여 있었다. 주머니를 뒤집자 솔기가 드러났다. 주머니를 뒤집어도 물건을 담는 데에는 문제없었다. 후새는 뒤집어질 세 모자의 삶을 떠올렸다. 알모니와 므비보셋과 리스바는 삶의 격렬한 맷돌질을 얼마나 견뎌낼까. 뒤집어진 삶을 어떻게 감당할까. 뒤집힌 그곳에서 쏟아질 삶의 무게를 그들이 지탱할 수 있을까.

아찔해진 후새가 이마를 짚었다. 돌계단 저 아래에서 독특한 발걸음 소리가 났다. 살리사의 안짱다리가 내는 조급한 타박거림이 가까워지고 있었다.

의자에 앉은 아히도벨이 몸을 뒤틀었다.

"이봐! 얼마나 더 기다려야 해?"

연회 준비에 바쁜 시종들은 아히도벨의 참견이 귀찮은 눈치였다. 기지개를 켠 아히도벨이 서기관들의 방으로 갔다. 다듬은 골풀로 먹을 찍은 그들은 긴 파피루스에 뭔가를 끝없이 적어내리는 중이었다. 다닥다닥 붙은 책상과 높이 쌓아 올린 두루마리 때문에 넓은 방은 비좁아 보였다.

직위 세습을 허락받은 서기관들은 국가문서를 정리하고 창고의 물건을 셈하며 공중을 담당해 왕을 도왔다.

왕을 돕는 또 다른 관리로는 사관이 존재했다. 사관들은 왕에게 올릴 서류를 작성하고 왕의 재판을 기록하는 일을 맡았다. 다윗의 서기관들과 사관들은 문 하나를 사이에 둔 두 개의 방에 나눠 앉아 일했고, 간혹 업무가 넘치면 서로 보전해 주곤 했다. 아히도벨은 구석에 세워진 의자에 앉았다. 깍지 낀 손을 둥근 배 위에 올려놓은 길로 장로가 눈을 반쯤 감았다. 두루마리들이 날카롭게 스치는 소리와 먹을 머금은 골풀이 내는 까슬까슬한 소리를 왕의 꾀주머니는 한껏 즐겼다. 아히도벨과 눈이 마주친 서기관 한 명이 흙 그릇에 담은 먹을 바수며 빙긋 웃었다. 알지요. 저도 그 기분 알지요.

창밖에서 소와 양의 울음소리가 들리자 아히도벨이 고개를 슬쩍 돌렸다. 왕의 외양간에서 선별된 흠 없는 황소들과 숫양들을 시종들이 헤브론 꼭대기로 모는 중이었다. 그곳에는 산당이 자리했다. 감사제가 시작되는 모양이로군. 도살 광경에 간혹 기분을 잡치곤 하는 아히도벨은 제사 참여를 즐기지 않았다. 다윗의 신하들과 이스라엘과 유다 장로 모두가 그곳에 있을 것이었다.

"저 많은 짐승을 혼자 잡진 않으시겠지."

아히도벨의 혼잣말을 들은 사관 하나가 왕께서 내려오는 중이라고 일러주었다. 다윗 왕이 황소 한 마리를 직접 손질해 올렸다는 말에 아히도벨의 눈이 휘둥그레졌다. 나머지 제물은 왕의 형제들이 마저 잡을 모양이었다. 사관들과 서기관들이 남은 먹물을 흙 단지에 기울여 부었고, 움켜쥐었던 골풀을 물에 씻었다. 그들과 함께 아히도벨은 밖으로 나갔다. 지난번 아브넬 일행이 연회를 즐겼던 홀에서 즉위식이 거행될 예정이었다.

홀은 반쯤 차 있었다.

고귀한 남자들은 세마포 쿠토네트 위로 푸른색 혹은 엷은 시트론색 허리띠를 두르고 매듭을 지어 묶었다. 침향沈香 섞인 향기로운 기름을 바른 그들의 수염 끝은 섬세하게 다듬어져 있었다. 레바논에서 들인 겉옷의 짜임은 훌륭했고 색은 선명했다. 멋 내기에 공을 많이 들인 젊은이들이 서로의 겉옷에 장식된 금실과 문양을 훔쳐보며 천박한 우월감에 히죽거렸다. 목에 거는 호신부護身符는 금 세공품이 많았으며 세공된 상아에 금을 입힌 이집트산 풍뎅이가 단연 이목을 끌었다. 멋쟁이들은 금이나 은으로 만든 초승달 모양의 장신구, 갈고리 모양의 장신구, 달처럼 둥근 장신구로 치장했다. 끝에 보석을 박은 사슬, 목에 두르는 화려한 장식 고리, 철삿줄, 수염 위에 걸게 되어 있는 호화로운 수염 목걸이를 한껏 뽐내며 그들은 호수 속 큰 물고기처럼 연회장을 오갔다.

하지만 여자들에 비하면 이들은 오히려 수수해 보였다. 아름답고 화려한 다윗의 아내들에게 모두가 감탄을 금치 못했다. 아히도벨조차 낯설어할 정도로 그녀들의 치장은 이국적이었다. 다윗의 아내들은 홀 한쪽에 모여 있었는데, 청색과 자색과 홍색과 금실과 은실로 장식된 쿠토네트 파씸 차림이었다. 보랏빛 해달 가죽 신발을 신은 그녀들의 발목엔 금으로 만든 굵은 발찌가 걸려 있어 은은하게 찰랑거렸다. 귀한 신분의 사람들이나 입는 쿠토네트 파씸의 긴 소매를 강조하기 위해 팔뚝엔 금으로 만든 나뭇가지 모양의 장식물을 꼬아 감았는데, 거기엔 은으로 만든 놀랄 만큼 정교한 잎사귀가 달려 있었다. 가는 금팔찌를 찬 여인도 있었고, 굵은 은테두리에 마노와 토파즈 박은 팔찌를 낀 부인도 있었다. 그녀들의 가슴에는 물결 모양의 핀이 자리했다. 귀에 늘어지게 걸려 약간의 움직임에도 자극적인 찰랑거림을 잣는 황금 귀걸이는 강물에 가득 담긴 석양빛을 연상시켰다. 그녀들의 갸름한 얼굴 중심에 꿰인 황금 코걸이는 뺨을 향해 완벽한 곡선을 그리고 있었다.

보석이야말로 대지가 내놓는 최고의 산물이었고, 여인을 위해 존재하는 가장 빛나는 돌이었다. 갖가지 다양한 빛깔의 수정이 빛나는 여인들을 위해, 여인들의 빛나지 않은 부분을 빛내기 위해 사용되었다. 붉은 벽옥과 투명한 자수정과 푸른 사과액을 내뿜는 녹옥수는 귀에 고정되었다. 바다가 오래 빚은 귀한 산호와 그것만큼 값비싼 진주는 여인들의 손과 가슴에 머물렀다. 얼음을 연상시키는 수정이 태양 빛을 다채롭게 반사시켰고, 수정만큼 맑고 보석보다 귀한 유리잔이 달콤한 음료를 품은 채 존귀한 여인들의 손에 쥐어져 있었다. 단단한 강옥은 목걸이 한쪽을 장식했고, 에메랄드와 사파이어와 제이신스가 문양이 새겨진 금반지에 내려앉았으며, 얼룩 마노와 붉은 줄무늬 마노가 다른 보석을 도드라지게 만들기 위해 간혹 쓰였다.

체구가 작은 스마야는 치렁거리는 겉옷 밑단이 발에 자꾸 걸려 짜증이 나는 모양이었다.

"자꾸 넘어진단 말입니다!"

다윗의 시종장은 도착한 손님을 정해진 자리로 안내하고, 불과 기름과 향신료 속에서 전투 중인 주방 상황을 꼼꼼히 따지고, 즉위식을 정밀히 진행하느라 진땀을 빼는 중이었다.

"정말이지 수명이 반 토막 나겠습니다."

아히도벨을 정해진 자리로 안내하며 스마야가 눈을 굴렸다.

"시종장 따위를 해먹으며 수명을 운운한단 말인가? 자네 후임 삼을 자는 두 묶음도 넘어."

"지독하군요, 아히도벨. 위로라도 해주면 어디 잘못되기라도 합니까?" 눈을 흘기며 쏘아붙인 시종장이 아히도벨 뒤에 선 사람을 향해 상냥한 표정을 지었다. "무엇을 도와드릴까요?"

한 달 전 아브넬이 왔을 때보다 참석자가 두 배나 많았다. 스마야는 각각 다른 색깔의 융단을 깔아 놓아 앉을 장소를 미리 구분해 놓았는데, 홀 바깥 안뜰 장막 친 공간까지 융단이 깔린 걸 보니 스마야의 우는 소리도 일면 이해가 갔다.

"이봐요, 왕의 조언자. 대체 어디서 그 철검을 조달한 거요?"

저쪽에 몰려 앉은 장군들이 은근한 호기심을 드러냈지만 아히도벨은 빙그레 웃기만 했다. 아히도벨은 각 성읍의 상인들에게 뿌렸던 수십 달란트에 달하는 금에 대해, 철광석을 조달하려 동원했던 호위대원들의 고초에 대해, 헤브론 외곽에 설치되어 밤낮으로 가동되고 있는 스무 개의 제련 가마에 대해 말하지 않았다. 개미굴처럼 높이 다져 올린 용광로 속에서 불은 괄해졌고 금속은 황금빛으로 말개졌다. 불기운으로 달궈진 대장장이들의 벌건 낯에서는 수은 같은 땀이 후드득 굴렀고, 쇠를 달구려 풀무는 쉬지 않고 숨을 뿜어댔다. 장군들이 받아본 건 견본에 지나지 않았다. 이제 좀 더 부드러워질 히브리 대장장이들의 손을 통해 나무 방패에 두를 쇠테와 야무지게 매조지한 단창과 두텁고 예리한 쇠칼이 만들어질 것이었다. 그것으로 그들은 상황을 뒤바꿀 것이었다.

이웃 나라 중에서는 암몬 왕 나하스만이 사절을 보냈다. 나하스 왕은 길르앗 야베스를 치려다가 사울 왕에게 호되게 당한 적이 있었는데, 그 때문인지 다윗에게 유독 친밀하게 굴었다. 관심을 모았던 블레셋 왕 아기스는 축하사절을 보내지 않았다. 아히도벨은 그것이 중요한 의사표시라고 생각했다.

"아히도벨이라 했던가요?"

암몬 사절의 곱실거리는 검은 수염과 보석 박힌 높은 터번을 바라보던 아히도벨이 눈썹을 치켜세우며 뒤돌았다. 호리호리하니 훤칠한 여인은 푸른색으로 염색하고 군청색 실로 문양을 넣은 쿠토네트 파씸 차림이었다. 층지며 구불거리는 치맛단과 금 목걸이에 장식된 진주의 은은한 빛이 여인의 기품을 더욱 고양시켰다.

"미갈 공주님." 아히도벨이 고개를 숙였다.

"난 꽤 유명한가 봐요?"

삼십 대 중반이었지만 꽤 훌륭한 몸매였다. 바래지게 하려고 일부러 햇볕에 말린 머리는 엷은 갈색이었고, 시트론열매에서 추출한 가루를 바른 뺨은 노랗게 밝았다. 꼿꼿하고 똑 부러져 보이는 그녀는 강단 있어 보였는데, 큰 키가 그런 인상을 도드라지게 만들었다. 이집트에서 수입한 검은 막대를 바른 눈의 초록 눈동자가 이채롭게 빛났다. 호리호리한 그녀는 먹어도 살이 찌지 않는 체질이었고, 그 덕에 턱선이 날카로웠다. 답답하다는 이유로 머릿수건을 잘 쓰지 않는 미갈은 지금처럼 매듭을 지어 멋을 낸 머리를 어깨너머로 늘어뜨리길 좋아했다. 그녀 특유의 영민함은 살짝 구부러진 얇은 입술 끝으로 인해 도드라졌다. 매부리코에 턱을 치켜들길 잘하는 미갈은 매우 강렬한, 잊지 못할 인상을 남기는 사람이었다.

"사람들이 당신을 두고 지혜롭다고 칭찬하더군요."

미갈의 시선이 은근했다. 아히도벨은 눈썹을 치켜세우며 놀랍다는 시늉을 했다.

"온전한 인물평이란 건 존재하기 않습니다."

"'사울은 천천千千이요, 다윗은 만만萬萬이라.' 사람들의 평이야말로 신뢰할 만하지 않나요?"

사울을 불쾌하게 만들어 다윗을 죽일 결심을 하게 만든 기브아의 노래를 사울의 딸에게 듣자니 기분이 묘했다. 주방에서 흘러나온 음식 냄새가 사람들이 바른 향 품과 기름 냄새에 뒤섞였다. 그녀가 인상을 쓰자 코에 주름이 졌다.

"환기를 해야겠군요."

아히도벨이 고개를 끄덕였다. "창 가리개를 빼놓으라 이르지요."

"딱딱해 보여요." 미갈이 홀 밖을 가리켰다.

거기에는 다윗이 특별히 마련한 탁자와 의자가 예비되어 있었다. 다윗은 이번 연회를 요즘 유행하는 이집트식으로 꾸미길 바랐다. 즉위식이 끝나고 연회가 시작되면 탁자와 의자가 홀 안으로 밀려들고, 뜨끈한 음식과 즐길 만한 포도주가 뒤따를 것이었다. 그들은 함께 나아가 탁자와 의자를 살펴보았다. 허리를 굽히는 미갈을 따라 아히도벨도 탁자에 코를 대보았다. 만든 지 얼마 안 되는 탁자에서는 갓 다듬은 나무의 귀한 향취가 풍겼다. 미갈의 긴 손가락이 의자 등받이를 쓸었다.

"이렇게 높이 앉으면 소화가 안 될 거예요." 미갈은 변화를 좋아하는 사람이 아니었다.

"제 아들도 집을 이렇게 꾸며놓았더군요. 장군 엘리암이지요. 제 손녀는 좋아했어요. 그 위로 깡충 뛰어오르더군요."

"몇 살이죠? 손녀가요."

"이제 열한 살이에요. 이름은 밧세바지요."

"아이들은 새로운 걸 재미있어하죠."

아히도벨이 눈썹을 치켜세웠다. "발장난 치기 좋다더군요."

홀에 들어서는 사람들을 보며 둘은 잠시 대화를 그쳤다. 브나야가 들어서는 걸 보니 즉위식이 머지않은 것 같았다.

"내 남편이 드디어 이스라엘 왕이 되는군요. 온전히 합쳐진 단 하나의."

침묵을 대답 삼으며 아히도벨은 적당한 말을 기다렸다. 미갈이 고개를 돌렸다.

"그분은 당신을 조언자라고 부르더군요. 큰 신뢰를 받던 걸요?"

"별말씀을. 다윗 왕께서는 누구에게든 배우려 하시죠."

"내 남편이 훌륭한 학생인 건 사실이에요. 그는 싯딤나무에게도 조언을 구할 사람이죠."

"무지를 인정하는 건 대단한 용기입니다."

미갈이 웃었다. "그럼 나도 용기를 내고 싶군요. 나, 사울의 딸 미갈도 무지를 겸허히 인정하며 묻고 싶어요. 왕의 조언자인 그대에게."

아히도벨이 미갈을 바라보았다. 그녀가 턱을 살짝 치켜들었다.

"적이 흘린 회개의 눈물이 오래 묵은 나의 원한을 씻어낼 수 있을까요?"

"무슨 말씀이지요?"

시선을 멀리 돌린 미갈이 말을 정리하려 잠시 입을 다물었다.

"빤한 이야기예요. 당신이 사랑한 사람이 살해당했어요. 그리고 세월이 흘러 당신은 살인자를 만나게 되지요. 그는 이미 신께 회개했다고 해요. 그러면서 당신께 용서를 구하지요. 어때요? 그를 용서할 수 있겠어요?"

대체 무슨 말을 하려는 거지? 아히도벨은 미갈의 의도가 궁금했다. 그러나 그 질문에 설령 독한 의도가 담겼다 해도, 그는 요령을 부려 대답을 피하고 싶진 않았다.

"살인자가 신의 용서를 받았나요?"

"글쎄요. 그랬다고 해두죠."

"신의 용서를 받은 자를 내가 용서해야 하나 말아야 하나의 문제로군요." 아히도벨은 잠시 호흡을 가다듬었다. "신과 살인자 사이에 어떤 결론이 났는지는 관심 없습니다. 저와 살인자는 청산할 게 남았다고 생각합니다."

"살인자에 대한 여호와의 용서가 살인자와 당신과의 화해에 영향을 미치지 못한다는 거예요?"

"전혀요."

"당신과 살인자는 같은 신 여호와를 믿잖아요. 그런데도 신의 결정이 당신 결정을 흔들지 못한다?"

미갈이 돌아보았다. 아히도벨은 여전히 먼 곳을 응시하고 있었다.

"까다로운 문제로군요. 신의 용서가 제 용서에 영향을 미칠까요…… 음. 어쩌면……." 아히도벨이 고개를 끄덕였다. "저는 그를 용서할 것도 같군요. 이건 신의 용서와는 별개입니다. 신의 용서와 관계없이 저는 그를 용서할지도 모르지만, 신께 용서받았다는 이유만으로 제 용서를 받을 순 없습니다. 그래요, 용서하겠지요. 내가 평안해지기 위해서라도."

사울의 딸이 미소 지었다. "기꺼이 하는 것 같진 않군요."

아히도벨이 잠시 시간을 가졌다.

"기꺼이 하는 행동은 아니죠." 그가 수긍했다.

사이를 두고 그녀가 다시 물었다. "왜 그런 결정을 내렸지요?"

"저는 저 자신을 잘 압니다." 그가 잠시 익살스러운 표정을 지었다. "원한을 오래 묵히지 않아요."

"확신하지 마세요. 아무것도요." 한참 뒤 미갈이 말을 이었다. "내 남편 다윗이라면 이렇게 대답했겠지요. 신이 용서한 일이라면 나 또한 그 뜻에 따라야 해. 실수하지 않는 여호와의 결정을 우리 모두 존중하고 따라야 하니까."

아히도벨이 마주 웃었다. 그랬겠지요. 그게 다윗의 방식이지요.

하지만 인간이 어떻게 신의 용서를 알까? 살인자가 주장하는 신의 용서를 어느 누가 확신할까. 무엇도 확실하지 않은 인생이라는 안개 속에서.

아히도벨이 미갈을 바라보았다. 왜 그런 질문을 했는지 그는 눈으로 묻고 있었다. 미갈의 입술 끝이 부드럽게 구부러졌다.

"아히도벨. 당신은 신의 용서를 받은 살인자를, 내가 사랑하는 사람을 죽인 살인자를 용서할 수 있다고 믿는군요. 좋아요. 믿는 건 자유니까. 하지만 그 믿음은 진실할까요? 그것만이 진실한 믿음일까요?"

고개 돌린 미갈이 입장하는 이스라엘 장로들을 바라보았다.

"사실 내가 묻고 싶은 건 따로 있었어요. 방금 했던 질문과 비슷하지만 내용은 꽤 다르답니다. 자, 깊이 들어보세요. 내가 사랑하는 존재가 내가 사랑하는 다른 존재를 죽였어요. 둘 다 내가 사랑하는 존재들이었지요. 내 한쪽 가슴은 피와 복수를 선언하지만, 다른 쪽 가슴은 용서와 체념을 노래해요. 그로 인해 내 가슴은 찢겨나가죠. 내가 어쩌면 좋을까요?"

아히도벨은 오랫동안 침묵했고, 미갈은 그것을 무지로 해석했다.

"하!"

짧고 날카로운 웃음이 그녀의 입술에서 터져 나왔다. 신경을 긁는 꺼림칙한 소리였다.

192

"당신은 겪어보지 못했군요."

"무얼 말입니까?"

"내가 말한 상황이요." 미갈이 덧붙였다. "상실 말이에요."

홀을 둘러보는 사울의 딸이 오래도록 말을 잇지 않았다.

"왕께서는 사울 왕을 죽이려 들지 않았습니다."

"맞아요. 죽이려던 건 우리 아버지였죠."

"사랑하는 존재가 당신이 사랑하는 다른 존재를 죽였다고 하셨잖아요. 미갈 공주님은 아버지 사울과 다윗을 가리킨 것 아닙니까?"

미갈이 아히도벨을 응시했다. 아히도벨은 전혀 다른 지점을 짚고 있었다. 이봐요, 조언자. 내가 사랑하는 여호와가 내가 사랑하는 아버지를 죽였어요. 굳어버린 원한과 사무치는 고통을 나는 누구에게 돌려야 하지요? 우리가 굳게 믿는 여호와께? 오오, 그건 불가능한 싸움인 걸요.

미갈의 질문이 전혀 다른 지점을 가리켰다는 걸 아히도벨은 그제야 깨달았다. 사울의 딸을 골똘히 바라보며 그는 침묵했다. 아히도벨에겐 미갈을 만족시킬 대답이 존재하지 않았다.

홀의 정리가 대강 끝났다. 왕의 첫 아내를 모시러 시녀가 다가왔다. 미갈의 눈빛은 차분했다. 턱을 치켜든 그녀가 말했다.

"재미있지 않나요?"

아히도벨이 미갈을 돌아보았다.

"패자의 딸이면서 승자의 아내잖아요."

아히도벨의 시선이 미갈의 눈동자에 깊이 머물렀다. 우아한 냉혹이 아히도벨의 가슴을 관통했다. 턱을 치켜든 나를 봐. 사울의 딸인 나 미갈을. 이 사실은 내게 영광과 동시에 상처를 주지. 하지만 누더기가 된 영광과 빛나는 상처 모두 나의 것이야. 온전한 나만의 것. 미갈의 눈은 그렇게 말하고 있었다.

"그래요. 여호와의 뜻을 거스른 자는 파멸하겠지요. 내 아버지처럼 요. 그게 나를 지탱하는 유일한 금언이랍니다. 기억하세요, 아히도벨. 자기 자신을 내세운 자들은 언제나 파멸했다는 사실을. 그건 우리가 인간이라는 사실을, 우리가 운명 아래 깔린 비참한 존재라는 진실을 깨닫게 해주지요."

말을 어지러이 남겨두고 미갈은 걸음을 옮겼다.

고결하게 태어나는 사람이 있나 보군. 그녀의 당당한 눈빛을 오랫 동안 마주 보았던 아히도벨은 그런 생각을 했다. 왕의 품격을 끝내 지니지 못한 이스보셋 같은 사람이 있는가 하면, 죽을 때까지 지시 를 내리고 도도하게 턱을 내밀 미갈 같은 사람도 있었다. 미갈의 녹색 눈동자를 떠올린 아히도벨은 잠시 동안 그녀의 영혼을 마주한 것 같 은, 메마르고 비틀려 어떠한 치유로도 회복될 수 없을 상처를 들여다 본 것 같다는 착각을 느꼈다.

미갈은 떠났지만, 그녀가 남긴 말은 아히도벨 안에 아직 남아 있었 다. 말이 드리운 미혹을 더듬으며 아히도벨은 알쏭달쏭한 표정을 지 었다. 궁리를 거듭하는 그의 고개가 묘한 각도로 비틀려 있었다.

몰려든 사람들로 홀은 비좁았다. 스미야가 왕의 등장을 알렸다. 웅성거리던 사람들이 저마다 말을 삼켰다.

다윗이 나아갈 길을 터주느라 사람들은 벽 쪽으로 좁게 붙어 섰다. 즉위식이, 거룩한 기름 부음이 시작되려 하고 있었다.

다윗이 고개를 들었다. 왕좌는 저 멀리 있었다. 홀에 막 들어선 다윗이 자신과 왕좌 사이에 난 좁은 길을 보았다. 다윗은 세마포로 지은 쿠토네트 차림이었다. 쿠토네트에는 아무 문양도 수 놓여 있지 않았다. 평범한 가죽 신에 홀도 들지 않은 그는 긴장을 드러내지 않으려 천천히 걸었다.

다윗은 통합된 나라를 유다가 아닌 이스라엘로 부르길 원했다. 여호와께 받은 이스라엘이라는 이름을 다윗은 소중히 여겼다. 이스라엘 왕에게, 늘어선 사람들이 허리를 굽혀 경의를 표했다. 고개를 돌리자 아름다운 아내들이 보였다. 남편을 바라보는 그들의 얼굴이 자부심으로 빛났다.

다윗이 다시 앞을 보았다. 왕좌로 뻗은 길이 보였다. 서른두 살의 젊은 왕은 지금 자기 안에 이는 격동을 드러내지 않으려 안간힘을 다하고 있었다. 길이 보이지 않던 나날들이 떠올랐다. 그토록 많은 역경과 고난을 지나야 한다는 걸 미리 알았더라면, 그는 그 길을 걷지 않았을지도 몰랐다.

길은 선지자 사무엘의 기름 부음으로부터 시작되었다. 양을 치다 불려온 다윗은 별안간 기름 부음을 받았고 이스라엘 왕이 될 거라는 속삭임 같은 예언을 들었다. 예언자는 신중했고 속삭임은 은밀했다. 사울 왕이 왕위에 있던 시절의 일이었다.

기름과 예언은 여호와의 언약이자 확증이었다. 기름과 예언이 붙들지 않았더라면, 다윗은 길에서 벗어났을지도 몰랐다. 외로움과 괴로움으로 범벅이 된 고난의 날들이 다윗의 안에서 다시금 요동쳤다. 격정에 붙들린 다윗이 눈을 깊이 감았다 떴다. 걸음이 느렸지만 다윗의 호흡은 거칠었다.

한 치 앞이 보이지 않던 어둠의 세월이 있었다. 아무것도 없이 광야로 내던져졌던 시절이었다. 그것밖에 가지지 않았었기에, 다윗은 언약의 횃불을 더욱 높이 들어야만 했다. 여호와께 받은 타오르는 언약으로 다윗은 어둠을 헤쳐 왔고, 붙든 약속이 있었기에 자신을 에운 적의 송곳니가 두렵지 않았었다.

왕좌는 위로 갈수록 좁아지는 세 개의 단 위에 놓여 있었다. 그 앞에 이스라엘 장로들과 제사장들이 둥글게 서 있었다. 다윗의 눈길을 받은 아비아달과 사독과 여러 유다 제사장들이 머리를 깊이 숙였다. 남과 북의 제사장 조직도 대제사장 여호야다의 조언을 통해 통합될 예정이었다. 아히도벨과 장군들과 전국 각지에서 온 유력자들이 부푼 자부심과 열띤 감격으로 다윗을 우러러보았다.

이스라엘 장로들이 다윗을 맞으며 좌우로 벌려 섰다. 가장 안쪽에 선 늙은 장로가 든 뿔을 다윗은 보았다. 내가 거기서 다윗에게 뿔이 나게 할 것이라. 내가 내 기름 부은 자를 위하여 등을 예비하였도다. 걸음을 옮기던 다윗이 저도 모르게 시를 흥얼거렸다.

뿔을 든 늙은 장로 앞에 다윗이 서자 이스라엘 장로들이 왕을 둘러쌌다. 다윗은 뿔과 뿔 안에 휘감기며 굽이치는 여호와의 기름 앞에 무릎 꿇어야 한다는 사실을 깨달았다. 뿔 위에 어린 여호와의 권능과 다시없을 영광에 다윗은 몸을 떨었다. 방금 짜낸 이 첫 올리브기름에 서는 짙고 매끈한 향내가 났다.

유구한 내력을 지닌 이스라엘 장로들이 양치기 출신의 왕을 둥글 게 에웠다. 무릎 꿇은 왕에게 이스라엘 장로들이 손을 뻗었다. 즉위 식을 지켜보던 사람들이 공손히 엎드렸다. 옷자락 사근거리는 소리가 다윗의 귓바퀴에 부드럽게 감겼다.

뿔이 높이 올랐다. 모든 사람의 시선이 뿔에 닿았다. 굽은 뿔 속에 잠겼던 신의 순결한 기름이, 여호와의 전에 바쳐지는 구별된 기름이 다윗의 정수리로 흘렀다. 가르마를 따라 번진 기름이 머리칼과 구레 나룻을 적시며 다윗의 살결에 지워지지 않을 영원한 신의 증표를 남 겼다. 단에서부터 브엘세바까지, 유다로부터 기름을 받았던 다윗은 이제 온 이스라엘의 기름 부은 자이며 선택받은 왕이 되었다.

다윗이 몸을 일으켰다. 머리를 쓸어 올리는 그의 손가락에 경건한 기름방울이 맺혔다. 지켜보는 사람들의 입에서 기쁨의 탄식이 흘렀 다. 빈 뿔이 거두어졌다. 다윗이 오른쪽을 돌아보았다. 에워싼 사람 들 어깨너머로 왕좌가 보였다. 그들이 물러나자 길이 드러났다.

나라를 수호하는 파수꾼이며 적을 쳐부수고 승리를 구하는 군왕 이며 송사의 중재자이며 공과를 견주는 포상자이며 세금의 근원이자 온 이스라엘의 대표자로 여호와께 선택받은 다윗에게, 엎드린 모든 사람이 경의를 표했다. 다윗이 왕좌를 향해 걸어갔다.

한 단, 한 단, 그리고 한 단. 비죽한 팔걸이를 움켜쥔 다윗이 왕좌에 앉았다. 물결과 불꽃 문양으로 장식된 화려한 왕좌가 너른 가슴으로 왕의 등을 단단히 받쳤다. 우레와 같은 함성과 박수가 터져 나왔다. 물먹은 것처럼 귀가 멍해졌다. 축하와 축복으로 왕좌가 풍성해졌다.

환호와 감격이 홀 안을 가득 메웠다. 그러나 그 순간 다윗은 숨 막히는 공포를 느꼈다. 육중한 무언가가 가슴을 짓눌렀다. 선득한 채찍이 그의 등을 휘갈기는 것 같았다. 그는 어디론가 달아나고 싶었다. 환호하는 사람들 속에서 다윗은 오한을 느꼈다.

다윗은 사방을 둘러보았다.

자신을 배반할 야심가를 찾아보았다.

왕을 위해 기도할 여린 손을 쳐다보았다.

자신을 헌신적으로 도울 조력자를 돌아보았다.

왕을 음해하려 독을 머금은 푸른 혀를 노려보았다.

언젠가 자신에게 뻗을 날카로운 손가락을 지켜보았다.

다윗은 자신을 향해 찌푸릴 눈썹과 조롱할 입술과 뒤꿈치 깨물 송곳니를 보았다. 웅덩이처럼 괸 그림자 깊은 곳에 그것들은 도사리고 있었다. 다윗은 두리번거렸다. 그는 자신이 걸어왔던 길을, 칼날과 위협 속에서 걸어왔던 그 길을 찾으려 눈을 깜빡였다.

왕좌로 걸어오기까지 지났던 사람들 사이의 길을 다윗은 떠올렸다. 길은 사람들 사이에 존재했었다. 아니었던가. 곰곰 생각하던 다윗이 마침내 깨달았다.

길은 사람 사이가 아닌, 사람 안에 자리하는구나.

수년 동안 다윗은 자신을 죽이려는 사람도 살리려는 사람도 만났었다. 몰려드는 사람에게서 벗어나려 허우적거리기도 했고, 사람이 그리워 긴 밤을 뜬눈으로 지새우기도 했다. 그는 사람으로 기뻤고 사람으로 고통스러웠다. 문제는 사람을 통해 왔고 해결 또한 사람에 의해 이뤄졌다.

　그렇게 사람을 통해 여호와께서는 그 자신의 형상과 뜻을 드러내셨다.

　보이지 않는 길을 찾으려 두리번거리지 않겠어. 다윗은 결심했다. 언약의 횃불로 어둠을 가르며 사근사근 걸어왔던 지난날과 같이, 신에 대한 온전한 의존으로 자기 앞의 길을 열겠다고 다윗은 마음먹었다.

　그랬다, 길은 사람들 속에 있었다.

　그리고 길은 지나온 길 너머에 있었다.

2부

8

기

갈색 모래 위에 널린 돌의 크기는 갈수록 작아지고 있었다.

얼마나 걸었을까. 작아진 돌들은 눈에 띄지 않을 정도로 줄어들어 가죽 신발 아래에서 서걱거리기까지 했다. 바람은 해로부터 흘러나오고 있었다. 뜨거운 바람이 매캐한 모래를 끌어안고 이쪽에서 저쪽으로 부우 내달려나가면, 황무지 한구석에 오도카니 선 싯딤나무는 잔가지를 바들거렸다.

같은 황야라도 땅의 모양은 제각각이었다. 지금 나단이 걷고 있는 땅은 암갈색 잔돌이 깔린 돌밭이었지만, 다섯 걸음쯤 앞엔 하얀 돌조각이 뒹구는 먼지 덮인 땅이 펼쳐졌고, 열 걸음 너머엔 모래바람이 씹다 내뱉은 것 같은 로뎀나무 수풀이 뭉그러져 있었다.

거센 바람이 사그라지기까지, 나단은 머릿수건으로 얼굴을 감쌌다.

고개를 들자 멀리 언덕이 보였다. 뒤틀린 언덕의 등성이는 긴 손톱에 움푹 팬 것처럼 마구 갈라져 있었다. 언덕은 가파른 능선을 통해 두꺼운 돌산과 이어져 있었다. 하얀 옆구리를 햇빛 아래 드러낸 돌산은 서쪽 지평선으로 뻗어 있었는데, 어마어마한 거리를 둘러가지 않으려면 돌산을 넘어야만 했다. 가장 야트막한 경로로 나단은 걸어 올랐다.

돌산에서 내려서서 평지에 이르기까지 나단은 걸음을 멈추지 않았다. 간간이 불어오는 바람은 대지의 살결을 부드럽게 쓸어 뿌연 먼지 바람을 일으켰다. 햇볕에 달궈진 황야의 먼지가 발아래에서 타박타박 일었다. 고운 갈색 모래에 반쯤 묻힌 돌들은 띠를 이루며 흩어져 있었다. 그것들은 죽어버린 대지가 남긴 뼛조각 같았다. 길의 왼쪽에서 땅이 점차 높아지더니 긴 암벽이 되었다. 정오의 햇볕을 받은 암벽은 달궈진 성벽 같았다.

뒤돌아보니 돌산 등성이는 가장자리 모양새가 뱀의 껍질처럼 오돌토돌했다. 해는 아직도 끔찍하게 뜨거웠다. 그러나 흩어진 돌들 사이에 미세한 그림자가 우묵하게 고여 가는 걸 나단은 볼 수 있었다. 뱀처럼 휘적거리며 부는 바람은 더듬더듬 모래를 날려 보내 대지의 오래 묵은 뼈를 드러내었고, 다시 메마르고 뜨겁게 불어와 벗겨졌던 땅의 살을 도독이 덮어주었다.

높다랗던 암벽은 별안간 뚝 끊겨버렸다. 무더기 진 돌들 너머로 강물이 길게 흘렀던 와디우기에 강이 되고, 건기에는 물 흐른 흔적만이 남는 이스라엘 특유의 지형 자국이 보였다. 나단은 우기雨期에 와디로 흘렀을 많은 물을 떠올려보았다. 그 흔적만이 이 메마른 땅이 때론 젖는다는 유일한 증

거였다.

돌산 오르막에는 침식의 흔적이 기이한 모양으로 남아 있었다. 사선으로 이어진 모양이 고깔을 길게 이어붙인 것처럼 보여서, 유월절 축제 화환의 가장자리 같기도 했고 고대 괴물의 어금니처럼 보이기도 했다. 펄럭이는 겉옷 자락을 움켜쥔 나단이 지팡이를 써가며 돌산 등성이를 올랐다.

구름을 벗어난 태양이 다시금 작열했고, 두 손 가득 모래를 움켰던 마른 바람은 사그라지고 말았다. 돌산을 내려서고도 한참이 지나서야 나단은 걸음을 쉬었다. 말라빠진 대추야자나무에 지팡이를 기대 놓은 그가 주저앉아 천천히 목을 축였다. 나단이 대추야자나무를 쓰다듬었다. 너도 꽤 메말랐구나. 그래도 네가 여기 살아있다는 건 물이 멀지 않다는 의미지. 불어오는 뜨거운 바람에 잎사귀가 버스럭거렸다. 나단이 머릿수건을 걷어 올리자 흰 터럭이 드문드문 섞인 턱수염과 눈썹이 드러났다.

나단은 여호와의 구별된 사람이자 신과 대화하는 자이며 그분의 뜻을 전하는 심부름꾼이었다. 그렇기에 그는 선지자라 불렸다.

나단의 코는 길고 굽었으며 턱은 갸름했다. 햇빛을 받으면 꿀빛을 띠는 그의 갈색 눈동자는 어둑한 나무그늘 아래에서는 아몬드 빛깔로 짙었다. 광야 생활로 인해 나단의 살결은 오래 묵은 포도주처럼 진했고 오래 묵은 염소 가죽처럼 탁했다. 일어선 그가 머릿수건을 다시 썼다.

이스라엘은 포도나무가 구불거리는 산지와 금작화와 올리브나무가 자라나는 구릉과 모래가 풀풀 날리는 먼지 나는 땅과 축축한 이끼 뒤덮인 늪지대와 밀과 보리를 넉넉히 거둘만한 비옥한 터가 복잡하게 기워진 누더기 땅이었다. 산지와 구릉과 골짜기가 너무도 많았기에 이스라엘 사람들은 이 모든 장소에 이름을 지어주지 못했다. 그들은 거주하는 장소를 기준으로 그것들을 왼쪽 산, 바른쪽 둔지, 앞쪽의 골짜기, 뒤쪽 높은 그늘 등으로 불렀다.

조금씩 땅에 풀들이 보이기 시작했을 무렵, 광야는 별안간 끝났다. 떠난 지 사흘 만에 광야를 벗어난 것이었다. 산맥의 구불구불함이 지평선을 대신하고 있었고, 움푹한 골짜기는 그림자로 짙디짙었다. 나단은 등에 진 꾸러미에서 가죽 부대를 꺼내 양젖을 마셨고 오래 묵어 딱딱해진 납작한 빵을 씹어 허기를 달랬다. 어디선가 염소와 양 우는 소리가 들렸다. 나단이 몸을 일으켰다.

목동의 집은 거기서 멀지 않았다. 그곳에서 하루를 쉰 나단은 새벽에 길을 떠났다. 집주인이 일러준 방향으로, 반나절 가니 큰길이 나왔다. 다윗 성으로 이어지는 서쪽 도로였다.

짐을 잔뜩 부린 낙타와 나귀가 넓어진 길을 메우며 나아갔고, 수레바퀴 끽끽거리는 소리가 사람들의 웅성거림 속에서 간간히 들려왔다. 고독이 익숙한 선지자는 이런 식의 찌르르한 소란이 달갑지 않았다. 지팡이로 단단한 길을 탁탁 짚으며 나단은 묵묵히 걸었다.

십 년 전만 해도 이스라엘의 왕성 다윗 성은 여부스라 불렸고, 늙은이들은 지금도 간혹 그리 불렀다. 여부스 사람들은 이스라엘 사람들이 가나안에 오기 전부터 저 성채에, 남부 유다와 북부 이스라엘을 단절시켰던 그 골짜기 사이에 살았다.

수백 년 전 가나안 사람 일부가 모여 여부스에 정착했다. 모리아 산에서부터 길게 이어진 산맥 남쪽 끄트머리는 남쪽으로 갈수록 점점 낮아지고 뾰족해지며 단창 모양을 이루었다. 성읍은 그 단창 위에 세워졌다. 정착민은 고벨화가 우거진 산비탈에 목책을 둘렀고 굴려 모은 돌에 역청을 발라 벽을 올렸다.

여부스 동쪽에는 올리브나무가 무성한 올리브 산이 드넓게 자리했는데, 여부스와 올리브 산 사이 골짜기를 이스라엘 사람들은 기드론 골짜기라 불렀다. 성 서쪽에 자리한 산에는 여부스 사람들이 부르던 이름이 있었는데, 이스라엘 사람들은 그 이름을 쓰지 않았고 점차 잊었다. 다만 그 사이에 자리한 중앙 골짜기는 서늘하고 통풍이 잘돼 양젖 담은 흙 항아리를 두기 알맞았고, 그 때문에 치즈 만드는 계곡이라는 별칭이 간간히 쓰였다.

아브라함이 이삭을 바치려 했다는 모리아 산과 이어지는 북쪽 방면은 험준했고 적을 방비하기에 좋았다. 여부스 사람들은 동남서 세 방향에 성벽을 착실히 쌓았다. 여부스는 난공불락의 요새가 되었다.

가나안에 들어선 이래로 히브리 사람들은 여부스 공략에 성공한 적이 없었다. 지세가 험준한 데다 방비마저 잘 되어 있었다. 다윗 왕 또한 여부스 공략에 애를 먹었다. 남쪽과 북동쪽 성문에서 막대한 희생자를 낸 이스라엘은 후퇴할 수밖에 없었다.

성벽 위에 선 여부스 사람들이 이스라엘 군대를 조롱하고 모욕했을 때, 분을 못 이긴 다윗은 가장 먼저 성벽에 오르는 자를 사령관 삼겠다고 선언했다. 요압이 사임한 뒤 그 자리는 내내 비어 있었다. 다윗은 다시 공격할 것처럼 꾸미며 여부스 성읍 주변을 꼼꼼히 정찰했다. 그는 산등성이에 세워진 여부스가 물 공급에 애를 먹고 있다는 사실을 알았으며, 외부의 물을 끌어들일 비밀 수로가 있을 걸로 확신했다.

며칠 후 정찰병들이 비밀 수로를 발견했다. 다윗은 그리로 침입할 자원자를 받았다. 이스라엘의 은밀한 칼이 되기로 작심한 그들은 은밀한 밤에 좁고 음침하고 컴컴한 수로를 힘겹게 거슬러 가 마침내 여부스 성읍 안으로 들어갔다. 그들 중에는 요압도 있었다. 헝겊으로 발을 싸매고 짧은 칼 한 자루만 든 그는 일개 병사에 불과했다. 요압과 동료들은 수로 반대편에서 여부스 병사들을 만나 치열한 전투를 벌였다. 그들이 성문을 열기까지 성 밖 이스라엘 병사들은 초조함으로 몸을 떨었다. 요압은 자기 몸을 내던져 적을 무너뜨렸고 칼을 휘둘러 길을 틔웠다. 피를 뒤집어쓰며 어둠 속 혈투를 벌이길 수차례, 이스라엘 침입자들은 간신히 성문을 점거했고, 여부스에 들어선 이스라엘 군대는 삽시간에 성읍을 장악해냈다.

병사들이 내지르는 맹렬한 환호성 때문에, 골짜기 아래 자리한 다윗은 아군을 굽어본 요압이 뭐라고 외치는지 듣지 못했다.

여부스 공략 직후 요압이 화제에 오르자 다윗은 나단에게 이렇게 말했었다.

"다 잊었습니다. 모두 잊었어요."

하지만 쉽게 잊히지 않는 성격의 일이 있다. 아브넬에게 벌인 요압의 일이 바로 그러했다. 그러나 나단은 왕의 말을 믿었다.

약속대로 요압은 사령관의 지위를 돌려받았고, 노예가 된 여부스 사람들은 이스라엘 각지의 성읍을 보수하는 일에 부려졌다. 샘과 우물부터 확보한 다윗은 여부스에 자기 이름을 주었고, 이후로 사람들은 그곳을 다윗 성이라 불렀다.

여부스는 다윗에게 남겨진 마지막 목표였다. 즉위한 이후로 다윗은 주변 여러 나라를 철저히 굴복시켜왔다. 가장 우선한 적은 블레셋이었다. 쇠테 두른 방패와 단단하고 예리한 철검으로 무장한 이스라엘은 블레셋 다섯 왕국을 철저히 공략해 마침내 그들을 남서쪽 황무지로 내쫓았다.

싸움이 편안하지만은 않았다. 블레셋 병사들에게 포위되어 다윗이 죽을 뻔한 적도 있었고, 적의 기습을 받아 이스라엘 병력이 궤멸 직전에 몰리기도 했다. 그러나 다윗과 그의 용사들은 굴하지 않았다. 칼 든 모두가 앞으로 뛰어나갔고, 오랜 원수를 부수기 위해 온 힘을 다했다. 비옥한 평야를 빼앗기며 블레셋 다섯 왕은 분열과 내분으로 멸망했고, 남은 이들은 광야로, 바늘 같은 햇빛이 지배하는 황무지로 밀려 나갔다. 한때 두로를 압박했던 블레셋의 기세는 형편없이 쪼그라들었고 해안가를 잠식한 이스라엘은 잃었던 명예를 되찾았다. 여호와가 약속한 승리를 거머쥐기까지 얼마나 많은 좌절이 있었던가. 피를 치르며 이뤄낸 승리였다. 죽은 부하들을 떠올리며 다윗이 울었을 때, 감사제 연기는 창공을 뒤덮었다.

나단은 몸을 일으켰다. 마른 혀가 입 안에서 뻑뻑했다. 비틀린 땅과 타오르는 햇살이 몸의 물기를 모조리 쭙 빤 것 같았다. 갈림길 중

하나는 다윗 성 동쪽 기혼 샘으로 이어져 있었다. 샘 주변은 메마른 울음을 우는 양과 염소로 북적거렸다. 양치기들이 막대로 짐승들을 두들겨 질서를 잡았다. 무릎이 까만 아이들이 엄마가 내려놓은 물동이 사이를 뛰어다녔고, 서로에게 머리를 기울이며 말을 주고받던 여인들이 간혹 숨죽여 웃었다. 선지자는 차례를 기다렸다. 입을 가신 나단이 먼지 묻은 머리칼에 물 한 줌을 부었다.

성으로 다가간 나단은 성벽을 올려다보며 남쪽 길로 천천히 걸었다. 왼쪽 골짜기 너머 자리한 산등성이가 수확을 앞둔 올리브나무로 울창했다. 열매로 무거워진 가지들이 뜨거운 바람에 휘청거렸다.

나단이 기억하기에 여부스를 왕성 삼아야 한다고 조언한 사람은 아히도벨이었다. 이 영리한 길로 사람은 오랫동안 북이스라엘과 남유다를 막아온 여부스의 가치를 잘 알았다. 그랬지. 그는 왕이 이스라엘의 배꼽에 앉아야 한다고 주장했었지. 새 판 짜기에 여부스만한 땅이 없다는 아히도벨의 주장에 가장 먼저 찬동한 사람이 나단이었다.

여부스는 이스라엘 땅도 유다 땅도 아니었기에 이스라엘과 유다 유력자들의 입김에서 자유로울 수 있었다. 여부스를 왕성 삼은 다윗은 자신을 도울 서기관과 사관을 다시 가려 뽑았고, 제사장의 직위도 가지런히 하였으며, 왕궁을 짓고 성벽을 보강했다. 그리고 블레셋에게 잃은 성궤를 되찾아 우여곡절 끝에 왕궁 북쪽에 모셨고, 그곳에 제사장과 레위사람을 두어 성궤를 모시게 했다.

성으로 통하는 큰길은 이 나라 성읍 대부분이 그렇듯 완만한 오르막이었다. 성벽 모서리에 세워진 새카만 파수탑 너머에서 햇살은 부서지며 쏟아져 내렸다. 다윗은 왕궁을 세우고 왕성 내부를 정비하는 일을 직접 진행했고, 기존 성벽을 견고하게 보강하는 일은 새 사령관 요압에게 맡겼다. 다윗 성의 집들은 다른 곳과 마찬가지로 돌이 기본재료였고, 부귀한 자들만이 진흙 벽돌을 가마에 구워 썼다. 집이 얼마나 넓고 높으냐는 것만큼, 집을 무엇으로 지었느냐가 부의 척도였다. 다윗이 여부스를 정복하자 두로의 왕 히람은 엄청난 양의 백향목柏香木과 목수와 석수를 보냈다. 블레셋의 위협에서 벗어난 히람은 이스라엘을 든든한 우군으로 여겼고, 값비싼 선물로 다윗의 마음을 사로잡으려 들었다. 그늘에 오래 말려 은은하게 깊어진 백향목 향에 다윗은 매료되었다. 그는 참나무를 다듬어 기둥을 세운 뒤 히람이 보낸 귀한 나무로 벽과 천장과 계단을 만들었고, 다듬은 대리석과 따로 많은 돈을 지급해 수입한 백단목白檀木으로 아름다운 왕궁을 지었다. 다윗을 찾아온 수많은 사절과 장군과 관리와 장로와 제사장은 왕궁에 쓰인 나무의 양에, 그처럼 부유한 다윗의 힘에 압도되었다. 다윗은 왕궁을 다 지은 석수들과 목수들에게 여부스 귀족들의 부서진 집을 고치라 명령했고, 이를 부하들에게 나눠주었다.

다윗 성의 문은 모두 네 개였다. 치즈 만드는 계곡이라 불리는 중앙 골짜기 남쪽 끄트머리에 실로암이라는 샘이 솟았기에 그 방향 성문은 샘문이라 불렸다. 샘문 반대편 치즈 만드는 계곡으로 이어지는 북서쪽 문을 사람들은 계곡 문으로 불렀고, 성막과 왕의 창고 너머 왕성 북쪽 끝에는 북문을 세웠다. 북서쪽 끝에 있는 성문은 근처 기혼 샘과 가까웠기에 수문이라 불렸다. 수문 근방에서 샘문까지 걸어간 나단을 한 장군이 알아보고는 무릎을 꿇어 인사를 올렸다. 검은 턱수염이 구불구불하니 낯빛이 거뭇한 이 젊은 장군은 헷히타이트를 가리키는 성경의 말. 지금의 터키와 시리아 지방을 지배한 강력한 철기 문명의 왕정국가. 이집트와 자웅을 겨루었다 사람의 후예로 보였다. 그를 일으킨 나단이 입을 맞추고 화평을 빌어주었다.

성문을 지난 나단은 남쪽 거주지에 다다랐다. 거주지 대부분은 돌과 석회로 지어져 있었다. 북으로 올라갈수록, 구운 벽돌로 세우고 대리석으로 멋을 낸 집들이 늘어났다. 왕궁을 중심으로 띠 모양으로 형성된 제사장과 장군과 관리의 저택은 너나없이 화려했다.

나단은 먼발치로 왕궁을 보았다. 삼 년 전이었나. 벌써 그렇게 되었군. 왕궁 내부가 어땠는지 나단은 기억나지 않았다. 돌기둥이 즐비하게 늘어선 통로가 간신히 떠올랐다. 거기를 지나 안으로 쭉 들어가면 탁자와 의자가 놓인 대기실이 있었다. 아니 그 반대였던가? 고관대작들로 늘 북적이는 대기실에는 갓 딴 과일이 수북했고, 신선한 포도주가 단지에 가득했다. 더울 땐 석류즙으로 만든 청량한 음료가 나왔고 추울 땐 신선한 양젖에 꿀을 섞은 간식이 제공되었다.

알현실 근처에 왕의 신하들이 사무 보는 공간이, 작업이 끝난 서류가 보관되는 장소가 있었는데. 직접 찾을 자신은 나지 않는군. 왕이 신하들이나 유력자들과 만나는 알현실이 대기실에서 멀지 않았던 것 같은데, 도통 기억이 나질 않았다.

또렷이 기억나는 장소는 이 층 발코니뿐이었다. 하루 일과를 마친 왕이 가족과 함께 시간을 보내는 그곳. 그래. 삼 년 전 그곳에서 여호와께 받은 묵시를 왕에게 전했었지.

나단의 가슴에 코끼리가 들어앉은 것 같았다.

성궤는, 그것을 모신 성막은 왕궁 뒤에 자리했다. 나단은 왕궁을 들르지 않고 곧장 성막으로 향했다. 싯딤나무 기둥으로 지지되는 성막은 은 고리를 금 갈고리로 걸어 펼친 열 장의 아마포 휘장으로 구성되었다. 이스라엘은 성막에서 제사를 지내 여호와의 인도를 청했고 죄를 고백했으며 용서를 구했다. 왕은 성막 문지기에 오벧에돔과 그의 형제들을 임명했고, 레위사람 아삽과 그의 형제들에게 성막을 드나들며 언약궤를 섬기게 했다.

성막 둘레엔 규례에 따라 세마포휘장이 담처럼 둘러쳐졌고, 그 주변에는 열두 지파를 상징하는 열두 개의 깃발이 꽂혀 있었다. 사백 년 전, 히브리 민족이 광야를 떠돌던 시절에 언약궤 주변에 진 쳤던 그 위치에서, 깃발들은 펄럭이고 있었다.

이 나라 이스라엘을 견고하게 하소서. 왕궁과 성막을 살펴보던 나단이 눈을 질끈 감고 짧게 기도했다. 그러나 기도는 단단히 맺혀 하늘로 올라가는 대신, 물에 던져진 먹처럼 마구 풀어져 흩어져갔다. 무참해진 나단이 아랫입술을 깨물었다.

지금 나단이 겪는 영적 질식은 한 달 전쯤 시작되었다. 느닷없이 기도가 막혔다. 숨 쉬는 것처럼 해오던 자연스러운 행위가 갑자기 전혀 할 수 없는 일이 되어버린 것이다. 나단은 여호와의 온기를 느끼려 손을 휘저었지만 늘 계셨던 그분은 아득한 휘장 너머로 영영 사라진 것만 같았다. 나단은 어둠 속에 내던져진 기분이었다. 놀란 선지자가 금식을 시작했지만 막힌 기도는 뚫리지 않았다. 그러던 중 나단은 허물어지는 다윗 성을 보았다. 믿기지 않을 만큼 생생한 환상이었다. 비명을 지른 그가 애타게 여호와를 찾았지만, 폐허 속의 신은 침묵했다.

이곳에 오고서야, 직접 다윗 성을 본 뒤에야 나단은 이스라엘 왕성의 위급함을 알았다. 속에서부터 곪고 있구나. 안에서부터 허물어지고 있어. 명확하진 않았지만 느낄 수 있었다, 무언가 잘못되고 있어. 나단이 흘러내린 겉옷을 도로 들춰 입었다. 말린 메뚜기 한 줌과 쪼그라든 무화과가 담긴 꾸러미는 헐렁했다.

기도의 터 광야를 자발적으로 벗어난 선지자 나단은 성막 안에서, 언약궤 곁에서, 제사장들이 정결해지기 위해 몸을 내리는 물두멍 위에서, 하늘 높이 올라가는 제물의 풍성한 향기 앞에서 이 영적 질식이 해결될 거라고 생각했다. 나단은 그렇게 지푸라기라도 붙들고 싶었다. 허물어지는 다윗 성. 그는 자신이 느끼는 두려움이 염려스러웠다. 내 두려움을 다윗이 이해할까. 왕을 만나야 하리라. 자신을 붙든 근심이 왕에 의한 것인지, 왕을 향한 것인지 나단은 알아내야 했다. 성막을 둥글게 에운 깃발들을 올려다보며 나단이 눈을 가늘게 떴다. 이 미혹은 단순한 훼방인가, 섬뜩한 전조인가.

굳은 얼굴로 나단은 성막 안으로 걸어갔다. 경외감을 품은 제사장들이 허리를 굽혀 선지자를 맞았다. 성막 주변에 둘러쳐진 세마포 휘장이 바람에 건들거렸다.

나단이 성막에 들어가던 무렵, 아렉 장로 후새는 길로 장로 아히도벨과 만났다. 서로를 끌어안은 그들이 환한 웃음을 지으며 왕궁 돌기둥 옆에서 화평의 입맞춤을 했다.

두 사람이 국가의 일을 논의하고 흉금을 털어놓는 사이가 되기까지, 그리 많은 시간이 걸리지 않았다. 이스라엘 왕에 즉위한 다윗은 자신을 도울 사람을 각지에서 다양하게 뽑았고, 젊은 아렉 장로도 그 목록 중 하나를 차지하고 있었다. 그즈음 아히도벨은 전국에서 왕실로 보내는 은 조각, 올리브, 대추야자열매, 밀, 보리 등을 정확히 추산하고 출납을 통제하는 업무를 맡았고, 그 많은 일을 당연히 홀로 감당할 수는 없었다. 도울 사람을 찾는 괴팍한 길로 장로 아래로 사흘 걸러 하나씩 사람이 들어갔고, 머리를 싸쥔 채 쫓겨났다. 아히도벨의 높은 기준과 왕성한 업무량을 영민함과 성실함으로 만족시킬 자는 여간해선 나올 것 같지 않았다. 시종들은 은 몇 세켈을 내놓아 내기를 걸었고, 과도한 짐이 짊어진 아히도벨은 누렇게 말라붙었다. 마침내 목록 한구석에서 후새를 발견하기까지, 아히도벨은 이 방에서 저 방으로, 곡물창고에서 왕성 앞 계단으로 서류뭉치를 든 시종 서넛과 함께 허덕이며 오갔다. 처음 사흘간 후새는 커다란 매부리코를 아래로 기울인 채 파피루스를 읽어가기만 했다. 아히도벨이 목에 핏대가 솟도록 길길이 날뛰었으나 후새는 의자에 붙인 궁둥이를 조금도 떼지 않았다. 그리고는 해야 할 일들의 우선순위를 정하고 다양한 세목 옆에 까다롭게 정리한 수를 기재하고 항목 사이에 줄을 그어 일목요연하게 한 뒤 일을 해치워나갔다. 후새는 군대를 부리듯 시종들과 서기관들을 다그쳤고, 보리를 베듯 야금야금 일을 처리해 갔다. 반년 동안 두 사람은 사울 왕 이후 헝클어졌던 모든 왕궁의 사무를 함께 바로잡았다. 간혹 아히도벨의 식견이 번득이면 후새가 이를 반영했으며 후새가 생각을 밀고 나가면 아히도벨이 이를 뒷받침했다. 그들이 끝낸 일에는 손댈 게 없었다. 상대방의 실력을 알아본 그들은 서로에게 놀랄 만한 신뢰를 보였다. 함께 일한 지 일 년이 지나지 않아 아히도벨과 후새 사이에는 나이를 뛰어넘은 우정이 굳건해졌다.

시종들이 내온 아몬드와 피스타치오에 아히도벨이 주름진 손을 뻗었고, 아직 단단한 이로 그것을 깨물었다. 긴 손가락을 비벼 부스러기를 털어내며 그는 자신이 앉은 대기실을 낯선 눈길로 돌아보았다.

"이스라엘 왕궁은 너무 초라해." 툴툴거리던 아히도벨이 반짝이는 눈으로 후새를 돌아보았다. "이집트에 가보았나? 놀랄 만큼 화려하고 다채롭고 아름답지."

"백향목으로 세웠잖아요." 후새가 손을 휘둘러 사방으로 가리켰다. "왕께서는 자부심을 느끼고 계세요."

아히도벨이 마지못해 고개를 끄덕였다. "사울의 돌집보다 나아지긴 했지."

"마하나임도 꽤 괜찮았는데요."

후새가 항변하자 아히도벨이 심술궂게 대꾸했다.

"이보게. 거긴 왕궁이라는 칭호조차 민망한 장소였어. 크게 지어진 막사라고나 할까."

후새는 덧붙일 말이 없었다. 사울은 그저 각 지파가 감당해 주는 푼돈과 몇 안 되는 인력을 집행해 왕궁을 세우고 정복사업을 해나가야 했다. 하지만 다윗은 그보다 나은 지원을 받았고, 스스로 만들어낸 승리를 통해 획득한 권위를 강화시켜나갔다.

"나무로 지은 왕궁이라니, 꿈도 못 꾸던 일이잖아요."

"레바논에서 들인 나무로 집을 짓고 주변에 돌담 좀 쌓은 게 뭐 그리 대단하다고. 왕께서는 사실 파라오의 마구간보다 못한 곳에서 기쁘게 나뒹구는 셈이야. 안 그런가?"

아히도벨, 붉고 하얀 이중관冠을 쓴 파라오는 세계에서 가장 부유해요. 거기와 견줄 곳이 어디 있겠어요? 하지만 후새는 조용히 웃을 뿐이었다.

"팔걸이가 너무 높군."

예순을 훌쩍 넘긴 아히도벨은 등이 꽤 구부정했다. 그러나 청금석을 연상시키는 푸른 눈동자는 노인답지 않게 맑았고 여전히 날카로웠다.

"나도 꽤 오래 기다린 뒤에야 뵈었다네. 뭐, 그 덕에 여러 사람과 묵은 얘기를 제법 털어냈지만."

"왕을 뵙고자 하는 분들이 많군요."

"왕께서는 요즘 새벽에 일어나시지 않거든."

아히도벨이 후새를 보며 야릇한 표정을 지었다.

"그러니 만나려는 사람은 줄을 서게 되고, 일은 줄줄이 밀리게 되고. 이보게, 왕께서는 찾아온 자들을 달가워하지 않아. 보채는 어린애가 귀여운 것도 한두 번이지. 청원자들에게 회초리를 휘두를 수도 없고. 자네는 물론 예외겠지만."

물 한 모금을 마신 아히도벨이 손을 뻗어 후새의 손등을 툭툭 두들겼다.

"이보게. 내가 지금 뭘 기다리는지 알지?"

"짐작도 안 가는 걸요." 아렉 장로가 빙그레 웃었다.

"늙은이 숨 막히게 하는 재주가 있군."

뭔가 말하려던 후새가 재채기를 크게 했다. 그가 몸을 떨었다.

"모리아 산을 지나 기드론 골짜기에 들어서니 비가 왔어요."

"아하. 겉옷을 끌어올리고 나귀를 서둘러 몰았겠지. 하지만 거기는 거리가 적잖이 돼. 보이는 것과는 꽤 다르단 말일세."

"맞아요. 수문에 다다랐을 땐 이미 흠뻑 젖었죠." 양손을 들어 올린 후새가 한숨을 쉬었다. "이제 왕께 다른 젊은이를 추천해야겠어요. 먼 길을 오가는데 질렸어요."

"겨우 다마스쿠스인걸!" 아히도벨이 터무니없다는 표정을 지었다. "나는 자네 나이 때 철광석을 들여왔고 그걸 제련할 수단을 마련하려고 세상 끝과 다른 끝을 오갔어. 그러니 객쩍은 소리 말게. 늙은이 흉내는 집어치워."

후새는 그저 웃었다.

"놋을 보셨어요? 많던가요? 요압 사령관이 빼앗은 아람 왕의 금 방패는요?"

"듣기만 했네. 수레 축이 부러지고 황소들이 맥을 놓을 정도로 전리품이 많았다지?" 아히도벨이 저 너머를 가리켰다. "성막에 진열된 금 방패는 훌륭하더군. 왕실 곡물 보관 탑을 더 크게 지을 걸 그랬어.

아람 소바 얘기나 해보게."

생각에 잠기며 후새는 날카롭게 휘어진 자신의 매부리코를 긁적였다.

"거기 왕궁이 어땠는지 기억도 안 나네요. 회담준비로 무척 바빴거든요. 잔털이 곤두설 정도로 추웠고 반쯤 구워진 빵을 하미쯔 없이 씹어야 했지만, 방금 패전한 그들에게 대접이 형편없다는 불평을 할 순 없었죠."

"요압이 다마스쿠스 인근에서 아람 소바를 무찌른 이야기는 모두 안다네. 다들 그 이야기뿐이지!"

"그럼 그건 건너뛰죠. 발을 저는 말들이 엄청나게 많았어요. 우리가 노획해 발목 힘줄을 자른 아람 소바 말들이요. 전차 끌던 말들이니, 모두 열 살도 안 되었죠. 힘줄 잘린 말들이 지른 비명에 성벽이 들썩거릴 정도였어요. 그 말을 길렀던 자들이 다친 말을 돌보았지요. 다리 저는 말을 어디에 쓰겠어요? 상처가 아물면 절뚝거리며 수레나 겨우 끌 테죠."

"이스라엘 북쪽 변경을 두들기던 말발굽 소리가 사라졌군그래."

"그곳 망아지들이 전차를 끌 정도로 자라려면 꽤 많은 시간이 필요하겠죠. 적어도 십 년은 북쪽 걱정을 안 해도 될 겁니다."

아히도벨이 만족스러워했다.

"열 살 미만의 말들이었으니 죽으려면 이십 년은 남았어요. 우리와 맞선 대가가 얼마나 큰지, 이십 년 동안 절룩이는 말을 보며 고통스레 되새기겠죠."

"아람 소바 왕 하닷에셀이 베다와 베로대에 쌓았던 놋 덩어리를 빼앗은 것도 좋지. 하지만 충분친 않아." 아히도벨이 팔걸이 위로 몸을 기울였다. "결정적 한 방이 필요하단 말일세."

후새가 대기실 입구에 선 시종들을 살펴보고는 아히도벨을 향해 상체를 숙였다. 후새의 속삭임을 들은 아히도벨의 눈이 휘둥그레졌다.

"정말인가?"

"조금의 오차도 없어요."

"나쁘지 않군." 그제야 아히도벨이 커다란 미소를 지었다.

"박하시네요. 탁자 위로 뛰어오른 장로님이 맨다리가 드러나도록 펄쩍거릴 줄 알았는데요."

"액수가 그 두 배면 모를까."

배상금 협상 과정을 떠올린 후새가 고개를 설설 저었다.

"하닷에셀의 부하들이 조공 협상 탁자에 앉아 뭘 했는지 아세요? 저처럼 고개만 저었어요. 지독한 작자들, 해질 때까지 그러더군요. 한 푼도 없다나요. 그자들이 자기 백성에게 거둬들이는 세금 항목 하나하나를 다 따졌죠. 어찌나 지루하던지."

"그래서? 뒤에 선 요압과 아비새가 탁자라도 찍었나? 칼을 도로 내밀었어?"

후새가 손바닥을 쫙 펴 종이 펴는 시늉을 했다.

"우선 파피루스부터 내밀었죠. 하닷에셀의 왕궁을 뒤져 서류를 찾아냈어요. 엄청나게 많은 두루마리를요. 그들이 자기네 백성에게서 금을 얼마나 긁어모았는지 계산해 내고는, 그들 숨이 끊어지기 직전까지 목에 감은 밧줄을 잡아당겼죠. 제시받은 금액을 전부 내겠다고 약속하더군요, 해가 지고 나서야! 아람 소바 대표들의 얼빠진 면상에 파피루스를 들이밀며 다그치는 게 얼마나 지긋지긋했는지, 신만이 아실 거예요."

의자에 등을 기대는 아히도벨의 표정이 느긋해 보였다.

"그만큼 많은 조공을 바쳐야 한다니, 아람 소바 왕 하닷에셀은 한동안 개암나무열매만 먹겠군."

"비명을 지를 때까지 자기 백성을 쥐어짤 게 빤하고요."

어쩌면 반란이 일어날지도 몰라. 아히도벨은 그게 더 좋겠다는 생각을 했다. 적의 혼란은 만족을 주는 법이니. 아히도벨이 내처 물었다.

"다마스쿠스에 이스라엘 수비대를 두는 문제는 어찌 되었지?"

"해결했습니다. 다마스쿠스는 아람의 세 왕국과 왕의 대로 모두를 통제하기에 딱 맞는 장소죠." 아히도벨의 표정을 읽은 후새가 재빨리 덧붙였다. "주둔 비용은 걱정 마세요. 다마스쿠스에 머물 우리 군대를 그들이 먹이기로 약속했어요."

양손을 들어 올린 아히도벨이 더할 나위 없다는 얼굴로 후새에게 박수를 보냈다. 미소 짓던 후새가 재채기를 해댔다. 아히도벨이 의자 팔걸이에 몸을 기댔다. 만족스러운 미소로 손을 비비는 길로 장로는 불 옆에 누운 고양이를 떠올리게 했다.

"파피루스에 파묻힌 자네가 다마스쿠스에서 아람 소바 대표들을 을러대고 있었을 때, 나는 무너진 왕의 대로를 복구하는 데 힘을 썼지. 촘촘하게 망루를 세우고 수비대가 머물 병영과 대상들이 쉬고 갈

여관을 설치했어. 곧 왕의 대로가 열릴 걸세."

"다마스쿠스가 끝이고 에시온게벨이 다른 끝이죠." 두 손을 위아래로 벌린 후새가 말을 받았다.

남북으로 긴 이스라엘은 두 개의 큰 도로를 가졌는데, 하나는 해안 길이고 다른 하나는 왕의 대로였다. 서쪽 바다에 붙은 해안 길은 오랜 세월 블레셋에 의해 강점되었고, 왕의 대로는 동쪽 여러 나라의 잡다한 침입과 들끓는 노상강도에 의해 너절하게 토막 나 있었다. 블레셋을 물리친 이스라엘은 해안 길을 점령했고 북쪽에서 가장 큰 무역항 두로와의 통상로도 확보했다.

왕의 대로의 경우는 까다로웠다. 남쪽으로 항구도시 에시온게벨과 붙은 왕의 대로를 복원하려면 인접한 나라들의 협력을 얻거나 굴복을 받아내야 했다. 이스라엘은 몇 해 전 동쪽의 모압을 쳐 복종을 얻어냈고 이제 북동쪽의 아람 소바를 무릎 꿇렸다. 다마스쿠스는 해안 길과 왕의 대로가 만나는 북쪽 끝이었고, 두로와 레바논을 비롯한 북쪽 여러 나라와 연결되는 핵심 거점이었다. 다마스쿠스에 이스라엘 수비대를 두었다는 것은 그곳과 남쪽 에시온게벨 사이의 무역로를 발아래 두었다는 의미였다.

"애초 계산보다 이익이 더 클지도 몰라." 아히도벨이 두 손을 넓게 펼쳤다. "우리 북쪽에 자리한 레바논은 빼어난 수공업품을 만들지만 식량이 부족하지. 남쪽 이집트는 곡창지대지만 기름과 포도주가 필요하고. 우리는 포도주와 기름을 지녔고 모두에게 요긴한 역청이 나지. 포도주와 올리브기름을 지렛대 삼아 이집트에서 구입한 밀과 보리를 레바논에 팔고, 레바논에서 받아온 수공업품을 흔들어 이집트 사람을 홀리는 거지. 먼 무역로는 이익도 많아. 에시온게벨은 동방과 서방을 아우르는 무역항이 될 거야. 동방의 향료와 보석이, 서방의 금과 진기한 짐승이 거기서 들어와 왕의 대로를 통해 남과 북으로 팔려가겠지. 어림잡아도 열 배 이익은 족히 날 걸세."

아히도벨은 왕의 대로를 통해 이뤄질 무역이 갈수록 다양해지고 풍부해지리라 예측했다. 세월이 흐를수록 이 나무는 더 값진 과실을 맺을 게 분명했다. 무역이 이뤄진다는 건 돈과 물산과 사람이 흐른다는 의미였다. 이스라엘에 피가 돌 거야. 황금으로 이뤄진 피가. 그 피가 이스라엘을 부유하고 생기롭게 만들 거라고 아히도벨은 믿었다.

왕의 대로에서 거둬질 엄청난 통행세와 왕이 직접 무역에 뛰어들어 얻게 될 막대한 이익 계산으로 두 사람의 머리는 복잡했다. 지난번 왕 앞에서 두 사람은 얼추 수백 달란트, 행운이 깃든다면 천 달란트 넘는 이익을 예상했었다. 상상할 수 없는 규모의 재화였다. 이제 낙타라는 사막의 배를 탄 대상들이 왕의 대로를 남북으로 오갈 것이었고, 그곳에서 흐르는 금빛 꿈과 향긋한 이익이 무역로 어귀를 적실 것이었다.

"안전이 가장 중요해요. 왕의 대로를 포함한 모든 무역로가 안전하다는 확신이 모두에게 주어져야 합니다."

"다마스쿠스에서 에시온게벨까지……."

아히도벨이 중얼거렸고 후새가 생각에 잠겼다. 시선이 맞닿은 두 사람이 빙그레 웃었다.

"암몬이 변수가 될까요?" 후새가 물었다.

"충분하지." 아히도벨이 얼굴을 찡그렸다. "내가 계속 뭐라 했던가? 왕께서 또한 어찌 말씀하셨지? '암몬은 잊어, 아히도벨. 그들은 내게 이를 드러낸 적이 한 번도 없어.' 하지만 난 늘 암몬을 이야기해 왔지."

"암몬 왕 나하스가 죽기 전에는 왕의 견해가 옳았어요. 나하스의 아들인 하눈이 왕이 되면서 모든 게 어그러졌죠." 후새의 초록색 눈에 의문이 떠올랐다. "이해가 안 돼요. 암몬 귀족들이 부추겼다지만, 나하스가 이스라엘을 적으로 돌려 무슨 이득을 얻을까요."

"자네 약점이 바로 그거야." 신랄한 표정을 지은 아히도벨이 후새를 향해 쿡쿡 찌르는 시늉을 했다. "너무나 합리적이거든."

"제가 모르는 게 뭐죠?"

"자넨 충동을 이해 못 해." 아히도벨이 핀잔을 주었다. "이해할 이유를 지닌 행동이라니…… 그런 게 얼마나 되겠나? 하눈은 자기 아버지의 죽음을 애도하러 온 이스라엘 사절의 수염을 깎고 옷을 잘라 볼기가 드러나게 했네. 그런 멍청한 짓거리가 심사숙고를 통해 나온 것 같나? 이보게, 암몬 귀족들은 강대해진 이스라엘이 역겨운 거고, 어린 하눈은 철이 없을 뿐이야."

"엄청난 이득이 흘러나와 왕의 대로 양쪽을 황금으로 적실 거예요. 암몬도 조금만 고개를 숙이면 왕의 대로를 통해 충분한 양을 먹을 텐데요. 그런데도 판을 깨는군요."

"질투는 강력한 동기지." 아히도벨이 차갑게 웃었다.

"가장 비밀스러운 동기이기도 하고요." 후새가 몸을 뒤로 기댔다.

대기실 문이 열렸고 서기관 몇 명과 이스라엘 장로 두엇이 나왔다.

몸을 일으킨 아히도벨과 후새가 그들과 인사를 나누었다. 시종장 스마야가 후새를 보며 문 안쪽으로 손을 뻗었다. 아히도벨이 고개를 끄덕였다.

"왕을 뵙게. 가서 자네가 받아 마땅한 칭찬을 듣고, 아람 소바가 바치겠다는 조공 조건으로 왕을 기쁘게 해드리게." 돌아서려던 아히도벨이 급작스레 말을 이었다. "이런, 잊을 뻔했군. 며칠 내로 돌아가기로 했어. 길로로 말이야."

"거기 계속 머물 거라는 말은 하지 마세요."

"육십 중반이면 하던 일도 그만둬야 해. 이스라엘을 위해 피땀을 쏟다가 과로사하고 싶진 않아." 시선을 멀리 두던 아히도벨이 물었다. "저녁 함께 들겠나?"

순간, 후새는 그 일을 아히도벨의 식탁에 풀어놓아도 좋겠다는 생각을 했다. 아히도벨은 부유했고 지혜로웠으며, 마음을 두는 사람에게는 한없이 너그러웠다. 그가 굳이 고향으로 돌아가겠다면, 그의 영향력 아래 리스바 가족을 두는 것도 나쁘지 않아 보였다.

"좋지요."

"늦지 말게."

돌기둥 즐비한 복도는 서늘하고 쾌적했다. 멀리 왕궁 입구가 보였다. 빛이 쏟아졌기에, 왕궁 입구는 좁고 갑갑해 보였다. 별안간 아히도벨은 무덤에서 깨어난 자가 맞이할 바깥의 빛이 저러할 거라는 생각을 했다. 맥락 없이 떠오른 잡념이었다.

언제나 그렇듯 왕궁 앞은 주인을 기다리는 종과 메어놓은 나귀와 왕에게 청원하러 온 유력자로 북적였다. 종이 대령한 나귀에 아히도 벨이 탔다. 모든 것이 기분 좋게 누그러지는 느린 오후였다. 불현듯 잊었던 일을 떠올린 그가 자그마한 탄성을 냈다. 며칠 전 구입한 향품과 보석 장신구를 넣은 향합을 아들네 집 손님방에 두고 나왔던 것이다.

"엘리암의 집에 가서 향합을 찾아 오거라. 손님이 올 테니 저녁을 푸짐하게 차리라고 일러두고."

주인 손에 고삐를 돌려준 종이 단단히 다져진 길을 뛰어 내려갔다.

왕을 뵙고 난 뒤 아히도벨은 준비한 향합을 들고 손녀를 찾아갈 계획이었다. 앞으로 그 애를 보기 더 어려워지겠지. 다윗 성을 떠난다는 건 그런 의미였다. 잠시 쓸쓸한 표정을 짓던 아히도벨이 나귀 배를 툭 찼다. 그 애가 이 선물을 마음에 들어 할까. 아히도벨이 도저히 알 수 없는 것 중 하나가 손녀 밧세바의 취향이었다. 하지만 그 애는 탄성을 올리며 기뻐해 줄 테지. 작은 위안을 귀하게 여기는 아이니까. 손녀의 행복한 미소를 기대하는 아히도벨의 입가에 포근한 웃음이 돌았다.

다윗은 알현실을 서성이는 중이었다.

드물게 흰 털이 섞였지만 다윗의 수염과 머리칼 대부분은 아직 밤처럼 검었다. 몸의 윤곽은 허리에 붙은 군살 때문에 잘 익은 올리브처럼 통통해 보였다. 탄력을 잃어가는 손등엔 얇은 주름이 잡혀 있었고, 손가락엔 보석을 물린 금반지가 인장 반지와 함께 끼워져 있었다.

수염 목걸이를 귀찮아하는 다윗은 반지에는 욕심이 많았다.

열다섯 살에 사무엘에 의해 기름 부음 받은 다윗은 서른 살에 유다 왕위에 올랐고, 헤브론을 다스린 지 칠 년 만에 통합된 이스라엘 왕이 되었다. 아브넬과 이스보셋의 죽음으로부터 십일 년의 세월이 흘렀고, 패기 넘쳤던 다윗은 이제 관록이 붙은 중년 사내가 되어 있었다. 그러나 올해 마흔일곱이 된 다윗은 요즘 권력을 휘두르는 일에 권태를, 다른 이의 조아림에 무덤덤함을 느끼곤 했다.

"청원자들, 청원자들, 청원자들······."

불만 어린 중얼거림이 전갈처럼 바닥을 기었다.

갖가지 송사를 앞둔 유력자들, 징집을 늦추고 세율을 낮추려는 장로들, 분쟁 규례에 대한 왕의 해석을 요구하는 불평꾼들. 다윗은 진이 빠졌다. 단에서부터 브엘세바까지, 불만을 품은 모든 작자가 왕궁 문을 두들기지. 심지어 그들은 자기들끼리 타협할 수 있는 문제까지, 그들 성읍에서 타결을 이룰 수 있는 소소한 문제까지 다윗에게 들고 왔다. 왕이시여, 제 이웃이 경계석을 옮겨 땅을 훔쳐갔습니다. 왕이시여, 낙인찍지 않은 제 양과 소를 도적질한 자를 고발합니다. 왕이시여, 제 아들을 죽이고 외국으로 달아난 악인을 잡아주소서. 왕이시여, 왕이시여, 왕이시여, 왕이시여.

십여 년 전만 해도 여러 성읍이 알아서 해왔던 일이 이전 다윗 성으로 몰려들었다. 세월이 흐르며 왕의 권위가 두터워지고 권력이 강해지는 대신 각 성읍 장로의 권한은 오그라들었다. 지방은 중앙에 점점 의존하게 되었고 사람들은 시시비비를 왕 앞에서, 더 막강한 권위

앞에서 가리길 바랐다. 덕분에 다윗은 갖가지 문제에 파묻히게 되었고, 질식할 것 같은 괴로움은 간혹 짜증으로 뒤바뀌며 드러났다.

"이만 하겠다." 다윗이 시종들에게 손을 내저었다. "남은 청원자를 돌려보내. 그들과 그들이 가져온 문제는 내일 일찍 들여다보겠노라."

스마야가 다가와 다윗에게 후새가 도착했음을 알렸다. 대기실 방향으로 다윗은 걸어갔다. 후새가 엎드려 왕을 맞았다. 그를 끌어안은 다윗이 화평의 입맞춤을 했다.

"친구여. 기쁜 소식을 주게. 자넨 그래야만 해."

진절머리난다는 얼굴로 다윗이 고개를 내저었다. 숨 막히는 오전이었어. 끝도 없이 밀려드는 청원자 앞에서 진땀을 빼야 했지. 모두를 공평히 만족시킬 수 없던 내 혀는 여지없이 뻣뻣해졌지 뭔가. 손톱만큼의 이득이라도 빼앗길까 눈이 벌게진 그들 앞에서 말이야.

모질게 달리건만, 오아시스는 좀처럼 가까워지지 않더군.

청원자들이 쏟아 내는 불평을 견디긴 차라리 쉬웠다. 다윗을 괴롭게 찌르는 건 그들의 가증스러운 눈빛이었다. 유리한 결정을 끌어내기 위해 그들은 왕의 속을 떠보려 들었고, 제 잘못을 남에게 끊임없이 떠넘기려 들었다. 그들의 위선이 다윗은 역겨웠다. 서로를 물어뜯으려 이를 드러내는 청원자들의 으르렁거림을 종일 듣다 보면 자리를 박차고 싶어졌다. 하지만 다윗에게 주어진 권력은 지배받는 자의 청원을 들어줘야 할 의무로부터 발생하는 것이었다.

친구라니. 후새는 난처한 얼굴로 왕을 올려다보았다. "누구도 왕의 친구일 수 없습니다."

"아냐. 세상을 다스리는 왕궁은 세상으로부터 아득히 멀어. 괴상한가? 허나, 진실이지. 재미있는 사실 하나 알려줄까."

자신의 말을 강조할 듯으로 다윗은 손가락 하나를 들었다. "모두가 왕에게 거짓말을 해."

그럴 리가요. 후새가 믿기지 않는다는 표정으로 고개를 저었다.

"사실일세, 친구여. 다들 내게 거짓말을 해. 자기가 아는 진실을 조금씩 고쳐서 말하지. 사실을 비튼단 말이야."

"그게 꼭 나쁜 것만은 아닙니다."

다윗이 고개를 끄덕였다. "나쁜 의도는 아닐 테지. 내 분노를 살까 걱정해서, 아니면 내 마음을 편안하게 해주려고 그리 고쳐 말하는 거야. 그런데 그리 매만지다 보면 사실이 달라지고 말아. 한둘이 아니야! 거짓말에 에워싸인 나 다윗은 왕관을 쓴 채 왕궁이라는 호화로운 감옥에 앉아 세상과 격리되고 있지. 알겠나? 내게 친구가 필요한 이유를?"

"사실을 있는 그대로 알려줄 누군가가 필요하다는 말씀이군요."

"그래. 모든 왕에겐 친구가 필요해." 껄껄 웃은 다윗이 후새의 어깨를 철썩 내리쳤다. "자, 이제 다마스쿠스의 일을 들려주게. 보름간 내 정신이 온통 거기에 쏠려 있었으니."

다윗이 손짓해 스마야를 불렀다. "여호사밧을 데려와라. 후새의 보고를 기록해야 하니."

사관 여호사밧이 알현실로 들어와 왕께 엎드려 절했다. 탁자와 의자를 알현실로 가져온 시종들이 멀찌감치 물러섰다. 빈 양피지를 편 여호사밧이 먹물 담긴 흙 단지를 팔 가까이 두고 깎은 골풀을 틀어쥐었다. 후새가 말하는 아람 소바와의 조공 조건을 여호사밧은 꼼꼼히 적었다. 골풀이 양피지 위에서 사각거리는 소리를 들으며, 탁자를 짚은 다윗과 손을 가지런히 모은 후새는 아람 소바와의 조약을 면밀히 검토했다. 긴 문항이 양피지에 차 들어 갔다.

"아주 좋은 조건이야. 전쟁 배상금이 이 정도라니." 다윗이 흡족한 미소를 지었다. "자네가 잘 쥐어짰군. 더 이상 좋을 순 없겠지. 난 완전히 만족하네."

먹물은 아직 마르지 않았다. 다윗은 문서를 잘 보관해 두라 일렀다. 양피지를 펴든 여호사밧이 뒷걸음쳤고 왕이 기쁜 얼굴로 먼 곳을 시선을 두었다.

알현실은 청원자들이 기다리는 대기실과 연결되어 있었고, 반대편은 서기관들과 사관들의 방과 이어져 있었다. 그곳을 지나면 내전으로 가는 폭이 넓은 층계가 나왔다. 단단하게 짠 나무계단에 발을 올리면 부드러운 삐걱거림이 방문객의 걸음을 맞았다. 나무가 귀한 이스라엘에서는 목재가 기둥이나 들보 정도로만 쓰였다. 때문에 나무로 만든 계단은 대단히 큰 부귀를 상징했다. 매일 오르내리는 이 계단을 다윗은 자랑스러워했고, 손님들이 흘린 탄성을 은근히 기뻐했다.

왕궁 이 층을 이루는 내전에는 왕과 아내들과 첩들과 자녀들이 살았다. 가족들이 한데 모일 수 있게 만든 중앙의 큰 방 양쪽을 긴 복도가 이었고, 작은 방들이 복도 양쪽에 자리했다. 널찍한 내전을 시녀들이 바삐 오갔다. 왕의 침전은 층계 가장 가까이, 복도 가장 바깥에 자리했다. 허락받은 사람이 아니면 그곳에 들어갈 수 없었다.

내전 복도 벽은 나무로 만든 돋을새김으로 장식되어 있었다. 이집트를 친 여호와의 열 가지 재앙이 그곳에, 열 가지 사건의 도드라진 특징이 네모진 그 공간에 섬뜩하게 불거져 있었다. 후새는 장식된 목판을 자세히 들여다보았다. 붉게 물든 나일 강을 보고 놀라는 이집트 사람들, 개구리로 덮인 도시, 죽어버린 가축에서 풍긴 악취에 고개를 돌리는 사람들, 땅을 뒤덮은 우박과 하늘을 메운 메뚜기 떼가 열 개의 커다란 목판 안에 가득했다. 마지막 돋을새김에는 맏이의 죽음이 새겨져 있었다. 죽어버린 맏아들을 침대에서 발견한 이집트 사람의 입에서는 끔찍한 울부짖음이 터져 나오는 것 같았다. 후새는 열 개의 목판을 통해 여호와의 권능을 보았고 두려움과 경외감을 느꼈다. 돌아보는 후새에게 다윗이 고개를 끄덕여 동감을 표했다.

다윗을 따라 후새는 침전으로 들어갔다. 다윗은 그곳에서 측근들과 편안한 자세로 이야기 나누길 좋아했고, 그 탓에 왕의 처첩들은 이슥한 뒤에야 침전에 들어올 수 있었다. 이불과 쿠션이 깔린 널찍한 침상과, 과일과 물과 호두가 놓인 탁자와, 등받이가 달린 서너 개의 나무 의자로 침전은 꾸며져 있었다. 이 방에 딸린 테라스는 유월절부터 초막절까지의 건기에만 쓰였고, 날이 추운 우기에는 양가죽 덧댄 창 가리개를 달아 폐쇄했다. 밀 수확이 한창인 지금 테라스는 활짝 개방되어 있었다. 후새는 침전 안쪽에서 풍겨 나오는 은은한 계피 향과 나드 기름 냄새를 맡았다. 여인들이 자신을 꾸미기 위해 쓰는 향이었다. 왕께서는 요즘 새벽에 일어나지 않으시거든. 후새는 그 말이 마음에 걸렸다.

"오다가 아히도벨 장로님을 만났어요."

"다마스쿠스에 대해 물었겠지? 그의 귀에 어떤 소식을 부어줬지?"

"그분을 즐겁게 만들 모든 걸요. 왕께 드린 말씀과 비슷했지요."

"아히도벨에게 첫 보고를 한 셈이군. 좋은 친구지만 불충한 신하야."

"그분이 은퇴하게 내버려 두실 거예요?"

"알잖나. 아히도벨의 뒷덜미를 잡아 물가에 입을 갖다 대면, 그는 뒷발질로 내 갈비뼈를 부러뜨릴 거야."

후새가 웃었다. "정말 대단한 사람이에요."

"무엇으로 그를 대체하겠나. 그저 탄식할 뿐이지. 솔깃한 이야기를 잘 버무리면 다시 돌아올지도 모르지, 내 늙은 일 중독자가."

다윗이 시녀들이 내온 음료로 손을 뻗었다.

"다마스쿠스 얘기를 좀 더 해보게. 그 냄새 나는 작자들이 쩔쩔매던가? 그 비열한 돼지들이 땀을 흘려댔어?"

꿀을 섞어 차게 내온 석류즙을 다 마실 때까지 다윗은 후새가 다마스쿠스에서 겪은 일에 귀를 기울였다. "진짜예요. 직접 보셨어야 했어요." 후새는 맞은편 탁자에 앉은 자들의 좌우로 구르는 눈동자와 부들거리는 턱을 흉내 내어 다윗을 눈물 빼게 만들었다.

밖에서 아이들이 뛰어노는 소리가 들렸다. 따뜻한 바람이 불어왔고 푸근한 기분마저 들었다. 의자에 앉은 두 사람은 한동안 창밖을 바라보았다. 설익은 시트론 껍질을 연상시키는 반쯤 빈 햇살이었다.

왕의 대로를 복원하는 건 그들의 오랜 염원이었고, 다마스쿠스 점령을 통해 숙원은 반쯤 풀렸다. 일 년 정도 정비를 거치면 금빛 꿀이 왕의 대로를 통해 흐를 것이었다. 남은 문제는 하나뿐이었다. 두 사람의 대화에 자연스레 암몬이 스미기 시작했다.

"암몬 귀족들은 자기 몫을 요구하는 거야. 왕의 대로를 통해 얼마나 많은 달란트가 쏟아져 나올지 눈치챈 거지. 둘 중 하나야. 고기를 던져줘서 달랠까, 몽둥이로 두들겨 내쫓을까."

"왕이시여, 랍바는 멉니다."

다윗의 미소는 싸늘했다. "못 갈 정도는 아니지."

"대비했어야 했어요." 후새가 툴툴거렸다. "이스라엘이 옛 무역로를 복원할 거라는 소식을 들은 암몬 귀족들이 멍청한 짓을 할 거란 걸 미리 알았어야 했어요."

"자책하는군. 누가 내일을 알지? 누가 미래를 보지?"

"아히도벨은 꾸준히 경고해 왔죠." 후새가 지적했다.

"늙은이들은 뭐든 걱정해. 그게 그들의 일이지. 젊은이는 노인이 쏟아 놓은 걱정을 미리부터 메우느라 메뚜기처럼 뛰어다니게 되고."

후새는 왕의 기분을 흐트러뜨리고 싶지 않았고, 그래서 입을 다물었다.

"블레셋을 쳤을 때가 기억나는군. 정말 쉽지 않았어. 장군들의 뼈가 부러졌고 백부장들의 살이 잘렸지. 죽은 자는 얼마나 많았나. 세상 끝날까지 그들과 싸워야 할 것 같았어."

다윗의 눈길이 아련해졌다.

"하지만 결국 이겨냈잖은가. 우린 블레셋을 밀어냈어. 넘어뜨린 모압을 잘랐고. 그러자 아히도벨이 자신의 꿈을 우리에게 펴 보였지. 왕의 대로라는 오랜 꿈을. 그 계획에 공감한 우리는 이젠 아람까지 때려 굴복시켰어."

그 꿈을 위해 그들과 이스라엘 전체가 들인 노력은 엄청났다. 암몬 정도에 물러설 수 없다는 왕의 말은 일리가 있었다.

"암몬이 위협을 느끼는 건 아닐까요?"

"무슨 말인가?"

"블레셋과 모압과 아람 다음은 자기들이라고 여긴 것 같습니다."

다윗이 코웃음을 쳤다. "그럴 수도 있겠지. 이스라엘의 힘을 맛보지 않은 놈들은 암몬이 유일하니까."

"그래도 조문하러 간 사절의 수염을 깎고 엉덩이까지 옷을 자르다니, 심했어요."

"수염은 자라기 마련이고 옷은 갈아입으면 그만이야."

다윗은 암몬의 무례를 아무것도 아닌 걸로 여기려 들었다. 그들이 이스라엘 사절에게 가한 짓은 전례를 찾기 어려울 정도로 무례했다. 그러나 다윗은 그 정도 도발에 동요되고 싶지 않았고, 노발대발하는 모습 자체를 누추하다고 여겼다. 다윗은 돌아온 사절들을 여리고 성읍으로 보냈다. 잘린 수염이 원래대로 자랄 때까지 대추야자나무가 우거진 휴양지에서 쉬게 한 것이다. 다윗은 모욕의 칼날에 베인 가슴이 아물려면 시간이 필요하다는 사실을 잘 알았다.

"장군들은 뭐라고 하나요?"

"며칠 전부터 엉덩이를 들썩이고 있지."

"그들을 암몬으로 보내실 거예요? 전쟁을 결심하셨어요?"

다윗이 고개를 갸웃거렸다. "나는 그러고 싶어. 하지만 우림과 둠밈이 결정할 거야."

"두 개의 둠밈으로 여호와께서 찬성하신다 해도, 랍바를 취하긴 어려울 거예요."

"신의 뜻에 따라." 다윗이 후새를 보고 미소 지었다. "모든 게 그분 뜻에 따라."

얼굴을 찌푸린 후새가 손을 모았다. "진창에 발이 빠지면 빼내기 어렵습니다."

발을 더럽히지 않고 빗물 가득한 진창을 지날 순 없지, 친구여. 후새가 틀리진 않았다. 하지만 전쟁에는 신중함보다 신속함이 더 요긴한 법이었다. 여호와의 뜻이 랍바 원정에 있음을 확인하기만 하면, 다윗은 밀 추수와 타작이 끝나자마자 원정군을 파견할 작정이었다.

"요압이 이끌 거야. 내 억센 조카가 우당탕 쳐들어가 도리깨로 암몬왕 하눈을 으깨놓겠지."

"얼마나 많은 병사가 차출될까요?" 후새가 아렉 청년들을 떠올리며 물었다.

"글쎄. 요압과 협의해야겠지. 거긴 그가 맡을 거니까."

후새는 왕이 암몬에 직접 갈 생각이 없다는 사실에 놀랐다. 지금껏 다윗은 이스라엘의 모든 전쟁에 앞장서 왔다. 새벽에 일어나지 않으시거든. 후새는 막연한 불안을 느꼈다.

밖에서 들려오는 아이들의 고함이 조금씩 가까워졌다. 다윗이 일어나 창가로 갔다. 테라스 밖에 심은 아몬드나뭇가지에 아이들이 매달려 있었다. 왕의 꾸중을 들은 시종들이 달려가 왕자들을 서둘러 받아 내렸다. 다윗이 아이들을 침전으로 불러들였다. 잠시 후 우르르 들어온 아이들은 나뭇가지 가장 높은 곳에 올라 아버지를 부를 생각이었다고 대답했다.

"여호와께 저주받은 자들이나 나무에 매달리는 법이란다."

토라에는 교수형 당한 자를 땅에 내려서는 안 된다는 구절이 있었는데, 이는 매달린 육체엔 여호와의 저주가 내리기 때문이었다. 토라에 적힌 사실과 조금 달랐지만, 다윗은 아이들에게 경계심을 주기 위해 그렇게 말한 것이었다. 놀란 아이들의 순진한 표정에 웃음이 터진 후새가 벙긋 지은 미소를 감추려 고개를 돌렸다. 벌려 세운 아이들의 머리를 쓰다듬으며 다윗이 겸연쩍어했다.

"인사해라. 아렉 장로 후새다."

다윗은 열 명이 넘는 아내들 사이에서 많은 자녀를 두었는데, 헤브론에서 아히노암을 통해 암논을, 아비가일을 통해 길르압을, 마아가를 통해 압살롬을, 학깃을 통해 아도니야를, 아비달을 통해 스바댜를, 에글라를 통해 이드르암을 낳았다. 다윗 성에서도 그의 아내들은 자녀를 낳았는데, 사람들은 뭇별처럼 자손이 많으리라는 여호와의 약속이 아브라함이 아닌 다윗을 위한 것이었다며 농담을 했다.

"자넨 자녀가 하나뿐이라지?"

"아들입니다. 바아나라고 하지요."

"나쁘지 않군. 이 녀석들은 정신을 사납게 만들거든."

툴툴거리는 다윗의 얼굴에 미소가 가득했다. 아버지를 둘러싼 아이들이 저마다 말을 쏟아 놓았다. 암논은 공을 잃어버린 길르압을 타박했고, 아도니야가 압살롬을 뜀박질로 이긴 사실을 길르압이 주절거렸다. 넘어진 이드르암이 울었다며 압살롬은 히죽거렸고, 아도니야는 뭔가 먹고 싶다며 아버지의 겉옷을 당겼다. 다윗은 손을 휘저어 아이들에게 한 명씩 이야기하도록 했다. 앞뒤가 섞이고 중간중간 논쟁이 오가는 아이들의 말을 다윗은 즐거운 얼굴로 끝까지 들어주었다.

왕이 침전 밖으로 그들을 이끌자 어린 왕자들이 아버지의 손과 겉옷을 잡으며 따랐다. 어깨너머로 후새를 본 다윗이 손짓했다. 복도 끝계단은 왕궁 옥상으로 이어져 있었다. 아버지를 붙잡고 말을 걸고 칭얼거리고 발을 구르고 깔깔거리던 아이들이 옥상 가득한 석양에 환호성을 올렸다. 옥상 난간에 달라붙은 아이들이 색들의 오묘한 뒤섞임을 흩으려 손을 저었다. 길어진 그림자들이 옥상 가득 너울거렸다.

양을 쳐본 적이 있냐고 다윗이 물었다. 후새는 없다고 대답했다.

"양 쉰 마리에 염소가 열댓 마리 정도 되면 정신이 하나도 없지. 염소는 좌우로 막 튀어나가고, 양들은 걸핏하면 걸음을 멈추거든. 풀밭으로 녀석들을 몰고 가다 보면 어느새 해가 지지. 내 아버지 이새를 위해 양을 치며 나는 짐승 사이에서 밤과 낮을 보냈다네. 별 없는 밤속에서 양의 흰 몸뚱이마저 어둠에 까맣게 먹히면 나는 이런저런 노래를 불러댔지."

서로의 그림자를 밟으며 왕자들은 깔깔거렸다. 후새는 왕의 이야기에 집중하려 애썼다.

"양과 염소를 몰아넣은 간이 울에 기대 졸다 퍼뜩 깨길 하룻밤에
도 수십 번이었어. 새벽이면 어김없이 한기 같은 외로움이 스몄다네.
사울 왕에게 쫓길 때 내겐 육백 명이나 되는 동료가 있었지. 하지만
난 다급하기만 했어. 그들은 자기 삶을 내 발 앞에 바쳤어. 난 그들에
게 깃발이 되어주어야 했지. 축 처지지 말고, 눈물로 젖지도 말고, 늘
활기차고 눈부시게 펄럭여야 했어. 하지만 내 안엔 공허가 있었다네.
그건 빛을 갉아먹는 어둠 같은 것이었지."

아이들의 얼굴이 붉은 석양에 흠뻑 젖었다. 그 얼굴 하나하나를 가
리키며 다윗이 말했다.

"그런데 저것이, 저 웃음과 펄쩍거림이 내 속의 어둠을 몰아낸다네,
아주 멀리. 저 애들을 볼 때마다 마음 깊이 뭔가 새로워지는 기분이
야."

"아이들이 기분을 바꿔주기도 하지요."

"단순한 기분전환이 아니야. 저 애들은 축 처진 깃발 같은 내 마음
을 팽팽하게 만드는 바람이라네. 깃발에 새겨진 무늬는 바람 덕에 선
명해지지."

다윗의 얼굴에 기쁨이 가득했다. 후새는 지난 석 달 동안 보지 못
한 바아나의 얼굴을 떠올렸다. 얼마나 자랐을까. 먼 길 떠나는 아버
지의 나귀를 뒤쫓아 달리던 아이는 끝내 주저앉아 엉엉 울었다. 후새
는 바아나를 바라보는 자기 얼굴도 저리 환할지 궁금했다. 그 애를
보는 내 얼굴도 왕의 하릇함만큼이나 밝고 따스하기를.

그리움으로 부푼 후새의 가슴이 노을빛으로 붉었다.

나단은 왕을 바라보았다. 밤이 이슥했고 왕을 향한 선지자의 시선은 그윽했다.

선지자를 맞는 왕의 행동은 깍듯했고 조심스러웠다. 마주 앉은 나단도 공손한 태도를 유지했다.

왜 이리 불안하지? 전엔 없던 낯선 감정에 다윗은 두려움마저 느꼈다. 이상한 일이었다. 나단과 같은 공간에 있다는 사실만으로도 다윗은 위로와 평안을 느꼈었다. 다윗은 하나님의 사람을 좋아했고, 그를 통해 깊이 만나는 여호와를 기뻐했었다. 하지만 지금 다윗은 두려움에 짓눌려 있었다. 그는 선지자의 혀에 담겼을지 모를 여호와의 말씀이 무서웠고, 이런 근심을 선지자가 알아차릴까 봐 불편했다.

벽에서 풍기는 산뜻한 향기를 나단은 깊이 들이마셨다. 너무나도 아름답고 쾌적한 장소였다. 나무 향이 이렇게나 매혹적이었나. 폐 깊은 곳까지 담담한 향이 들어차 정신마저 고양되는 것 같았다. 지금껏 어떤 이스라엘 사람도 이런 호사를 누린 적이 없었다. 오직 다윗에게만 허락된 영광과 기쁨이었다.

하지만 왕의 어깨가 왜 저렇게 움츠러들었는지 나단은 알 수 없었다. 그는 왕이 품은 두려움이 아니라, 두려움을 숨기려는 왕의 태도에 의문을 느꼈다. 선지자라 해도 사람 속을 죄다 들여다보는 건 아니었기에, 나단은 다윗 내면에 두려움이 가득 찬 까닭을 알지 못했다. 나단은 이 상황이 놀랍고 새로웠다. 다윗에게 대체 무슨 일이 벌어지고 있는 거지?

시어 버린 포도주. 굳어버린 양젖.

당황스럽기는 다윗도 마찬가지였다. 왜 이리 자꾸 불쾌한 걸까. 후새와 작별하고 아이들을 제 어미들에게 보낼 즈음만 해도 그는 평안했었다.

불편한 침묵이 길게 이어졌다. 다윗은 침전 구석을 골똘히 바라보았고, 나단은 왕의 멍한 얼굴을 찬찬히 살폈다. 작은 몸피에 얼굴이 붉던 목동은 이제 보기 좋을 정도로 살이 올랐고 오랜 시간 말을 타지 않아 배가 둥글어졌으며 머리칼과 수염엔 드문드문 흰 터럭이 보였다. 시간은 누구도 간과하지 않은 채 모두에게 공평한 잔인함을 행사하고 있었다. 나단은 왕에게 근심거리가 있냐고 물었다.

"근래 들어 자주 피곤합니다."

다윗이 대수롭지 않다는 시늉을 했다. 나단이 눈을 깜빡였다.

"왕이시여. 누룩이 들었든 안 들었든, 반죽 생김새는 똑같습니다. 불에 들어가면 누룩 든 반죽은 부풀고, 들지 않은 반죽은 납작한 그대로 타버리겠죠."

나단이 왕의 대답을 기다렸다. 바람이 불었고, 창을 가린 빛 가리개가 벽에 스치는 소리가 들렸다. 나단이 말을 이었다.

"자신에게 누룩이 들었는지 어떤지를 확인하기 위해 불에 들어갈 필요는 없습니다."

다윗의 가슴이 서늘해졌다. 바람이 죽었고 축 늘어진 다윗의 깃발은 조금도 나부끼지 않았다.

"오늘 누군가와 옛이야기를 했었는데." 왕이 앉은 자세를 고쳤다. "양 치던 시절 얘기를 했었지요."

창밖은 새카맸다. 외로움은 동쪽에 얹힌 어스름을 통해 다가오지. 다윗은 생각했다.

"양을 쳤던 시절에 비하면 지금 얼마나 풍족합니까. 열 명이 넘는 아내와 첩이 있고 자녀가 왕궁에 가득하고 창과 방패를 든 병사들이 명령을 기다립니다. 꽉 들어찬 곡물 보관 탑엔 밀을 부을 자리가 없고, 백향목으로 지은 왕궁은 이 나라에서 가장 화려합니다."

그리고 다윗이 웅얼거리듯 몇 마디 내뱉었다. 알아듣지 못한 나단이 몸을 앞으로 기울였다. 다윗이 되풀이해 속삭였다.

"그런데 나는 아직도 외롭습니다."

나단이 눈을 깜빡였다. 다윗이 얼굴을 찌푸렸다.

"나는 텅 빈 내 속을 느낍니다. 오래되었어요. 아주 오래요. 십 년 도 더…… 이것저것으로 이 텅 빔을 채워보려 했어요. 포도주를, 탐 락을, 승리를, 값비싼 보화를, 아름다운 여인을 내 텅 빈 속으로 밀어 넣었지요. 하지만 공허는 메워지지 않았어요. 여호와께 엎드려야 한 다는 생각이 들었죠. 그게 유일한 답인 것 같았어요. 공허와 싸우려 기도했어요. 이겨내려고요. 하지만 안 됩니다. 지칩니다. 피곤해요. 이 렇게나 풍족한데, 여호와께 받은 은혜를 내가 아는데, 내 마음이 자 꾸 메말라가요. 물이 풍족히 쏟아지는 데도 메마른 속은 퍼석거리기 만 합니다."

나단은 지팡이를 매만지기만 했다. 먼 광야의 험한 길을 함께 해온 지팡이엔 검은 손때가 묻어 있었고 닳아빠진 끝은 뭉툭했다.

긴 침묵이 다윗은 불편했다. 그는 나단이 목마른 마음에, 노곤한 육신에, 지친 영혼에 답을 내려줄 거라 기대했었다. 그러나 선지자는 오래 침묵해 왕을 초조하게 만들뿐이었다.

"제가 할 수 있는 건 기도뿐입니다." 사이를 두고 선지자가 말을 이었다. "왕께서 할 수 있는 것도 그것뿐이겠지요."

다윗은 대꾸하지 않았다. 멀리서 따오기 우는 소리가 들렸다. 거슬리는 소리였다. 선지자가 알려준 길은 그가 모르는 길도, 그가 가보지 않은 길도 아니었다.

나단은 창밖을 바라보는 중이었다. 그의 시선은 멀어지는 따오기의 청명한 울음소리를 쫓고 있었다. 자기 삶에 불평하지 않는 사람을 나단은 본 적이 없었다. 모든 인간이 저마다의 타당한 이유로 인상을 쓰고 툴툴거리며 불만을 늘어놓기 마련이었다.

그러나 삶에 지친 건, 내적인 혹은 외적인 이유로 고통받는 건 나단도 마찬가지였다. 나단 또한 내던져진 인생 속에서 혼란을 겪는, 미약하고 온전치 못한 인간이었다. 그렇기에 나단은 더욱 기도하려 애썼다. 내적 공허야말로 인간 본연의 문제 아닌가. 신의 도움 없이는 채워질 수 없어. 기도가 막혀버린 선지자는 광야에서 얻었던 끔찍한 묵시를 입 밖에 내지 않기로 결심했다. 어쩌면 그 꿈은 허전함과 외로움으로 허물어지는 다윗의 내면을 반영하는 것일지도 몰랐다. 묵시에 대한 공유가 다윗의 회복에 도움이 못 된다고 여겼기에, 나단은 입을 다물었다.

오래 둔 기름은 굳기 마련이었다. 나단이 고개를 끄덕였다. 굳은 기름을 녹이는 건 기도의 불뿐이야.

내면을 굳게 만들었던 기름은 불을 받아 뜨거워진 뒤에야 녹아 흐를 것이었다. 기도의 따뜻한 기름이 고이며 다윗의 허물어진 곳도 채워지리라. 그의 갈증과 고뇌도 그제야 비로소 온전히.

이제껏 다윗은 고난을 비범한 믿음으로 돌파해 왔다. 그는 자신의 길을 갈 거야. 늘 그래왔으니. 나단은 낙관했다. 그렇기에 기도에 관한 권유와 위로 몇 마디를 내어놓는 것에 그치고 말았다.

그러나 나단은 평안함과 안락함이 사람의 영성을 얼마나 흐리게 만드는지, 왕이 감당해야 할 격무가 다윗의 굳건했던 믿음을 얼마나 깊이 좀먹어왔는지 알지 못했다.

광야에서 소박한 삶을 살아가는 나단은 왕좌가 사람을 얼마나 피폐하게 만들고 왕관이 얼마나 사람을 교만하게 뒤트는지를, 그런 환경 속에서 삶을 순전하게 지켜내는 일이 얼마나 어려운지를 짐작조차 하지 못했다.

나단은 왕궁을 떠났다.

"왕을 위해 기도하겠습니다."

작별인사를 보내며 다윗은 서글픈 미소를 지었다.

나단과 작별하기 직전 다윗은 시종을 불렀다. 선지자를 왕궁 밖으로 안내할 그에게 다윗은 나단이 든 지팡이 끝이 갈라지지 않게 쇠로 단단히 마감해 주라고 일렀다.

9
입 벌린 땅

리스바는 다가갔다. 룸만은 탁자 위에 누워 있었다.

그녀와 리스바 사이에는 엷은 적막이 자리 잡고 있었다. 리스바가 룸만의 손등에 손을 올렸다. 주름진 손은 차가웠고, 리스바의 가슴은 데인 것처럼 화끈거렸다. 적막은 한결 두터워져 있었다. 장막 같은 적막이 리스바의 가슴과 세상 전체에 드리워진 것만 같았다.

영원한 작별 앞에 두 사람은 놓여 있었다. 찬장으로 간 리스바가 등잔 하나를 더 꺼냈다. 등잔불에 룸만의 머리맡이 마저 환해졌다. 룸만의 마지막 표정은 편안하지 않았다. 죽음은 에돔 여인의 연약해진 심장을 움켜쥐었고, 섬뜩했던 고통은 유모의 얼굴에 짙게 남아 있었다. 리스바가 룸만의 얼굴을 쓸어내렸다. 적막은 룸만의 벌어진 입에서 흘러나오는 것만 같았다.

오늘 아침 식사는 룸만이 마련할 차례였다. 그러나 식탁은 비어 있었고 화덕 불길은 꺼져가기 직전이었다. 리스바는 룸만의 무릎이 다시 말썽을 부린 줄로만 알았다. 리스바는 우리 안에 들어가 염소와 양이 싼 딱딱하고 마른 똥 몇 덩이를 집어와 불을 마저 지폈다. 약해진 불길은 비틀어진 똥에 좀처럼 옮겨붙지 않아 화덕 안에 소금을 약간 뿌려야 했다. 맷돌이 부옇고 흙 그릇에는 갈아둔 밀가루가 반쯤 담겨 있었다. 그때까지도 리스바는 룸만이 따로 볼일을 보고 있겠거니 했다. 밀가루를 개어 반죽하려 물 단지를 기울인 그때, 문이 벌컥 열렸다. 룸만을 업은 알모니가 문턱을 간신히 넘었다.

룸만은 집 뒤 창고 안에서 뻣뻣해진 상태로 가슴을 쥐어뜯고 있었다. 보랏빛으로 일그러진 얼굴로 룸만은 헐떡였고 입가에서는 침 거품이 부글거렸다. 비명을 지르며 달려온 리스바가 룸만의 몸을 세차게 붙들었다. 룸만을 뉘인 알모니가 밭에 나간 가말을 불러들이기도 전에 늙은 여종은 숨을 거두었다. 리스바의 울부짖음이 담장 너머로 뻗었다.

가말과 알모니가 돌아왔을 때 리스바는 기절한 상태였다. 늦게 도착한 므비보셋이 어머니 얼굴에 물을 뿌렸다. 눈을 깜빡인 그녀는 한참 동안 정신을 차리지 못했다. 침묵 속에 리스바의 울먹임이 고였다. 넓지 않은 집에 드문드문 흩어져 선 가말과 알모니와 므비보셋은 묵묵히 고개 숙인 채 리스바의 낮은 흐느낌을 들었다. 나눠지지 못한 그들의 슬픔이 고통스레 부풀었다.

한참 후 리스바는 아렉으로 달려갈 심부름꾼을 구해 오라 일렀다.

그녀는 열흘 뒤 헤브론에서 후새와 만나 거주지 옮기는 문제를 상의할 예정이었다.

"제가 다녀올게요."

므비보셋이 말했다. 그들은 장례비용을 걱정해야 할 처지였고, 누군가를 고용할 정도의 여유는 당연히 없었다. 리스바는 므비보셋에게 후새를 만날 새 날짜를 받아오라 일렀다.

"룸만을 묻어야 해요."

말 한마디 않던 알모니가 입을 뗐다. 리스바가 멍한 표정으로 맏아들을 돌아보았다. 왕궁을 나온 지 십 년이 지난 지금, 아들들은 훤칠한 청년으로 자라났다. 괜찮은 무덤은 부자들이 미리 사두거나 이미 가족묘로 썼을 텐데. 룸만을 안치할 적당한 무덤을 구할 수 있을까. 우리가 지닌 부스럭 돈으로?

토라가 시신을 부정하다고 규정했기에, 장례는 당일에 치러져야 했다.

"비렁뱅이처럼 얕게 판 흙에 묻을 순 없어."

가나안 지방 전체에는 석회질 암석층이 두껍게 자리했고, 죽은 이를 위해 땅을 깊이 파는 건 매우 고된 일이었다. 가난한 자들은 땅을 얕게 파고 흙에 시신을 뉘였는데, 비바람이 지나가면 종종 썩다만 뼈가 드러나곤 했다. 리스바가 가말을 불렀다.

"좋은 무덤을 구해 줘요. 웃돈을 치러도 괜찮아요."

"쉽지 않을 겁니다, 마님."

뚝뚝한 얼굴로 벽을 돌아보던 가말이 미리 염을 해두는 게 어떠냐고 물었다. 리스바가 고개를 끄덕였다. 이웃에게서 세마포를 사온 가말이 매장지를 수배하러 나갔고, 므비보셋이 돈을 받고 애곡해 주는 이들을 찾아 마을 바깥으로 나갔다. 알모니는 보이지 않았다. 설마 술을 마시고 있진 않겠지. 리스바는 늘 화가 나 있는 맏아들이 그 정도로 몰지각할 거라고는 생각지 않았다.

사내들을 보내고 창에 가리개를 댄 리스바가 룸만 곁에 홀로 남았다. 그녀는 유모가 생전에 자신에게 쏟았던 정성과 사랑에 보답하는 마음으로, 룸만의 옷을 벗기고 수건을 물에 적셔 굳어가는 시신을 꼼꼼히 닦아주었다.

향유나 몰약은 없었다. 리스바는 그게 서글펐다. 집에 남은 올리브 기름을 흙 그릇에 부은 리스바가 룸만의 죽은 살에 기름을 입혔다. 리스바는 룸만의 머리카락을 몇 번이고 뒤로 쓸어 넘겼다. 이마주름이 팽팽히 당겨질 때마다 죽음을 응시했던 룸만의 얼굴이 조금씩 펴졌고, 그만큼의 평안이 죽은 자에게 허락되는 것만 같았다.

룸만의 굳은 몸을 돌리다가 리스바는 큼지막한 붉은 점을 발견했다. 리스바는 그것이 새삼스러웠다. 어린 리스바가 등의 붉고 넓은 점에 손바닥을 대고 크기를 견주면 룸만은 어리둥절한 표정을 짓곤 했었다. 어린 리스바는 유모의 등에 난 붉은 점을 재미있어했고, 점의 존재를 룸만에게 알려주지 않았다. 이제 죽은 룸만의 등에 시반이 번져나갈 것이다. 죽음의 붉은 흔적이 늙은 유모의 몸을 먹어치우고 붉은 점마저 잠식할 거라는 생각에, 리스바는 몸서리쳤다. 눈물 젖은 세마포가 시신을 감쌌다.

혼자 하기에 쉬운 일은 아니었다. 울기 위해, 때론 한숨 쉬기 위해 주저앉으며 리스바는 힘을 회복했고, 결국 갈색 세마포로 룸만의 몸을 단단하게 감아냈다.

햇살이 들지 않는 방은 어두웠다. 수의에 감싸인 룸만은 작게 오그라든 것만 같았다. 리스바는 룸만의 도톰한 손이 그리워 수의의 불룩한 윤곽을 더듬었다. 홀로 앉은 그녀는 유모의 존재가 자기 삶에 얼마나 큼지막하게 자리 잡았었는지를 절절히 깨달았다. 어둠 속에서 리스바는 고통으로 몸을 뒤틀었다. 리스바의 눈물이 굴러떨어지며 스올로 내려가는 룸만의 뒤안길을 적셨다. 늘 그 자리에 있었을 룸만의 붉은 점이 새삼스레 발견된 것처럼, 룸만이 리스바의 인생에서 차지하던 자리들도 시나브로 드러날 터였다. 죽음이 룸만의 삶을 어둠 너머로 내던진 지금, 이제 땅의 벌린 틈이 그녀의 남은 육체를 삼킬 것이었다. 세마포가 감싼 룸만의 몸은 부화 직전의 번데기처럼 보였다. 유모, 날 두고 어디로 날아가려는 거야. 룸만이 차지하던 부분을 떼어내자 리스바는 껍데기만 남았고, 허전한 바람소리가 그 사이에서 괴로운 울음을 울었다.

문 두드리는 소리가 났다. 리스바는 빗장을 빼고 문을 당겨 열었다. 고개를 숙인 가말에게도 상실의 고통은 뚜렷했다. 이집에 딸린 밭은 사실상 황무지와 다름없었고 악전고투하는 가말을 도우려 팔 걷어붙였던 이가 룸만이었다. 에돔 여인의 헌신이 없었더라면 지금 이만큼의 살림은 어림도 없었을 거란 걸 모두가 알았다. 리스바가 몸을 비켜섰지만, 가말은 조용히 고개를 가로저었다. 그의 시선만이 탁자 위로 향했고 리스바의 시선도 그를 따랐다. 수의에 싸인 룸만은 영면 속에서 고요했다. 그걸로 됐다는 듯 가말은 고개를 주억거렸다.

"아얄론이라는 사람이 사 둔 무덤이 있답니다. 광야 쪽 골짝에 자리한 굴이래요. 가족묘로 쓰기는 어중간하답니다. 아얄론이 값을 좀 세게 부르곤 있습니다만……."

"얼마나 크죠?"

가말은 탁자 위의 시신을 돌아보았다.

"넉넉할 겁니다."

리스바가 침상 밑에서 상자를 꺼냈다. 한때 예뻤을, 금장식과 은테두리가 모두 떨어져 나간 낡아빠진 상자였다. 열 세겔도 안 되는 은조각과 먼지 쓴 장신구가 딸각거렸다. 한때 투명했을 마노와 빛을 잃은 벽옥 목걸이와 찌그러진 황금 코걸이와 새긴 무늬마다 먼지가 들어찬 발목 장식이었다. 리스바가 손가락에서 반지를 잡아 뻬냈다. 문양 없는 금반지는 슈라못 반지, 사울에게서 받은 결혼반지였다. 뭔가 말을 하려던 가말이 리스바의 단호한 표정을 보곤 입을 다물었다. 그들은 해가 지기 전에 룸만을 묻어야 했다.

묻을 곳을 마련해 다행이야. 가말은 생각했다. 아얄론이 엄청난 폭리를 취했지만, 세상 이치가 원체 그랬다.

가말이 마당에 나오자 개들이 컹컹거렸다. 알모니가 사냥에 쓰려고 기르는 개들이었다. 가말이 눈썹을 찌푸렸다. 활과 화살을 띤 알모니가 발치에 짐 꾸러미를 둔 채 개들을 어르고 있었다.

"내가 꼭 있어야 하는 것도 아니잖아."

뚱한 표정을 지은 알모니는 예정된 사냥을 떠나겠다고 말했다. 입을 꾹 다문 가말은 집 옆에 드리워진 짤막한 그림자에 들어가 앉았다. 막 집에 들어선 므비보셋이 마뜩찮은 표정을 지었다. 알모니가 어르자 개들이 컹컹 짖으며 뛰었다. 신경이 곤두선 리스바가 문을 열었다.

"가기로 했으니 가겠어요."

"제정신이냐?"

"해진 뒤 올게요."

"룸만이 죽었어!"

리스바의 턱이 덜덜 떨렸다. 룸만은 리스바의 유모였지만, 알모니와 므비보셋을 오랫동안 보살피기도 했었다.

"내가 지금 시신이라도 들어야 한다는 건가요?"

"왜 아니지? 너희를 키웠잖아."

"왕궁 하녀가 왕자를 돌보는 게 칭찬받을 일인가요? 룸만은 마땅한 일을 한 거예요."

"난 지금 마음에 대해 말하는 거야. 룸만이 너희를 키웠다고! 내가 먹인 젖을 너희가 토하면 룸만이 닦아냈어. 왕궁에서 나와서 손이 꼬부라지도록 땅을 매만지고 양을 쳤어. 해 질 녘에 돌아와선 나와 함께 밤늦도록 실을 자았어. 그게 룸만이었어!"

멀리 시선을 준채, 알모니는 대꾸하지 않았다. 한참 뒤 일어선 그가 활을 내려놓았다.

"제가 잘못 생각했네요. 룸만은 제 어머니나 마찬가지였는데."

리스바를 돌아본 알모니의 눈이 섬뜩하게 빛났다.

"아브넬과 놀아난 어머니보다 제게 훨씬 더 충직했었죠."

알모니가 뒤로 물러나며 리스바가 휘두른 손을 피했다. 빌어먹을 놈. 넌 내 수치야. 눈이 시도록 알모니를 노려보던 리스바의 눈에 눈물이 고였다.

"어머니가 침실을 빠져나가면 룸만이 들어왔어요. 잠꼬대를 하는 므비보셋을 다독이고 잠든 척하는 내 얼굴을 쓰다듬었죠. 내가 깨어 있다는 걸 룸만도 알았죠. 하지만 내색하지 않았어요."

얼굴에 인 경련을 진정시키려 알모니는 잠시 말을 멈췄다.

"룸만은 왕자로 자라게끔 우리를 보살폈어요. 그런데 어머니는 내 왕자 된 권리를 내던지게 만들고, 내 멱살을 잡아 이 초라한 시골구석으로 끌고 왔지요."

"너희를 위해서였어. 네 아버지가 죽은 뒤부터 너흰 더 이상 왕자가 아니었잖아."

"그건 어머니만의 생각이죠. 이스보셋이 죽은 뒤에 나나 므비보셋이 왕이 될 수도 있었어요. 우리가 이스라엘을 가질 수 있었다고. 다윗이 아닌 우리가!"

돌벽을 주먹으로 두들기며 알모니가 말을 씹어뱉었다. 이웃들의 호기심 어린 시선이 담 위에 늘어서 있었다. 십일 년의 세월을 견딜 비밀은 세상에 없었고, 그들이 누구인지 근방 주민 모두가 암암리에 알았다. 리스바와 알모니가 서로를 외면하며 고개를 돌렸다. 두려움과 수치심으로 리스바의 얼굴이 하얗게 질렸다. 알모니가 활을 집어 들었다.

개들이 비쩍 마른 몸을 공허하게 울리며 컹컹 짖었다. 알모니가 구부린 손가락을 입 안에 넣어 개들에게 긴 신호를 보냈다. 므비보셋이 마당에 주저앉은 리스바를 일으켜 집으로 들였다. 알모니와 리스바 사이를 오가는 사람들의 시선에 잔인한 호기심이 어려 있었다. 알모니가 개들과 함께 나가자 가말이 농장 바깥문을 걸어 잠갔고, 담 위의 머리들은 그제야 사라졌다.

므비보셋이 울고 있는 어머니에게 수건을 갖다 주었다. 형과의 싸움 뒤에, 어머니는 늘 이렇게 오래 울곤 했다. 어머니의 등을 쓸어주며 이런저런 위로를 늘어놓던 룸만도 이젠 없었다. 엄마, 형은 울고 있었어요. 므비보셋은 룸만의 죽음을 알게 된 알모니가 집 뒤에서 홀로 울었다는 걸 끝내 말하지 못했다. 얼음 같은 형의 속내에 자리한 은근한 불을 어머니는 몰랐다. 불이 타오를 성 싶으면 형은 다시금 한기를 삼켜 자신의 냉혹함을 지켜가곤 했다. 그래서인지 어머니를 고집스럽게 밀어내고 미워하는 알모니의 눈가는 늘 푸르스름했다. 므비보셋과 함께 있을 때면 그는 늘 같은 이야기뿐이었다. 아우야, 넌 왕의 동생이자 대신의 우두머리가 되는 거였단다. 황무지와 다름없는 십의 농장에 들어섰던 날 알모니는 어머니가 자신을 속였다는 걸, 마하나임에는 영영 돌아갈 수 없다는 걸 깨달았다. 그날 이후로 알모니의 가슴엔 황무지가 들어앉았다.

"무얼 어째야 할지 모르겠구나."

우선은 룸만을 묻어야 했다.

시원하게 울도록 어머니를 남겨둔 므비보셋은 어두운 층계참을 지나 통로 끝에 있는 제 방으로 갔다. 이마를 문지르던 그가 벽에 머리를 기댔다. 마하나임을 나설 때 소년에 불과하던 그들 형제는 이제 결혼 적령기를 넘긴 청년이 되었고, 아름다웠던 어머니는 농사일에 찌든 중년 여인으로 오그라들어 버렸다.

므비보셋에겐 이름이 같은 므비보셋이라는 조카가 있었다. 그는 사울의 맏아들 요나단의 아들이었다. 어릴 때 다쳐 두 다리를 저는 조카 므비보셋은 다윗의 보호를 받으며 평안하게 살아가고 있었다. 우리 형제도 그렇게 살 순 없는 걸까.

므비보셋이 언젠가 식탁에서 이런 생각을 넌지시 꺼냈을 때, 리스바는 단호히 대답했다. 너희는 땅으로부터 수고해서 입을 먹여야만 해.

그는 마하나임 왕궁을 떠나기 전의 일을 떠올렸다. 짐을 꾸리는 리스바와 룸만에게서 알모니 형은 달아났었다. 그는 왕궁을 떠나길 거부했다. 리스바와 룸만은 발을 동동 굴렀다. 므비보셋은 형이 어디 있는지 알 것 같았다. 그의 예측대로, 왕좌 뒤에서 룸만은 알모니를 찾아냈다. 형은 악을 썼다. 가고 싶지 않아. 다 보았어, 저주받을 아브넬. 날 내버려 둬!

어제 일처럼 생생한 기억으로부터 벗어나려 므비보셋은 고개를 흔들었다. 창밖으로 가말이 보였다. 마당에 나앉은 꼽추 노인은 멍한 얼굴로 먼 하늘을 바라보고 있었다. 내팽개쳐진 것만 같았던 그들의 삶에 불현듯 나타난 가말은 입을 꾹 다문 채 십일 년 동안 밭을 갈고 씨를 뿌리고 양을 치며 초라하기 짝이 없는 살림을 돌보았다. 맑은 하늘을 올려다보는 가말의 표정은 허벼낸 듯 공허했고 듬성듬성해 보였다. 소출이 시원찮은 염소 엉덩짝만 한 밀밭과 양 스무 마리와 닭 약간을 일궈낸 십일 년은 가말에게 무엇이었을까.

므비보셋은 짐을 챙겨 아래층으로 내려왔다. 리스바는 컴컴한 거실에 아직도 앉아 있었다. 시신을 바라보지 않으려 했으나 눈길은 절로 그리 향했다. 슬픔을 깨문 므비보셋의 아래턱이 부르르 떨렸다.

문 두들기는 소리에 모자는 퍼뜩 시선을 돌렸다. 리스바가 문을 열었다. 낯선 사람들이 비스듬히 서 있었다. 므비보셋이 마을 밖에 나가 고용했던 자들이었다. 삯을 받고 애곡해 주는 여자들과 피리를 부는 남자가 조의를 표하고는 시신 앞에 주저앉았다. 구슬픈 피리 소리와 함께 여인들의 곡소리가 문지방을 넘었다. 담장에 빙 둘러섰던 사람들이 천천히 농장 밖에 섰다. 가말이 농장 바깥문을 도로 열었다. 조문하러 마당으로 들어선 그들의 손에 보리가 든 헝겊 주머니와 기름 단지가 들려 있었다. 에돔 여종의 푸근한 미소를 기억하는 이들이 룸만과 작별하기 위해 길게 늘어섰다.

조문객을 맞아야 했다. 어두운 구석에서 리스바는 몸을 일으켰다. 왕의 여인의 예된 풍모가 쳐든 이마와 곧게 편 허리에 아직 뚜렷했다.

사냥을 간다던 알모니는 서쪽 언덕에 머물고 있었다. 멀리 그들의 허름한 집, 거의 무너진 초라한 농장이 보였다. 언덕 반대편에 가말이 얻었다는 무덤 자리가 보였다. 알모니는 참나무에 기대앉았다. 개들이 나무뿌리 사이에서 펄쩍거렸고, 높은 가지에선 새들이 지저귀었다. 알모니 얼굴에 드리워진 그림자가 짙었다. 구름이 해를 가렸다 도로 물러났고 이따금 바람이 불었다.

발치에 앉은 개들이 갑자기 배를 울리며 짖었다. 개의 코를 두들겨 꾸짖은 알모니가 언덕 아래를 내려다보았다. 룸만을 떠메고 나오는 동네 사람들이 저 멀리 보였다. 장례를 도우려 제 일을 미루고 온 이웃들이었다. 네 귀퉁이에 끈을 매듭져 묶고 거기에 막대를 꿴 널판에, 염을 마친 룸만의 시신은 안치되어 있었다. 막대를 어깨에 걸머진 사람들의 발걸음이 조심스러웠다. 등 굽은 가말이 앞장서서 시신을 인도했다.

룸만이 가는구나.

알모니는 울지 않으려 애썼다. 눈물은 흘려서 뭐에 쓴단 말인가. 알모니는 언덕 반대쪽 아래를 돌아보았다. 시신이 향하는 잿빛 절벽엔 굴이 몇 개 뚫려 있었는데, 여유 있는 사람들은 동굴 안쪽을 넓히거나 다듬어 가족묘를 만들었다. 룸만이 들어갈 곳은 다듬어지지 않은 자연 굴이었다. 사람들은 안쪽에 룸만을 안치하고 적당한 돌로 입구를 막은 뒤 회반죽으로 그곳에 시신이 누웠음을 표시할 것이었다.

번쩍 들린 룸만은 드러누운 채 피리가 일으키는 곡조에 따라 울퉁불퉁한 잿빛 돌 사이를 뒤뚱뒤뚱 나아갔다. 헤브론에 도착한 직후, 어머니가 후새를 만나러 간 틈을 타 알모니는 마하나임으로 달아나려 했었다. 왜 편안한 왕궁을 벗어나 누추한 시장 골목을 헤매야 하는지 알모니는 이해할 수 없었다. 내달리는 알모니를 발견한 룸만은 므비보셋을 먹이려 얻어온 물그릇을 내던졌다. 얼굴이 새빨개지고 두통이 생길 지경이었지만 룸만은 뜀박질을 멈추려 들지 않았다. 소년은 숨이 차거나 다리가 아파서가 아니라 자신을 돌봐준 에돔 여종의 울먹임이 가여워 그만 달음질을 멈추었다. 주저앉은 알모니를 등 뒤에서 끌어안은 룸만이 연기를 들이마신 것처럼 헐떡거렸다. 절대로 안 돼요. 안 되고말고요. 깍지 낀 손에서 벗어나려 하는 알모니에게 룸만이 외쳤다. 알모니 왕자님을 잃어버리면 마님은 죽어요!

헐떡이는 룸만의 턱엔 침이 흥건했었고 흘러내린 눈물로 볼이 반짝였었다. 얼굴을 찡그린 알모니는 울음을 터뜨렸다. 붉은 입속을 크게 드러낸 채 알모니는 헤브론 성문 밖에서 목이 쉬도록 울었었다.

그것이 알모니의 마지막 울음이었다.

어머니의 발목에 실을 매던 그 밤 깜빡 잠이 들어버렸던 그 어느 늦봄에, 알모니는 아브넬과 입을 맞추는 어머니를 보았었다. 창턱을 깨물며 분노한 눈으로 두 사람을 굽어보던 알모니 뒤에 룸만이 서 있었다. 늙은 여종은 어린 왕자를 조용히 당겨 안았다. 울던 아이는 저를 껴안은 룸만의 두툼한 가슴을 조그만 주먹으로 때렸다. 때리고 또 때려도 울음은 사라지지 않았다. 알모니를 끌어안은 룸만은 아이의 울음을 제 가슴에 묻었다. 새벽녘 아이가 잠들 때까지, 그녀는 끌어안은 알모니를 놓지 않았다.

다시는 그런 일이 없게 할 게요.

맹세해, 룸만. 맹세하라고!

룸만이 맹세합지요, 맹세하고말고요.

상여 바로 뒤에 어머니가 보였다. 알모니는 눈물이 가득했던 어머니의 눈동자를 떠올려 보았다. 한때 기름과 향유로 매끈했던 어머니의 머리칼은 이제 뻣뻣하니 끝이 갈라졌고 햇빛에 노출된 얼굴엔 주근깨가 가득했으며 이마엔 깊은 주름이 층층이 내려앉아 있었다.

나무에 기댄 알모니의 눈에 눈물이 고였다.

맹렬히 불어오는 모래바람에 고개를 수그리며 어머니는 룸만의 마지막 길을 따르고 있었다. 돌풍이 리스바의 낡은 머릿수건을 날려버렸다. 사람들이 손을 뻗어봤지만 색 바란 얇은 천은 몸을 뒤집으며 멀어져갔다. 왕자의 신분도, 요단 강을 건너버린 늙은 여종도, 과거의 영화도 이젠 되찾을 수 없어. 나와 어머니의 찢긴 관계가 영영 회복될 수 없는 것처럼. 알모니가 슬피 울었고 주인의 다리 사이에 목을 묻은 개들이 낑낑거렸다.

달콤한 추억과 쓰디쓴 고통을 품은 채 룸만의 시신은 어둡고 차가운 돌 위에 누울 것이다. 룸만은 제 누울 곳을 찾았지만 이제 리스바와 알모니는 머리 둘 곳 모른 채, 중재자 없는 싸움을 싸워야 했다. 영원히 회복되지 않을 상처를 서로의 영혼 깊이 새겨 넣으며.

알모니의 눈물은 멈출 줄 몰랐다. 마하나임으로 달아나려 헤브론 성내를 달음질하던 아이에서 조금도 자라지 않은 그는 달음질을 멈추지 않으려 했다. 어머니의 아들에서 벗어나 왕의 아들로 돌아가기 위한 헛된 뜀박질을.

피리 소리와 곡소리가 손에 잡힐 듯 가까웠다.

10

누룩

등경을 높이 든 밧세바가 그릇을 뒤적였다. 빵 반죽은 딱딱하게 굳어 있었다. 빵 서너 덩이는 충분히 나올 분량인데. 밧세바가 얼굴을 찡그렸다. 하지만 아끼지 말고 모두 버려야 했다.

아홉 가지 재앙에도 굴복하지 않던 파라오는 죽음의 천사가 이집트의 모든 맏이를 죽인 뒤에야 히브리 노예의 해방에 동의했다. 모세를 통해 여호와의 경고를 미리 받은 히브리 사람들은 양의 피를 문설주와 인방에 발라 죽음의 천사가 들어오지 못하게 했다. 이후부터 히브리 사람들은 매년 이 사건을 기념했다. 조상들의 고난과 이를 구원한 여호와의 권능을 기억하기 위해, 해마다 이날을 유월절로 기렸던 것이다.

유월절을 지키기 위한 규례는 간단했다. 히브리 사람들은 집안에서 모든 누룩을 제거해야 했다. 누룩 자체는 물론이거니와 누룩이 든 빵이나 밀가루 반죽, 빵조각까지 모아 내버려야 했다. 누룩은 밀가루를 부풀리는 습성이 있었고, 여호와 앞에서 순전해야 하는 자들은 자기 안에 모든 부풀림을 내다 버려야 했기 때문이었다.

그들은 조상의 고난을 기억하기 위해 누룩을 넣지 않은 납작한 빵과 쓴 나물을 먹었고, 여호와의 기적을 기념하려 흠 없는 수컷 양을 잡아 문설주와 인방에 그 피를 발랐다. 급히 길을 나서야 했던 조상들을 기리려, 그들은 유월절마다 신 신고 허리띠 두르고 지팡이를 잡은 채 식사를 했다.

우리아가 밧세바와 결혼하기 위해 마련한 이 집은 다윗 성 남쪽 주택가에 자리했다. 회반죽을 이겨 붙이고 돌을 쌓아 올린 인근 집들은 모양이 비슷비슷했다. 이스라엘 사람들은 네모난 집터 세 면에 돌과 흙으로 건물을 올렸고 길을 향해 틔워놓은 한쪽 면엔 출입문을 달았다. 현관 맞은편에 본채가 자리했고, 옆 칸은 창고나 부엌으로 쓰였다. 창고나 부엌 맞은편에는 벽 없이 기둥을 세워 안 마당과 구분 지었는데 가축을 들이거나 여인들이 바느질이나 옷감 염색이나 맷돌질하는 공간으로 사용했다. 밧세바는 빵조각과 누룩을 내어버리러 흙 단지를 들고 나갔다. 이웃들이 안 마당에 매어놓은 양 울음소리가 들렸고, 성막 정결탕에서 씻어내려 문가에 차곡차곡 쌓아 놓은 그릇이 보였다. 이웃 여자들이 모여앉아 광장 상인에게서 사온 쓴 나물을 다듬고 있었다. 그녀들과 눈이 마주친 밧세바가 상냥한 얼굴로 마주 웃었다.

밧세바는 종아리까지 오는 암갈색 쿠토네트에 머릿수건만 두른 차림이었다. 여느 여자들처럼, 그녀 또한 맨발이었다. 누룩을 걷어낸 밧세바의 손과 팔뚝은 먼지와 흙으로 더러웠다. 하지만 그녀는 예뻤고, 보기 좋았다. 갈색 피부에 치렁치렁한 검은 머리칼을 지닌 그녀는 몸의 윤곽을 이루는 선이 날렵하고 부드러워서 시선을 곧잘 끌었다. 그녀는 자신의 아름다움을 유지하기 위해 피부에 공들여 향 섞인 기름을 발랐고, 치렁거리는 머리칼을 팔이 지칠 때까지 아주 오래 빗어 내렸다. 그믐처럼 검은 그녀의 눈동자는 감미로웠다. 밧세바는 뛰어난 미인은 아니었지만, 그 눈빛엔 남자를 잡아끄는 묘한 끌림이 있었다.

집에 들어선 밧세바가 미간을 찌푸렸다. 삼 년이 넘게 살아온 이 작은 집이 갑자기 낯설었다. 처음 봤을 때는 좁다는 생각이 들지 않았다. 통풍창이 그저 길쭉하게 뚫린, 단층이어서 손님 재울 방도 없고 옥상에 가려면 건물 밖에 기대어진 사다리를 써야 하는 작은 돌집이었지만, 밧세바는 기뻤다. 오래 묵은 궁금증이 해결되었던 것이다. 저 남자였구나. 바로 저 남자와 결혼하게 되는 거였어. 누가 내 남편이 될지를 상상하며 얼마나 많은 밤을 꿈으로 채웠던가. 결혼을 앞둔 처녀가 으레 그렇듯, 밧세바는 어리둥절했고 묘한 흥분감에 사로잡혀 있었다. 우리아는 후에 더 넓은 집으로 옮기자고 말했다. 아이가 생기면 말이오. 당신 배가 사막의 달처럼 둥글게 부풀면, 그 애를 위한 더 넓은 공간으로 옮겨갑시다.

우리아는 석공을 시켜 한쪽 끝만 붙은 벽을 주방 옆에 따로 세웠다. 두 규빗 너비의 공간이었다. 해가 들지 않아 시원한 이곳 서쪽 골방에서 밧세바는 하루 대부분을 보냈다. 돌아오지 않는 남편을 기다리며.

집안 곳곳엔 한 뼘 깊이로 벽이 파여 있었다. 쓰던 물건을 두거나 등잔불을 올려두는 벽감이었다. 작은 통풍구로 들어오는 빛이 희미해 밧세바는 낮에도 등잔불 하나를 켜두곤 했다. 화덕 근처엔 그을린 음식 부스러기가 남아 있었다. 빵은 마을 공동으로 쓰는 큰 가마에서 구웠지만 그 외의 음식은 집에 설치된 화덕에서 요리했다. 손톱으로 눌어붙은 부스러기를 긁어 떼던 밧세바가 얼굴을 찡그리며 손가락을 입에 물었다. 찢어진 엄지손톱에 피가 맺혔다. 신경질이 난 밧세바가 바닥에 주저앉았다. 우리아, 당신은 대체 어디를 헤매고 다니는 거야!

결혼 전만 해도 밧세바는 빵 조각을 찾으려 그릇을 들추고 구석을 뒤지는 유월절맞이를 보물찾기처럼 즐거워했었다. 그러나 이젠 집안에 남은 누룩을 찾아내는 일이 전혀 즐겁지 않았다. 양을 사 오겠다며 낮에 나간 남편은 해가 저무는 지금껏 돌아오지 않았다. 지난 세 번의 유월절과 마찬가지로 밧세바는 홀로 누룩을 없애며 집안을 정돈하는 중이었다. 그녀는 친구들이 모두 돌아가 버린 어두운 골목에 홀로 남은 어린애가 된 기분이었다. 갈퀴손으로 온 집안을 훑고 다니는 일이 밧세바는 진력났고 짜증스러웠다.

사 년 전 대속죄일 축제에서 본 우리아는 얼마나 늠름했던가. 헷 사람 특유의 검은 수염이 구불거렸고 승마로 단련된 허벅지가 탄탄했으며 거무스름한 살결에선 전장의 긴장이 배어나는 것 같았다.

우리아에 대한 밧세바의 호감은 아버지인 엘리암에게서 비롯되었다. 부하들에 대한 자애로운 태도와 절도 있는 행동을 흡족히 여긴 엘리암은 우리아의 빼어난 무용과 엄정한 풍모를 침이 마르게 칭찬했는데, 그것에 밧세바의 마음이 기울어졌다. 하지만 당당한 사내이자 좋은 군인인 우리아는, 그녀의 필요를 채울 줄 아는 좋은 남편은 아니었다.

침상에 앉아 밧세바는 멍하니 등잔불을 보았다. 우리아는 잘 닦아 놓은 철로 만든 칼을 문 맞은편에 걸어두기를 좋아했다. 도둑을 쫓기 위해서라고 둘러댔지만, 그건 진실이 아니었다. 집에 들어서는 우리아의 미소는 화덕 앞에 앉은 자신이 아니라 번들거리는 칼을 향한다는 사실을 밧세바는 알고 있었다.

최소한의 필요만을 채워줄 뿐, 우리아는 아내에게 뭘 해야 할지 몰랐다. 그녀가 원하는 건 부드러운 미소, 섬세한 마음을 다독이는 능수능란함, 그리고 다정한 말투였다. 그러나 그것을 설명한들 그가 깨달으리라 여기지 않았기에, 밧세바는 일일이 얘기하지 않았다.

그녀가 원치 않는 것 또한 분명했다. 해진 뒤 아내를 홀로 두지 않는 것, 명절이나 축제를 부하나 동료가 아니라 아내와 보내는 것, 바빠도 함께 저녁 먹을 시간을 마련하는 것. 그러나 밧세바는 우리아에게 그런 것들을 애써 말하지 않았다.

그랬다. 우리아는 그런 것에 무심했다. 그에게는 병사들의 태세를 확인하고 받은 임무를 점검하고 무기와 갑옷을 손질하고 지난 전투를 복기하는 게 더 중요했다. 남편 이전에 군인이었기에 우리아는 그런 자신을 옳게 여겼다. 당신은 모르지. 가정을 피폐하게 만들고 내 숨통을 틀어막는 게 바로 당신이라는 사실을. 침침한 집 안에서 끊임없이 남편의 부재를 느껴야 했던 삼 년의 세월은 활기찼던 밧세바의 삶을 얼마나 눅눅하게 만들었던가.

당신은 몰라.

생각에 잠긴 그녀가 슈라못 반지를 반쯤 빼 손가락으로 굴렸다. 그녀가 낀 금반지는 누룩을 없앨 때 묻은 먼지로 지저분해져 있었다. 매만지자, 반지에 묻은 얼룩이 엷게 번졌다.

그이는 온 이스라엘의 안전과 평안을 홀로 책임진 것처럼 굴지. 명이 떨어지자마자 집에 들르지도 않고 파견지로 즉시 떠나는 내 남편은 변경으로 떠나는 고된 임무를 매번 기쁘게 자원하지. 아아, 그는 완벽한 군인이야. 하지만 충직한 남편은 못 되지. 아니, 생각해 보니 내가 틀렸네. 내 사랑 우리아는 매우 충실한 남편이지. 그이는 군직軍職과 결혼했으니 말이야.

그는 비할 데 없는 탁월한 장군인 동시에 가장 형편없는 남편이었다. 밧세바는 할아버지 아히도벨에게 들은 이야기를 떠올렸다. 배를 자주 탄다는 어느 욥바 상인 이야기였다. 그 상인은 땅에서보다 배에서 더 많은 세월을 보낸다더구나. 땅에 오르면 멀미를 느꼈다지.

그 이야기는 종종 밧세바를 붙들었다. 그이에게 딱 들어맞는 얘기야. 우리아는 전장이 주는 흥분과 지축을 두들기는 나귀 발굽의 교묘한 박자에 취한 것이었다. 그렇기에 포근한 침상과 빵 굽는 고소한 냄새가 곤혹스러운 것일 테지. 폭풍우 치는 바다와 칼과 단창의 전장이 일상이 된 자들에게 땅과 가정이라는 평안은 기이하고 낯설며 불편하리라.

유월절 양 따윈 아무렇지도 않았다. 그저 빨리 돌아오기라도 했으면. 얼굴을 찡그리며 밧세바는 몸을 구부렸다. 그녀가 차지한 침상의 자리는 그녀의 몸피만큼이나 작았고, 우리아의 부재는 갈릴리 바다만큼이나 광활했다. 빈 침상을 쓰다듬는 밧세바의 마음이 광야 모래처럼 퍼석거렸다.

일어난 그녀는 화덕 앞에 가 앉았다. 그들 부부가 온전한 합일을 이루지 못하는 건 아이 때문일지도 몰랐다. 아들을 안으면 그이는 변할까. 그 어린 생명이 우리 부부 사이에 자리한 이 광활한 틈을 메워줄까.

그런 게 정말 가능할까.

밧세바는 침상 아래에서 향합을 꺼냈다. 며칠 전 할아버지가 선물한 향 품과 장신구가 그 안에 가득했다. 안부를 묻는 할아버지의 뺨에 입을 맞추며 밧세바는 결혼생활을 행복해하는 여인을 연기했었다.

빵 반죽 그릇을 새로 꺼낸 그녀가 아침에 갈아둔 밀을 꺼냈다. 손가락으로 밀가루 덩이를 비벼 부수며 밧세바는 그들 부부가 누룩 든 빵 같다고 생각했다. 깊이 뻗은 쓴 뿌리를 가리기 위해 그들은 누룩으로 껍질뿐인 행복을 부풀리고 있었다.

아니지. 그게 아니야.

우리는 누룩 없는 납작한 빵이야. 구워져 단단해진 밀가루에 지나지 않는, 심심함밖에 존재하지 않는 무미無味한 존재, 그게 바로 우리

부부야.

자루를 들척여 밀가루를 반죽 그릇에 쏟아붓던 밧세바가 부옇게
인 흰 가루에 콜록거렸다. 찰기를 띤 밀가루가 질척였고 짓이겨진 반
죽이 손안에서 불컥거렸다.

왕궁 일 층에 놓인 긴 식탁에는 음식이 오르는 중이었다. 다윗과
그의 사령관 요압과 장군 아비새와 호위대장 브나야가 늦은 저녁을
들었다. 호두와 대추야자열매와 아몬드를 꿀에 버무려 구운 케이크
가 입맛을 돋우려 우선 올랐고, 양젖에 재운 양고기가 다져져 향긋한
잎과 양파와 마늘과 함께 급히 볶여 나왔다. 유월절 때문에 한동안
입에 대지 못할 누룩 넣은 빵도 나왔다. 그들은 고기 얹은 빵을 접어
씹었고 물과 양젖을 듬뿍 마셨다. 격의 없는 농담이 오갔고, 배를 불
린 자들이 부드러운 트림으로 음식을 칭찬했다.

다윗 왕이 일어섰고 다른 자들이 뒤를 따랐다. 왕은 알현실로 갔
고 시종들이 그곳으로 간식을 날랐다. 꿀을 넣어 구운 넓적한 과자와
굳은 치즈와 견과류가 담겨 나왔지만, 맑은 정신을 위해 포도주는 제
외되었다.

다윗은 이 밤 안으로 원정 계획을 마무리할 작정이었다. 낮에 성문
에 나아가 종일 판결을 내리고서도 이 늦은 밤까지 회동을 계속하는
이유가 바로 그것이었다.

지도를 펼친 아비새와 요압이 갈대를 잣대 삼아 흩어진 성읍 사이
의 거리를 쟀고, 전령들이 보고한 적의 망루를 양피지 위에 표시하며

의견을 조합했다. 지도를 짚으며 그들은 지도에 나타나지 않은 것들을, 물 담긴 가죽 부대를 오그라들게 만들 햇빛과 칼처럼 날이 선 와디길과 한밤이면 엄습할 고산지대의 추위에 대해 이야기했다.

다윗이 손을 저었다. "우선 이것부터 얘기해 봐. 하눈이 어떻게 나올까?"

"소문에 따르면." 아비새가 대답했다. "금을 뿌려 용병을 고용하려든답니다."

"죽은 나하스 왕은 랍바에 엄청나게 많은 황금 방패와 은 쟁반과 구리 막대기를 쟁여뒀다 합니다." 요압이 비아냥거렸다. "하눈은 제 아비가 남긴 재물의 힘을 믿고 날뛰는 거겠죠."

뒷짐 진 다윗이 지도에 시선을 고정한 채 천천히 걸었다. 왕이시여, 랍바는 멉니다. 그래. 하지만 메덱암마에서 블레셋을 이기고, 황량한 땅에서 모압의 오만한 뿔을 꺾고, 아람의 전차 끄는 말의 힘줄을 자르고, 소금 골짜기에서 에돔을 무찌른 이상 암몬 정벌을 미룰 순 없네, 후새여. 하눈 왕은 자기 아버지의 죽음을 애도하려 보낸 이스라엘 사절의 수염을 끊어버리고 옷을 엉덩이까지 잘라 다윗을 모욕했다. 뻗어 나가는 이스라엘아, 랍바로 와라. 내가 이번엔 네 손과 발을 잘라 주리라. 이제 다윗이 하눈에게 응답할 차례였다.

"길은 세 곳이야. 그렇지?"

가장 짧은 길은 높고 가파른 산을 지나야 했다. 요압이 왕의 말을 받았다.

"산도 산이지만, 길이 좁고 언덕에 둘러싸여서 공격당하면 방어하기 어렵습니다."

그보다 조금 먼 길은 적의 방비가 잘 되어 있었다. 그쪽 행로엔 적의 망루가 촘촘히 박혀 있었다고 정찰을 다녀온 아비새가 설명했다.

"망루를 점령하며 나가거나, 등을 찔려가며 행군해야겠지요."

세겜 북쪽에서 와디파라를 따라가다 요단 강을 건너 숙곳으로 가는 길이 마지막 경로였다.

"숙곳에서는 얍복 강 주변의 트인 길로 남하하면 됩니다. 길이 편하고 적은 없지만 가장 긴 행로입니다." 브나야가 설명했다.

"밀과 물이 먼저 가야 합니다. 식량을 실은 수레가 앞서가야 해요."

요압의 말에 다윗이 고개를 끄덕였다.

"보급품이 먼저 출발할 거야. 그런데 그걸 어디 쌓아 두지?"

요압이 손을 뻗어 요단 강 건너 숙곳을 두들겼다. "여기에 쌓아 두고 병사들을 재보급 시키고 싶습니다."

다윗이 고개를 끄덕였다. 아람을 공격했을 때에도 이스라엘 군대는 숙곳에서 재보급을 이루고 북행했었다. 다윗이 두 형제에게 턱짓했다.

"너희 말대로 암몬은 금을 뿌려 용병을 살 거야. 그놈들은 그 힘을 믿고 있지." 갈대를 받아든 다윗이 지도 위를 쓱 그었다. "용병들이 모여들기 전에, 암몬의 세력이 불어나기 전에 때려눕혀야 해."

"아직 누룩이 들어가지 않았을 때 먹어치우잔 말씀이죠."

아비새가 농담을 하자 모두가 와자지껄하게 웃었다.

"그놈들이 용병을 긁어모으기 전에 타격을 가할 수 있습니다. 가능

해요." 보급품 조달을 어떻게 해야 할지를 궁리하며 요압이 대답했다. "우리 군대는 아람을 이기고도 여전히 건재합니다. 이스라엘 군대는 빠르게 움직일 수 있습니다."

다윗 뒤쪽에 섰던 브나야가 끼어들었다. "하지만 왕이시여. 적은 항아리 바닥에 웅크리고 있고, 우리는 손을 깊이 뻗어야 합니다." 호위대장이 두꺼운 팔을 끼우는 시늉을 했다. "어깨까지 집어넣었다가 물리기라도 하면 어쩝니까."

요압의 목소리가 조금 높아졌다.

"그렇기 때문에 속도를 높여야 합니다. 우리는 적의 땅에 들어가야 하고, 보급선은 늘어질 수밖에 없어요. 되도록 빨리 쳐부숴서 승기를 잡아야합니다."

다윗이 결정을 지었다.

"우선 아비새가 보급대를 이끌고 숙곳으로 가라. 보급품 수레를 거기에 정돈시켜. 요압은 본 병력을 이끌고 숙곳에서 재보급을 실행한다. 합류한 뒤 반나절 쉬고 랍바로 진격해."

"어느 길로 갈까요?" 요압이 공손하게 물었다.

"미리 정하지 말고 사령관이 숙곳에서 직접 판단하라. 그게 가장 정확할 테니."

"언약궤가 움직입니까?"

히브리 사람들은 전장에 언약궤를 가져가는 전통이 있었는데, 언약궤에 여호와의 뜻이 머문다고 믿기 때문이었다.

"당연히 언약궤가, 여호와의 뜻이 우리 군대와 함께 할 거야. 다만 대제사장은 여기 머무셔야 해. 그분은 너무도 연로하셨으니." 브나야의 어깨를 툭 두들긴 왕이 말을 이었다. "아비아달이 언약궤를 모실 것이다."

"병력 운용은 어떻게 하지요?"

아비새의 질문에 다윗이 말을 흐렸다. 그는 자신을 다시금 덮친 불쾌감과 싸우는 중이었다. 성문에서 백성의 재판을 주재하면서 그는 목과 어깨가 묵직하니 결렸고 가슴이 뻐근해 혼났다. 오늘 연거푸 내려야 했던 중요한 판단 때문이었을까. 다윗은 갑자기 이런저런 상황 자체가 성가셨다. 왕의 기분을 살피던 요압이 자기 생각을 밝혔다.

"아람을 물리쳤던 숙련병을 저희 형제가 이끌면 어떨까요."

"그것도 좋겠구나."

요압과 아비새가 이끄는 숙련병이 먼저 떠난 보급 수레를 숙곳에서 만날 즈음, 열두 지파에서 차출된 병력이 다윗 성에서 출발하기로 그들은 의견을 모았다.

"후발대를 이끌진 않겠다. 따로 지휘관을 붙여 숙곳으로 보내겠어."

요압이 순간 못마땅한 표정을 지었다. 따로 지휘관을 붙이겠다는 말에 장군 아마사를 떠올린 것이었다. 요압은 사촌인 아마사를 좋아하지 않았고, 다윗의 총애를 받는 그를 경계했다. 언짢은 기색을 감추려 입에 주먹을 댄 요압이 헛기침을 했다.

"언제쯤 출발할 건가?" 다윗이 요압을 돌아보았다.

"명령만 하십시오. 왕의 사자들이 곧장 뛰어오를 겁니다."

수염을 쓰다듬으며 다윗이 생각에 잠겼다.

"유월절을 지낸 뒤 떠나게."

"명을 받들겠습니다." 요압이 고개를 숙였다.

다윗은 지도를 굽어보았다. 높다란 산맥과 거친 들과 황야와 그늘 없는 황량한 비탈이 지도 위로 떠올랐다. 암몬의 랍바, 높은 곳에 자리한 물들의 성. 그 오만한 뿔을 꺾어 저 아래로 내던지리라. 다윗이 요압과 아비새와 브나야를 돌아보았다.

"가세나. 문가에 양 피를 바르고, 아내들이 마련한 유월절 음식 재료도 살펴보게. 팽팽한 포도주 부대를 끌러 버려진 정신을 느긋하게 만들어도 좋겠지."

다윗이 지도 위로 잘린 갈대를 던졌다. 그들이 빙그레 웃었다.

저녁 식사를 마치자마자 아히도벨은 손님방으로 돌아왔다. 아들인 엘리암이 아버지를 위한 방을 따로 마련했지만, 아히도벨은 다윗 성에 올라올 때면 으레 손님방에 묵었다. 아들의 권위를 침범하고 싶지 않은 아히도벨은 아들의 집에서 자신의 위치를 손님으로 한정 짓고 싶어 했다.

아히도벨의 은퇴는 밧세바가 결혼할 무렵에 결정되었다. 하지만 실행에 옮기는 데는 삼 년이나 걸렸다. 아히도벨은 이제야 이뤄지는 낙향이 기뻤다. 식사 요청이 줄을 이었지만 아히도벨은 모조리 거절했다. 조용히 사라져야 아름답지. 그러나 아렉 장로만은 예외였다.

주방에서 그릇 달그락거리는 소리가 들렸다. 여종들이 설거지를 하며 킥킥대는 소리가 들렸다. 밧세바를 낳은 마아가가 죽은 뒤로 엘리암은 재혼하지 않았다. 아히도벨이 한두 번 재혼을 권했지만, 더 말하진 않았다.

식탁에는 구운 자고새가 올라왔다. 집 안 공기에는 고기 맛을 돋우던 회향과 박하 향이 고소하고도 누릿한 기름 냄새 사이로 아직 떠다니는 중이었다. 후새는 자고새의 고기에 녹아든 향을 칭찬했고, 그 말을 증명하려는 듯 부지런히 음식을 먹어치웠었다.

등잔의 주홍 불빛과 좁고 긴 통풍창에서 드는 푸르스름한 달빛이 어슷하게 교차하는 사이를 향내 품은 연기가 흘러나갔다. 아히도벨이 현관을 당겨 열었다. 그가 건물 바깥에 설치된 돌계단을 조심스레 올랐다.

집이 다닥다닥 들어선 탓에 지붕 사이는 닿을 듯 좁았다. 밤바람이 선선했다. 드러누운 어른들이 말린 과일을 오물거렸고, 마주 앉은 아이들이 반짝이는 별을 향해 손을 뻗었다. 심지가 담긴 부리를 안으로 함몰시켜 바람이 불어도 꺼지지 않게 고안된 등잔이 아히도벨의 얼굴을 힘겹게 밝혔다. 밤바람이 불자 버드나무 빨래 틀에 걸린 옷이 부드럽게 부풀었다가 하늘거리며 늘어졌다.

향합을 받아든 밧세바는 행복한 미소를 꾸미고 있었지만 눈 밑엔 암잔한 슬픔이 엿보였었다. 아이가 생기지 않아 괴로워하는 게 분명해. 아히도벨은 단정 지었다. 그는 밧세바의 고통을 엘리암이 모를 거라고 생각했다. 무디고 둔중한 아들 녀석은 좋은 군인이었지만 다정한 아버지는 못되었다. 다정한 걸로 여기자면 나 자신도 함량 미달이지만. 그는 밧세바의 결혼식을 그토록 초라하게 치른 일이 아직도 짜증스러웠다. 엘리암이 혼자 힘으로 딸의 결혼식을 치르고 싶어 했기에, 아히도벨은 손녀를 위해 고안했던 많은 계획을 그만두어야 했다. 아히도벨은 먼 별을 바라보았다. 밧세바의 슬픔에 대해 아들과 상의해야 할까. 그 애가 결혼한 지 얼마나 되었지, 삼 년? 우리아 또한 다정한 사내는 아니었다. 그러나 사내들은 자식을 본 뒤라야 철이 드는 법이었고, 아이가 생기면 어쨌든 밧세바도 활력을 되찾을 거라고 아히도벨은 생각했다.

하지만 잉태는 사람이 어찌할 수 없는 일이었다.

저쪽 옥상에서 아기 어르는 이웃 여인을 보며, 아히도벨은 오래전 세상을 떠난 아내를 떠올렸다. 아히도벨에겐 엘리암 밖에 없고, 엘리암에겐 밧세바 뿐이기에 길로에 있는 포도밭과 밀밭과 막대한 재산은 장차 우리아의 소유가 될 터였다. 아히도벨과 엘리암이 우리아를 사위로 들인 건 그의 됨됨이를 각별히 여겼기 때문이었다. 아히도벨은 알록달록한 후파 아래서 결혼 언약을 맹세하던 밧세바를 떠올렸다. 도드라지게 떨리는 밧세바의 목소리에 하객들은 키득거리며 즐거워했었다. 아내나 며느리가 살아있었다면 밧세바의 문제를 쉽게 풀어냈을지도 몰라. 아히도벨이 한숨을 쉬었다. 그들은 남자였고, 휘장 안은 그들의 영역이 아니었다.

북서쪽에서 불어오는 바람이 서늘했다. 곧 비가 내리겠구나. 이즈음에 부는 찬바람은 늦은 비를 동반했고, 농부들은 이 비로 보리추수 시기를 가늠했다. 이번 보리 추수는 길로에서 보겠구나. 길로, 이어지는 구릉이 하늘과 닿고, 물먹은 검은 나무가 에메랄드 빛 그늘을 드리우는 곳.

리스바와 아들들을 도와주세요.

그 말을 내기 위해 후새의 혀는 얼마나 많이 서성였을까. 아히도벨은 놀라움을 드러내지 않으려 애쓰며 손가락에 묻은 기름을 빵조각에 닦았었다.

약탈과 방화로 혼란에 빠진 마하나임에서 그들은 종적을 감췄었지. 리스바와 알모니와 므비보셋의 최후와 관련된 헛소문은 무척 많았다. 이집트로 가는 배에 올랐다는 소문과 광야에서 자칼에게 뜯긴 모자의 시신을 보았다는 증언과 사울의 호위병들에게 욕을 당하고 살해되었다는 괴담이 세 모자의 이름에 어른거렸었다.

그들이 지금 어디에 있냐는 물음에 후새는 십 근방을 언급했다. 거긴 지독한 가뭄이 들었는데. 가뜩이나 척박한 그 지방은 지난 두 해 동안 비가 부족했었다.

"가물기 전에는 나쁘지 않았어요. 제가 종종 보탰고요."

"십 땅은 원체 말라비틀어진 걸. 게다가 자네가 남을 넉넉하게 해줄 정도의 부자는 아니잖은가?" 턱을 괸 아히도벨이 고개를 설설 저었다. "그들이 어떻게 거기 있지? 자네가 왜 그들을 도왔던 거지?"

이보게. 모두 털어놔.

탁자 너머로 몸을 기울이며 아히도벨은 후새의 말을 묵묵히 들었다. 가비쉬와 야엘의 우정, 죽은 어머니의 뜻을 존중하려는 후새의 노력, 신분을 숨기고 새 삶을 일구려는 리스바에 대한 긴 이야기가, 식어가는 음식 위로 끊이지 않고 이어졌었다. 후새가 입을 닫자 아히도벨이 물었다.

"포도주 한 모금 들게. 진이 빠지면 안 되니. 말해 보게. 내게 뭘 원하지?"

"땅과 보호입니다. 그들이 가꿀만한 토지와 의지할 만한 언덕이요."

둘 다 아히도벨이 지닌 것이긴 했다.

"다윗 왕은 사울의 손자인 므비보셋을 돌보고 있어. 목발 짚은 그자 말일세. 리스바와 아들들도 왕의 보살핌을 기대할 수 있어."

"리스바가 원치 않아요."

아하.

리스바의 맏아들이 이스보셋을 계승할 기회가 없진 않았다. 뭐, 넉넉잡아 한 뼘 정도는 되었을 텐데. 하지만 세 모자는 사라져버렸다. 그녀에게 왕관은 그런 의미인가? 쉽지 않은 결정이었을 거라고 아히도벨은 생각했다. 적어도 내겐 그렇지. 그는 이익에 밝은 사람이었고, 자기 같은 사람들이 이익과 권력에 초연한 사람을 멸시하거나 경외한다는 사실을 인정할 정도로 현명했다. 아히도벨은 리스바라는 사람이 궁금했다.

"내가 도와주지."

후새는 한 시름 났다는 표정을 지었다. 아렉 장로에게 은혜를 들먹일 정도로 아히도벨은 경망스럽진 않았다.

"리스바라…… 리스바……."

안개 너머에서 십일 년 만에 떠오른 그 이름이 아히도벨은 낯설었다.

"땅은 충분하지. 수고를 무릅쓰면 포도밭이 될 만한 산등성이도 두루 있어. 보호가 필요하다고?"

"리스바는 왕께 자신들의 존재가 알려지는 걸 원치 않아요."

"왕에게 감추라는 거로군."

"드러내지 말아 달라는 겁니다."

아히도벨이 의자에 몸을 기댔다. 그가 손을 들어 승낙의 뜻을 보였다.

"그들을 보호하고 비천한 지경에 빠지지 않게끔 돕겠네."

십일 년이었다. 어머니 야엘의 내력에 의지해 후새에게 연락을 취했던 리스바가 돌 많고 소출 적은 밭에 밀을 뿌리고 뒤틀린 포도 가지를 돌로 괴며 양과 염소의 똥으로 푸석푸석한 빵을 구웠을 열한 해를 아히도벨은 상상해 보았다. 기브아에서 사울의 사랑에 취해있던 리스바는 아마에서 실을 뽑고 북틀 채를 내려 옷감을 짜며 아들들의 쿠토네트를 잿물에 적셔 빨았을 테고, 그녀의 삶에 남았던 온갖 부풀림은 그사이 말끔히 빠졌을 것이다. 어째서 그녀는 자기 삶에서 그토록 철저히 누룩을 없애겠다고 작정한 걸까. 그녀의 모진 결심은 어떻게 구축된 걸까. 땀으로 이마를 적시며 살아가겠던 리스바의 결심이 흥미로웠기에, 아히도벨은 그들을 보호하고 머물 땅을 제공하겠다고 약속했었다.

늦은 길로 장로가 고개를 들어 하늘을 보았다. 너른 하늘에 흩뿌려진 소금 같은 별들을 올려다보노라면 그 무수한 반짝임이 이마 위로 쏟아져 내릴 것만 같았다. 아히도벨이 빙긋 웃자 주름이 잡힌 눈가에 천진한 장난기가 흘렀다. 나는 왕 몰래 비밀을 하나 지니게 된 거야. 그는 가벼운 흥분을 느꼈다. 슬쩍 집어둔 과자를 침상 아래 숨겨둔 아이가 느낄법한 은밀한 기쁨 또한 함께.

날이 밝자마자 종들을 보내리라, 그들을 길로로 데려올 자들을. 길로 사람들에겐 남편을 잃은 먼 친척이라고 둘러대면 충분할 것이다. 아히도벨이 계단을 내려섰다. 잠깐 돌아본 하늘에 엷은 구름이 밀려들고 있었다.

11
무덤

아렉 성문에서는 재판이 벌어지는 중이었다.

햇살은 무르익은 시트론 껍질 같았고 전날 내린 비로 땅은 전에 없이 촉촉했다. 그 집 하인이 알려준 대로 후새는 성문에 앉아 재판을 지켜보고 있었다. 므비보셋이 머릿수건을 벗었지만 다른 장로들과 함께 멀리 앉은 후새는 그를 알아보지 못했다. 므비보셋이 옆 사람에게 물었다.

"판결자들이 표결을 했나요?"

"그건 어제 했지요."

므비보셋이 고개를 끄덕였다. 재판은 집행만이 남은 모양이었다.

끌려나온 여인은 찢긴 쿠토네트 차림에 맨발이었고 부스스해진 머리카락에는 누런 흙먼지가 엉겨 붙어 있었다. 바닥에 엎어진 여인은 고개를 들지 않았다. 곁에 꿇어앉은 남자는 자신을 둘러싼 사람들을 멍하니 올려다보는 중이었는데, 불에 눕다가 제멋대로 굳은 밀랍 같은 꼴이었다. 한 명의 고발인과 두 명의 증인으로 재판 조건이 충족되었다고, 펴든 손을 입가에 세운 옆 사람이 므비보솃에게 소곤거렸다. 고발인은 아내를 의심한 남편이었고, 여인의 뒤를 함께 밟은 고발인의 형과 몰래 드나드는 낯선 이를 기억한 이웃집 노인이 증인이었다.

성문 그늘 가장 깊은 곳에 마련된 긴 의자엔 노인들이 늘어앉아 있었다. 그들은 고발과 증언에 귀 기울일 판결자들이었다. 아렉 장로들과 경험 많은 제사장들이 그 역할을 맡았다.

각 성읍에서는 약한 처벌이 이뤄질 작은 죄 혹은 너무나 명확한 사건만이 처결되었다. 판결 내리기 어려워지면 판결자들은 혐의를 의심하는 자와 의심받는 자 모두를 다윗 성에 보냈다. 거기에서 그들은 면밀한 심문과 복합적인 조사를 받을 것이었다.

때때로 '불확실함의 은혜'를 받는 자들이 있었다. 혐의를 증명할 수단이 부족해 판결자들이 결론을 내릴 수 없을 때, 죄인은 의혹을 받으며 풀려났다.

재판을 통해 증언과 반박이 충분히 오간 다음 판결자는 죄의 유무를 선언했는데, 무죄 방면은 당일에 이뤄지지만 유죄에 대한 형 집행은 다음 날 진행되었다. 가련한 두 연인은 두려움과 긴장 때문에 밤을 꼬박 새운 모양이었다. 므비보솃이 나지막한 한숨을 쉬었다.

재판 당사자들의 가장과 친족이 판결자들 옆에 섰고, 반대쪽에 고발자와 그들의 증인들이 마주 섰다. 위증할 경우 증인은 그들이 혐

의자에게 요구했던 형벌을 받아야만 했다. 그렇기 때문에 증인은 강한 확신을 지녀야만 했다. 므비보셋이 주변을 둘러보았다. 오가던 사람들이 멈춰 서서 재판을 구경한 탓에 재판 장소인 아렉 성문 통로는 몹시 붐볐다.

두 사람이 간통을 저지른 지는 얼마 되지 않았다고 했다. 두 죄인에게 눈을 떼지 않은 채 옆의 사내가 므비보셋에게 설명을 이어나갔다.

"젊은 형씨. 죄인들과 나는 일면식도 없다오."

엘가나라는 석공은 수다스러운 편이었다.

"저 여자 남편은 좀 알지. 장사 때문에 집을 자주 비워요."

그러니 저런 꼴을 당했겠지. 궁금한 몇 가지를 므비보셋이 좀 더 물어보았다.

"그제 새벽에 저 여자 남편과 형이 현장을 덮쳤소. 양털로 짠 보드라운 이불 밑에 홀딱 벗은 채 부둥켜안고 있었다지. 이런, 서둘러 형벌을 집행하라고 저 여자 남편이 손가락을 뻗는군. 울퉁불퉁하고 길쭉한 게 꼭 까마귀 발톱 같지 않소?"

"변명을 하던가요?" 므비보셋이 물었다.

엘가나가 팔뚝에 묻은 돌가루를 털어냈다. "울기만 하던데."

마침내 제사장이 일어나 토라를 암송했다.

"만약 한 남자가 다른 남자의 아내와 잠자리를 같이 한 것이 밝혀지면 그 남자와 여자는 죽여서 그런 악한 사람들을 이스라엘에서 제거하여라."

무거운 침묵이 성문 전체에 내려앉았다. 주저앉은 여자가 머리를 쥐어뜯으며 알아들을 수 없는 소리를 질렀다. 므비보셋은 토라가 선언되며 성문에 번졌던 일정한 경건함이 끼얹어진 비명에 참혹하게 더럽혀진 것만 같다는 생각을 했다. 나만이 그런 생각을 한 건 아닌 것 같군. 여자에게 벼락처럼 쏟아지는 사람들의 증오 어린 눈빛을 므비보셋은 놀란 눈으로 지켜보았다.

팔을 걷어붙인 몇몇 젊은이가 두 죄인에게 달려들었다. 익사 직전의 사람이 숨을 몰아쉬는 것처럼, 여인이 공중으로 고개를 홱 쳐들었다. 침묵하던 사람들이 욕설과 저주를 쏟아 냈다. 여인이 뭔가 외쳤으나 알아듣기 어려웠다. 움켜쥔 죄인을 사람들이 잡아끌었다. 땅바닥에 끌리며 옷이 찢겼고 살갗이 벗겨졌다. 여인과 함께 끌려가며 남자가 팔을 허우적거렸다. 죄인을 바깥 성벽으로 끌어내며 무죄한 자들이 외쳤다.

"정죄를! 정죄를!"

벽 앞으로 내던져진 두 연인이 높이 솟은 먼지 속에서 헐떡였다. 우두커니 선 므비보셋에게 엘가나가 일러주었다.

"돌을 주워, 젊은이. 재미 볼 시간이 길지 않아."

간혹 자비가 베풀어지기도 했다. 정죄 받을 자를 높은 곳에서 거꾸로 떨어뜨려 기절시킨 뒤 돌을 던지는 것이다. 하지만 대부분은 멀쩡한 상태로 자신에게 날아드는 돌을 맞아야 했다. 이스라엘 사람들은 죄인에게 편안한 죽음이 선사되어선 안 된다고 믿었다. 그건 죄에 대한 느슨한 태도이며 그 자체로 죄가 된다고 그들은 생각했다.

성벽에 내동댕이쳐진 자들이 비칠비칠 일어섰다. 저주와 욕설 속에서 먼지가 차츰 가라앉았고, 돌 쥔 자들이 그들을 둘러쌌다. 성벽 앞에 섰던 남자가 두어 걸음 앞으로 나왔고 절망한 여인이 몸을 오그라뜨렸다. 누군가 돌 쥔 사내들 사이를 팔 벌려 돌아다니며 벗은 겉옷을 받아들었다.

마침내 첫 돌이 날아들었다. 사내의 고개가 젖혀지며 피가 튀었다. 여자가 비명을 내질렀다. 반쯤 올라가던 손을 사내는 도로 내렸다. 마구 휘두른 주먹처럼 연거푸 날아온 돌들이 사내의 얼굴을 두들겨댔다. 사내가 앙상한 손을 펴 피에 젖은 얼굴을 덮었지만 몸을 돌리진 않았다.

그들, 재판을 지켜보고 정죄에 앞장선 여호와의 사람들은, 살아 있는 사람을 죽이기 위해서가 아니라 그들이 저질렀고 그들에게 지금껏 머물고 있는 죄를 향해 돌을 던진다고 믿었다. 그렇기에 돌엔 증오가 담겨야 마땅했다. 그들은 죄를 증오해야 옳았다. 그들이 에덴이 아닌 황량하고도 풍요로우며 끔찍한 햇살이 지배하는 달콤한 땅에서 온갖 수고를 무릅쓰며 살아가는 이유가 바로 그것 때문이었기에, 그들은 죄를 증오해야만 했다. 그들이 다른 누군가에게 평생 품어오지 않았던 그런 분노마저도.

남자가 쓰러지자 돌은 여인에게로 향했다. 여인이 공중으로 손을 뻗었다. 자욱한 흙먼지 속에서 의로운 사람들의 성난 꾸중을 들으며 여인은 네발로 기었다. 주저앉은 코와 깨진 이 사이로 피가 줄줄 흘렀다. 돌들이 그녀의 몸으로 쏟아졌다. 욕설과 저주를 거듭 내뱉으며 그곳에 선 모두가 돌을 던졌다.

돌을 줍기 위해 몸을 굽히는 행위가 그림자에 도사린 자기 죄를 돌이켜보라는 은연한 권유임을, 그들은 미처 깨닫지 못했다.

내던질 다른 돌을 찾던 므비보셋이 먼지 속에서 후새와 마주쳤다. 후새 또한 아렉에서 죄를 도려내는 중이었다. 므비보셋을 발견한 후새가 쥐고 있던 돌을 슬그머니 내버렸다.

여인의 몸이 반쯤 덮였을 때 돌 속에 묻혔던 손이 하늘을 향해 비스듬히 들렸다. 손가락마디는 절망으로 잔뜩 굽어 있었다. 이윽고 그것마저도 돌 더미 속에 묻혀버렸다.

"저자가 남편이라오."

므비보셋을 툭 친 엘가나가 한 사내를 가리켰다. 돌 던질 사람들의 겉옷을 받아들던 자였다. 팔꿈치와 무릎이 불쑥 솟을 정도로 앙상한 그는 사막 한가운데 남은 퇴락한 망대처럼 보였다. 돌들은 사내의 눈 속에도 차오르고 있었다. 두 개의 돌무더기가 그의 두 눈동자에 가득 차올랐을 때, 아내를 고발한 사내 안에 있던 무언가도 숨을 거둔 채 영원히 묻혀버렸다.

룸만의 일을 들은 후새는 다음 날 십으로 떠났다. 종도 대동하지 않은 채 후새는 므비보셋과 단둘이 내려갔다. 길 위에서 후새와 므비보셋은 원정을 떠난 이스라엘 군대가 암몬 군대와 암몬이 고용한 아람 용병을 쳐부쉈다는 소식을 들었다. 후새와 므비보셋이 지나는 산당마다 승전에 감사하는 제사 연기가 오르고 있었다. 지금쯤 사령관 요압은 돌아올지 말지 고민 중이겠군. 랍바는 큰 성읍이었고, 거대한 성벽을 싸잡기에 지금은 좋은 계절이 아니었다. 후새는 요압이 돌아올 거라고 예상했다. 움켜쥔 전리품을 하늘 높이 치켜들고서.

후새와 므비보셋은 여관에 묵었고 남의 집에 신세를 졌으며 때때로 길에 몸을 뉘었다. 마지막 날 잠들기 전, 후새는 므비보셋에게 아히도벨이라는 새로운 언덕에 대해 들려주었다. 지금 갈아먹는 모래밭보다야 낫겠지. 후새가 마련해 주었던 농장은 끔찍할 정도로 돌이 많았고, 물을 머금지 못해 너무도 빨리 메말라버렸다. 하지만 원망의 말을 입 밖에 낼 정도로 므비보셋은 어리석지 않았다.

리스바의 형편은 듣던 것보다 훨씬 안 좋았다. 후새는 자책했지만 어쩔 도리가 없었다. 그는 조카 둘이 지급할 신부 값을 마련해 줘야 했었고, 그 때문에 자기 소유의 가축 대부분을 팔아치워야 했다. 아렉에서 십까지 가까운 거리는 아니잖아. 하지만 다마스쿠스에서부터 에시온게벨까지는 수차례나 오가지 않았었나. 말라붙은 우물과 비쩍 마른 가축을 둘러본 후새가 바스러질 것 같은 울타리를 붙들고 괴로운 한숨을 쉬었다.

아히도벨이라는 사람에 대해 아무것도 몰랐기 때문에 리스바는 불안해했다. 그녀가 지닌 것이라고는 그토록 내버리고 싶어 하는 사울의 첩이라는 허울과 후새의 호의뿐이었다.

"모두 암몬 원정 군만 쳐다보고 있어요."

사람들의 주의가 한쪽으로 쏠렸을 때 서둘러 몸을 옮겨야 한다고 후새는 말했다.

떠나기 전 후새와 리스바는 가말을 불렀다. 리스바를 처음 만날 때도 나이가 적지 않았던 가말은 주름진 피부가 가문 땅처럼 갈라져 있었고, 통풍에 시달리는 손마디가 포도나무처럼 뒤틀려 있었다. 맞은편에 앉은 가말에게 리스바는 상황을 설명했다. 한참 동안 아무 말 않던 그가 입을 뗐다.

"고향 땅에 묻히고 싶습니다."

노인의 고향은 갈릴리 북쪽, 르홉 근방이었다. 가말은 후새와 함께 올라가기로 했다. 우리는 그를 낙타라고 불렀지만, 가말은 고멜에서 파생한 단어이기도 하지. 고멜은 보상한다는 뜻이었다. 가말의 이름값을 제대로 치러주겠노라고 후새는 다짐했다.

이렇게 또 한 명의 가족을 떠나보내는구나. 가말에게 다가간 리스바가 노인의 손을 감싸 쥐었다. 몇 방울의 눈물이 그 위로 후드득 떨어졌다.

다음 날 새벽, 그들은 깨자마자 함께 식사한 뒤 낡은 돌집에서 보잘것없는 짐을 꺼내 바퀴가 삐걱거리는 수레에 실었다. 리스바는 한참 동안 농장을 둘러보았다. 굳은 얼굴로 빵을 씹던 알모니는 식탁을 나선 뒤부터 보이지 않았다. 제 동생에게 돌아오겠다고 말했다니 곧 오겠지. 리스바는 몇 가지 물건을 챙겨 농장 밖으로 나갔다.

룸만의 무덤으로 향하는 리스바의 걸음은 몹시 무거웠다. 지난 보름간 그녀는 가급적 유모의 죽음을 떠올리지 않으려 애써왔다. 잠을 더 많이 자려 했고, 여의치 않으면 두 눈이 따갑도록 실을 자았다. 까무룩, 선잠이 들면 불쑥 귀에 익은 목소리가 들리곤 했다. 마님. 아브넬을 보았던 그때처럼 그녀는 생생히 룸만을 느꼈다.

유모를 빨리 떠나보내려 벌였던 모든 노력은 부질없었다. 룸만이 리스바의 세계에 내린 뿌리가 너무도 깊었기 때문이었다. 아브넬조차 이렇게 단단하진 않았지. 그녀는 뿌리를 도려내는 대신 룸만의 목소리를 자연스럽게 여기는 것으로 고통을 갈무리하려 했다. 그러자 룸만이 죽지 않고 함께 사는 것처럼 여겨졌다. 룸만에게 말하듯 리스바는 웅얼거렸고 말한 뒤엔 대답을 기다리는 것처럼 귀를 기울였다. 뜨거운 화덕에서도, 두레박을 삼키는 무저갱 같은 우물에서도, 파리가 엉겨 붙은 돌 구유에서도 리스바는 룸만의 끝없는 속살거림에 쉼 없이 귀를 기울였다. 귓전에 감기는 늙은 유모의 목소리가 여전히 생기롭기에, 리스바는 그녀의 무덤으로 가는 지금의 발걸음이 믿기지 않았다.

룸만이 원했기에, 리스바는 수선화 조금과 붉은 아네모네 약간을 꺾었다. 그 꽃은 돌로 가려지고 석회로 표시된 무덤입구에 놓일 것이었다.

무덤은 골짜기에 자리했고 그 근방은 뾰족한 돌이 많았다. 비틀거리며 리스바는 알모니를 생각했다. 생명은 피에 있고, 피는 강물처럼 아래로 내려가는 법이었다. 사울처럼 알모니 또한 자기 속에 피어오른 분노의 불꽃을 꺼뜨릴 줄 몰랐다. 알모니는 제 것이라 여겼던 왕좌가 다윗에게 넘어가자 화를 냈다. 그것을 단념시키고자 일부러 십에까지 내려온 리스바의 결단에도 불구하고 십일 년이 지난 지금까지 알모니는 옛 영화에, 썩어문드러져 자취조차 희미한 일말의 가정에 집착하고 있었다.

한 아들이 비뚤어지고 다른 아들이 우울해하는 게 자기 고집 때문인 것만 같아 리스바는 괴로웠다. 그녀는 알모니가 느끼는 박탈감을 이해했다. 하지만 정말 이스라엘 왕이 될 수 있었다고 믿는 걸까. 레갑과 바아나 같은 자들이 마하나임엔 얼마나 많았던가.

알모니가 떠받들어졌던 건 그가 사울의 아들이기 때문이었다. 단지 그뿐이었다. 리스바는 그걸 알려주기 위해 아이들을 왕궁에서 떼어냈다. 왕궁 안에서 깨달을 수 없었기에 안락을 내던지고 오욕을 무릅썼던 것이다. 오직 룸만만이 그녀의 뜻을 온전히 알았고, 가말이 은연중에 짐작했다. 리스바는 아들들에게 설명하지 않았다. 그녀는 아들들이 자연스레 알아가길 기다렸다. 그러나 미움으로 비틀린 알모니의 방종한 얼굴과 움츠러들기만 한 므비보셋의 어깨를 볼수록 그녀 마음에 내려앉은 어스름은 짙어만 갔다. 만일 그녀가 자신을 기다리는 더 나쁜 내일을 느꼈더라면, 그녀의 아들들이 십수 년 뒤에 겪을 모진 일을 잠깐이라도 미리 보았더라면 그녀는 이스라엘 밖으로, 아들들과 함께 세상 끝으로 달아났을 것이다. 하지만 미래의 희미한 실루엣을 지금의 그녀는 조금도 알지 못했다. 그렇기에 그녀는 그저 길로를 바라보며 더 나은 소출과 아들들의 빠른 깨달음을 기대하는 것 말고는 아무것도 할 수 없었다.

양젖처럼 희뿌연 절벽은 동굴로 빼곡했다. 절벽 앞 공터엔 듬성듬성 바위가 흩어져 있었고, 엷게 고였던 바위 그림자들은 해가 구름에서 벗어날 때마다 짧게 진해지곤 했다. 룸만이 안치된 묘혈을 찾으러 두리번거리던 리스바는 무덤 돌 앞에 쪼그려 앉은 한 사내를 보았다.

아들이었다.

엎드린 알모니는 울고 있었다. 그 울음을 방해해선 안 될 것 같은 생각이 불쑥 들어 리스바는 바위 뒤로 얼른 몸을 숨겼다. 알모니의 오른손은 무덤 막은 돌을 쓰다듬고 있었다. 손을 움직이는 모양새가 마치 룸만의 둥근 등을 쓸어주는 것만 같았다. 개들과 함께 어딘가를 쏘다니고 있으리라 여겼던 아들이었다. 울음은 끈질겼다. 허파를 쥐어짜고 간담을 끊어내는 것 같은 통곡이었다.

몸을 숨긴 바위에 등을 대고 주저앉은 리스바가 주름진 손으로 이마를 비볐다. 무엇이 저 애를 저리 서럽게 만드나. 룸만이 죽던 날 저 애는 사냥을 떠나지 않았던가. 룸만의 죽음에 충격받은 자신을 조롱하고 모욕한 아이였다.

리스바는 아들의 울음이 너무도 낯설었다.

그녀는 자신이 무엇과 싸워왔는가를 생각해 보았다. 비웃음을 띤 알모니의 뒤틀린 입술이 가슴을 후벼 팠다. 그러나 그녀가 미워했던 건 아들이 아니었다. 그녀는 아들의 비뚤어진 시선을, 자신의 진심과 인생의 진실을 외면하는 그 마음을 미워했었다. 십일 년간 리스바는 그 시선이 아들의 모든 것이라고 생각해 왔다. 그렇기에 붉디붉은 저 울음이 리스바는 당혹스러웠다.

그러나 한편으로 리스바는 기뻤다. 얼어붙은 벽 같았던 아들의 등이었다. 그녀는 자신을 가둔 높은 담장의 가느다란 균열을 발견한 기분이었다. 거기로 몸이 빠져나갈 순 없겠지만, 환한 밖을 가늠할 수는 있었다. 빛이 드는 그 금빛 틈은 갇힌 그녀가 희망할 저 너머였다.

울음을 그친 알모니가 바위를 문지르며 알아들을 수 없는 소리를 웅얼거렸다. 말을 마친 그가 무덤 막은 돌을 툭툭 두들겼다. 그렇게 알모니는 룸만과 작별했다. 바위 뒤에 숨은 어머니를 지나 알모니는 비스듬한 무덤길을 비칠대며 내려갔다. 아들의 그림자가 보이지 않을 때까지 리스바는 꼼짝하지 않았다.

후새 님과 므비보셋이 기다리고 있을 텐데. 남은 시간이 그리 많지 않았다. 꽃잎은 아직 싱싱했지만 리스바가 꽉 틀어쥔 줄기는 숨이 죽어 있었다. 무덤 앞으로 간 리스바가 꽃다발을 내려놓고는 무덤 막은 돌로 손을 뻗었다. 그녀의 손이 부들부들 떨렸다. 아들이 매만지던 곳에 손을 댄 리스바가 흔적을 마음으로 더듬었다. 바위는 무척 따뜻했다. 햇빛 때문이 아니야. 리스바는 고집스레 생각했다. 눈을 뜬 그녀가 젖은 뺨을 닦아 내렸다.

룸만의 무덤 앞이었건만, 리스바는 그 어느 때보다 룸만이 멀게 느껴졌다. 잠이 오지 않는 밤에 리스바의 속삭임을 넉넉하게 받아주던 여인은, 아들과 어미의 끊이지 않는 불화를 중재하던 선한 사람은, 분주히 집안일을 돌보고 식사를 챙겨주던 따뜻한 심성의 여종은 이제 없다.

리스바가 나지막이 룸만을 불러보았다.

그녀의 그림자 어딘가에 머물러 있던 룸만의 기척은 더 이상 느껴지지 않았다. 대신 아들이 울던 그 붉은 울음이 그녀의 가슴에 또렷이 남았다. 그제야 리스바는 룸만을 떠나보내는 게 아니라 자신이 룸만을 떠나야 한다는 걸, 아들이 돌아오길 기다리는 게 아니라 아들을 향해 나아가야 한다는 걸 깨달았다.

햇살이 찌르는 듯 강렬해졌고, 그림자는 한결 짙어졌다. 머릿수건을 쓴 리스바가 무덤을 벗어났다. 바위를 매만진 그녀가 무덤을, 룸만을 떠났다. 단 한 번도 리스바는 돌아보지 않았다. 돌아보면 소금기둥이 되기나 한다는 듯이.

다윗은 침상에 엎드렸다. 부드러운 침상에 몸이 잠기자 저도 모르게 끙 소리가 났다. 뻐근하던 몸이 천천히 누그러졌다. 등에 난 긴 상처는 벌겋게 부풀어 있었다. 오랜만에 동인 갑옷 끈이 살을 파고들며 남긴 자국이었다.

다윗이 돌아누운 침상 주변에는 그의 아내들과 첩들이 늘어서 있었다. 아이들의 뜀박질 소리가 가까워지자 눈치 빠른 아비가일이 복도로 나가 주의를 주었다.

"모두 나가. 문을 닫고."

눈을 감은 채 다윗이 명령했다. 방 안 가득 침묵이 맴돌았다. 서로를 돌아보는 것이리라. 잠시 후 치맛단 스치는 소리가 저 멀리로 사라졌다. 머리맡에 뭔가가 놓이는 소리가 들렸다. 다윗은 고개를 돌렸다.

"당신이 남았군."

미소 지은 미갈이 왕을 굽어보며 팔짱을 꼈다. "내가 대장이니까요."

"그랬나? 내가 아니고?"

"세상은 남자가 다스리죠, 하지만 남자는 누가 다스리죠?"

"그 대답을 모른다고? 내가 알려주지. 남자로 태어났어야 할 여자들이 남자를 다스린다네. 좋아, 대장은 당신이 해. 대신 짓무른 등이나 문질러 줘."

머리맡에 놓인 은그릇을 끌어당긴 미갈이 나드 향유를 섞어 굳힌 올리브연고를 손안에 가득 폈다. 연고에 담겼던 나무 냄새, 흙냄새, 마른 풀 냄새가 그윽하게 풀렸다. 다윗이 겹친 팔 위에 관자놀이를 대고 엎드렸다. 미갈이 한 손으로 이불을 당겨 왕의 하체를 덮었다.

"아팠겠어요."

미갈이 벌겋게 부어오른 살에 연고를 발랐다. 한소끔 일었던 통증이 서서히 가라앉았다. 향을 머금은 기름이 깊이 스미도록, 상처가 덧나지 않도록 미갈은 조심스레 문질렀다.

"멋진 개선식이었어요, 그렇죠?"

정말 그랬다. 대추야자나무 잎사귀가 공중에 흔들렸고 환호성이 끝없이 이어졌었다. 붉고 푸르고 복잡한 무늬를 띤 채색옷 차림의 왕자들과 공주들이 기쁜 얼굴로 성가퀴를 오갔다. 성문 위 망대가 좁아 다윗과 제사장들과 왕의 신하들은 양쪽 망대에 나눠 서야 했다. 개선군은 수문으로 들어와 성안을 거쳐 샘문으로 나가 그곳에서 해산할 예정이었다. 수문과 샘문 근방엔 인근 촌락 사람들이 파도처럼 밀려들었고, 개선군이 지나갈 길 양쪽 주택 옥상에도 구경꾼이 가득했다.

다윗의 명을 받고 출발한 요압의 선발대는 숙곳에서 재보급을 받자마자 고지대 길을 가로질러 랍바로 질주했었다. 다윗의 짐작대로 암몬 왕 하눈은 금을 풀어 용병을 고용했고, 거기에 이스라엘에게 패한 아람 사람들이 가세했다. 하눈은 여기저기에서 긁어모은 병력을 암몬으로 불러들이려는 중이었고, 요압은 그 전에 암몬을 들이부수려 들었다. 속도를 높이면 적의 규합을 차단할 수 있을 걸로 요압은 판단했지만, 그건 착오였다.

아람 용병은 이미 랍바 남쪽 메데바 평야에서 싸울 준비를 마쳤고, 이스라엘이 랍바에 도착하는 즉시 뒤를 칠 작정이었다. 랍바 성 남쪽에서 암몬 군대와 대치 중이던 요압은 아람 용병의 전차가 북상한다는 정찰병의 보고를 듣고 깜짝 놀랐다. 병사들을 다독인 요압은 반으로 찢은 병력을 아비새에게 주어 암몬을 밀어붙이게 했고, 남은 절반을 돌려 무질서하게 내달리는 아람 전차들에게 화살을 쏘고 돌을 던지게 했다. 이스라엘 군대를 돌파해 찢으려던 전차들은 맹렬한 저항에 당황해 속도를 늦췄고, 요압은 병사를 진격시켰다. 영민한 요압은 웅크리면 짓밟힌다는 걸 알아차렸던 것이다. 아비새는 암몬 병사들과 대등하게 싸우며 형이 아람을 두들겨 쫓을 시간을 벌어주었다. 마침내 암몬 병사들이 랍바로 퇴각했고, 아람 용병들의 전차는 강변까지 달아났다.

승전한 요압과 아비새는 즉각 전령을 보내 상황을 보고했다. 전령이 여러 차례 오갔고 전략이 수정되었다. 다급해진 다윗이 숙곳으로 직접 달려가 브나야로부터 후발대를 인수받았고, 요압은 병력을 숙곳으로까지 물렸다. 시간은 이스라엘의 편이 아니야. 다윗은 속도를 높여야 한다고 판단했다. 다윗의 병력이 랍바 북쪽으로 우회해 들어가는 사이, 퇴각해 숙곳에서 재정비하던 요압의 병력이 다시 전진했다. 전속력으로 행군한 요압의 병사들은 하눈이 고용한 아람 용병들을 무자비하게 찔러들어 갔다. 미처 준비가 안 되어 있던 아람 용병들이 공포에 질려 달아났다. 요압과 그의 부하들은 전차 탄 칠백 명과 말 탄 사만 명을 죽였고 용병을 지휘하던 사령관 소박은 목이 잘렸다. 암몬 군대는 랍바 성에 틀어박힌 채 두려움에 떨었다. 랍바 인근까지 접근했던 다윗은 암몬 왕성을 둘러보지도 않고 곧장 다윗 성으로 돌아왔다. 그는 사령관 요압에게 상황을 정리하게 했다. 그리고 오늘, 다윗 성에 도착한 원정군이 개선식을 벌였다.

"재치를 부렸더군."

포로들, 남루한 패배자들. 아람 귀족들의 금 갑옷들, 아름다운 문양이 다채롭게 새겨진 놋 방패들. 거꾸로 매달린 적의 깃발들이 지나갔고, 적의 칼과 창과 방패와 무수한 정강이 보호대가 수레에 그득히 쌓여 소들을 비지땀 나게 했다.

이번 전투는 다윗 왕이 직접 참가한 싸움이었고, 그렇기에 개선의 영광은 왕이 거머쥐어야 한다는 의견도 있었다. 하지만 다윗은 요압에게 기꺼이 자리를 내어주었다. 그는 요압이 개선 행진을 떠맡게 되었다는 사실에 안도감마저 느꼈다. 요압은 그걸 즐기기까지 하니까. 물론 요압은 억센 말이었다. 하지만 고삐는 다윗의 손아귀에 있었다. 요압은 그저 승전의 영광과 지휘의 달콤함을 원할 뿐이었다. 질투할 필요가 무엇이란 말인가. 다윗은 개선식이라는 요식 행위가 지겨웠고 떠들썩한 환영 행사에 신물이 났다. 어쩌면 그들이 옳을지도 몰랐다. 왕관을 쓰고 흩날리는 마른 꽃잎 아래를 걸으며 환성과 박수갈채를 온몸으로 받아내는 일은 왕의 책무일 수도 있었다.

다윗은 그러한 왕의 책무가 지겹도록 힘겨웠다.

성문 망대에 앉아 그는 요압을 굽어보았다. 부하들을 전진시키고 적을 몰아가고 유약한 병사를 용사로 돌변시킬 줄 아는 요압은, 소송을 판단하고 유력자의 다툼을 중재하며 이득을 공평하게 나누어야 할 책임 앞에서, 식은땀을 흘릴 것이다. 그래, 왕의 일. 누구에게도 위임할 수 없고 어떻게도 나눌 수 없는, 왕의 일. 두 다리로 나귀 허리를 단단히 감싼 요압은 손을 망루 위로 뻗어 영광을 왕에게 돌리는 동작을 취했고, 다윗은 망루 아래로 손을 펼쳐 그것을 받았었다. 자신에게 올려보내진 영광을 받아들이기 위해, 요압이 숙인 고개가 누구를 향했는지 만방에 드러내기 위해.

그러나 그런 가슴 벅찬 행위마저 다윗은 귀찮고 짜증스러웠다.

몸을 구부린 미갈이 다윗의 귓가에 속삭였다. "내가 뭘 보고 있었나 맞춰 봐요."

"그 속을 누가 알겠소?" 다윗의 목소리는 푹 잠겨 있었다.

"둔해졌군요. 전장의 화살 소리 하나하나를 구분하던 당신이."

"내 귀가 싱싱했을 때, 당신은 눈부신 처녀였지."

"지금은 빛바랬다는 건가요?"

"당신은 여전히 싱그럽소. 어쩔 땐 처녀보다 더하지. 대체 뭘 봤기에 그러는 거지?"

"당신이요. 난 당신을 보고 있었어요."

묘하게도, 미갈은 다윗의 굽은 등을 바라보느라 정신이 팔려 있었다. 다른 것들은 눈에 들어오지 않았다. 살찌고 구부러진 그 등이 미갈의 호기심을 자극했다. 엎드렸던 다윗이 미갈을 돌아보려 잠깐 고개를 들었다가 팔뚝에 반대쪽 관자놀이를 댔다.

"갑옷 끈을 풀지 그랬어요?"

베개에 얼굴을 파묻은 다윗이 알아들을 수 없는 말을 웅얼거렸다. 귀를 기울이던 미갈이 은 쟁반에서 다시 연고를 떴다. 향긋하고 달콤한 기름 덩어리를 움킨 미갈이 고개를 숙였다. 학대당한 노예의 등짝처럼 불거진 붉은 자국에, 그녀의 숨결이 닿았다.

"당신의 등이 내 눈길을 끌었어요."

다윗이 신랄한 표정을 지었다.

"가죽끈에 조여진 뒤룩뒤룩한 살이 꽤 볼만 했나 보군."

"당신은 비쩍 말랐어요."

"원 세상에. 당신 같은 정탐꾼은 목이 잘리고 말 거야."

"내 눈은 틀리지 않아요."

"하긴 그 눈으로 고른 신랑이니 말이야."

"비아냥거리지 말아요. 당신 등을 계속 봤어요. 뭐가 저리 무거워 굽었을까 생각했었지요. 빙 돌아서서 당신 표정을 살펴봤어요. 시큰둥해 보이더군요. 그토록 화려한 개선 행렬이었는데도! 요압이 다가올 즈음에야 당신은 일어났어요. 그래야 하니까 그랬던 것뿐이죠."

포갠 팔에 이마를 댄 다윗이 눈을 감았다. 미갈이 잠시 다윗의 기색을 살폈다.

"북쪽 성막에 언약궤 들이던 날엔 그러지 않았잖아요."

사울 왕이 태어나기도 전에 블레셋에게 빼앗겼던 언약궤는, 우여
곡절 끝에 바알레유다 지방 기럇여아림의 집에 머물고 있었다. 다윗
은 이를 다윗 성에 모시려 들었다. 그러다 수레가 흔들리며 언약궤가
기울어졌고, 거기에 손을 댄 아비나답의 아들 웃사가 죽었다. 언약궤
는 오직 제사장과 그들을 돕는 레위 사람들의 손길만 허락했기 때문
이었다.

얼마간 오벧에돔의 집에 머물던 언약궤는 오랜 준비 끝에 다시 옮
겨졌다. 왕성에 여호와의 궤를 모시게 되었다는 기쁨에, 다윗은 언약
궤 주변을 돌며 종일 춤추었고 겅중거리며 여호와를 찬양했다. 땀에
젖은 쿠토네트가 말려 올라가 사타구니가 드러나는 줄도 모르고 다
윗은 춤을 추었고, 왕의 열정에 취한 백성이 함께 뜀뛰며 기뻐했다.
다윗은 온 마음을 다해 공중으로 뛰어올랐다. 도약했던 육체는 땅으
로 되돌아왔지만, 열광과 기쁨에 도취한 다윗의 영은 높이 뻗어 나갔
고, 마침내 까마득한 창공 너머 자리한 신의 영광에까지 다다른 듯했
다. 언약궤가 돌아오던 날 춤추던 다윗의 영은 여호와의 나라를 보았
었다.

"그날은 좀 달랐지."

"아뇨, 아주 많이 달랐죠. 빛과 어둠만큼이나요."

다윗이 몸을 일으켰다. 미갈이 침상에 걸친 궁둥이를 뒤로 물렸다.

"돌아가시오."

다윗이 쿠토네트를 입었다.

다윗은 불쾌했다. 저 혀가 내 속을 온통 헤집어놓는구나. 그는 한

달 사이에 랍바 원정군을 이끌었고, 돌아와서는 밀린 업무에 매달렸으며 녹초가 된 몸으로 개선 행렬을 참관해야 했다. 그는 그저 묵직한 몸이 나른했을 뿐이었다.

침상에 걸터앉은 미갈은 여전히 남편을 바라보고 있었다. 다윗은 탁자 위에 쌓인 두루마리를 펼치고 늘어놓은 종이를 뒤적이며 미갈의 치맛자락이 문 밖으로 사라지는 소리를 기다렸다.

"변했어요, 당신."

미갈이 다윗 맞은편으로 걸어갔다. 나른한 걸음걸이였다. 펴든 두루마리 너머로 다윗은 미갈의 시선을 응시했다. 이런, 그러고 보니 이여자는 나를 계속 당신이라 부르는군. 어떤 처첩도 다윗을 그렇게 지칭하진 못해 왔다.

"지겨워진 거예요? 그래요?"

둘둘 말아 세운 두루마리 위에 다윗은 손을 포개고 턱을 괬다. 미갈은 남편을 향한 시선을 돌리지 않았다. 이윽고 미갈이 날카로운 웃음을 터뜨렸다. 다윗은 벌거벗은 기분이었다.

"언제 그런 생각을 했지?"

"잠에서 깬 당신이 침상에 멍하니 누워 있었을 때, 직접 해오던 일을 부하들에게 뭉텅이로 넘길 때, 당신 몸에 밴 처첩들의 화장용 향이 하루가 멀다 하고 바뀌었을 때."

탁자에 궁둥이를 걸친 미갈의 눈이 호기심으로 반짝였다. 당신은 샘이었잖아요. 기억 안 나요? 당신은 내리는 비로 채워지는 사람이 아니라, 스스로 물을 뿜어 올려 맑아지는 사람이었잖아요. 그녀는 다윗 내면에 인 변화가 신기했다.

"햇빛에 말리지 않은 그물은 썩는답니다. 훈련하지 않은 개는 늑대가 되고요."

"필요한 게 햇빛과 훈련이라면, 광야로 가야겠군."

미갈이 손바닥에 남은 연고를 손등에 비벼 발랐다.

"좀 쉬면 나가질 거야."

"하!"

미갈 특유의 짧고 날카로운 웃음이 터졌다. 언약궤가 왕성을 지나 북쪽 성막에 도달했던 날처럼, 그녀는 냉랭해졌다. 미갈이 쏘아붙였다.

"당신 자신을 속이지 말아요."

다윗이 미갈을 쏘아보았다. 사울의 딸이 한 걸음 다가왔다.

"당신을 왜 좋아했는지 알아요?"

미갈이 가끔 내는 이 질문은 그들이 결혼한 날 처음 시작되었다. 삼십여 년 전에 들은 해답을 다윗은 자주 잊었다.

"왜냐면, 당신은 예측 가능한 사람인 동시에 예측 불가인 사람이거든요."

"공주가 목동을 좋아한 이유치고는 재미있군."

다윗이 불퉁거리자 미갈이 깔깔거렸다. 미소 지은 그녀가 벌린 손으로 왕의 뺨을 감쌌다.

"물에 빠진 먹물을 본 적 있나요? 뭉글뭉글한 먹물이 뒤틀리면서 번져나가잖아요. 지금 당신 가슴에 자리한 그것도 먹물처럼 매끄럽게 미끄러져 당신 속에 똬리를 틀고 있어요. 그건 따분함과 괴로움, 조바심과 분노를 삼키며 자라나요."

"자라난다고?"

"다 자란 뒤엔 당신 전체를 삼키겠죠."

미갈이 미간을 찌푸렸다.

"불쌍한 사람! 당신에게 부어졌던 기름이 말라버렸군요. 왕좌가 몸을 옥죄나요? 먹어도 맛을 모르고 자도 머리가 맑아지지 않나요? 정말 그래요?"

다윗은 조금도 움직일 수 없었다. 미갈의 길고 가는 손가락은 여전히 다윗의 뺨을 감싸 쥐고 있었다. 다윗의 호흡이 가빠졌다. 미갈의 단정을 태연히 부인하고 싶었지만 그러기가 너무도 힘들었다.

처음엔 그저 피로했을 뿐이었다. 새벽에 몸을 일으키는 일이 버거웠고, 두루마리를 통해 이스라엘을 들여다보는 일에 염증이 일었다. 최근에 다윗은 더 맹렬히 일에 몰두해 왔다. 노동이, 그것이 가져올 땀과 보람과 만족이 자신을 구원하리라 여겼던 것이다. 하지만 아무 변화도 일어나지 않았다. 노곤해진 육신은 축 늘어져 버렸고 자신을 향해 달려드는 업무에 구토가 났으며 산더미 같은 두루마리와 비린내 나는 혀에 넌더리가 났다. 말라버린 기름과 옥죄는 왕좌라니, 기가 막히도록 적확하지 않은가. 다윗은 미갈에게서 시선을 돌렸다. 왕의 직분이 자신을 메마르게 했던가? 사울을 피폐하게 만들었던 것처럼 왕좌가 그의 활기와 생명과 기쁨을 빨아들였던가?

"무슨 말을 하고 싶은 건지 모르겠군."

일그러진 얼굴로 다윗은 간신히 입을 뗐다. 그는 고개를 틀어 미갈의 길고 보드라운 손가락에서 벗어났다. 고집스레 다윗을 응시하던 미갈이 입을 열었다.

"기억해요? 이스라엘 왕이 된 지 이십 년이 넘자 아버지는 탈진해 버렸어요. 그때를 기점으로 아버지는 완전히 다른 사람이 되었죠."

"그거라면 내가 잘 알지. 자기를 존경하는 부하에게 단창을 던지고, 분노를 다스리지 못해 측근에게 폭언을 퍼붓고, 꼴 보기 싫은 사위를 죽이려 눈이 벌게졌었지."

눈을 가늘게 뜬 미갈이 천천히 고개를 끄덕였다.

"그래요. 당신이야말로 산증인이죠. 아버지는 그렇게 몰락했어요. 그분은 여호와의 명령을 따르지 않았어요. 여호와께서는 선지자 사무엘을 통해 아버지께 명령하셨죠. 전리품인 아말렉 사람들의 말과 소를 모두 죽이라고요. 하지만 아버지는 아까워했어요. 그 불순종 때문에 아버지는 왕의 지위를 잃었죠."

그렇게 사울에게서 떠난 여호와의 기름은 다윗에게로 왔다. 이스라엘 사람이라면 누구나 아는 이야기였다. 그런데 이 여자가 지껄이는 이야기를 내가 왜 들어주고 있지.

"아말렉의 말과 소를 죽이지 않은 건 어쩌다 일어난 사건이 아니었어요. 아버지가 변했다는 건 우리 모두 알고 있었잖아요? 그분의 문드러진 영성이 그제야 드러났을 뿐이죠."

미갈이 다시 손을 뻗어 다윗의 얼굴을 감쌌다. 손가락 사이로 부쩍 희어진 다윗의 수염 가닥이 삐져나왔다.

"아버지는 세상 전부를 감옥이라고 느꼈어요. 솔직히 말해 봐요.

당신도 여기가 무덤처럼 느껴져요?"

"왕궁은 여호와께서 내게 내려주신 든든한 바위요, 미갈."

"무덤 입구는 바위로 막죠. 든든한 것으로요."

다윗을 들여다보려 눈을 맞추던 미갈이 뒤로 물러났다. 턱을 치켜
든 그녀의 시선이 다윗에겐 도전적으로 느껴졌다.

"내가 지나치다고 생각하는군요."

"정말 그렇소. 나를 도우려는 건지, 혼란스럽게 하려는 건지 모르겠
군."

표정을 엄히 한 미갈이 단호하게 말했다.

"벗어던져요."

"뭘?"

"당신의 짐, 당신의 책임, 당신이 보여야 할 어떤 무엇도."

"왕관까지도?

"그게 가장 좋지요."

"무책임하군,"

"아니요. 그것조차도 선택이에요. 이십 년 가까이 왕관을 지탱했던
당신 목이 고통을 호소하잖아요. 요즘의 당신을 봐요. 포도주와 여자
와 향 품과 사치품 속에서 허우적대고 있잖아요. 고통을 중화시키려
그래요? 아뇨. 아예 그만둬버려요."

급한 말을 쏟아 낸 미갈의 가슴이 파도처럼 넘실거렸다.

"내 아버지를 기억하잖아요. 그분은 사위를 사냥하는 악랄한 기쁨
에 몸을 내던졌어요. 이스보셋이 어떻게 뒤틀려갔는지 들어서 알고

있죠? 그 애를 죽인 건 레갑과 바아나 머저리 형제가 아니라 여자와 포도주였어요. 당신은 어떻죠?"

"난 그들과 달라." 다윗이 소리를 질렀다. 그래, 내 남편 다윗은 다르지. 미갈 또한 그리 생각했다. 그녀는 다윗을 높게 평가해 왔다. 그러나 더 이상은 아니었다. 미갈은 아버지와 동생의 유령을 다윗이 뒤따르고 있다고 생각했다. 흐리멍덩해진 다윗이 선왕의 피투성이 발자국을 따라 밟을 거라는 끔찍한 망상이 미갈을 뒤흔들었다. 이스라엘은 당신을 끊임없이 쥐어짤 거예요. 당신 안에서 물이 솟았을 땐 아무 문제도 없었죠. 하지만 당신은 메말랐고, 더는 이스라엘을 적실 수 없어요.

즙 빨린 당신은 뒤틀릴 거예요.

그녀와 그녀의 눈빛으로부터 멀어지기 위해 다윗은 미갈을 등졌다. 분노를 드러내지 않으려 그는 이를 악물었다. 그 정도 분별력이 다윗에겐 아직 남아 있었다.

"이겨낼 거야."

"그러길 바라요. 내 아버지의 일이 당신에게 교훈이 되었으면 해요. 어쩌면 내 아버지 사울은 그 교훈을 남기기 위해 왕좌에 앉았던 건지도 모르죠."

양손으로 가슴을 누른 미갈이 허리를 굽혔다. 그리고 밖으로 나갔다.

다윗은 그대로 서 있었다. 벗어던지라고? 미갈이 옳을지도 몰랐다. 하지만 양 한 마리조차 포기한 적 없던 그가 이스라엘과 왕관을 어찌

겠는가.

다윗은 다친 양의 상처에 올리브기름을 바르고 근육을 부드럽게 주물러주었던 무수한 밤들을 떠올렸다. 벗어던지라고? 아니, 모든 걸 버린다는 게 과연 가능하기나 할까.

하지만 미갈은 옳은 곳을 짚었다. 더는 안 돼. 헤브론 시절 지녔던 정열은 너무나 아스라했다. 이스라엘 왕이 된 지 십일 년이 지났다. 한 아이가 성년에 이를 정도의 기간이었고, 초심을 잃고 결심이 느슨해지기 충분한 시간이었다.

만일 다윗이 원래 지녔던 활력을 조금만 회복했더라면, 영적 분별력이 아직 남아있었더라면, 지금의 괴로움은 피로와 목표 상실 때문이라는 걸 깨달았을지도 몰랐다. 십일 년 전 그의 과제는 명확했다. 그는 이스라엘을 강하게 세워 주변 나라의 위협에서 벗어나게 만들어야 했고 그를 위해 강한 왕권을 확립해야 했다. 그가 이스라엘에 주려 했던 건 질서와 부강함이었다. 그러기 위해 그는 자신의 밤과 낮을 바쳐왔다.

암몬을 격파한 지금 그의 내면이 텅 비게 되어버렸다는 사실은, 다윗이 지난 십일 년 동안 얼마나 이 목표에 강하게 붙들려 왔는지를 간접적으로 증명했다. 다윗은 평생의 목표를 이뤘다. 그러나 거대한 목표달성 뒤에 자연스레 이어진 박탈감과 허무감에 붙들렸기에, 암몬 승전이라는 거대한 분기점에 이르러 짙은 회의와 지독한 피로의 구렁텅이로 굴러떨어지게 된 것이었다.

다윗은 자신을 얽은 끈으로부터 자유롭고 싶었다. 지친 마음에 어둠은 좀 더 손쉽게 스미는가? 그러나 다윗은 기도로 이것에 맞서고 싶지 않았다. 그는 이대로 풀어지고 무방비해지길 바랐다. 어쩌면 그는 자신의 가장 내밀한 소원을, 허망해지고 싶고 방탕해지고 싶은 가장 추한 자기 욕망을 기만하고 싶지 않았던 걸지도 몰랐다. 인간이기에 그는 죄에 대한 열망, 방종하고 싶은 욕망, 모든 것을 그만두고 싶은 갈망에 허덕였던 것이다.

가련한 다윗은 이것이 타락의 시작이리라고는 추호도 생각지 못했다.

멀리서 벌레 우는 소리가 들렸다. 이겨낼 거라고 했던가? 나단에게 했던 말을 다윗은 되새겨보았다. 헛소리가 따로 없었다. 지키지 못할 약속임을 그 자신이 가장 잘 알고 있었다.

그러나 그 말을 했을 때 그의 마음은 정말 진실했었다.

개선군을 맞은 다윗 성은 축제로 흥겨웠다. 메마른 다윗의 마음이 고뇌로 단단해졌다. 자신을 옭아맨 피로에 휩싸여, 다윗은 죽음처럼 깊은 잠에 빠져들었다.

12

타오르는 제물

들판 가득한 밀이 마침내 희게 익었다. 바람이 불면 그것들은 갈기처럼 몸을 떨어댔다. 뜨겁던 나날들이 그렇게 흘러가고 있었다.

많진 않았지만 메뚜기 떼가 있었고 이른 비가 늦어져 우물이 깊어졌다. 폭염에 갈라진 땅이 어두운 속을 드러냈고 곡물값이 치솟았다. 다윗은 곡물 보관 탑에서 밀을 방출시켰다. 가난한 자들이 주림을 면했고 늦은 비가 내리며 상황이 나아졌다.

미갈과 다윗이 그 대화를 나누고 일 년 사이에 벌어진 일들이었다.

두 사람이 주고받은 말들은, 미갈이 남편에게 심으려 했던 말들은, 며칠 못 가 휘발되어 버렸다. 잠깐 내린 비가 이어진 햇빛 아래 순식간에 증발하는 것처럼.

여전히 목마른 다윗은 뼛속까지 메말랐고 이내 거칠어졌다. 변화를 감지한 사람은 미갈뿐이었다. 오직 그녀만이 갖가지 장식품과 놀라운 성찬과 수많은 처첩과 강대한 권력 위에서 시들어 가는 다윗을 알아보았다.

"왕께서는 피곤하셔. 다들 물러가. 그분을 괴롭게 하지 마."

이게 다 무슨 소용이란 말인가. 다윗을 다독인 미갈은 서기관들과 사관들이 더 많은 일을 맡게끔 조처했다. 미갈은 남편의 숨통이 틔기를 바랐지만, 다윗을 사로잡은 허무와 권태는 나아지지 않았다. 두루마리를 들고 온 자들의 길지 않은 제안을 경청한 다윗은 툴툴거리며 인장을 찍거나 손을 휘휘 저어 청원을 거부하거나 고개를 까딱거려 안건을 통과시켰다.

다윗은 모든 것에 진력이 났고, 그가 끌어안고 어루만졌던 열두 줄 비파엔 먼지가 내려앉았다.

다윗은 후궁들의 방을 드나들었고 새로 첩을 들였으며 전에 없이 사냥에 열을 올렸다. 여름 동안의 더 나은 식사와 휴식을 위해 후원이 만들어졌고, 진귀한 꽃과 나무를 심기 위해 삯꾼이 고용되었다. 더 투명하고 더 진한 보석들이 왕의 손가락에 머무르다가 다른 장신구에 자리를 내주었고, 얇게 편 금과 은이 실처럼 꿰여 왕의 겉옷에 문양으로 자리 잡았다. 사냥에서 잡은 사슴고기를 위해 향신료가 갈리고 불이 지펴졌으며 허리 높이의 포도주 단지가 침전으로 들어갔다가 빈 채로 나왔다. 알현실 왕좌에는 곧잘 흰 천이 드리워졌다. 청원자들은 그 왕좌 앞에서 다윗을 대신해 왕의 신하들을 만났다. 진기한 진상품, 후궁들의 달콤한 속삭임, 진하고 향긋한 요리, 은밀한 밤과 느긋한 낮잠 속에서, 다윗은 맥이 풀려 있었다.

"변하셨어."

일 년이 지났고, 다윗의 변화는 더 이상 미갈만의 비밀이 아니었다. 왕궁 나무 벽을 탄 속삭임이 어스름 너머로 비밀스레 퍼져나갔다. 곁눈질하던 자들이 은밀한 고갯짓을 주고받았고, 말 많은 자들이 세운 손등을 입 곁에 대고 소곤거렸다.

그즈음 장군들이 다윗에게 원정을 요구했다. 랍바에 쌓인 금과 향품과 아름다운 세공품과 자줏빛 옷감에 대한 소문에 그들은 매혹되어 있었다. 장군들은 암몬과의 미뤄둔 싸움을 치르고 싶어 했다. 다윗은 요압에게 전권을 주었다.

그렇게 요압은 불을 놓으러 랍바로 떠났다. 창과 방패와 가죽 갑옷으로 무장한 이스라엘 병사들이 언약궤 앞뒤로 도열했고, 요압의 명에 따라 진군하기 시작했다. 환송을 위해 말린 꽃잎과 악기가 동원되었다. 성문 양쪽에 사람들이 빽빽하게 늘어섰고 구경꾼들이 성벽 위를 가득 메웠다. 다윗은 많은 소와 양을 후발대에 딸려 보냈다. 그중 일부는 언약궤 앞에서 거행될 승전 기원 제사에 쓰일 예정이었다.

요단 강 건너 해 뜨는 동편으로 젊은이들이 나아갔고, 늙은이와 여자들은 석양 이편에 남았다. 겨울 무화과를 따고 사내들이 미리 갈아놓은 땅에 씨를 뿌리고 푸른 대가 솟아나는 보리를 돌보는 건 남은 자들의 몫이었다.

비어버린 식탁을 견디고, 빈 침상을 홀로 데우는 것 또한.

밧세바가 엉덩이 아래로 손을 가져갔다. 침상에 겹으로 깔아 놓은 낡은 천이 보송보송했다. 희붐한 안개에 휩싸인 듯 잠에 취한 정신이 멍했다. 월경이 그친 지 이레가 지났지만 다리 사이엔 아직도 불쾌한 느낌이 남아 있었다. 이달 달거리는 유독 진득거렸다.

그녀는 잔에 물을 따라 천천히 마셨다. 창틈 햇살 기울기로 그녀는 시간을 가늠했다. 잠깐 눕는다던 게 긴 낮잠으로 이어졌나 봐. 한데 그러모은 침상 덮개와 이불을 밧세바는 버들가지 바구니에 담았다.

얼마 되지 않는 빨래 더미 위에 나무 상자와 놋대야를 포갠 그녀는 수문을 지나 기혼 샘으로 갔다. 샘 근방은 한산했다. 나무 상자에는 보리트 섞인 재가 담겨 있었다. 물을 부은 놋대야에 보리트 섞인 재를 풀고 옷을 담그자 불컥 거리며 거품이 솟았다. 물에 잠긴 빨래를 쥐어짜 비비며 밧세바는 나란히 앉은 여인들의 남편 흉을 엿듣는 소소한 기쁨을 누렸다.

젖은 빨래가 무거워 그녀는 몇 번 걸음을 쉬었다. 지붕에 오르려면 빨래를 나눠 담아야 했다. 진흙을 두껍게 깐 옥상 구석엔 잡초가 말라붙어 있었다. 어제 말린 무화과가 꾸덕꾸덕했다. 굳이 이럴 필요는 없었다. 밧세바는 아히도벨의 손녀였고, 그녀가 내민 손을 할아버지는 반가워할 게 분명했다. 하지만 우리아는 완고했다. 우린 우리의 빵을 먹어야 해. 그는 자기 선 안에서 삶을 꾸려가길 원했다. 그 때문에 그토록 부유한 할아버지를 두고도 밧세바는 직접 딴 무화과를 옥상에 말려야 했고 하녀도 없이 빨래를 직접 해야 했다. 비틀어 물기를 짠 밧세바가 탈탈 턴 이불을 버들가지 빨래 틀에 끼워 넣었다.

이불에는 손가락만 한 검붉은 핏자국이 남아 있었다. 밧세바가 인상을 찌푸렸다. 젖은 이불을 다시 비벼보았지만, 생리혈 자국은 바래질 뿐 지워지지 않았다.

지난가을 개선한 일차 암몬 원정군과 함께 우리아는 다윗 성에 돌아왔다. 돌아온 우리아는 집에 겨우 사흘을 머물렀을 뿐이었다. 이스라엘 군대는 헌신적인 헷 출신 장군을 내버려 두지 않았다. 암몬 군대의 활동을 살필 감시군 지휘관에 우리아를 임명한 것이었다. 우리아는 다시 동쪽으로 떠났다.

설령 글을 쓸 줄 알았더라도 밧세바는 우리아에게 편지하지 않았을 것이다. 우리아의 부하들이 간혹 집에 들러 남편의 말을 전했고 전할 말을 받아갔다. 무의미하게 오가는 의례적인 말들이었다. 딱딱하게 굳어버린 제 마음이 밧세바는 슬펐다. 우리아의 전령은 먼지투성이였고 불쾌한 땀 냄새가 났다. 그이도 비슷한 몰골일까. 무심한 추측은 덤덤하기까지 했다.

밧세바의 한탄은 요즘 체념이 되어가고 있었다. 남편의 습성은 고쳐질 수 없는 것이었기에, 밧세바는 받아들이거나 갈라서야 했다. 활기찬 동료들과의 시끌벅적한 병영생활에 남편을 빼앗긴 밧세바는, 점점 집안일에 소홀해졌고 멍하니 시간을 흘려보내는 일이 잦아졌다. 그녀는 엘리암에게 이 문제를 털어놓을 생각조차 하지 않았다. 지금 밧세바가 겪는 문제들은 그녀의 어머니가 겪었던 문제들이었다. 집을 서둘러 나서던 우리아는 자신을 배웅하는 밧세바의 무표정한 얼굴을 끝내 몰랐다. 그녀의 가슴에 타오르던 불꽃마저도.

그녀는 자신이나 남편 중 하나가 차라리 죽기를 바랐다. 끔찍한 기원祈願이었지만, 그것 말고는 밧세바가 바랄만한 것이 남아있지 않았다. 어머니 어떡해야 좋아요. 하지만 땅에 돌아간 어머니는 그녀를 안아 주거나 충고를 건넬 수 없었다. 밧세바에겐 속을 털어놓을 현숙한 의논 상대가 없었다.

개선한 우리아가 밧세바와 함께 누웠던 날, 침상엔 묘한 긴장이 어렸었다. 등을 맞댄 그들은 잠들 수 없었고 굳은 몸을 움직일 수도 없었다.

몸은 이미 서로를 낯설어하고 있었다.

보이지 않는 벽을 등지고 그들은 맥만 겨우 놓은 도둑잠을 잤다. 낮이 되자 긴장은 집 전체로 확장되었다. 식탁과 거실과 지붕과 골방 어디도 안락하지 않았다. 입 다문 두 사람은 상대가 말이라도 낼까 싶으면 시선을 돌리곤 했다. 골방에서 몰래 눈물지은 밧세바는 보석함에 두었던 슈라못 반지를 손가락에 꼈다가 도로 집어넣었다.

다윗 성에 외롭게 있을 바엔 길로로 가고 싶어요. 밧세바의 부탁에 우리아는 난감한 표정을 지었었다. 길로까지 여자 혼자 가게 만들 순 없다고 우리아는 말했지만, 밧세바는 다르게 들었다. 너는 이 집에 속해 있어. 여기에 결합된 너는 어디에도 갈 수 없어. 슬픔을 이해받지 못한 여인의 절망은 끝을 몰랐다. 그리고 바로 어제, 우리아가 그토록 공을 들여 예비한 집결지를 향해 요압이 이끄는 이차 암몬 원정군이 떠나갔다.

밧세바는 출정식에 나가보지 않았다. 암몬이 마지막일까. 남자들의 칼 부딪치는 소리가 거기서 끝을 맺을까. 전쟁과 그에 대한 찬가가 세상 끝날까지 이어지진 않을까. 창가에서 출정군을 환송하는 소리를 들으며 밧세바는 생각했다. 그이가 돌아올까. 후파 아래 들어서며 지었던 그때의 미소를 다시 지을까. 밧세바는 아버지에게 잠시 들러 건승을 빌었을 뿐이었다.

이불을 빨래 틀에 잘 고정시켜놓은 밧세바는 꿉꿉한 몸을 닦아내고 싶은 충동을 느꼈다. 벌써 이레가 지났구나. 언약궤가 나가고 없는 빈 성막이라도 여호와는 임재하실 것이기에, 달거리를 마친 그녀는 속건제와 화제를 드려야 했다. 그것이 히브리 사람들의 규례였다.

침상으로 간 밧세바가 성막 근방 상인에게 치를 비둘기 값을 가죽 전대에 챙겨 넣었다. 시장에 들러 스튜를 끓일 양다리 살과 채소 조금을 사야지. 물도 길어둬야 했다. 남편이 담당해야 할 몫까지, 그녀는 스스로 해내야 했다. 과부와 뭐가 다르담. 그 생각이 들자마자 거짓말처럼 눈물이 솟구쳤다.

목욕이라도 하고 나가고 싶은 마음에 그녀는 기름 단지를 찾았다. 물이 귀하고 건조한 가나안 지방에서는 몸에 물을 끼얹는 일이 드물었고, 평소에는 기름을 발라 청결을 유지했다. 청동으로 만든 기름 단지를 지붕 구석에 둔 기억이 났다.

나른한 오후였고 지붕에 올라온 다른 이웃은 없었다. 갑자기, 자기도 알 수 없는 충동이 든 밧세바가 나부끼는 빨래 사이에 가 앉았다. 묵직한 기름 단지를 가지고 내려가기보다는 빨래로 몸을 가린 채 재빨리 몸을 닦아내는 게 나을 것 같았다. 그녀는 주변을 다시 둘러보았다. 눈 닿는 곳 어디에도 사람이 보이지 않았다. 기름 단지를 기울이자 엷은 갈색을 띤 올리브기름이 손바닥에 고였다. 고개를 돌려 주변을 확인한 밧세바가 기름 묻은 손을 옷 사이에 넣어 몸을 문질렀다. 그녀의 매끈한 팔과 다리가 오후 햇살에 드러났고, 흰 빨래와 밧세바의 까만 머리칼이 바람결에 살랑거렸다. 빨래 사이를 통과한 바람이 밧세바의 살결과 머리칼을 거치며 기름 향으로 풍요로워졌다. 기분이 좋아진 밧세바가 오므린 손에 기름을 조금 더 덜었다. 소복했던 권태가 감미로운 손길에 흩어져 나갔다.

그렇게 몸 구석구석을 문지르던 밧세바는, 누군가의 뜨겁고 강렬한 시선이 자신에게 머물고 있음을 알아차리지 못했다.

탁자를 짚은 다윗은 랍바와 그곳을 둘러싼 이스라엘 군대를 굽어보는 중이었다.

요압이 보내온 지도엔 랍바 성을 둘러싼 병력과 뒤에서 대기하고 있는 부대들의 위치가 표시되어 있었다. 요압은 기우뚱한 적의 망대와 빈약한 수비대를 공략하며 랍바 성 변경을 야금야금 갉아먹는 중이었다. 다윗은 요압의 전령을 돌아보았다. 먼지 묻은 수염과 때 묻어 구겨진 옷과 땀에 전 허리띠와 정강이 보호대 차림의 전령은 보고를 조리 있게 할 줄 몰랐다. 저 말더듬이가 하고픈 말은 이런 거로군. 랍바에 틀어박힌 하눈을 도울 왕국은 유브라데 강 너머 전체에 단 하나도 없다는 것. 메소포타미아 지방의 모든 왕국과 부족이 패배한 암몬에게서 고개를 돌렸다는 것. 건질 건 그뿐이었다.

"저자를 먹이고 보살펴라."

한없이 늘어지는 보고를 자르며 다윗이 웅얼거렸다. 파피루스 표면을 훑자 누렇게 말라붙었던 전장의 먼지가 손끝에 묻어났다.

스마야가 은 대접을 가져왔고 다윗이 손을 물에 담갔다. 세마포 수건에 물기를 닦으며 다윗은 요압의 배치가 흠잡을 데 없다고 생각했다. 그걸 칭찬할 필요가 있을까. 그를 뛰어넘을 지휘관이 없다는 사실을 굳이 언급해야 할 정도로 요압이 의기소침해 있나?

오히려 그 반대였다. 그가 손을 흔들자 시종들이 지도를 접었다.

지난해 다윗은 랍바를 둘러보지도 않고 돌아왔었다. 그렇기에 두꺼운 이중 성벽과 절벽 같은 망루와 쏟아지는 성벽 그림자에 도사린 암몬의 적개심이 그에게는 막연했다. 돌아가자, 사령관. 불에 탄 아람 전차를 살펴보던 다윗은 요압에게 그렇게 말했었다. 내 병사들이 씨를 뿌리고 밭을 갈아엎어야 해. 햇곡식으로 그들을 배불린 뒤 다시 오자, 이 땅에.

다윗은 요압에게 피 냄새와 전장의 흙먼지가 진절머리난다는 말은 하지 않았다.

시종들이 나가자 다윗이 늘어선 서기관과 사관을 돌아보았다. 그 다음엔 뭐가 있지? 어떤 일이 결정을 기다리지? 왕의 표정을 살핀 그들이 겸허한 표정을 지으며 허리를 구부렸다.

"그만하자. 돌아가라."

다윗은 신하들의 대답을 기다리지도 않았다. 알현실을 가로지른 이스라엘 왕이 부드러운 나무계단을 지나 침전으로 갔다. 두루마리한 무더기를 수북이 쌓아 놓은 장로들이 복도에서 왕을 기다리고 있었다. 청원자들이 공들여 쓴 탄원서와 검토 받아야 할 사안이 거기 가득 들어차 있었다.

날 좀 내버려 두어, 숨 좀 쉬게. 익사 직전의 표정으로 다윗은 손을 내저었다.

걷잡을 수 없는 충동이 그를 갑자기 사로잡았고 감당 못할 정도로 짜증이 일었다. 침전에 들어선 그가 몸을 돌려 문을 쾅 닫았다. 왕을 따르던 자들이 벽과 문에 몸을 부딪쳤고, 두루마리가 바닥에 굴렀다. 따라 들어왔던 스마야가 눈을 커다랗게 뜨자 다윗이 쏘아보았다.

"빗장을 질러."

복도의 수런거림이 차차 잦아들었다.

다윗은 침상에 누웠다. 머리가 묵직했고 팔다리가 늘어졌다. 스마야가 베개를 돋워 왕의 고개를 편안케 해주었다. 멍하니 천장을 바라보던 다윗이 몸을 일으켰다.

"하루만 아무것도 들여다보지 않고 아무도 만나지 않을 수 있을까?"

다윗이 뇌까리자 시종장이 대답했다.

"왕께서 이스라엘을 하루 돌보지 않으시면, 이스라엘은 그 하루만큼 망가지겠지요."

다윗은 비명이라도 지르고 싶었다. 연자맷돌에 묶인 나귀처럼 일상을 빙빙 돌며 얻은 어지러움에 구토가 날 지경이었고, 자애롭고 신실한 왕의 가면을 뒤집어쓰느라 얼굴이 온통 짓무른 것만 같았다.

그는 이 거추장스러운 옷과 광대 같은 짓거리를 내던지고 싶었고, 일상이라는 틀을 바수고만 싶었다. 알 수 없는 충동에 다윗이 벌떡 일어났다.

복도는 비어 있었다. 눈치 빠른 그들은 왕의 심기를 헤아릴 줄 알았다. 다윗은 계단을 통해 지붕으로 올라갔다. 저물어가는 해를 덮은 두꺼운 구름이 유황빛으로 물들었고 동쪽 어스름이 왕궁을 향해 달려들고 있었다.

그리고 한 여인이 보였다.

그 여인이 왜 눈에 들었는지 다윗은 알지 못했다. 멀리 광장이 보였고 하루 장사를 마감하려는 사람들의 초조한 활기참이 거기로부터 느껴졌다. 아이들은 골목 사이를 뛰노느라 바빴고 골목 한쪽에 모인 노인들은 말판놀이로 시끌벅적했다. 한가롭고 넉넉한 풍경이었다.

그런데 왜 유독 그 여인이 눈에 들어왔을까.

나부끼는 빨래 사이에 쪼그려 앉아 몸을 닦는 여인이 왜 자기 안을 가득 채우는지 다윗은 짐작조차 할 수 없었다. 햇빛 아래 그 무엇도 숨을 수 없는 것처럼, 다윗은 여인이 일으킨 동요를 감출 길이 없었다. 여인의 행색에 주시할 만한 특색이 있는 건 아니었지만, 그녀의 용모엔 다윗을 주목하게 만드는 부분이 있었다.

어쩌면 그건 사랑이었을지도 몰랐다.

자신의 전부와 그녀의 전부를 뒤섞어 어떤 무엇을 함께 이루고픈 열망이었을 수도 있었다.

그러나 그것은 또한 갈증이었다. 급히 일어난 간절한 바람, 그것은 다윗의 텅 빈 내면을 채운 소용돌이였다. 기름을 손에 부어 몸에 바르는 여인의 모습이 나부끼는 빨래에 가려졌다 드러나기를 반복했다. 눈을 가늘게 뜬 다윗이 빨래에 가려진 여인을 보기 위해 고개를 빼고 몸을 기울였다. 여인의 살에 배인 기름이 노을에 반짝였다.

"저 여인이 누구냐?"

다윗의 목소리가 저도 모르게 떨렸다. 스마야는 여인을 알아볼 수 없었다. 시종장이 뛰어 내려가 닫힌 문 뒤에 대기하고 있던 젊은 시종 두엇에게 손짓했다.

"엘리암의 딸입니다."

"처녀로구나?"

대답을 기다리던 그 찰나의 순간, 다윗의 마음은 얼마나 간절했던가.

"헷 사람 우리아 장군의 아내이자 엘리암 장군의 딸입니다."

엘리암의 이름은 아히도벨이라는 이름을 끌어내었다. 다윗은 우리아가 암몬 원정군에 포함되어 있다는 사실을 기억해냈다. 세 사내의 이름이 나왔지만 다윗의 충동은 잦아들지 않았다. 옥상의 밧세바에게서 다윗은 여전히 시선을 떼지 못했다.

"왕이시여, 저 여인은 엘리암의 딸이며 장군 우리아의 아내입니다." 젊은 시종이 다시 한 번 아뢰었다.

그러나 흐트러지고 백태 낀 다윗의 내면엔 여인을 향한 갈망이 이미 가득했다. 격동이 그를 흔들었다. 다윗이 시종장을 가까이 불렀다. 다윗이 인장 반지를 손가락에서 뽑아 스미야의 겉옷에 달린 술에 꿰어 묶었다. 명령을 내는 왕의 입술이 가늘게 떨렸다.

"가서 저 여인을 데려와라."

해가 저물 무렵에야 밧세바는 성막에 도착했다.

토라는 월경한 여인에게 달거리가 끝난 이레 뒤 비둘기 두 마리를 속죄제와 번제로 드리라고 가르쳤다. 부정했던 몸이 영적 씻김을 받아야 하기 때문이었다. 성막 바깥에는 사람들이 줄지어 서 있었다. 좌판을 벌인 상인에게 비둘기 두 마리를 산 밧세바가 줄에 붙어 섰다. 곱게 간 보리로 채운 함과 갓 짠 올리브기름 담은 병을 든 사람들이 차례를 지키며 서 있었고, 밧줄에 붙들린 새끼 양이 두리번거렸다. 기름과 피를 훑는 불기운에 불길함을 느낀 황소는 고개를 자꾸만 뒤로 당겼다.

번제와 속죄제는 드리는 방식이 비슷했지만 제물을 처리하는 순서가 달랐다. 번제는 제물을 성막 마당 번제단에서 불살랐고, 속죄제는 기름만 번제단에서 불사르고 나머지는 성막 바깥에서 따로 불살라야 했다. 제물을 손질하는 밧세바의 서툰 손이 자주 미끄러졌다. 규례에 따라 제물 손질은 제사 드리는 자가 직접 해야 했다. 젊은 제사장이 참을성 있게 기다려주었지만, 밧세바는 그 엄정한 시선이 불편했다. 목을 찔린 비둘기가 격렬하게 버둥거렸다. 날개 접힌 비둘기를 내리누른 밧세바가 손아귀에 힘을 꽉 주었다. 손바닥에 느껴지는 비둘기의 경련에 밧세바는 전율했다. 제사장이 제물 아래로 금 그릇을 받쳤다. 금 그릇에 피가 고였다. 피 흘린 새를 뒤집어 가른 밧세바가 내장을 빼냈다. 소금 한 줌이 부어진 비둘기가 불에 던져졌다. 그 광경을 지켜보며 밧세바는 그 날짐승이 자신의 부정을 물고 신께 날아갔다고 생각했다.

다른 비둘기 한 마리의 기름을 따로 제거해 불사른 밧세바는 성막 바깥에 마련된 곳에서 그걸 마저 태웠다. 어릴 때 아버지에게 규례에 대한 설명을 들었지만, 그때나 지금이나 밧세바는 그것이 잘 이해되지 않았다.

치러야 할 의식을 얼추 마치고 밧세바는 집으로 향했다. 골목 어귀에서 아이들의 웃음소리가 들렸다. 황혼 녘 아이들의 그림자가 돌벽 위로 계단처럼 꺾인 채 출렁였다. 서로를 잡으려 드는 아이들의 환한 얼굴을 모퉁이에 선 그녀가 물끄러미 바라보았다.

집 앞에 다다른 밧세바는 문가에 선 낯선 자를 발견했다. 그녀는 멈춰 섰다. 사내의 머릿수건은 군인의 것보다 부드러웠고 허리띠와 겉옷에 드리워진 자수는 지나칠 정도로 화려했다. 몸피가 몹시 작은 그 사내가 밧세바는 익숙하지도, 낯설지도 않았다.

"왕궁에서 그대를 찾습니다."

놀란 밧세바가 가슴에 손을 얹었다. 우리아 혹은 엘리암의 전사를 의심한 그녀가 간신히 되물었다.

"무슨 일이지요?"

"저는 명령을 이행할 뿐입니다."

체구가 작은 중년 사내는 눈을 깜빡이고 있었다. 밧세바는 그가 당혹스러워한다는 인상을 받았다.

"무엇으로 그대를 믿지요?"

사내가 겉옷 귀퉁이에 달린 술을 내밀었다. 밧세바는 그 문양이 누구의 것인지 알고 있었다. 살짝 벌어진 그녀의 입술에서 탄성 섞인 한숨이 흘렀다. 그녀가 사내를 응시했다. 스마야가 밧세바의 시선을 외면했다.

"이게 무슨 의미지요?"

"생각하시는 그대롭니다." 스마야가 재빨리 덧붙였다. "저는 명령에 따를 뿐이랍니다."

밧세바는 날카로운 한기를 느꼈다. 그녀는 남자를 모르지 않았고, 지금의 상황이 뭘 의미하는지 모를 정도로 어수룩하지도 않았다. 디저트를 함께 들자고, 잘 말린 건포도나 함께 씹자고 자신을 부르진 않았을 게 분명했다.

난 중요한 갈림길 앞에 서 있어. 밧세바는 겁이 났다. 동굴처럼 구불구불하고 무덤처럼 어두우며 늪처럼 비밀스러운 그녀의 깊은 곳에서, 두 개의 목소리가 흘러나왔다. 두 개의 길 앞에 선 그녀를 두 개의 목소리가 멀리서 불러댔다.

한 번의 끄덕임이 내 삶을 뒤집어놓을 거야. 온몸이 떨렸다. 그녀가 아히도벨을 떠올렸던가? 다정하지만 과묵한 할아버지가 왕에게 가졌던 깊은 신뢰에 대해 밧세바는 피상적으로만 알았다. 그렇기에 밧세바는 자신이 왕과 할아버지의 돈독한 관계를 쪼개어 벌리는 쐐기가 되리라곤 생각도 못했다. 그녀는 단지 엘리암이 조금 생각났고, 못 견디게 우리아가 보고 싶었다. 그러나 그건 잠시뿐이었다. 곧장 우리아가 보였던 무심함이 떠올랐고, 그녀의 마음 표면에 피어오르려던 그리움은 순식간에 꺼져버렸다.

놀랍게도 떨림이 뚝 그쳤다.

스마야에게 고개를 끄덕이기까지의 짧은 순간, 오직 그녀와 신만이 아는 이유들이 밧세바의 내면을 휩쓸었다. 그녀를 부른 사람은 이스라엘의 통치자였고 부유하고 존귀한 자였으며 가장 강한 사내였다. 거절해야만 해. 그건 밧세바가 지금의 삶을 가치 있게 여긴다는 뜻이리라.

그러나 그녀는 그렇게까지 자신을 철저히 속이는 사람이 아니었다.

밧세바가 숨을 가다듬었다. 그녀가 손질했던 비둘기 중 하나는 성막 안 제단에서, 다른 하나는 성막 바깥에서 태워졌다. 그녀 안에서 휘몰아치는 두 개의 목소리 중 하나만이 들여지고, 다른 하나는 내보내져야 했다. 선택의 순간에 밧세바의 머리는 도리어 맑았다.

"오래 기다려야 할 거예요."

"그러지요."

그녀는 집 안에 들어와 빗장을 질렀다. 문에 등을 댄 밧세바가 주르르 주저앉았다. 격렬한 변화에 붙들린 그녀가 눈을 질끈 감아 제 안에 머물던 것들을 재빨리 짜내버렸다. 그렇게 후회의 눈물이 미리 흘렀다. 이 문을 나선 뒤 후회하고 싶진 않았다. 떠나보내야 할 것들은 언젠가 떠나가리라. 눈물처럼, 지금의 밧세바처럼.

집 안은 어두웠다. 긴 한숨이 어둠을 가로질렀다. 뭘 하고 있는 거야, 넌.

알 수 없었다.

알 수 없었다.

자신을 이해할 수 없긴 다윗도 마찬가지였다.

아히도벨은 오랜 세월 다윗에게 봉사해 왔고, 엘리암은 왕을 위해 칼과 먼지와 한뎃잠을 무릅써 왔다. 게다가 여자의 남편은 전도유망한 장군이었다. 어쩌자고 남편 있는 여자를 왕궁에 불러들인 걸까. 다윗은 자신의 결정이 믿어지지 않았다.

각자의 거처를 받은 다윗의 처첩들은 자녀들과 함께 지냈고, 암논이나 압살롬처럼 열세 살이 넘은 왕자는 방을 따로 받았다. 다윗은 저녁이면 처첩들의 방에 머물다가도 잠은 꼭 침전에서 잤다. 그는 홀로 자는 데 익숙했고 몸에 익은 습성을 바꾸려 들지 않았다. 불려온 처첩들도 왕이 졸음을 느끼면 각자의 방으로 물러가야 했다. 다윗은 밤 당직을 맡은 시종들의 조심스러운 발걸음과 깊어지는 밤을 향해 귀를 기울였다. 벌레가 울었고, 작은 짐승들이 수풀을 헤치는 소리가 들렸다. 왕궁은 고요했고 다윗의 밤은 한산했다. 먼 성벽에 선 경비병들이 한기에 몸을 떨었고 모퉁이와 망대에 세워 둔 횃불이 찬찬히 껌뻑이다 다시 타올랐다. 바람에 비틀거리는 불꽃이 위태로워 보였다.

턱을 괴고 생각에 잠겼던 다윗이 창턱에서 물러났다. 뭔가에 홀리지 않고서야 그런 결정을 내릴 리 없었다. 스마야를 불러들이기엔 너무 늦었다. 늙은 시종장은 이미 밧세바에게 왕의 뜻을 전했을 것이다. 그것만으로도 우리아의 분을 사기에 충분했다. 아내를 유혹한 왕을 향해 우리아는 어떤 표정을 지을까. 다윗은 문득 우리아가 누군지 잘 모른다는 사실을 깨달았다.

침전을 밝히는 등잔불이 어둠을 담담히 밀어내고 있었다. 내가 무슨 짓을 하고 있지. 그는 시간을 거꾸로 돌리고 싶었다. 늦지 않았을 거야. 엇갈렸을 수도 있지. 스마야에게 주었던 내 말이 시종장의 입에 아직 담겨 있을지도 몰라. 다윗이 문가로 급히 돌아섰다.

그 순간 문이 열렸다.

출입구는 창가에서 멀었고 달빛이 닿지 않아 어둑했다. 시커먼 그녀의 윤곽 뒤로 등불을 든 스마야가 보였다. 문지방 너머에서 드리워진 그림자는 불빛을 등졌기에 실제보다 커 보였다. 다윗의 손이 축 늘어졌다. 그의 얼굴이 죄책감과 흥분으로 붉어졌다.

밧세바의 심장도 마구 쿵쾅거리고 있었다. 그녀는 스스로에게 체념을 강요하는 중이었다. 이미 늦었어. 이곳에 온 것 자체가 선을 넘은 거야. 그녀가 한 발 내디뎠다.

그녀 뒤로 문이 닫혔다.

침전에 켜진 등잔 불빛과 달빛을 통해 밧세바는 왕을 바라보았다. 그전에는 개선 행렬에서나 멀리서 보던 왕이었다. 할아버지나 아버지에게 간혹 들었던 묘사와는 조금 달랐다. 블레셋 거인을 죽인 뺨이 붉은 목동은 찾아볼 수 없었다. 밧세바는 불을 깊이 머금은 석탄을 떠올렸다. 표정이 엄격해 보여. 하지만 한 꺼풀 아래는 암잔함이 자리하고 있다는 걸 밧세바는 금세 알아차렸다. 등잔 불빛이 더욱 진하게 만든 얼굴 주름에 손끝을 대보고 싶다는 생각이 들었다. 거기에는 절벽 같은 권위와 함께 진물 같은 노곤함이 자리하리라.

가까이에서 보니 선이 더 고와 보이는군. 여위었지만 몸의 선이 매끈하고 날렵했다. 고혹적으로 흩날렸던 검은 머리칼은 머릿수건에 가려져 있었다. 다윗은 밧세바의 깍지 낀 손을 보았다. 거기에는 아무 반지도 끼워져 있지 않았다. 그게 그녀의 대답이었다. 굳었던 표정에 균열이 갔고, 웃음기 머금은 다윗의 입술이 조금 삐뚤어졌다.

다윗은 그녀가 자신의 두두룩한 몸의 윤곽과 백발이 간간히 섞인 머리칼을 훑어보았음을 알아차렸다. 재빨리 되돌아가는 그 눈빛이 생기롭게 여겨졌다. 바람이 불자 그녀가 두른 머릿수건이 가늘게 떨렸다. 그들 모두 한동안 입 열지 않았다. 침전이 침묵으로 채워졌다. 경계선 양쪽에 선 두 사람은 서로를 마주 보고 있었다.

"오는 길이 힘들진 않았나?"

긴장한 탓에 왕의 음성은 거칠었다. 밧세바는 말을 하기 위해 숨을 먼저 골라야 했다.

"괜찮았어요."

왕이 다가왔다. 고개 숙인 밧세바는 쿠토네트 아래 드러난 왕의 발목과 종아리를 보았다. 밧세바가 황급히 눈길을 돌렸다.

다윗이 잔에 물을 따랐다. 밧세바를 힐끔거릴 때마다 그의 갈증은 더해 갔다. 그는 목마름을 참을 수 없었다.

왕이 아닌 다른 사람이었다면 오지 않았을 거예요. 밧세바는 그렇게 말하고 싶었다. 그녀는 벌써부터 벌거벗겨진 기분이었고, 자신이 쉽고 하찮은 존재로 여겨지지는 않을까 걱정스러웠다. 그녀는 혼란스러웠다. 자신이 성막 바깥에서 태운 비둘기가 목 잘리고 내장이 파내진 채 여전히 퍼덕이는 것만 같았다.

어쩌면 그건 두 개의 갈림길이 아니었을지도 몰랐다. 이 모든 길은 결국 같은 길이야. 속죄제나 번제나 어차피 제물은 완전히 타기 마련이었다. 머릿수건을 벗고 다윗을 바라본 그 순간, 밧세바는 우리아가 그리웠다. 그녀는 미안해하지 않았다. 다만 회향 씨처럼 까만 그의 눈동자가 못 견디게 간절했을 뿐이었다.

그녀가 한 걸음 나아갔다. 아직 남아있었다, 되돌릴 마지막 기회가. 다윗과 밧세바 모두에게 아직도.

그러나 침전으로 한 걸음 들어선 그녀의 옅어진 그림자가 한 걸음만큼 뒤로 길어지고 밧세바의 아름다운 얼굴이 어둠 속에서 환하게 떠오른 순간, 부푼 불꽃은 다윗의 내면을 마침내 채웠다. 밧세바를 껴안은 다윗이 흐느낌 같은 한숨을 내쉬었다. 부둥켜안은 두 사람이 침상에 쓰러졌다. 움츠린 밧세바가 찡그리며 등잔불을 가리켰고, 쿠토네트를 벗다 만 다윗이 침상 밖으로 나왔다. 불 머금던 심지가 어둠 속에서 먹먹해졌다.

첫닭 울 때가 되어서야 밧세바는 집에 돌아올 수 있었다.

13
연기

식사가 차려지고 나서야 제사장 아비아달은 사령관 막사에 들어섰다. 막 구워내 온 빵은 벌써 한 김 가신 참이었다.

"기다리게 했군."

손바닥을 마주 비빈 아비아달이 감사기도를 올리자 무릎 꿇은 요압과 장군들이 머리를 숙였다. 언약궤를 모시고 전장에 온 아비아달은 그간 사령관 막사에서 함께 식사해 왔다.

사령관 막사에는 식탁이 없었다. 그들은 낙타털 융단 위에 둘러앉았고, 커다란 접시에 담긴 음식을 함께 먹었다. 참석자의 오므린 발 앞에 잔이 놓였고 얍복 강의 감미로운 물이 채워졌다. 시중드는 어린 병사들이 꿀과 올리브기름과 마늘즙을 발라 센 불에 구운 양의 다리 살을 들였다. 나무 속을 파 만든 커다란 그릇에는 저민 양파와 마늘과 네모나게 썬 송아지고기를 넣고 향료를 더해 맵게 끓인 스튜가 담겼다. 요리 사이로 꿀과 올리브기름과 치즈와 말린 무화과와 대추야자열매를 푸짐하게 담은 오목한 나무 접시가 놓였다. 빵이 가득 담긴 접시 옆엔 하미쯔 단지가 놓여 있었다. 병아리콩을 갈아 만든 이 짭조름한 소스만으로 구운 빵을 즐기는 사람도 꽤 많았다.

전장에 나온 그들은 집에서 하듯 반쯤 눕는 대신, 오므린 책상다리에 팔꿈치를 대고 몸을 앞으로 기울여 식사했다. 그들은 빵을 찢어 스튜를 떠먹거나, 음식 담은 빵을 반으로 접어 만족스레 씹었다. 병사들이 장군들 뒤에 붙어 음식 찌꺼기가 수염에 붙지 않게 거들어주었고 빈 잔을 채웠으며 손닿지 않는 음식을 집어주었다. 물 양동이 하나가 깨끗하게 비워지자 양젖 담긴 큰 흙 단지가 들어왔다. 수백 마리의 양과 염소를 전장에 가져온 그들에겐 물의 풍족한 사용만이 허용되지 않았을 뿐이었다.

랍바는 고원지대에 세워진 왕성이었다. 암몬 사람들은 이스라엘의 침입에 대비해 우물의 버팀돌을 무너뜨리고 샘의 물줄기를 바위로 교묘히 덮어놓았다. 간혹 랍바 성에 들어가지 못한 암몬 병사들이 이스라엘 병사를 습격하기도 했다. 멀리까지 물을 구하러 나갔던 요압의 부하들이 숲과 바위 뒤에서 날아온 암몬의 화살에 꿰뚫렸던 것이다. 그때마다 요압은 병사를 풀어 동굴 입구마다 불을 놓았고, 입을 틀어막고 뛰어나오는 자들에게 부하들에게 꽂혔던 화살을 되쏴주었다.

간혹 랍바 성문이 열리고 노새 탄 전령이 튀어나오기도 했다. 주변 왕국에 도움을 구하려는 하눈 왕의 안간힘이었다. 요압의 포위망은 촘촘했고 암몬의 전령은 이스라엘의 그물을 찢지 못했다. 전령의 죽은 몸을 기둥에 묶어 내어 걸면 맥이 빠진 랍바 성에는 찬 서리 같은 고요가 내리곤 했다.

랍바를 포위한 요압은 부하들의 역할을 분담시켰다. 가축을 담당하는 병사들이 멀리까지 나가 그것들을 풀어먹였고, 밤이면 돌아와 가시덤불로 만든 간이 울에 몰아넣었다. 병사들이 순서를 바꿔가며 양젖과 염소젖을 짰고, 걸쭉하고 새콤한 치즈를 얻으려 서늘한 산그늘에 젖이 담긴 단지를 밀어두었다. 굳은 치즈를 만들기 위해 젖이 담긴 가죽 부대를 흔드는 당번도 있었다. 경계를 서지 않아도 되는 병사들은 씨름으로 몸을 단련하거나 가벼운 돈을 걸고 단창이나 무릿매 던지는 내기를 했다.

요압은 성막과 언약궤를 관례에 맞게 배치했다. 언약궤에 머무는 신의 권능이 승리를 가져다준다고 믿었기에, 이스라엘 병사들은 그 앞에서 극도로 경건히 행동했다. 반짝이는 금 고리와 은 갈고리가 규례에 정해진 폭과 너비로 고정되었고, 흙으로 쌓은 단과 막대를 끼워 옮길 수 있게 만든 번제단과 제사장이 손발을 씻기 위한 물두멍이 마련되었다. 성스러운 기구를 잡을 수 있게 허락된 레위 사람들이 성막 안의 정해진 위치에 빵 놓을 상과 분향단과 세 개의 가지로 갈라진 등잔대臺를 두었다. 언약궤가 성막 가장 깊은 곳 지성소에 들어갈 때, 모든 이스라엘 병사는 신을 벗고 땅에 엎드렸다. 언약궤가 이곳에 있다는 건 이들이 유일신 여호와의 군대라는, 이 전쟁이 신의 뜻을 이루는 성스러운 싸움이라는 의미였다. 그들은 지금 여기 여호와가 계신다는 확신 속에서 기운을 얻었다.

아침과 정오와 해 질 녘에 그들은 언약궤 앞에서 제사를 드렸다. 지금 아비아달과 요압과 장군들이 먹는 양고기와 소고기도 제사를 드리고 물린 것이었다. 그들은 해가 가장 높을 때 소를, 아침과 저녁으로 양을 잡아 올렸다. 요압은 아비아달의 요청을 받아들였다. 그에 따라 모든 병사는 제사 때마다 엎드려 자신의 미천함과 신에 대한 공경을 드러내야만 했다.

음식은 빠르게 사라져갔다. 요압은 장군들의 대화에 귀 기울이며 음식을 들었다. 활기차지만 부산스럽지 않은 그들은 여유롭고 푸근한 표정을 지은 채 짧고 날카로운 농담으로 서로를 찔렀다. 향신료로 달아오른 혀를 휘둘러대며 그들은 상대방의 부하를 조롱했고 서로의 무훈에 대해 의혹을 제기했다. 요압이 시중드는 병사들을 채근했다.

"여기 하미쯔를 더 내와. 빵만 잔뜩 쌓아 두면 뭘 해? 내 장군들을 제대로 대접해."

마주 본 장군들이 빙그레 웃었다.

"이봐, 자네 부하들은 어떻게 지내나? 병사들의 잠자리와 식사를 잘 살피고 있겠지?"

눈이 마주친 젊은 장군을 가까이 부른 요압이 물었다. 젊은이들은 연장자들의 대화에 끼어들지 않아야 했고 두 번 이상의 질문과 요청이 있은 뒤에야 제 뜻을 밝혀야 했지만, 요압은 그런 관례를 종종 무시했다. 그는 젊은이들과 어울리길 좋아했고 그들의 고충에 충고로 응대하길 즐겼다.

장군들이 고민을 털어놓으면 요압은 풀어주었고 문제가 없다고 손사래를 치면 좀 더 세밀하게 물었다. 요압은 주도면밀한 질문자였고 장군들이 자신을 본받기를 바랐다. 내 군대에 듬성듬성한 대목이 있어선 안 돼. 내 병사들이 불만을 품어선 안 돼.

그건 다윗의 방식이었다. 광야에서 자신을 흠모한 자들을 이끈 다윗의 방식 그대로 요압은 왕의 병사를 이끌었다.

장군 사이사이에는 다윗이 종군시킨 서기관들과 사관들이 앉아있었다. 그들은 서기관 여호야다의 통솔을 받았다. 장군들은 할아버지인 대제사장 여호야다와 구분하기 위해 그를 젊은 여호야다라고 불렀다. 대제사장의 손자이자 호위대장 브나야의 아들인 젊은 여호야다는 민첩한 일 처리와 영민한 조언으로 왕의 총애를 받았다.

수염과 머리카락을 짧게 유지하길 좋아하는 이 청년은 서글서글한 눈매에 작은 코를 지녔고 빙그레 웃길 잘했다. 짙고 푸른 눈동자를 지닌 젊은 여호야다는 손가락을 벌려 곱슬곱슬한 갈색 머리칼을 쥐어뜯듯 빗어 내렸는데, 어찌나 서툰지 겨우 정돈된 머리가 마구 뒤엉키곤 했다. 햇볕을 받지 않는 그의 피부는 희어 창백해 보였다. 여호야다는 키가 크고 건장했지만, 장군들은 그가 힘쓰는 일에 몹시 서툴다는 사실을 오그라든 잔 근육을 통해 바로 간파했다. 여호야다는 힘을 겨루며 뒹굴기보다는 뒹구는 자들을 품평하길 좋아하는 사람이었다.

젊은 여호야다의 좋은 평판을 요압 또한 알고 있었다. 여호야다를 대제사장이나 호위대장과의 관계를 돈독히 하려는 발판으로 삼으려던 요압은, 요즘 들어 그와의 대화를 즐기게 되었다. 다윗을 매혹시킨 여호야다의 수완이 요압에게도 발휘된 것이다. 여호야다가 사령관 막사로 호출되는 횟수는 점점 늘어났다. 그들의 대화는 대개 여호야다가 요압의 질문에 대답하고 요압이 그에 대해 반론하거나 의견을 보충하는 식이었는데, 젊은 서기관은 이러한 문답이 일종의 교습 같다고 생각했다. 요압은 이 재기 많은 젊은이를 좋아했다. 이스라엘 사령관은 감각이 날카로운 사람이었다. 그는 간혹 장군들이 보이는 둔감함에 질려했는데, 그때마다 젊은 서기관과의 대화가 도움되었다. 나이 차이가 나면 대화조차 삼가는 이스라엘 관습을 요압은 염두에 두지 않았다. 요압과 대화를 나누던 어느 날 여호야다는 사관 여호사밧의 재주를 칭찬했고, 친구와 함께 종군하던 여호사밧은 그날로 사령관 막사에서 담소를 나누는 호의를 입게 되었다.

바람이 불자 팽팽히 당겨 세운 천막이 부르르 떨었다. 뜨거운 바람에 매운 열기가 느껴졌다. 식사를 대강 마친 장군들이 오늘의 상황과 아군의 태세와 적의 정황에 대해 의견을 나눴다. 귀를 기울이던 요압이 심드렁한 표정을 지었다. 별다른 건 없군. 별다른 게 있을 리 없었다. 굶주린 적들은 높은 성벽 안에서 오지 않을 구원 병력을 기다렸고, 활력이 가득한 이스라엘 군은 적들이 성문을 열고 뛰쳐나오길 갈망하고 있었다.

랍바는 높다란 이중성벽에 망루가 보충된 거대한 성채였다. 암몬 포로들은 랍바 안에 수천 채의 집과 수백 바트Bat에 달하는 저수조가 있고, 대리석과 황금과 아름다운 부조로 꾸며진 왕궁이 중심에 자리했으며, 거대한 신상과 금덩이와 번쩍이는 보석으로 장식된 신전이 왕성 옆에 세워졌다고 설명했다. 몇몇 젊은 장군이 성벽 아래로 굴을 파겠다고 자원했지만 요압은 허락하지 않았다. 암몬 포로들은 랍바에 비축된 식량이 거의 없다고 입을 모았다. 먹여야 할 입이 많다면 갇힌 자들은 서로 다툴 게 분명했다. 요압은 들이칠 생각이 전혀 없었다. 그에겐 피를 흘릴 이유가 조금도 없었다.

성벽이 높았지만 성문도 만만치 않았다. 바깥문 양쪽에 세워진 망대엔 활과 돌을 구비한 수비 병력이 버티고 있었고, 팔꿈치처럼 직각으로 구부러진 성문 통로 양쪽 벽엔 활 든 자들이 즐비했다. 통로가 구부러지는 지점에서 암몬 병사들은 침입자의 방패 들지 않은 쪽, 활짝 노출된 오른쪽 어깨를 노릴 것이었다. 적을 속이려 요압은 성벽 쪽에 병력을 배치하긴 했지만, 랍바를 정복하려면 성문을 점령해야 한다는 걸 알았다. 요압이 믿는 구석은 적의 식량 사정이었다. 먹살은 우리가 잡았고 숨은 저쪽이 막힐 테지. 뼛조각을 뱉어낸 요압이 어깨를 으쓱거렸다.

장군들 앞에 놓인 그릇은 거의 비어 있었다. 제사장의 감사기도로 그들은 식사를 마쳤다. 밖에 나간 요압이 모래를 집어 손에 묻은 기름기를 비벼 닦았다. 시중들던 병사가 따라와 사령관 손에 물 단지를 기울였다.

장군들이 막사를 나갔고, 접시와 그릇과 잔을 겹쳐 든 병사들이 그 뒤를 따랐다. 점심에 드릴 수소를 감별하기까지의 이때가 아비아달은 한가했다.

"드실 만한 걸 올려라."

요압의 병사들이 굳지 않은 염소젖에 꿀과 석류즙을 섞은 시원한 음료를 내왔다. 동굴 깊이 보관해둔 별미였다. 여호야다가 들어와 사령관 막사에 들인 두루마리에 대해 물었다.

"내어가서 판단할 만한 것은 처결하고 판단을 넘는 건 도로 가져와라."

빙그레 웃은 여호야다가 두루마리를 품에 가득 안고 나갔다.

요압을 보며 아비아달은 다른 생각을 하고 있었다. 확실히 관록이 붙었군. 여유로워. 젊은 시절 요압은 급하고 자존감이 강했다. 다윗을 따랐던 광야 시절에, 탁월한 통솔력을 보이던 요압은 종종 실수를 저지르곤 했다. 날카로운 판단력을 가진 그는 판단을 맹신해 손해를 보기도 했고, 자존심에 상처가 나면 걷잡을 수 없이 날뛰기도 했다. 아브넬만 해도 그 성질머리 때문에 죽였던 거지. 감히 누가 왕의 환대를 받고 떠나는 자를 거짓말로 불러내 성문에서 죽인단 말인가.

하지만 그것이 그가 사령관이 된 요인이기도 했다. 자기 확신과 고집스러움이 불굴의 의지와 합쳐져 요압을 높은 지위에 올려놓은 것이다. 뭔가가 생각난 아비아달에게 요압이 불쑥 물었다.

"아침에도 연기가 나던가요?"

랍바 안쪽에서 솟은 연기는 사흘 전 나하래가 가장 먼저 발견했다. 그는 랍바 성안이 가물가물 보이는 언덕 위에서 적의 동태를 살피는 중이었다. 자기가 본 걸 믿을 수 없던 그는 아비새를 불러 확인을 부탁했다.

언덕을 꽉 메운 연기는 왕궁 옆 신전에서 올라오는 것 같았다. 나하래처럼 아비새도 신전 바깥에 엎드린 사람들의 긴 행렬과 그들의 맹렬한 조아림을 보았다. 랍바 성 전체는 무덤처럼 고요했다. 연기 사이로 보이는 신전 기둥들은 **빽빽한** 쐐기풀 줄기처럼 보였다. 바람이 잦아들자 암몬 사람들의 신전에서 높아지는 북소리와 비명 같은 부르짖음이 또렷해졌다. 신전에서 출발한 암몬 사람들은 랍바 성안을 천천히 돌았는데, 그 행렬은 거대한 뱀처럼 보였다. 행렬 가장 앞에는 황금 우상이 세워져 있었다. 암몬 사람들은 사람 몸에 황소 머리를 한 몰렉 신상에게 비탄에 빠진 자신을 돌아봐달라고 애원하는 중이었다. 무녀들이 손에 든 칼로 제 몸을 그으며 신상 앞에서 날뛰었고, 그녀들의 갈라진 상처에서 흐른 피로 몰렉의 앞길이 붉게 젖었다. 몰렉에게 바쳐지는 심란한 음악과 절규에 가까운 탄원과 열에 들뜬 몸짓이 성문까지 내려왔다가 왕궁을 거쳐 신전으로 되돌아갔다. 우상 뒤에는 사슬에 묶인 사내아이가 울부짖고 있었다. 광란의 춤을 추던 무녀가 성문 위로 올라와 퍼부은 저주를 이스라엘 병사 모두가 들었다.

그날부터 하루도 **빼놓지** 않고 매일, 암몬 사람들은 신상 앞에 지핀 불에 살아있는 아이를 바쳤다. 랍바를 둘러싼 망대 위엔 눈이 날카로운 정탐꾼이 많았다. 얼마 지나지 않아 가물가물한 랍바 안에서 무슨 일이 벌어지는지 이스라엘 병사 모두가 알게 되었다. 사슬에 묶인 어린애가 불꽃 위에서 몸을 뒤트는 광경을 눈 밝은 이에게서 전해 들으며, 모두 몸서리쳤다. 사람을 태운 연기는 신상을 감쌌다가 신전을 덮고 왕궁을 껴안으며 언덕 위에 오래도록 머물렀다. 늘어선 기둥 사이로 몰렉에게 경배하고 그에게 구원을 간청하고 그러기 위해 자기 자신을 내어놓은 암몬 사람들의 열광과 도착이 보였다. 그들은 격렬히 몸을 떨었고 공중에 손을 흔들고 발을 굴러댔으며 목이 쉬도록 그들 신의 이름을 불렀다. 그들은 간절한 소원일수록 소중한 존재를 바쳐야 한다고 믿었고, 사랑스럽고 깨끗한 영혼이 황소 머리 신을 기쁘게 한다고 여겼다.

"저 언덕에 머무는 연기는 말이죠." 요압이 천막 너머를 향해 손을 흔들었다. "뒤엉킨 뱀처럼 보여요."

그 말에 제사장은 교미 중인 사특한 짐승을 떠올렸다.

"몰렉에게 바치는 제사 광란은 밤까지 이어지지. 무녀들은 괄하게 지핀 불꽃에 제 몸에서 흐른 피를 뿌리고, 제사장들은 황소 신이 어린 영혼을 원한다고 악을 쓴다오."

"지켜본 것처럼 말하는군요."

"젊을 땐 뭐든 경험해 보는 게 도움이 되지." 아비아달이 씽긋 웃었다.

요압은 이해가 되질 않았다. "저 미치광이들은 대체 어떻게 생겨먹은 영혼을 지닌 겁니까?"

"그 반대라오, 사령관. 우리는 영혼을 가진 게 아니오. 영혼인 우리가 문드러지고 말 육체를 지닌 것이라오."

제사장이 희미하게 웃었다. 맞아, 우린 흙 그릇에 담긴 어떤 무엇이지. 그걸 헷갈리는 사람들이 꽤 많지만, 진실은 단 하나야. 우리 그리고 우리의 영혼, 나눠질 수 없는 단 하나.

요압은 다른 생각에 골몰해 있었다. 저 암몬 사람들은 몰렉의 구원이 가능하다고 믿는 걸까, 이토록 고립된 지금에도? 그들은 자식을 죽음으로 내몰며 신의 도움을 간구했다. 믿음은 고귀한 마음가짐이다. 하지만 저들이 행하는 것도 고귀하다 할 수 있을까. 그건 믿음일까. 오, 믿음이어야만 그런 짓을 할 수 있겠지. 그런 믿음은 어떤 가치를 지닐까. 요압은 턱을 괴었다.

"내부를 결속시키고 우리에게 증오를 돌리게 만들려는 속셈입니다." 요압이 차갑게 웃었다. "광란에 사로잡힌 저들은 이 싸움이 자기 왕의 오만함 때문에 벌어졌다는 사실을 기억 못 하고 있어요."

"식량이 떨어졌다는 절망 때문에 제 자식을 불사른 걸 테지."

"옳습니다, 제사장. 거기서 그칠 위인들이 아닙니다. 곧 또 다른 소동이 일겠지요."

입을 줄이는 효과도 있을 거라고 요압은 추측했다. 하지만 제대로 된 아버지라면 아들의 더 나은 삶을 위해 죽음을 무릅쓰는 법이 아닌가. 아들을 불에 던진 손아귀에 어떤 영광이 머물겠는가. 아비아달은 암몬 사람들의 어리석음을 비웃었다.

"그나저나 왕께서는 어찌 지내시나?" 제사장이 물었다.

"편지 왕래를 하지 않으시나요?"

"왕께서는 길고 장중한 문구를 읊어 서기관에게 대서代書하게 하시지. 나 또한 아름다운 문장으로 왕의 노고를 위로하고 그 분을 축복한다오. 하지만 사령관, 그대도 알겠지만 거기엔 알맹이가 없소."

제사장을 향해 몸을 기울인 요압이 흥미로워했다.

"제사장께서도 아시겠지만, 광야에서 우리는 가릴 게 없었죠."

사울에게 쫓긴 그들은 빈털터리 추방자였고, 사적인 삶을 보전할 장막 따윈 광야에 존재하지 않았다. 그러나 이스라엘 왕과 각종 고위직에 오른 그들의 삶은 이제 완전히 달라졌다. 우리들 간의 관계 또한 변화를 겪었지. 많다면 많았고 적다면 적었지만, 변화가 없진 않았다.

　"투명한 가림막이 내려선 것만 같습니다."

　요압이 제사장을 떠보았다. 빙긋 웃은 아비아달이 마주 고개를 끄덕였다.

　"사실일세. 광야의 고행을 겪은 우리 자신도, 우리와 다윗 왕 사이도 달라졌지."

　"똑같을 순 없지요." 요압이 대답했다. "아주 오랜 세월이 지났잖습니까. 팽팽한 근육과 뜨거운 혈기를 지녔던 우리는 이제 식은 피와 눌어붙은 근육을 한탄하게 되었습니다."

　"대신 날카로운 시각과 재빠른 판단을 지니게 되었지."

　요압이 빙그레 웃었다. "우리 모두는 결국 영악해져 버린 건가요?"

　어쩌면 그럴지도 몰랐다. 광야의 연단을 거쳐 지금의 지위에 오른 그들 모두에게 엷은 녹이 먼지와 함께 층을 이뤘는지도 모를 일이었다. 그들 모두에게는 기름이, 엉겨 붙은 것을 닦아내고 본연의 광채를 드러내게 할 순수한 기름이 필요한지도 몰랐다.

　"사울이 광야로 손을 뻗어 우리를 잡아 찢으려 들었을 때, 우리는 가난했고 고통받았잖소." 자기 말에 확신을 부으려 제사장이 고개를 끄덕였다. "하지만 좋은 시절이었어. 먼지 덮인 돌로 조잡한 가마를 만들고 빵이 익을 때까지 농담을 주고받았지."

인간을 극한으로 몰아넣는 광야에서, 그들은 함께 울었고 함께 웃었다.

"저도 가끔 엔게디를 떠올립니다."

"사령관 당신이 왕께 칼을 빼주었었지." 기억을 더듬는 아비아달의 눈이 가늘어졌다. "빨리 사울을 찔러요. 똥을 누는 저 돼지의 등짝에 단검을 박아버려요!"

"그럴 리가!"

요압이 깜짝 놀라는 시늉을 하자 아비아달이 웃음을 터뜨리며 허공을 쿡쿡 찔렀다.

"눈으로 그렇게 말하고 있었잖나!"

우리 모두의 눈빛이, 절규를 담아.

요압이 재빨리 대꾸했다. "저뿐만이 아니었죠."

공교롭게도 그날 이후 다윗과 그의 추종자들은 엔게디 동굴의 일을 거론하지 않아 왔다. 그걸 묻는 것이나 그에 대한 생각을 입 밖에 낸다는 게 왠지 모르게 불경스럽게 느껴졌던 것이다.

"그때 사울을 죽였더라면 삼천 명의 호위병이 동굴 안으로 쏟아져 들어왔을 겁니다."

"다윗 왕께서 그렇게 판단한 걸까?"

그 찰나에 그렇게나 냉철히.

"여호와의 기름을 받은 자를 해치는 건 신의 결정을 꺾어버리는 것과 같다고 여기시죠."

"일관되게 말이야. 그렇잖소?"

하지만 왕이 사울을 진정으로 경외하고 사랑한 건 아닐 거라고 요압은 생각했다. 요압의 시선이 먼 곳을 향했다. 다윗은 그래야만 하기 때문에 그랬던 건 아닐까. 그 자신 왕이 될 사람이었기에, 왕이 살해되어선 안 된다고 고집했던 게 아닐까.

자기 등에 단검이 박혀선 곤란할 테니.

"그 동굴에서 우리는 화가 났었지. 우리 모두 그분을 원망했었소."

요압이 다윗에게 던졌던 날카로운 질문을 아비아달은 떠올렸다.

"사울의 권력을 빼앗지 않을 거냐고 물었던 게 사령관 아니었소? 모닥불 옆에서 말이오. 맞아. 사울이 자연사할 때까지 도망만 다닐 거냐고 따졌었지."

지금도 요압은 다윗이 어리석었다고 생각했다. 어쩌면 사울의 시체를 내밀며 삼천 명의 호위병을 회유할 수 있었을지도 몰랐다. 요압은 아직도 다윗이 사울의 등에 칼을 박아야 했다고 생각했다. 그 단검은 거기 박혀야 옳았다, 사울의 심장을 꿰뚫을 그 자리에. 그게 사내다운 행동이지! 그의 삼촌 다윗은 자신에 대한 사울의 증오를 그렇게 되갚아야만 했다. 그러나 요압은 그 생각을 입속에 담아두기만 했다. 지금껏 그래왔듯이.

요압의 생각을 종잡지 못한 아비아달이 한동안 입을 다물었다. 제사장이 손을 뻗어 이스라엘 사령관의 무릎을 툭툭 두들겼다.

"그대가 왕께 칼을 양보한 건 사울에 대한 원한이 가장 크다고 생각했기 때문이었소?"

요압이 눈을 깜빡였다.

"당연하죠. 그분이야말로 당사자니까요."

"그래. 하지만 그분은 사울의 죽음을 뒤로 미뤘소. 우유부단했던 걸까?"

"그렇게 생각하세요?"

요압이 되묻자 아비아달이 빙긋 웃었다.

"예전 같으면 우리와 함께 계셨을 텐데."

제사장의 어긋난 대답이 요압을 생각에 잠기게 만들었다.

"모든 원정을 왕께서 직접 치를 필요는 없어요. 지난 아람 소바 원정도 가지 않으셨잖아요."

"그래. 하지만 지도자는 깃발을 든 사람이고, 기는 대열을 맨 앞에서 이끌어야 한다오. 나는 그리 믿소."

"구식이군요, 아비아달." 요압이 웃었다. "왕이 전장에 머문다는 건 그 싸움에 전력을 쏟는다는 의미에요. 암몬이 온 힘을 기울여야 할 상대인가요?"

"그렇다면 언약궤가 왜 여기에 있소? 신의 임재를 상징하는 물건이 여기까지 나왔는데, 어떻게 주의 종인 왕이 자신의 편안한 침상에 머물 수 있소?"

깊이 찔린 요압이 침묵했다.

"내 생각에." 아비아달이 고개를 갸웃거렸다. "점점 식어가는 것 같소."

손을 벌린 아비아달이 어깨를 으쓱거렸다.

"엔게디에서 그런 결정을 내렸을 때, 그분은 사울과 우리 사이에 홀로 서 계셨소. 의로운 그분이 자신의 외로운 결정을 두려워했던가? 우린 그분을 탓하지 않았지. 그러나 절망까지 숨겼던가? 그분을 흘겨 보았던 우리의 눈빛은? 침묵의 돌팔매를 그분은 의연히 견뎠소. 자기 행동이 옳다고 끝내 믿었거든."

그리고 자신의 행동을 의롭다고 믿고 있는 어리석은 이민족이 저 성벽 너머에 가득했다.

아비아달이 미지근해진 음료를 들어 한 모금 삼켰다. 요압은 왕이 식어간다는 제사장의 주장이 어떤 근거를 지녔는지 궁금했다.

"자세히 살펴보시오, 우리의 왕 다윗을. 물론 나는 그분이 왜 식어 가는지 알고 있지."

"왜 그렇지요?"

"그분은 적을 만들고 싶지 않아서 그런다오."

뭔가 말하려던 아비아달이 손을 휘저으며 말의 방향을 바꿨다.

"아니지. 얘기는 순서대로 해야지. 들어보시오. 광야에서 그분은 자신이 믿는 정의를 위해 추종자들의 분노와 멸시를 기꺼이 감당했 었소. 하지만 왕관을 쓰자 생각이 바뀌었지. 그건 잘못된 게 아니라 오. 그분의 입장이 달라졌지 않소? 누더기 차림의 떠돌이에서 빛나는 왕관을 쓴 왕으로. 왕이 자기 추종자들만 만족시켜서야 되겠소? 그 분은 모두에게 만족스러운 답을 줘야 한다는 강박에 시달린 거라오. 이제는 지쳐버린 거고."

요압은 잠자코 들었다. 맥이 닿은 설명이었다.

"적을 만들지 않으려는 건 고결한 행동이지. 모두를 기쁘게 해주려는 것 또한 마찬가지라오. 하지만 왕은 다스리는 사람이고 반발을 내리눌러야 할 때도 있는 법이오. 반발을 감싸 안으려 했다가는 가슴이 온통 피투성이가 될 거요."

아비아달이 요압을 향해 몸을 기울였다.

"다윗 왕께서는 누구도 가지 않은 길을 가려 하시지. 그게 그분의 천성이야. 하지만 때로는 선택이 필요하오. 자신을 지지하는 절반을 발판 삼아 나머지 절반을 조아리게 만들어야지. 그러나 그분은 그렇게 못해. 그분은 모두를 사랑하니까. 모두에게 사랑받고 싶어 하니까."

그래서 다윗의 속이 곪고 있지.

"나는 원인을 분석해 보는 거라오, 사령관. 그분의 권태와 짜증과 나른함이 어디로부터 왔는지 살펴보려는 것이지. 요즘 왕의 내면은 헐겁고 후줄근하다오. 그분은 쉬어야 해. 아, 신께서 주시는 평안. 그분이 누려야 할 오직 하나가 바로 그거라오. 샬롬이지."

요압이 마뜩찮은 얼굴로 한숨을 내쉬었다.

"그럼 저는 뭘 어찌해야 하죠? 그분의 충실한 종인 내가 뭘 해야 한다는 겁니까?"

"아무것도." 아비아달이 웃었다. "난 그저 내가 느낀 불안을 내뱉은 것이라오. 내 머릿속에 맺힌 생각을 내 혀가 저절로 털어낸 거지. 아마 불안해서일 거요. 그래, 나는 불안하다오. 나는 친애하는 다윗 왕의 안녕과 건강을 정말로 우려하고 있지."

지금의 불안이 어떤 내일로 흘러갈지 모르는 건 아비아달 또한 마찬가지였다. 그는 그저 자신이 지닌 걱정이 연기처럼 흩어지기만을 바랄 뿐이었다.

이스라엘 왕에게 엉기는 청원자들이 어떤 역겨운 요구를 내세우며 아귀다툼을 벌이는지 잘 알기에, 요압은 허덕이는 다윗을 이해했다. 아마 아비아달의 생각도 그런 이해로부터 불거진 것이리라. 왕에게 샬롬이 필요하다면, 그가 세운 왕성에서 충분히 누리길 요압은 바랐다.

"랍바를 함락시킬 마지막 명령은 왕께서 직접 내리실 겁니다."

적이 충분히 허물어지면, 요압은 랍바 함락의 영광을 넘기기 위해 왕을 동쪽으로 모셔올 계획이었다. 요압은 경계와 한계를 이해하는 사람이었고, 다른 누군가 선을 넘지 않는 이상 선을 넘을 생각이 없었다.

"당신은 참 묘한 사람이오, 사령관." 아비아달이 빙긋 웃었다. "당신은 콧대 높고 교만하며 방자해. 하지만 충직하고 순종적이지."

"과분한 칭찬에 현기증까지 나는군요."

요압이 냉소하자 아비아달이 무릎을 치며 웃었다.

"자넨 사울을 죽이지 못한 왕을 미워하면서도 그를 위해 목숨을 걸었지. 자넨 왕의 총애를 받는 신하지만, 그가 평화롭게 보내 준 자의 배를 가른 사람이기도 해. 당신은 너무나 복합적인 사람이오, 요압."

"그 복잡한 뒤섞임이 바로 접니다."

"그래. 자넨 누구든 찌를 수도 있지. 자네 영역을 침입한 자는 누구든 가차 없이. 하지만 그 선이 왕께도 해당되오? 왕이 자네 경계를 어지럽히면 똑같이 칼을 휘두를 거요?"

요압이 고개를 쳐들고 껄껄 웃었다.

"제사장. 영혼이 뇌에 머무나요? 아뇨! 영혼은 심장에 머뭅니다. 머리는 잠을 자지만 심장은 쉬지 않아요. 어떤 무엇보다 피가 우선이죠."

"왕의 사령관이기 전에 피붙이라는 거요?"

"당연합니다. 피는 운명이 맺어준 거예요. 신분은 노력에 따라 쟁취할 수 있지만, 피는 그야말로 운명적이죠."

그렇기에 아사헬의 피를 아브넬의 피로 닦아내야 했단 말이로군. 사령관의 지위를 버려가면서까지. 아비아달은 그제야 요압을, 그의 내면을 공고히 떠받치고 있는 그만의 윤리를 이해할 수 있었다.

"하지만 그대와 왕과의 관계도 권력이 개입되면 달라지지 않겠소?"

"그건 앞뒤가 다릅니다." 요압이 손끝으로 바닥을 두드리며 설명했다. "닭 한 쌍이 달걀을 낳는 거지, 달걀만으로 한 쌍의 닭을 낳을 순 없어요. 닭이 달걀보다 먼저인 겁니다. 세상 사람들은 필요에 따라 권력 단계를 형성해요. 밭을 빌린 사람은 밭 주인에게 주눅 들기 마련이죠. 임대료를 치러야 할 필요가 둘 사이에 권력을 만드는 겁니다. 필요가 먼저예요. 권력은 그다음이지요."

요압이 알아들었냐는 듯 눈썹을 들어 올렸다. 아비아달이 미소를 머금었다. 그는 자신의 필요를 더는 증명할 수 없을 때 요압이 어떤 표정을 지을지 궁금했다. 자신의 필요를 그는 어떤 식으로 드러낼까,

움켜쥔 권력을 내놓지 않으려는 이스라엘 사령관은 과연……. 아비아달이 숨을 몰아쉬었다. 요압은 자신이 왕에게 가장 필요한 사람이라고 생각하는군. 그 필요가 자신의 권력을 만들었다는 의미야. 그 빛나는 자부심이 아비아달을 질리게 만들었다.

한담은 그걸로 끝이었다. 요압은 병사들을 돌아봐야 했고, 아비아달은 정오 제사를 준비해야 했다. 막사 밖에 서 있던 제사장 요나단이 아비아달을 보며 미소 지었다. 그는 동료 제사장 야김과 이야기를 나누는 중이었다.

"감별한 소를 성막 앞에 메어두었어요, 아버지."

그는 아비아달의 큰아들이었다.

소의 부들부들한 등을 쓰다듬으며 아비아달은 랍바를 올려다보았다. 강고한 성벽 너머로 옅은 연기가 띠처럼 둘러져 있었다. 인상을 구기던 아비아달이 손과 발을 정결히 하려 물두멍에 몸을 기울였다.

몸을 반쯤 일으킨 다윗이 밧세바를 돌아보았다. 내가 지금 무슨 말을 들은 거지? 그가 밧세바에게 다시 한 번 물었다.

"뭐라고?"

다윗이 배를 덮던 이불을 걷어치우자 침전을 밝히던 등잔불들이 휘청거렸다. 가까운 등잔불이 밝은 점을 남긴 채 아득히 죽어버렸고, 휘청거리던 먼 불꽃들이 몸을 가지런히 했다. 다시 말해 봐, 대체 무슨 말을 하는 거야?

밧세바는 겁이 났다. 그녀가 기대했던 반응은 이런 게 아니었다. 그녀는 이불을 당겨 덮고는 돌아누웠다. 순식간에 차오른 눈물이 뺨을 타고 흘러내렸다.

왕을 화나게 만들 생각은 전혀 없었다. 다윗의 반응에 겁먹은 그녀는 자기가 뱉은 말이 일으킨 너울에 발을 적시고 싶지 않았기에, 서둘러 물러났을 뿐이었다. 하지만 다윗은 밧세바가 입을 다물려 한다고 생각했고, 그로 인해 화가 났다.

얼굴이 상기된 다윗이 이불을 끌어 내리고는 그녀를 굽어보았다. 밧세바가 고개를 돌려 왕의 찌푸린 얼굴을 응시했다. 어둑한 그림자로 뒤덮인 괴로운 표정에, 그녀는 덧붙일 다른 말을 찾을 수 없었다. 밧세바의 뺨에 눈물이 굴렀다. 다윗이 물러나자 밧세바는 이불을 머리 위로 다시 끌어올렸다.

다윗은 여리고 별궁을 떠올렸다. 지금 그곳에는 미갈을 비롯한 다른 아내들이 머물고 있었다. 비었다 해도, 그곳을 왜 엘리암의 딸에게 내주냐고 누군가 물으면 뭐라고 대답할 것인가. 그의 아내나 첩이 아닌, 왜 장군 우리아의 아내를 여리고 별궁에 들이냐는 사람들의 질문에 그는.

놀랍게도, 다윗은 자신이 우리아와 밧세바에게 무슨 짓을 저질렀는지를 그제야 깨달았다. 행위엔 결과가 따랐고 결과는 무언가의 원인이 되는 법이었다. 자신이 쓴 왕관이 날아든 돌을 맞지 않아도 될 이유가 될까? 규례는 지엄했고 왕 또한 예외가 아니었다. 돌이 문제가 아니야. 아히도벨과 엘리암에게 뭐라고 해명하지? 평생의 우정과 헌신을 배반당한 그들을 어떻게 다독이지? 밧세바를 껴안으며 다윗은 자신이 지닌 모든 걸 허공에 내던진 셈이었다. 다윗은 아히도벨과 엘리암의 얼굴에, 그들이 보인 모든 공로와 공헌에 침을 뱉었던 것이다.

고개를 돌린 다윗은 사랑한 여인을, 자신이 밴 아기를 낳으려 뼈를 열고 살을 찢어야 할 밧세바를 돌아보았다. 배가 불룩해지고 살이 찌고 젖을 내고 아래로 피와 물을 흘릴 밧세바를 골똘히 본 것이었다. 얼마나 많은 여자가 피와 양수에 젖은 깔개 위에서 숨을 거뒀던가. 다윗이 밧세바를 안아 일으켰다. 뺨을 감싸려 뻗은 왕의 손가락을 밧세바는 고개 돌려 피했다. 발갛고 보드라운 뺨에 와디 같은 눈물 자국이 말라붙어 있었다. 벌떡 일어나 옷을 챙겨 입는 밧세바를 다윗이 붙들었다.

"아파요."

다윗이 움켜쥔 자기 팔목을 내려다보며 밧세바가 천천히 말했다. 두 사람의 눈길이 부딪쳤다. 이마를 찡그린 밧세바가 울음을 터뜨렸다.

다윗은 그녀의 울음을 달래줄 수 없었다. 지금은 차가워져야 할 때였다. 고요에 잠기기 위해 다윗은 머리를 감싸 쥐고 귀를 막았다. 저 여자는 모르지. 내가 왜 고뇌하는지, 내가 무얼 궁리하는지. 오, 그녀는 몰랐다. 숨을 깊이 들이쉬자 펄떡이는 심장이 느껴졌다. 아냐, 지금은 고요해져야만 해.

다윗은 자기 안에 있는 지혜를 모두 쥐어짰다. 만약 한 남자가 다른 남자의 아내와 잠자리를 같이 한 것이 밝혀지면 그 남자와 여자는 죽여서 그런 악한 사람들을 이스라엘에서 제거하여라. 그럴 순 없

있다. 다윗이 머리칼을 쥐어뜯었다. 돌로부터 아기와 밧세바를 지키기 위해, 아히도벨과 엘리암과 우리아의 증오에서 벗어나기 위해, 사람들의 비웃음을 피하기 위해, 자신이 건설해 온 위업을 무너뜨리지 않기 위해.

밧세바의 배가 불러오면 이웃이나 친척들은 우리아가 다윗 성을 떠난 날짜를 꼽아볼 게 분명했다. 그들이 아니더라도 우리아 자신이 알 것이었다. 밧세바와 우리아의 냉랭한 관계에 대해 다윗은 이미 들은 바 있었다. 그는 고발인의 자리에 선 우리아를 상상해 보았다. 그 건너편엔 달처럼 배가 부푼 밧세바가 서 있을 것이다. 나는 어디 있을까.

고발당한 밧세바 곁에? 그 재판을 주관할 지고한 왕좌 위에?

머리를 감싸 쥔 다윗의 뒷모습을 보며 밧세바는 눈물 흘렸다. 자기 아랫배에 심겨진 작은 보석이 왕의 근심이 되었다는 생각에 그녀는 절망했다.

그러나 밧세바가 볼 수 없는 어두운 곳에서, 전혀 다른 일들이 벌어지고 있었다. 궁리를 거듭하는 다윗의 내면에는 고리들이 모여들고 있었다. 그것들은 이내 하나의 사슬이 되어갔다. 가늘고 긴 사슬은 마치 살아있는 생물처럼 꿈틀대며 더럽고 천박한 다윗의 내면을 기었다. 그의 주인인 다윗이 세운 흉계에 따라, 사슬은 음습한 어둠 속을 천천히 미끄러졌다. 다윗은 섬뜩함을 느꼈다. 그것은 우리아를 잘 비끄러맬 정도로 탄탄했고, 세상 사람들이 알아채지 못할 정도로 교묘했다. 아무도 모를 거야. 아무렴. 사슬을 매만지며 계획을 엄밀히 되짚은 다윗이 감탄했다. 마치 보이지 않는 조언자에게 비밀한 지혜를 귀띔받은 것처럼, 계략은 절묘했다. 경탄 속에서 다윗의 마음은 돌처럼 굳었고, 그 때문에 그토록 컸던 양심의 가책은 전혀 느껴지지 않았다.

다가온 다윗이 밧세바를 끌어안았다. 왕의 표정이 한결 부드러워졌기에 밧세바의 서글픔도 약간 누그러졌다. 왕의 쿠토네트 앞섶이 밧세바의 눈물로 둥글게 젖었다.

"네가 품은 건 내 자식이야. 난 내 애를 절대로 내버려 두지 않아."

그 말을 하며 다윗은 펄럭이는 깃발을 떠올렸다. 나의 바람, 내 힘의 원천이여. 물기를 머금은 밧세바의 속눈썹을 내려다보며 다윗은 그녀를 닮은 아기의 얼굴을, 그 애가 지을 첫 미소를 떠올려 보았다. 돌무덤? 그럴 리가. 그는 이스라엘 왕이었고, 왕의 아이가 너절한 돌무덤에 깔릴 수는 없는 법이었다.

밧세바를 끌어안은 다윗이 약속을 속삭였다. 그녀와 아기를 위해 목숨을 내놓겠노라고 그는 맹세했다. 그가 밧세바를 끌어안자 그녀의 하얀 손이 왕의 두터운 등을 쓸어내렸다.

밧세바를 안고 등잔 불빛이 미치지 않는 저 먼 어둠을 노려본 다윗의 내면에서, 사슬은 다시금 움직였다. 바닥을 헤집던 그의 사슬이 몸을 뒤집으며 쩔그럭거렸다. 바닥에 가로누웠던 사슬의 끝이 스르륵 공중으로 올라갔다. 그것은 마치 고개를 쳐든 은색 뱀 같았다. 다윗의 내면에 가득 낀 어둠 너머를 노려보던 사슬이 고개를 까딱거렸다. 부드럽게 미끄러지던 사슬이 이내 검은 연기에 휩싸였고, 어디론가 사라졌다.

왕의 시선이 테라스 너머로, 막 뜨기 시작한 달로 향했다. 다윗의 머릿속에서 일련의 계획들이 차근차근 영글어졌다. 다윗은 이 정교한 계획이 자신의 위선과 밧세바의 타락과 아기의 비밀을 깨끗이 덮어줄 거라고 믿었다. 다윗에게 있어 우리아는 이미 충직한 부하가 아닌, 밧세바와 아기의 목숨을 위협하는 연적戀敵이었다. 냉랭한 달빛을 쏘아보는 다윗의 내면이 적개심으로 들끓었다.

이레 뒤, 엘리바스가 요압의 막사에 도착했다. 왕이 보낸 스무 대의 보급품 수레를 본 병사들이 환호성을 올렸다.

왕의 서기관 중 하나인 엘리바스는 호기심이 적고 주어진 일을 열심히 마치는 사람이었으며 일정한 시각에 잠드는 걸 중요하게 여기는 고집쟁이였다. 그런 그에게 암몬 원정군을 방문하는 임무는 고되고 힘겨웠다. 요압과 마주 앉은 엘리바스의 표정에 그런 심경이 고스란히 드러났다. 요단 강과 수십 개에 이르는 협곡과 모래와 먼지로 덮인 문드러진 땅에 엘리바스는 진저리를 쳤다. 엘리바스가 부은 무릎을 불평하자 요압이 의자를 갖다 주라 일렀다. 뚱뚱한 엘리바스는 끔찍할 정도로 땀을 흘렸는데, 젖은 쿠토네트를 짜면 작은 잔 하나는 넉넉히 채워질 것 같았다.

요압의 시중을 드는 병사들이 막사 안으로 놋대야와 포도주 단지와 잔을 들었다. 엘리바스의 먼지 묻은 발이 대야에 담겼고 병사가 물을 부었다. 랍바에 도착한 이후로 처음, 엘리바스가 미소를 지었다. 그가 든 잔에 포도주가 차올랐다.

"보탤 말이 거의 없소. 우린 계속 랍바의 목을 조르는 중이지."

엘리바스는 요압이 사흘 전에 보낸 전령과 똑같은 말을 가져가야 할 것이었다. 둔한 얼굴로 끄덕이던 엘리바스가 다시 한 모금 마셨다. 그리고 말했다.

"왕께서 장군 우리아를 다윗 성에 보내라 명하셨습니다."

"우리아를 지명하셨다고?"

"우리아에게서 전황이 어떤지 직접 설명 듣고 싶다고 하셨습니다."

전에 없던 일에 요압은 무척 놀랐다. 왕이 전황을 듣기 위해 누군가를 지목한 건 요압이 알기로 처음이었다. 게다가 우리아라니.

요압이 얼굴을 찌푸렸다.

"알겠네. 물러가 쉬게."

포도주를 홀짝이던 엘리바스가 고개를 숙였다.

우리아가 이끄는 부대는 남쪽 성문 맞은편에 자리했다. 전령이 엘리암의 사위를 찾으러 떠났다. 엘리암까지 불러들일 필요는 없겠지. 지휘 막사로 들어서는 우리아의 구불구불한 검은 수염엔 흙먼지가 누렇게 앉았고, 단단히 조여 입은 가죽 갑옷에 물고기 비늘 모양으로 꿰인 둥그런 쇠판은 군데군데 떨어져 나가 있었다.

"왕께서 찾으신다."

고개를 조금 들었던 우리아가 시선을 도로 떨어드렸다. 왜 왕이 저를 콕 집어 불러들이는지 물어볼까 싶던 요압이 질문을 도로 삼켰다. 왕이 왜 자기를 부르는지 모르는군. 당황한 얼굴이야. 무슨 일이 벌어지는지 몰라서.

고개를 든 우리아가 물었다.

"지금 갑니까?"

"왕의 서기관 엘리바스와 함께 내일 아침 떠나라. 네가 맡았던 일은 부하 중 한 명에게 맡겨라."

"돌아오지 못합니까?"

"모르겠다. 죄가 있느냐? 네가 왕의 진노를 살만한 짓을 했느냐?"

"전혀 없습니다." 사이를 두고 우리아가 물었다. "정말로 왕께서 명령한 겁니까?"

"네가 사령관의 말을 의심하느냐?"

우리아가 머리를 조아렸다.

"가고 싶지 않아서 그럽니다."

요압은 그가 정말로 슬퍼한다는 사실을 깨달았다.

"명이 떨어지면, 우리는 달려가 그걸 세워야 한다."

어떤 희생을 감수해서라도.

승리로 가는 길은 죽음으로 뒤덮여 있었다.

무릎 꿇은 우리아가 바닥을 짚고 절했다. 머리터럭과 수염이 융단에 쓸렸다. 나가는 우리아의 뒷모습을 보며 요압은 턱을 괬다. 여호야다와 여호사밧이 들어와 병사들에게 저녁을 먹여도 좋겠느냐고 물었다. 요압은 엘리바스와 함께 도착한 밀을 갈아 신선한 빵을 먹이라 일렀다.

왕이 보낸 성찬이었다.

14

연자매

우리아는 다부진 체구를 지닌 사내였다. 팔걸이에 몸을 기댄 다윗은 그를 자세히 뜯어보았다. 직접 본 그의 용모는 다윗의 듬성듬성한 기억과 꽤 차이가 났다. 다윗은 우리아가 낯설었다. 기억 속 우리아에게는 지금 보이는 기품과 충직한 눈빛과 여행길의 피로가 없었다. 땀에 전 머리끈과 머릿수건은 누랬고 연기와 햇볕에 그을린 얼굴은 까맸다. 다윗은 하얗게 튼 보랏빛 입술을 보았다. 그러나 그는 이 노곤한 장군에게 마실 것을 주라 이르지 않았다.

장군들과의 식사 중에 몇 번, 개선식과 열병식 사이에, 왕궁의 너른 뜰과 회랑의 시원한 그림자 아래에서 보았던 우리아가 그제야 선명해졌다. 다윗은 부하의 출신지를 중요하게 여기지 않았다. 할례 받고 여호와를 믿으면 우리가 되는 게 다윗과 이스라엘의 원칙이었다.

그는 피로 인해 믿음이 묽어질 수 있다고도 생각했지만, 굳이 피 때문이 아니더라도 믿음은 묽어지기 마련이라고 생각했다.

하지만 지금 이 순간 우리아에게서 보이는 헷 사람의 몇몇 특징에 다윗은 강한 혐오를 느꼈다. 상대적으로 밝은 피부와 구불거리는 머리카락과 묽은 색의 수염이 다윗은 가증스러웠다. 밧세바의 남편 우리아를 불러들였을 때 다윗은 그가 비뚤어진, 하자가 많은, 볼품없고 빈약한 인간이길 바랐다. 우리아를 기다리며 다윗은 자신의 장군을 그런 인간으로, 괴물로, 증오해야 마땅한 자로 자리매김했었다.

지금 눈앞에 우리아를 둔 다윗은 그런 추측의 증거를 찾으려 그를 꼼꼼히 뜯어보는 중이었다. 끝없이 골몰하는 그에게서 망상妄想이 흘러나왔고, 어느새 다윗 자신을 끈적이는 망상網狀의 실에 둘둘 감기게 만들었다. 지금 다윗을 매단 긴 줄은 몽상의 가장자리를 넓혀나가며 무릿매처럼 빙빙 돌고 있었다. 망상 속을 어지러이 헤매며, 다윗은 어리석은 생각들을 향해 스스로를 빙글빙글 내던지는 중이었다.

다윗이 몸을 뒤틀었다. 그의 목구멍 아래서 불쾌함과 언짢음이 들끓었다. 우직함, 단순함, 차분함, 순수함. 다윗은 그런 미덕들이 우리아에게 후광을 드리우고 있음을 꿰뚫어 보았다. 엘리암이 그를 왜 사위 삼았는지 알 것 같았다.

그러나 수긍하는 마음만큼 미움도 커졌다. 질투가 솟구치자 다윗의 속이 검붉게 물들었다. 마음 한구석에 우리아에 대한 호의가 자연스레 자라나고 있음을 그는 참아내지 못했다. 왕좌 앞에 꿇어앉은 장군의 반듯함과 신실한 태도가 다윗은 너무도 불쾌했다.

혐의를 찾지 못한 다윗의 집요한 시선은 우리아의 피가 드러낸 특징에 판죽을 걸었다. 할례 받지 않은 조상을 가진 더러운 자식, 행운으로 군공을 쌓은 젖내 나는 풋내기가 내 골머리를 썩이는구나. 침묵 속에서 다윗은 우리아를 모욕했고, 허섭스레기를 뒤적여 그를 증오할 명분을 찾으려 들었다. 운명이 얽어낸 저울 한쪽엔 우리아가, 다른 쪽엔 아기를 밴 밧세바가 놓였다. 밧세바와 아기를 살리려면 우리아를 저울 아래로 떨어뜨려야 했다.

"사령관은 어떠한가? 전황에 변동은 없었는가?"

우리아가 상황을 아뢨다. 전장과 왕성을 추처럼 오가는 전령들을 통해 이미 꿰고 있는 사실들이었다. 우리아는 임무에 충실했고 다윗은 따로 물을 말이 없어 고지식한 설명은 끈덕지게 이어졌다. 다윗은 갈등했다. 우리아의 단순함이, 오직 한 길로만 뻗는 우직함이 다윗의 굳은 마음을 자꾸 흩어 묽어지게 만들었다. 그는 인정하지 않을 수 없었다. 우리아는 충직한 장군이자 소임을 다하는 선한 자였다.

우리아가 고개를 들자 다윗이 흠칫 놀랐다. 짙은 눈썹 아래 박힌 까만 눈동자가 자신의 마음 깊이 들이박히는 것 같았다.

"더 물어볼 것이 있으십니까?" 우리아가 물었다.

다윗이 우리아의 눈동자를 마주 보았다. 눈빛은 경건함을 잃지 않았으며 시선의 높이는 예의를 벗어나지 않았다. 한숨 같은 말들이 흘러나왔다.

"없다. 너에게 음식을 내리겠다."

우리아가 절하고 물러갔다. 문 너머로 사라질 때까지 다윗은 우리아를 향한 노기 띤 시선을 거두지 않았다. 다윗은 일어나려 했으나 몸이 말을 듣지 않았다. 미움이 총기를 좀먹고 분기憤氣가 활력을 잠식한 탓에, 다윗은 생기를 잃었다. 그가 간신히 스마야를 불렀다.

"우리아가 집에 가는지 확인하고 돌아와라."

그제야 스마야는 왕의 계획을 알게 되었다. 이 넓은 왕궁에서 오직 그만이 왕과 아히도벨의 손녀딸의 관계를 알았다. 줄곧 밧세바의 밤 외출을 안내해 온 스마야는 밧세바의 달라진 몸가짐과 태도를 대번에 알아보았다. 틀림없어. 아이를 가진 거야. 자기도 모르게 왕의 생각을 읽어낸 스마야의 눈동자가 휘둥그레졌다. 오늘 우리아가 집에 들어가 밧세바와 잠자리를 가지면, 세상 사람들은 그녀가 밴 아기를 우리아의 자식으로 여길 거야.

고개를 숙인 스마야가 후드득 몸을 떨었다. 왕은 밧세바를 남편과의 잠자리에 들이밀려는 것인가. 정말 저분은 밧세바를 우리아와 동침하게 만들려는 건가.

자기 아이를 밴 여인을?

만일 스마야의 얼굴에 드러난 놀라움을 보았다면, 부끄러움을 느낀 다윗은 공들여 얽었던 음모의 사슬을 스스로 끊어버렸을 것이다. 하지만 피로감에 창밖으로 눈 돌린 다윗은 스마야의 질린 얼굴을 보지 못했다.

다윗의 시종장이 서둘러 복도를 가로질렀다.

우리아는 돌계단에 주저앉아 있었다. 땀과 먼지에 누렇게 전 머릿수건이 그의 무릎에 놓여 있었다. 바구니 든 시종을 세워둔 스마야가 다른 시종에게 물을 가져오라 일렀다. 곱실거리는 수염을 적셔가며 우리아는 목을 축였다.

"왜 따라 왔습니까?"

"왕을 알현한 분을 배웅하는 게 저희 임무이기도 하지요."

"바로 일어나야 합니까?"

"그러고 싶으시면."

우리아가 무릎 위에 팔꿈치를 올려놓은 채 허공을 응시했다. 그를 보며 스마야는 뜯겨나간 마른 풀잎을 떠올렸다. 우리아는 왕궁이라는 낯선 공간에, 그가 전혀 알지 못하고 도무지 이해할 수 없는 상황에 내던져진 것처럼 보였다. 우리아는 좀 더 쉬어도 되느냐고 물었고, 중년의 시종장은 우아하게 팔을 벌려 보였다. 왕궁 밖 먼 곳에서 새들이 알아들을 수 없는 소리로 우짖었다.

우리아가 다시 걸었고 스마야가 뒤를 따랐다. 바구니를 든 시종의 좁은 발걸음이 타박타박 소리를 냈다. 스마야는 이제 우리아에게 그의 집까지 동행해야 하는 이유를 제시해야 했다. 왕의 시종장이 땀을 흘렸다. 어떻게 말해야 하지? 잠깐이면 됩니다. 그대와 그대의 집에 볼일이 있어요. 아니오, 그렇게 오래 걸리진 않아요. 침상에 누운 당신이 밧세바를 끌어안는지만 확인하고 돌아올 예정이거든요.

그 순간 저도 모르게, 스마야는 다윗이 우리아를 죽일 거라는 걸 깨달았다.

그분이 자기 자식을 포기할 리 없지. 다윗은 밧세바의 아기가 우리아의 유복자라는 사실만이 필요했던 것이다. 아내와 하룻밤을 보낸 장군이 암몬 성벽 아래서 죽음을 맞는 게 왕의 뜻이었고, 우리아가 아내와 하룻밤을 함께 보냈음을 증빙할 이웃의 시선이 필요했을 뿐이었다. 스마야는 우리아의 등을 보았다. 쉰 냄새가 풍기고 마구 구겨져 하나의 독특한 무늬가 되어버린 너절한 겉옷과 또 다른 피부가 되어버린 낡은 갑옷이 보였다. 골똘히 생각에 잠겼던 시종장은 우리아가 왕궁 수비대 숙소로 향하자 깜짝 놀랐다.

왕궁 입구 안쪽에 자리한 그곳은 교대 근무를 마친 문지기들의 휴식처였다. 우리아가 문 안으로 들어가자 알아본 문지기들이 반색을 했다. 활짝 웃은 그들이 떠들썩한 인사를 주고받았다. 표정이 누그러진 우리아가 한 사람씩 포옹하며 화평의 입맞춤을 했다. 얼마 전까지만 해도 그는 샘문 수비대를 이끌었고, 왕궁 문지기 대부분을 잘 알았다. 팔을 뻗은 우리아가 시종에게서 바구니를 건네받았다.

"왕께서 내린 음식이야, 같이 먹자." 문가에 선 스마야를 향해 우리아가 몸을 돌렸다. "오늘 여기서 잘 겁니다."

우리아가 왕의 의도를 간파한 건가 싶어 스마야는 뜨끔했다. 그가 간신히 미소 지었다.

"집이 없어 이런 골방에 몸을 누입니까?"

"제 집이 좁긴 해도 여기보단 넓습니다. 하지만 다윗 성에 오기 전부터 여기서 자려고 결심했습니다."

음식을 꺼낸 문지기들이 빈 바구니를 돌려주었다. 우리아가 허리를 구부렸고 스마야도 엉겁결에 고개를 숙였다. 바구니 든 시종이 문지방을 넘자 문이 탁 닫혔다.

"집으로 가지 않았다고?" 침전에 누웠던 다윗이 몸을 벌떡 일으켰다. "왜 제집을 두고 거기서 잠을 잔단 말인가?"

스마야가 몸을 더 낮췄다. 계략이 깨어졌군요. 이제 어쩌실 거죠? 우리아가 랍바로 돌아가면 일이 꼬이게 되는데. 밧세바는 임신한 지 두어 달쯤 지난 상태였고, 우리아가 랍바에 돌아갔다가 다시 와 그제야 자기 집에서 잠을 자게 되면 밧세바는 아기를 여섯 달 만에 낳을 판이었다. 두어 달 뒤 밧세바의 배가 불러오면 그녀의 이웃과 친지들이 우리아가 집에 머문 날짜를 꼽아보겠죠. 제발 배가 가득 부풀기 전에 그녀가 돌에 덮이기를. 미처 자라지 못한 아기가 돌로 고통받지 않게, 부디. 돌을 맞으며 먼지 속을 기어 다니는 밧세바를 상상하는 것만으로도 스마야는 속이 메스꺼웠다.

다윗은 뭔가 깊이 생각하는 중이었다. 그를 붙든 공포는 스마야의 것과 그리 다르지 않았다. 다윗이 벌떡 일어났다.

"도로 데려와라."

"여기, 침전으로 말입니까?"

다윗과 밧세바가 껴안고 뒹굴었던 이 공간에 그녀의 남편을 데려온다는 게 스마야는 불쾌했고, 말투는 저도 모르게 날카로워져 있었다. 이스라엘 왕이 스미야를 노려보았다. 그가 낮게 으르렁거렸다.

"알현실로 데려와!"

스마야가 물러간 뒤 이를 악문 다윗이 은잔을 들어 내던졌다. 우그러든 은잔이 나뒹굴었고 뛰어들었던 호위병이 상황을 파악하고는 문을 도로 닫았다.

왜 헷 출신의 비렁뱅이는 자신이 내준 퇴로를 따르지 않은 걸까. 노기 띤 발걸음이 나무 바닥을 쿵쿵 울렸다. 안뜰에서 장난을 치던 왕자들과 공주들이 우르르 달려나왔다. 다윗이 신경질적으로 손을 내젓자 아이들이 놀란 얼굴로 주춤거렸다. 부끄러움과 짜증이 동시에 솟은 다윗이 고개를 돌려 자녀들을 외면했다.

이혼도 가능한 방법이었다. 하지만 우리아가 밧세바의 이혼 요구에 동의할까? 이혼 절차가 마무리되기 전에 밧세바의 배는 불러올 것이었다. 다윗의 평판과 아히도벨의 자긍심과 엘리암의 충성과 모두의 명예를 끝장낼 망치가 날아들고 있었다. 눈을 질끈 감은 다윗이 이마를 감쌌다. 지난 엿새 내내 다윗은 두통과 불면에 시달려왔다.

알현실에 미리 도착한 우리아는 엎드린 채 왕을 기다리고 있었다.

"왜 집으로 내려가지 않았느냐."

다윗은 자신의 목소리가 떨린다는 사실에 놀랐다. 자신이 품은 분노의 크기에 다윗은 기가 질렸다. 엎드린 우리아가 공손히 대답했다.

"언약궤와 이스라엘과 유다가 장막에 있고 제 상관인 요압과 병사들은 들판에 진을 치고 있습니다. 그런데 제가 어떻게 혼자 집에 가서 먹고 마시고 아내와 함께 누울 수 있겠습니까?" 잠시 사이를 둔 그가 말을 이었다. "왕의 생명을 걸고 맹세하는데 저는 결코 그럴 수 없습니다."

얕은 바닥으로 무언가가 툭, 떨어졌다. 처음에 다윗은 자기 가슴속에서 무슨 일이 났다고 착각했다. 그러나 그건 가슴이 느끼긴 했지만 거기에서 난 일은 아니었다. 그것은 오그라든 다윗의 영혼에서, 그 중심에서 벌어졌다. 툭, 떨어진 그것은 갓난아이 주먹만 했고 덜 익은 무화과처럼 풋되었다. 그것이 구르는 흐릿한 어둠에는 녹아버린 다윗의 양심이 눅눅하게 고여 있었다. 그것이 떨어지는 소리가 너무도 우렁차 다윗은 연자맷돌이라도 바닥에 떨어진 줄 알았다. 쩌렁쩌렁 울린 굉음이 텅 빈 동굴 같은 다윗의 몸에 고통스러운 상흔을 비명처럼 남겼다. 신의와 공정을 가장해 저 충직한 자를 속이고 죽여야 하는구나. 다윗은 괴로웠다. 하지만 그에겐 지켜야 할 것이 있었고, 그를 위해서라면 야수가 되어도 좋았다.

왕좌에서 내려선 다윗이 우리아에게 다가갔다. 주제넘은 말을 내뱉었다고 후회하며 우리아는 불안해하는 중이었다. 그를 일으킨 다윗이 탁자에 놓인 포도주 단지를 손수 기울였다.

감격한 장군이 잔을 말끔히 비웠다.

다윗은 우리아에게 집으로 돌아가라고 말하지 않았다. 우리아는 오늘 왕궁에서, 밧세바와 멀리 떨어진 수비대 숙소에서 몸을 누일 것이었다. 다윗은 항변하고 싶은 심경이었다. 나는 그를 죽이지 않으려 최선을 다했습니다. 한 점 의혹 없이 다윗은 자부했다. 넌 네가 살아날 유일한 길을 스스로 막았어. 밧세바와 아기를 살리기 위해, 사랑하는 여인과 그녀가 낳을 아기를 다윗은 포기하려고까지 했었다. 나는 자식 없는 너에게 내 아이를 주려 했어.

그건 결코 작은 게 아니었어.

다윗은 다시 단지를 기울여 우리아의 잔을 채웠다. 부드럽고 매끈한 미소가 다윗의 입가에 퍼져나갔다. 광야와 전장에서 부하들을 휘어잡았던 그 솜씨로, 친밀함을 일으키는 소박한 매력으로 다윗은 우리아에게 다가갔다. 죽음과 파멸로 이어지는 길로 우리아는 나아갔고, 문 이쪽에 남은 다윗은 섬뜩한 미소를 지으며 손 흔들고 있었다. 아, 이제 모든 문이 닫혔고 남은 길은 하나뿐이로구나.

편안하군, 오히려 편안해. 명쾌함이 다윗을 유쾌하게 했다. 우리아의 죽음을 집행하는 건 자신이 아니었다. 우리아는 사형 명령서에 스스로 인장을 찍은 거야. 다름 아닌 자기 자신을 향해 다윗은 고집스레 목청을 높였다.

이제 돌이킬 수 없다. 사슬이 찰랑거리며 어둠 속을 미끄러져든다. 맑은 물속 은 대야에 잠겼던 손이 이제야 떠오른다. 손가락 끝에 맺힌 물이 어두운 심연으로 뚝뚝 떨어진다. 깨끗이 닦인 손, 죄를 모두 닦아낸 손. 다윗이 두려움으로 얼굴을 일그러뜨렸다.

아, 진정 나는 이 죄로부터 자유하도다.

저택을 둘러보는 후새의 입에서 끊임없이 감탄이 흘러나왔다. 벽과 바닥 모두에 목재를 빈틈없이 깔았군. 이 집에 들어선 사람은 기가 죽고 말겠어. 엷은 붉은색을 보니 틀림없는 백향목이로군. 다윗 성 졸부들이 하는 식으로 참나무나 엘라나무 위를 얇은 백향목 판으로 살짝 덮는 눈속임이 아니었다. 레바논 숲에서 자라고 그늘에서 오래

마른 향긋한 원목을 코가 벌써 알아보았다. 후새는 매끈하고 검은 돌기둥 받침에 새겨진 정교한 꽃을 들여다보았다. 식탁과 의자와 현관을 비롯한 모든 문이 두텁고 결이 아름다우며 향이 풍성한 나무로 만들어져 있었다. 비골鼻骨 아래로 나무의 진한 향이 파고들었고, 멍하고 탁한 머리에 녹음綠陰이 퍼져나갔다. 물들인 양털로 만든 쫀쫀한 양탄자는 독특한 무늬를 이루도록 교묘히 짜였는데, 얼마나 두꺼운지 거의 떠 있는 것처럼 느껴졌다. 허벅지 높이로 회칠한 곳에는 문양이 새겨진 타일이 정교하게 붙어 있었다. 문짝에 붙은 묵직한 청동 문고리도 훌륭하군. 아주 정교해. 이봐요, 대체 무슨 수로 이렇게 아름다운 타일과 향이 풍성한 목재와 든든한 돌 장식을 들여온 거죠. 대답해 봐요, 길로의 부자 나리.

그러나 탁자를 짚은 집주인은 요리에서 피어오르는 따뜻한 기운과 향긋한 냄새에 구부러진 코를 가까이할 뿐이었다. 고용된 자들이 지시대로 향료 배율을 맞추었는지 겉을 바삭하게 하기 위해 불을 얼마나 능숙하게 다루었는지 속을 부드럽게 만들기 위해 충분히 고기를 두드렸는지 고기를 감싼 향이 뼈에 얼마나 깊이 이르렀는지 알아내기 위해, 그에게 묵직한 은 덩어리를 지급하게 만드는 황금 손가락의 요리사들이 오후 내내 심혈을 기울인 가젤의 등심살 위로.

아히도벨은 물을, 후새는 묵혀두어 진해진 포도주를 택했다. 그들은 즙이 풍부한 가젤 고기를 빵에 끼워 먹거나, 종들이 잘라준 고기가 적당히 식기를 기다려 손가락으로 집어 먹었다. 물방울이 맺힌 싱싱한 부추와 구운 마늘과 둥글게 자른 양파가 나왔다. 알맞게 부푼 빵은 따뜻했고, 거기에 하미쯔를 발라 한 입 베어 물면 가젤 고기의 진한 향으로 끈끈해진 입이 산뜻해졌다. 잘라둔 수박과 오이가 흘린 즙이 쟁반을 적시며 고였고, 신년에나 먹는 꿀 넣고 찐 사과도 보였다. 야생 꿀이 담긴 단지가 나왔고 꿀만큼 단 대추야자열매가 그릇 가득 놓였는데, 열매는 살짝 쪄 말린 상태였다. 아히도벨의 권유에 따라 후새는 반으로 접은 빵에 가젤 고기와 부추를 끼워 먹었다. 빵을 깨물자 소스와 섞인 풍성한 육즙이 수염을 적셨다. 손님 대접에 열중한 아히도벨이 메추라기 두 마리를 더 구워오라고 외쳤을 때 후새는 급히 손을 내저었다. 그만! 어떻게 더 먹을 수 있겠어요?

아히도벨은 신랄한 표정이었고, 아렉 장로는 집주인이 요구한 음식 평가에 칭찬이란 칭찬은 죄다 동원해야 했다. 후새는 아히도벨의 요리사가 그 정도 봉급을 받을 자격이 있다는 데에 기꺼이 동의했다.

"보지 않고 떠날 셈인가?" 만면에 웃음을 띤 아히도벨이 불쑥 물었다.

후새가 고개를 끄덕였다. "인사는 이미 해두었어요."

"내일 아침에 그들이 건너올 테지."

"그러지 말라고 했어요."

리스바와 두 아들의 새로운 집은 길로 성읍 바깥에 자리했다. 길로에 자리 잡은 뒤 처음으로 그들을 방문한 후새는 이곳저곳을 안내받기 바빴다. 지난 일 년간 리스바와 두 아들은 새 터전을 멋지게 가꾸었다. 골짜기 쪽으로 지대가 붙어 성읍과의 왕래가 다소 불편했지만, 그들에게 할당된 포도원과 집이 가까워 오가기 좋았고 우물도 멀지 않았다.

알모니와 므비보셋은 해가 많이 기운 뒤에야 돌아왔는데, 평소보다 이른 귀가라고 리스바가 일러주었다. 인사를 마친 므비보셋이 살이 잘 오른 새끼 양을 잡았고, 알모니가 후새 맞은편에 앉아 말벗이 되어주었다. 후새는 문밖에서 들리는 가축 울음소리와 꽤 늘어난 세간을 통해 그들의 나아진 형편을 짐작했다.

후새가 어렵사리 십의 일을 거론하자 알모니가 웃으며 고개를 저었다.

"거기 다 두고 왔어요, 모두 다요."

화덕에 몸을 기울이던 리스바가 그들을 돌아보았다. 불을 등진 어둑한 얼굴에 피어났던 환한 미소가 후새는 무척 인상적이었다.

저녁 식사를 함께 하며 알모니와 리스바는 모든 걸 얘기했다. 아브넬과 이스보셋의 죽음이 일으킨 마하나임의 혼돈, 불길 속에서 일어났던 약탈과 폭동, 그들이 그들 각자를 서로에게 설명하지 않아 일었던 오해와 불필요했던 감정마저.

"저는 아버지를 깊이 사랑하고 있었지요."

하지만 소년의 태양은 길보아 전투에서 질그릇처럼 깨어져 버렸고, 빛나던 파편은 왕자의 가슴을 찢었다.

"저는 아버지의 뒤를 이어 그분의 이름을 빛나게 만들고 싶었어요."

폭동의 불꽃과 약탈의 연기에 놀란 리스바가 왕궁을 빠져나가기로 하자 알모니는 좌절했다. 추락은 오랫동안 계속되었다. 그는 엇나갔고 누구도 그를 붙들 수 없었다. 하지만 그 날카롭던 증오도 마침내 꺾였다.

"모르겠어요. 눈동자를 덮던 어둠이 말끔히 걷힌 것과 같아요. 뭐랄까. 갑자기 다른 것들이 보였죠, 이전에 보지 않으려 애썼던 것들이, 어느새."

리스바는 룸만의 무덤과 아들이 흘렸던 눈물을 떠올렸지만, 그에 대해 말하지는 않았다. 대들보에 매인 줄에 등잔을 내걸며 알모니가 덧붙였다.

"포도밭은 제가 일굽니다. 희한한 일이죠. 그전에는 아무 일도 하지 않았어요. 사냥하고, 고기가 남으면 화덕 옆에 두었죠. 이젠 다릅니다. 종일 일을 하죠. 포도밭이 한가할 때는 므비보셋에게 갑니다. 저 애는 밀밭을 일구거든요. 어머니는 이런저런 집안일을 하고 양 떼를 먹이러 나갔다 들어오십니다. 어머니가 화덕 앞에 앉으실 무렵이면 저희 둘도 들어오죠. 므비보셋은 잠시 눕고, 저는 이웃인 요아난에게 배운 걸 시험해 봅니다."

알모니가 투박해 보이는 의자와 침상을 가리켰다.

"저는 이쪽에서 뚜닥거리고, 어머니는 짐승 똥과 소금으로 불이 지피시죠. 간간히 어머니와 이야기를 나눕니다. 그동안 벌어진 간격을 메우려면 아직 많은 이야기가 저희에게 필요해요."

며칠 전 알모니는 홀로 십에 다녀왔다. 그는 헤진 수의 속에서 오그라든 룸만의 남은 몸을 수습해 왔다. 어머니의 평안을 위해, 룸만이 보였던 평생의 헌신에 감사하기 위해, 그가 일 년 전 여종의 무덤을 두드리며 했던 약속을 위해. 빗장뼈만큼 길고 두개골만큼 높은 유골

함이 기울어지지 않게끔 알모니는 나귀 반대편에 돌 약간을 실어야
했다.

"뱃대끈이 끊어질까 봐 아주 천천히 되돌아왔죠."

내일 후새를 배웅한 뒤 새로 구입한 무덤에 룸만을 안치할 거라고
알모니는 덧붙였다.

행복해 보여. 후새는 다행스러웠다. 근심이 들어앉았던 리스바의
주름과 므비보셋의 우울한 눈자위와 알모니의 노여운 입가가 모두 사
라진 건 아니었지만, 몰라보게 엷어지고 있었다. 돈을 모으는 중이라
며 므비보셋은 수줍게 미소 지었었다. 리스바 가족은 아히도벨의 도
움 아래서 힘을 기르는 중이었다. 등 굽은 노인의 소식을 궁금해하는
리스바에게 후새는 가말이 받은 르흡의 집과 그곳에서 그가 누리는
평안에 대해 들려주었었다.

"부지런히 먹어두게." 물을 홀짝거리는 후새를 아히도벨이 야단
쳤다. "흙먼지 나는 길 위에서 지금의 음식을 떠올리며 울상짓지 말
고."

"제가 그 먼 길을 굶고 가게 만들진 않으시겠죠."

"저 문밖에 이 음식을 기다릴 내 종이 수십 명일세."

"오십 명은 넘어 보이던데, 얼마나 되죠?"

아히도벨이 어깨를 들었다 놓았다. "백이 조금 안 되지."

후새가 낮게 휘파람을 불었다. "그렇게나 많아요? 전부 귀를 뚫진
않았겠죠?"

"대부분은." 아히도벨이 겸연쩍은 미소를 지었다.

"파라오는 이집트에 있는 줄로 알았는데."

후새가 툴툴거리자 아히도벨이 당치않다는 듯 웃음을 터뜨렸다.

"음식은 조금도 싸주지 않을 생각이세요?"

"그래 봤자 대추야자열매나 피스타치오 따위일 텐데."

아히도벨이 손을 흔들어 더 먹으라는 시늉을 했다. 후새는 내일 해가 뜨기 전에 아렉으로 떠날 예정이었다.

"리스바 가족을 도와주셔서 고맙습니다."

떠오르려던 아히도벨의 미소가 다른 곳을 향한 그의 시선과 함께 사라져버렸다. 잔을 내려놓은 아히도벨은 생각에 잠겨 있었다. 벌레 우는 소리가 가까워졌다가 멀어졌다.

"다윗 성은 평안하겠지?"

"여전하지요."

붓들이 파피루스 위를 쓱싹거리며 내달렸고 밀랍 위로 인장들이 떨어졌으며 서류를 움켜쥔 서기관들과 달아오를 혀를 품은 청원자들이 왕의 발치를 드나들었다. 랍바 원정은 성공 일보 직전이었고 적절한 비와 풍부한 햇빛으로 풍성한 수확이 기대되었다. 별다른 일이 뭐가 있겠는가.

후새는 다윗 성의 일과 그곳을 진원지로 하는 빈약한 소문 몇 개를 화제로 삼았다. 아히도벨은 후새의 이야기 몇 토막에 건성으로 고개를 끄덕였다. 나완 관계없는 일이지. 그는 이대로 노년을 즐기다가 길로에 묻힐 생각이었다.

"무덤까지 모조리 정해 두었어."

아히도벨이 손을 내저어 후새의 이야기를 막았다. 그는 소식으로부터 스스로를 차단해 자신을 보호하려 들었다. 늙은 장로는 초저녁 잠을 흐트러뜨릴 어떤 무엇도 머릿속에 담아두고 싶어 하지 않았다.

"여호와께서 다윗에게 준 나라야. 그건 그분의 짐이지." 상관없다는 투로 아히도벨이 손을 휘저었다.

"그 짐을 같이 졌었잖아요."

"그랬던가?" 아히도벨이 고개를 갸웃거렸다. "아냐. 그분은 자신의 짐을 졌지. 나는 내게 할당된 짐을 졌고."

"다윗의 이스라엘을 함께 만든 게 아니라는 말로 들리네요."

"맞아. 나는 내 이스라엘을 만든 것이지. 왕은 왕대로 그분만의 이스라엘을 만들었고."

아히도벨이 눈을 가늘게 뜨고 웃었다. 이 말을 들으면 어쩌면 그분도 후새와 같은 표정을 지을지 모르겠군. 어쩌면 내 대답을 서운하게 여길지도 모르지. 이런 대화를 함께 나눌 기회가 아직 우리에게 남았을까. 왕이시여, 왕의 이스라엘은 다름 아닌 왕 자신이 만드는 것이지요.

"그렇기에 이스라엘 땅은 누더기라네. 한 무더기의 풀이 자라는 땅 옆에 잡초조차 뿌리를 못 내릴 돌밭이 있고, 두어 걸음 더 가면 튼튼한 에셀나무가 자라는데, 쉰 걸음을 가기 전에 냇가와 늪지대가 나오지."

"놀라워요." 후새는 다른 생각을 하고 있었다.

"뭐가 말인가?"

"반평생 꽉 잡던 것들을 그렇게나 잘 놓아버리다니 말이에요."

머릿속에 떠오른 알모니를 지우려 후새는 가볍게 웃었다.

아히도벨은 그저 어깨를 들었다 놓았을 뿐이었다. "지겹도록 해본 일들, 언제나 내어버리고 싶던 것들."

손가락을 까딱거린 아히도벨이 식탁을 가리켰다. 종들이 잔과 그릇을 함께 거두어갔다.

같은 쟁기를 끌었었지, 우린. 턱을 괴고 아히도벨은 다윗을 생각했다. 그와 다윗은 나아가는 기세와 보폭이 잘 맞는 한 쌍이었다. 옛일을 돌이켜보며 아히도벨은 왕과 함께 갈았던 이스라엘이 훌륭히 경작되었다고 생각했다.

"때론 같은 자리를 빙빙 도는 게 아닌가 싶기도 해요. 커다란 연자맷돌을 돌리는 나귀처럼요."

길로 성읍 타작마당엔 막대기로 두들겨 떨어낸 올리브열매를 찧기 위한 연자맷돌이 있었다. 올리브열매를 짜기 좋은 상태로 만들기 위해서는 사람만큼 커다랗고 둥근 돌로 눌러야 했는데, 보통은 나귀를 이용해 열매를 으깼다. 무거운 굴림돌 중심엔 긴 막대를 연결했는데, 어지럽지 않게 하려 눈을 가린 나귀들이 빙빙 원을 돌며 열매를 짓찧었다.

"무슨 소린가?" 아히도벨이 눈을 가늘게 떴다.

"제자리를 맴맴 도는 기분이에요." 후새가 눈썹을 치켜세웠다. "이전에 했던 걸 끝없이 답습하는 기분이랄까."

후새가 빙긋 웃었다. 아히도벨이 심술궂은 투로 말했다.

"누가 자네를 연자맷돌에 묶은 것 같단 말이지? 지친 거야? 반복되는 일상이 힘겹고 지루하다는 거야?"

후새가 몸을 뒤로 기댔다.

"지쳤냐 이 말일세."

"모르겠어요."

"그래 보이는데?"

"글쎄요. 정말 모르겠어요."

피로 때문인지도 몰랐다. 다윗 왕과 그를 보좌하는 모든 사람이 우뚝 설 이스라엘을 위해 지금껏 달려왔다. 암몬이 마지막 행임을, 노래의 끝임을 모두가 알았다. 매일 연자맷돌을 돌렸던 나귀가 더 이상 찧을 열매가 없어 마당에 풀린다면, 나귀는 아마 비틀거리며 나아가다 쓰러질 것이었다. 보폭이 기억하는 원을 땅 위에 수없이 그리며.

후새 생각에, 다윗과 오래 일해 온 자 모두가 조금씩 이런 허전함과 박탈감을 느끼는 것 같았다. 팔꿈치를 식탁에 댄 아히도벨의 표정은 심각해 보였다. 깍지를 낀 후새가 긴 한숨을 쉬었다. 한동안 말없이 그들은 각자의 시간을 가졌다. 아히도벨은 자기 안에 번진 다윗성을 다시 말끔히 지워나갔고, 후새는 내일 일정을 생각했다. 내일이면 다시 아렉으로, 오래도록 보지 못한 아들에게 돌아갈 터였다. 아, 그리운 이여. 후새가 저도 모르게 미소를 지었다. 오늘따라 취기가 빨리 오르는군. 그러고 보니 몸이 무거웠다.

"리스바 가족은 걱정 말게. 약속은 지킬 테니."

"그들 또한 그들의 짐을 져야 하죠."

"그건 당연해."

아히도벨이 궁금해하는 건 리스바의 동기였다. 그들이 길로로 도착하자마자 아히도벨은 리스바를 만났었다. 아히도벨은 물었고 리스바는 숨김없이 말했다. 리스바는 아브넬의 죽음으로 인해 마하나임에서 의지할 곳을 잃었다고 했다. 사울의 첩인 그녀가 아브넬과 깊은 관계였다는 소문은 사실이었다. 하지만 아히도벨은 그녀가 마하나임을 버린 말하지 않은 이유가 있으리라 생각했다.

피와 왕관과 칼과 불꽃에서 벗어나 완전히 새로운 인생을 일군다는 초유의 전환을 이뤄낸 여인의 탄력은 대체 어디서 발현된 걸까. 아히도벨은 궁금했다. 사실 그는 오늘 리스바까지 함께 초대해 저녁을 들고 싶었다. 견식이 탁월한 후새와 저녁 식사를 함께하는 건 큰 기쁨이었지만, 아히도벨은 불꽃을 지나 숯불을 밟으며 새 인생을 개척해 온 여인의 밀도 있는 삶에 대해 귀를 기울이고 싶었다. 하지만 새의 깃털만큼이나 많은 시간이 그들에게 여전히 남지 않았는가. 아히도벨은 언제라도 리스바의 집에 들르거나 그들을 초청할 수 있었다. 이야기를 해주시오, 리스바. 무엇이 그대를 그렇게 만들었던 거요. 무엇이 당신에게 불굴의 의지를 발휘하게 만든 거요. 어머니의 힘이라는 케케묵은 대답은 넣어두고, 진실을 알려주오.

묵묵히 앉은 후새에게 아히도벨은 하루빔나무열매와 아몬드가 담긴 그릇을 밀어 권했다. 후새가 빙긋이 웃었다. 지친 미소가 딱해 보여. 아히도벨의 가슴에 안타까움이 번져나갔다.

벌레들이 뜀뛰자 풀잎이 낭창거렸고 먼 곳에서 개 짖는 소리가 들렸다. 달이 빠르게 서쪽으로 기울었다.

밤이 이슥했고, 불침번을 제외한 대부분의 병사가 잠에 빠져 있었다. 멀리서 자칼이 울부짖었다. 바위틈에서는 버석거리는 소리가 났다. 부엉이가 구슬프게 떠는소리 아래로 겉옷과 모포를 움켜쥔 자들이 몸을 뒤척였다. 불침번이 교대하는 시각까지 요압은 잠들지 못했다. 괴롭게 뒤척이던 사령관이 몸을 일으켰다.

"불을 들여라."

네 귀퉁이에 심지 주둥이 네 개를 지닌 등이 들어와 놓였다. 뒷걸음질한 불침번이 나가자 막사 문이 펄럭였고 한기가 들었다. 이른 비가 내린 뒤인지 추위가 부쩍 심해졌다. 고산지대인 랍바는 해가 짧고 바람이 강했다. 한기 든 몸에 바람이 와 감기면 얼어버린 뼈는 수십 개의 바늘에 찔리는 것 같았다. 짐승 배설물과 나무가 식량만큼이나 중요해졌다. 요압은 짐승 똥을 말려 모아두라 일렀고, 근방의 집을 모두 헐어 기둥과 들보를 충분히 뽑아오라 명했다.

요압은 책상 위에 펴놓은 두루마리를 노려보는 중이었다. 오늘 낮 서기관 엘리바스와 함께 도착한 우리아가 바친 왕의 봉인된 명령서였다. 바람이 막사 안으로 불어 닥쳤고, 두루마리 끄트머리에 붙은 찢긴 밀랍 덩이가 한창 익은 석류처럼 묵직하게 건들거렸다. 요압은 파피루스 사이에서 왕의 목소리가 흘러나오는 것만 같다는 착각을 느꼈다.

우리아를 싸움이 가장 치열한 최전선으로 내보내고 너희는 뒤로 물러나 그를 맞아 죽게 해라.

이 명령이 적힌 파피루스를 바친 우리아를 요압은 한참이나 바라보았다. 그는 명령서에 무슨 명령이 적혔는지 짐작도 못 하는 표정이었다. 무슨 일이 있었느냐, 강건한 우리아야. 무슨 악한 일을 벌였기에 너를 죽이라는 왕의 봉인된 명령장을 네가 직접 가져왔느냐.

요압은 그가 다윗 성에서 겪은 일을 상세히 물었지만 우리아의 대답은 한결같았다.

"왕께서 음식을 베푸셨고 제게 친절히 대해 주셨습니다. 저는 왕궁 수비대 숙소에서 잔 뒤에 해가 뜨자마자 이리로 왔습니다."

명이 떨어지면 우리는 달려가 그걸 세워야 하지. 하지만 나 자신은 받들어야 하는 명령과 그러지 말아야 할 명령을 구분하고 있는가?

그러나 이건 왕의 명령이었다. 왕을 신처럼 여기지 않을 바에야, 사람 중에 왕을 뽑을 일이 뭐란 말인가. 요압은 생각했다. 백성을 대표하는 장로들이 기름을 부어 다윗에게 권력을 쥐여준 건, 그의 인성과 지략과 힘에 자신들의 안락과 보호를 구하기 위함이었다. 다윗이 펼쳐놓은 광대한 사업과, 다윗이 물리친 수많은 외적과, 다윗이 사방을 밀어 형성한 이스라엘의 광활한 국경과, 다윗이 이 땅에 마침내 가능케 만든 평안함을 보라. 왜 다윗이 헷 출신 장군 하나를 제 맘대로 처분할 수 없단 말인가.

그러나 칼은 내달리기 시작하면 멈추지 않는 법이었다. 우리아를 가리키던 왕의 명령서에 다른 누군가의 이름이 적히지 말라는 법이 어디 있는가?

어쩌면 이스라엘 사령관마저도, 다른 누군가에 의해.

그것이 요압을 불안하게 만들었다.

답장은 필요치 않았다. 그는 잘라낸 명령서를 돌돌 말아 등잔불에 갔다 대었다. 편지를 집어삼킨 불꽃이 손가락을 핥자 요압은 남은 부분을 책상 끄트머리에 놓았다. 그리고는 두꺼운 손바닥으로 타고 남은 재를 문질러 흩어 버렸다.

요압의 고민은 단순했다. 명령을 받들지 않으려면 그럴 만한 이유가 있어야 했다. 그 옛날, 요압은 동생을 잃었고 기회가 오자 복수할 권리를 실행했다. 요압을 파면했지만 다윗은 복수의 권리까지 무시하진 않았다. 다윗은 복수의 대상이 왕이 되었을 때만 처벌했다. 그 때문에 아말렉 노예는 목이 잘렸고, 레갑과 바아나의 손발은 헤브론 우물가에 내걸렸다. 다윗은 사인私人 요압의 칼이 사인 아브넬을 찌르는 건 용납했지만, 칼이 왕에게 미치는 건 용서치 않았다. 요압의 권리를 존중한 다윗은 자신의 왕권을 존중할 것을 요구하고 있었다.

섬뜩한 기운이 요압의 뒷덜미를 훑고 지나갔다.

뭔가 벌어지고 있어. 하지만 요압은 그게 뭔지 몰랐다. 그는 명령을 거부할 이유를 찾지 못했다. 요압은 자신이 알지 못하는 일로 인해 제 손에 피가 묻어야 한다는 사실이 불쾌했다. 그러나 어쩔 도리가 없었다. 왕은 우리아에게 죽음을 명했고 지목당한 자는 사라져야 했다. 그는 집어든 칼로 아브넬을 찔렀다. 다윗은 우리아를 찌르려 요압을 집었다. 내가 왕의 칼이 되어야 하는가. 그것뿐이라면 괜찮았다. 사람을 죽인 건 칼이 아니라 칼을 쥔 사람의 의지이기에, 요압은 자신이 이 일로부터 무죄하며 자유롭다고 생각했다.

등잔불을 불어 끈 요압이 침상에 도로 누웠다. 내일 벌어질 치열한 전투를 견디려면 잠을 자둬야 했다. 이제 곧 새벽이, 우리아를 불러 그의 부대를 전진시키라는 명령을 내릴 아침이 올 것이었다. 의지는 칼이 아닌, 그것을 휘두르는 자의 것이었다. 요압은 뒤로, 철저하게 뒤로 물러나려 했다. 아무 의지 없이, 스스로를 도구로 한정 지은 채.

우리아를 데려가야 했다. 깊은 심연으로.

묶인 그를 심연 아래로 가라앉힐 연자맷돌과 함께.

15
망대

피를 모두 흘린 수소가 번제단에 놓였다. 승전을 기원하는 제물에 불이 붙었다. 수소의 마지막 뼛조각과 기름 덩어리까지 타고난 다음에야 이스라엘 군대는 움직였다.

그동안 제사를 모두 번제로 드려온 그들은 가죽을 다윗 성에서 공수해 와야 했다. 싯딤나무 나무틀에 고정되었던 가죽이, 그들의 왕이 제사장들에게 정당한 가격을 지급해 사들인 수백 장의 얼룩덜룩한 소가죽이 배급되었다. 병사들이 무두질 된 가죽에 구멍을 뚫고 고리를 덧댄 다음 빳빳이 펴 둥글게 구부린 나무 테에 덧씌웠다.

그렇게 만들어진 북이 둥둥 울렸다. 높이 들린 북채가 팽팽한 북 가죽으로 떨어지자 두터운 잿빛 구름으로 묵직해진 하늘과 그것을 떠받친 구릉 위로, 소리들이 울렁울렁 퍼져나갔다.

겹으로 지어진 랍바 성벽 사이에는 탑들이 솟아 있었다. 망루에 선 요압은 성벽의 탑들이 어깨를 맞대고 늘어선 거인들 같다고 생각했다. 랍바의 식량이 충분했다면 저 거대한 성채를 함락시키는 건 불가능했겠지. 요압이 믿는 건 그들의 주린 배와 떨어진 사기였다. 고립당한 너희를 구하러 아무도 오지 않을 테니, 낙담한 너희의 뼈는 흐물흐물하겠고 찢긴 가슴엔 한숨이 들어찼겠지. 그들의 절망이 요압의 희망이었다.

병력을 모두 운용할 생각은 아예 없었다. 요압은 병력의 절반 정도만 랍바 공략에 투입해 적의 반응을 시험할 계획이었다.

그간 이스라엘 사령관이 눈독을 들여온 공략지점은 서쪽 성문이었다. 적에게 편견을 심기 위해 그는 오늘 남쪽 성문 공격에 치중하기로 결정했다. 성문은 먼지 자욱한 흙 언덕 위에 자리했고 공략하려는 자들은 비탈을 기어올라야 했다. 모인 장군들에게 임무를 하달한 요압이 우리아를 돌아보았다.

"너와 네 부하들은 남쪽 성문으로 돌격해라."

둥그런 쇠판을 물고기 비늘처럼 꿰어 붙인 우리아의 가죽 갑옷은 말끔히 수선되어 있었다. 칼을 쥔 우리아가 바닥에 이마를 댔다.

"저와 제 부하들이 기필코 남문을 빼앗겠나이다."

장군들을 내보낸 요압이 망대로 향했다. 예리한 단창을 든 병사들의 허리가 돌 담긴 주머니로 묵직했다. 암몬 사람들에게서 빼앗은 그 망대는 계단이 좁고 가팔랐다.

랍바 성안에서 북소리가 들렸다. 이스라엘의 북소리에 대응하기 위해 암몬 사람들 또한 북을 치고 있었다. 요압 뒤에 선 엘리바스는 초조해 보였다. 땀에 흠뻑 젖은 그가 연신 손톱을 물어뜯었다. 호위병이 이고 온 의자가 있었지만 요압은 앉지 않았다. 지휘봉을 쥔 손에 힘이 바짝 들어갔다.

요압이 지휘봉을 들자 북소리가 멈췄다. 암몬의 부글거리는 북소리만이 성벽 안에서 복작거렸다. 숨소리조차 낮춘 채 이스라엘 병사들은 돌격할 성벽과 성문을 노려보았다. 태양이 몸을 드러냈다가 다시 구름에 휩쓸려버렸다. 북채 쥔 자의 시선이 망루에 고정되었고, 단창과 칼을 쥔 병사들이 곧 울릴 진격 명령을 기다리며 마른침을 삼켰다.

지휘봉이 내려가자 북채가 북 가죽을 때렸다. 단 한 번의 북소리였다. 방패를 세운 이스라엘 병사들이 성벽을 향해 한 걸음 내디뎠다. 지휘봉이 올라갔다가 급하게 떨어졌다. 북 가죽이 다시 한 번 울렸고, 병사들이 한 걸음 더 나갔다. 그들 앞으로 몇 개의 화살이 핑그르르 날아들었다. 긴장하고 힘 빠진 암몬 수비병이 놓친 화살들이었다.

화살이 닿지 않을 먼 망루에서 요압은 성벽을 노려보고 있었다. 먼지바람이 일었고 성벽과 이스라엘 사이 널찍한 언덕이 뿌옇게 메워졌다. 이스라엘 북소리가 그치자 질서없이 제멋대로 울렁거리던 암몬 북소리도 천천히 잦아들었다. 먹먹했던 귀청에 북의 진동이 여전했기에, 고요한 먼 곳 어딘가에서 아직 북 가죽이 진동하는 것만 같았다.

귓바퀴에 엉겼던 잔음마저 희미해질 무렵, 바람이 살랑였다. 진흙과 역청으로 이겨 붙인 성벽 틈새에, 암몬 사람들의 땀에 전 머릿수건에, 열두 지파들의 축 늘어진 깃발에, 바짝 날이 선 이스라엘의 창검에, 입술을 깨물고 있는 백부장들의 땀이 밴 손바닥에, 쇼파르 끝에 오그린 입술을 붙인 채 망대 위 지휘봉만 바라보는 신호수의 긴장 어린 시선에, 바람이 불었다.

요압의 지휘봉이 한 번 더 떨어졌다. 망대를 중심으로 북소리가 퍼지자 이스라엘이 한 걸음 더 내디뎠다. 암몬 활잡이들이 시위를 당기는 뻣뻣한 소리가 가장 앞에 선 이스라엘 병사에게까지 들려오는 것 같았다. 요압의 시선이 저도 모르게 우리아에게 향했다. 편지가 타고 남은 재에서는 모략의 음습한 향기가 풍겼었다. 헷 출신 장군이 든 허옇고 넓적한 칼이 누군가의 넓적다리뼈처럼 보였다.

또 한 번의 북소리에 또 한 걸음의 전진이 이뤄졌다. 지휘관들이 호령하자 암몬 활잡이들이 시위를 놓았다. 화살들이 공기를 가르는 가파른 소리가 들렸다. 그것들은 이스라엘 병사들 서너 걸음 앞에 수두룩하게 꽂혔다. 땅에 빽빽이 박힌 화살들은 랍바 성을 두른 검은 띠처럼, 넘어서선 안 될 울타리처럼 보였다.

직각으로 꺾이는 통로를 지닌 남쪽 성문이 이스라엘 본진에서는 가장 가까웠다. 쇠로 보강된 성문에는 두꺼운 빗장이 질러져 있었고, 그걸 깨려면 수백 번의 망치질이 필요해 보였다. 꺾이는 통로 양쪽은 두터운 돌벽으로 보강되어 있었는데, 일곱 규빗이 넘어 보이는 그 벽 위엔 수비대가 오가게끔 길이 나 있었다. 간신히 부순 외문을 지나 꺾어지는 통로를 거쳐 내문을 망치로 내려치기까지 침입자의 머리 위로는 단창과 돌이 끝도 없이 떨어질 것이었다.

그때 성문이 열렸고, 암몬 병사들이 몰려나왔다. 이스라엘 군이 외문에 접근하지 못하게 성 밖에서 태세를 갖출 모양이었다. 성벽 위에선 암몬의 천부장들이 이스라엘 병사들을 손짓과 욕설로 도발했다. 그들 어깨너머로 몰렉 신전에서 올라오는 짙은 연기가 보였다.

요압이 지휘봉을 높이 올렸다. 방패를 든 이스라엘 병사들이 몸을 낮췄다. 암몬 사람들이 시위를 당겼고 주먹만 한 돌을 내던졌다. 방패에 박히지 못한 화살이 부러졌고 돌들이 방패 테두리를 맞고 튀었다. 그 순간 요압이 외쳤다.

"진격하라!"

쇼파르 소리가 하늘을 찢었다. 북채 잡은 자들이 북을 미친 듯이 두들겨댔다. 북소리와 쇼파르 소리가 어지러이 얽혔다. 이스라엘 병사들이 함성을 내지르며 달려나갔다. 하늘을 까맣게 덮은 암몬의 화살이 들린 방패와 가리지 못한 무릎에 매섭게 박혔다. 성벽 밖에 진친 암몬 병사들이 단창을 던져 화살이 빼곡히 박힌 둥근 나무 방패를 쪼갰다. 빠개진 방패를 집어 던지며 이스라엘 병사들이 으르렁거렸다. 우리아의 부대는 가장 앞서 있었다. 남문 앞에 늘어선 암몬 병사들을 우리아의 부하들이 달려가 몸으로 들이받았다. 암몬 병사들이 방패 사이로 단창을 내던졌고, 꿰인 자들이 비명을 질렀다. 그러나 우리아의 부하들은 물러서지 않았다. 그들은 오늘 피를 모두 흘려버리려 작정한 사람들 같았다. 방패의 벽에 몸을 부딪고 단창 사이로 칼날을 휘두르기 위해 그들은 소리를 내질렀다. 우리아와 그의 부하들은 적을 밀어냈고 성문으로 다가갔다. 그러자 그들 머리 위로 돌과 불이 쏟아졌다.

그러나 그들은 멈추지 않았다.

요압은 서쪽 성문으로 눈을 돌렸다. 그쪽도 접전이긴 마찬가지였다. 성벽에 다다른 병사들이 성가퀴를 목표로 매듭진 밧줄을 던졌고 암몬의 칼날이 팽팽해진 줄들을 끊어냈다. 이스라엘 또한 성벽 위를 향해 무릿매를 던지고 활을 쏘았다. 성벽 사이로 돌과 화살이 어지러이 오갔다. 병사들은 독려받았고, 장군들은 솔선해 돌격했다.

북채 쥔 고수들의 팔뚝에서 땀이 튀었다. 쇼파르로 전위를 돋우는 신호수들의 벌건 양 볼이 볼록했다. 두 군대의 격렬한 부딪침은 영원히 이어질 것만 같았다. 비명 속에서 병사들이 죽어 나갔고 다친 자들이 헐떡이며 흘린 피가 누런 흙먼지에 갈색으로 덮여갔다. 숨이 턱까지 찬 전령들이 망대와 부대 사이를 오갔고 뿌옇게 인 먼지와 검게 일렁이는 연기가 하늘을 덮었다.

남문은 교착상태에 빠져 있었다. 우리아와 그의 부하들은 독수리처럼 적을 찍어 누르고 곰처럼 찢어발겼다. 그 맹렬한 기세가 망대에 선 요압에게까지 전해질 지경이었다. 적들은 밀려났으나 외문 위에서 날아드는 화살과 돌에 의지해 버티는 중이었다. 우리아는 공세를 늦추지 않았다. 마침내 적들이 견디지 못하고 달아났고, 발꿈치를 돌린 아군을 끌어안으려고 남쪽 성문이 열렸다. 기세를 탄 우리아와 그의 부하들이 적을 후려치며 성문에 진입했다. 그들이 들이치는 기세가 너무도 세차 성문이 양쪽 병사 모두를 빨아들이는 것처럼 보였다.

우리아는 이미 남쪽 성문 외문 안으로 들어가 있었다. 겁에 질린 암몬 병사들이 머리를 싸쥐며 통로 안쪽으로 내달렸다. 근방에서 싸우던 다른 장군들이 우리아를 따라 남문으로 진입했다. 그때, 성문 위 꺾어진 돌벽에 엎드렸던 암몬 활잡이들이 몸을 일으켰다. 화살을 맞은 우리아의 부하들이 나뒹굴었다. 화살 맞아 비틀거리는 병사 위로 돌이 쏟아졌고, 이스라엘 용사들이 내지른 비명이 통로를 �꽝꽝 울렸다. 일부 병사들이 남문 밖으로 나왔지만, 깊이 들이쳤던 우리아와 그의 부하들은 시체 사이에서 버둥대는 중이었다.

남쪽 성문의 상황을 요압은 지켜보고 있었다. 그가 지휘봉을 어깨 뒤로 흔들었다. 요압은 왕의 편지를 떠올렸다. 더 이상 피 흘릴 필요는 없어. 요압은 우리아의 위치를 다시 한 번 확인했다. 덤덤해지려 애썼지만, 쉽진 않았다. 사령관의 신호를 알아본 나팔수들이 청동 나팔을 집어 들었다. 퇴각용 나팔이 음울한 소리를 냈다. 고수들이 북채를 내려놓고 땡땡해진 팔을 늘어뜨렸다.

주리고 지쳤으며 실의에 빠져 있는데도 암몬 사람들은 잘 싸웠고, 오래 쉬고 잘 먹었으며 활기찼음에도 이스라엘은 위력을 충분히 드러내지 못했다. 암몬은 강한 상대고 랍바는 난공불락이로구나. 결국 우리가 의지할 건 더 긴 굶주림뿐이리라. 암몬의 힘이 충분히 맛본 요압은 괴로운 심경으로 남문을 노려보았다. 퇴각용 청동 나팔이 꺼림칙한 소리로 울부짖고 있었다.

병사들을 보듬어 뒤로 안전히 물리려 천부장들이 앞으로 썩 나섰다. 이스라엘은 차분히 후퇴했다. 아직 부서지지 않은 방패가 머리 위로 들렸고, 온전한 병사가 다친 동료의 부러지고 찢긴 몸을 붙들었다. 암몬 병사들의 환호성 속에서 다친 자들은 언덕 아래로 질질 끌렸다. 피로 된 붉은 포말을 남기며, 물어뜯던 해안가에서 이스라엘은 천천히 물러났다.

실패로구나. 패배는 아니었지만 성공으로 이어질 리 없었던 무가치한 진격이었다. 요압은 입맛이 썼다. 다친 자들의 다급한 비명이 점차 가까워졌다. 시신은 부정하기에 죽은 자는 당일로 묻어야 했다. 전장에서 애곡이 길어 좋을 게 없었다.

요압이 막 망대에서 물러나려 할 때, 랍바 성벽에서 환호성이 울렸다. 성벽 위로 끌어올려 진 시신이 아래로 내던져지고 있었다. 남문으로 진격하다 꺾인 통로에서 죽은 자들이 언덕 아래로 굴렀다.

요압의 가슴이 체한 것처럼 꽉 막혔다. 내리구르는 시신을 그는 외면하지 않았다. 요압은 자신이 부하들의 주검을 지켜봐야 할 의무가 있다고 생각했고, 그 의무를 한 번도 저버린 적이 없었다. 시신이 흙먼지 가득한 성문 아래를 굴렀다. 가죽 갑옷에 꿰였던 쇠판이 비탈에 비벼지며 한 장 한 장 알알이 찢겨나갔다. 태양이 구름 사이로 모습을 드러냈고, 언덕에 남은 둥그런 쇠판이 섧운 눈물처럼 반짝였다. 그 갑옷의 주인을 요압은 똑똑히 기억하고 있었다.

그랬다. 헷 사람 우리아가 죽었다.

엇갈려 있던 창이 세워졌고 공간이 열렸다. 급한 걸음을 걷는 스마야의 겉옷 자락이 펄럭였다. 알현실에서는 청원자의 긴 탄원이 이어지고 있었다.

"왕이시여, 저희는 작은 부족이고 그 정도 공출을 감당할 수 없습니다."

스마야가 분위기를 재빨리 살폈다. 잇사갈을 대표하는 장로로군. 세금이 목을 죄나 보지. 설사 그렇지 않더라도 그들은 허리에 맨 전대를 순순히 풀지 않을 것이었다. 스마야는 왕좌가 놓인 단 아래에 섰다. 짜증이 난 다윗은 스마야의 기척에 내색하지 않았다. 왕관 아래 삐져나온 왕의 머리칼은 성기고 푸석푸석해 보였다. 턱을 괴었던 왕이 몸을 앞으로 기울였다.

"이스라엘은 지금 전쟁 중이야. 비상한 시국엔 비상한 방법이 필요하지."

"하지만 이 원정을 치르기 위해 잇사갈 지파는 곪고 있습니다. 포도즙 틀엔 먼지가 앉았고 돌보지 못한 무화과열매는 말라붙었습니다. 부푼 빵은 고사하고 말라붙은 조각조차 찾기 어렵습니다."

"잇사갈은 징병과 세금 모두를 거부하는 건가?"

"저희는 그저 자비를 구하는 것입니다. 랍바 원정의 필요엔 저희 지파 모두 공감합니다."

"필요? 그 이상이지."

하지만 랍바가 허물어지는 게 잇사갈에게 무슨 의미를 갖겠는가. 잇사갈에게는 다마스쿠스 너머의 아람이 위협일 뿐, 암몬 랍바로부터 얻어지는 이득은 추수 뒤 남은 밀 알갱이를 줍는 수준밖에 되지 않았다. 자신들과 상관없는 전쟁에 다른 지파와 똑같은 세금을 납부하기 싫다는 게 잇사갈의 생각이었다. 그렇다면 아람 원정에 유다가 돈을 내야 할 이유는 뭐란 말인가.

"잇사갈이여, 전쟁은 그대들에게 쟁기 댈 땅을 주었어."

다윗이 인상을 찌푸리자 청원자가 비굴한 웃음을 지으며 간청하듯 팔을 벌렸다.

"옳습니다, 왕이시여. 하지만 그 땅에서 농사짓는 젊은이를 앗아갔지요."

손바닥을 들어 올리며 청원자가 겸연쩍어했다. "저희는 그저 왕의 긍휼을 구하려는 것이지요." 청원자가 웃음을 깨물었다.

그대의 웃음은 시고 떫은 모양이군. 눈가가 찡그려지는 걸 보니.

하지만 다윗은 끓어오른 말을 입 밖으로 내어 붓지 않았다. 잇사갈이 홀로 이 청원을 마련했을 리 없었다. 늘어뜨린 그물로 호수 바닥을 긁어 물고기나 잡아먹는 자들이, 결코 그럴 리 없었다. 이스라엘 북부의 오랜 맹주는 에브라임이었고, 잇사갈의 귀에 청원을 속삭여줄 자들은 그들뿐이었다. 블레셋에 빼앗기기 전까지 언약궤는 오랫동안 실로에 머물렀으며, 그 덕에 에브라임은 다른 지파의 맏형 노릇을 해왔다. 에브라임이 잇사갈을 지렛대 삼아 나를 압박하는군. 내 반응을 살펴보려고 잇사갈이라는 긴 막대를 써먹는 중이야.

"즉답을 줄 수 없군, 그대는 간절하겠지만." 다윗이 왕좌에서 일어났다.

"답이 나올 때까지 기다리겠나이다."

"내 아랫배를 때려 답을 토해 내게 만들 셈인가?"

다윗이 고개를 숙인 잇사갈 대표를 싸늘한 눈초리로 돌아보았다. 단 아래로 내려온 다윗이 유감스럽다는 투로 내뱉었다.

"샬롬."

인사말을 웅얼거린 장로가 다가와 왕과 평안의 입맞춤을 나누었다. 다윗에 이르러 왕권이 강화되었다고는 하지만, 이스라엘에는 아직 부족 연합체제의 흔적이 짙었다. 다윗은 지파들의 협조를 얻는 동시에 그들의 힘과 연합을 교묘히 약화시켜야 했다. 사울에 비하면 왕의 권위가 상당히 높아졌지만, 지파들의 절대적 충성을 끌어낼 정도는 아니었다. 왕권이 제대로 세워지려면 꽤 많은 시간이 흘러야 할 거야. 이런 상황이 다윗은 못마땅했다.

새로운 청원자가 알현실로 들어오기 직전에 스마야는 왕에게 다가갔다. 다윗의 귀가 한쪽으로 기울어졌다.

"그래? 먼저 들여라."

랍바에서 막 도착한 서기관 엘리바스는 지쳐 보였다. 머릿수건을 무릎 위로 끌어내린 뚱뚱한 서기관이 원기를 회복하려 왕의 포도주를 삼켰다. 뒷짐 진 다윗의 손이 조바심으로 가늘게 떨렸다.

"랍바에는 별일 없느냐?"

다윗은 엘리바스의 혀가 품은 소식이 자기 마음에 쏙 드는 것이기를 바랐다.

"제가 떠나기 전에 전투가 벌어졌지만, 소득은 적었습니다."

"랍바는 큰 성읍이니 비축한 물과 식량이 꽤 많았을 거야. 게다가 암몬은 억세거든."

"옳습니다. 그들이 공격을 잘 받아냈습니다."

"요압이 어떻게 병사들을 진격시켰지?"

"용맹한 자들을 뽑아 가까운 성문에 달려가게 했지만 손해가 컸습니다."

계속 말하라는 뜻으로 다윗이 손을 까딱거렸다. 엘리바스가 말을 이었다.

"암몬 사람들이 우리를 몰아내려고 성 밖으로 나왔지만 우리가 그들을 쳐서 밀어붙였습니다. 그러자 활 당기는 자들이 성벽에서 화살을 쏘았고 적지 않은 자들이 죽었습니다."

요압이 어리석은 진격을 명했구나. 다윗이 저도 모르게 버럭 성질을 냈다.

"멍청하기는. 성문으로 달려들면 피해가 크다는 걸 몰랐단 말이냐."

다윗의 거친 말투에 겁을 먹은 엘리바스가 대답했다.

"사령관이 제게 말하길, 만약 왕께서 책망하시거든 왕의 종 헷 사람 우리아도 죽었다고 말씀드리라 했습니다."

다가온 다윗의 상체가 기울어졌고, 그 그림자가 엘리바스의 얼굴을 가득 덮었다.

"다시 말해 봐라."

"왕의 장군 헷 사람 우리아가 성문으로 돌격하다 죽었습니다."

뒷목이 뻣뻣해진 다윗이 움킨 주먹을 벌벌 떨었다. 다윗의 속에서 정반대의 감정이 뒤섞였고, 그로 인해 그의 얼굴이 뒤틀려갔다. 다윗은 편안하면서도 불편했고, 안락한 동시에 괴로웠다. 그는 화가 났지만 몹시 기뻤고, 애통하면서도 즐거웠다. 다윗이 이런 상반된 감정 모두를 온전히 인지한 건 아니었다. 그의 얼굴엔 만족스러움이 분명했고, 그의 가슴은 꽉 막힌 게 풀린 것처럼 시원하기만 했다. 다만 다윗의 은밀한 내부에선 그가 모르는 애통함과 참담함이 솟구치고 있었다. 죄로 인해 쪼개진 다윗의 겉과 속은 하나의 사건에 정반대로 작동하고 있었다. 죄와 정욕과 이기심에 눈먼 이 중년 사내는 낮은 곳으로 잔잔히 퍼지는 물과 같은 슬픔을 차마 모르고 있었다.

다윗이 간신히 소리를 냈다. "칼은 삼키는 사람을 가리지 않는 법이니라."

냉소를 띤 왕의 입술이 흉측하게 뒤틀려 있었다.

"네가 다시 요압에게 가야겠다."

엘리바스가 시무룩한 표정으로 고개를 숙였다.

"요압에게 이 일을 걱정하지 말라 일러라. 시간이 걸리더라도 랍바를 꼭 함락시키라고 해라. 요압을 격려해서 그를 담대하게 만들어줘라. 지금 바로 떠나라."

울상을 지은 엘리바스가 절하고 물러가자 다윗이 몸을 일으켰다. 다윗과 눈이 마주친 스마야가 부드럽게 시선을 떨어뜨렸다. 다윗의 눈빛이 냉랭해졌다. 저자를 죽여야 할까, 저 충직한 시종장마저?

어쩌면.

다윗은 이스라엘 왕이었다. 그에겐 명령을 수행하는 자가 있을 뿐

공모자는 존재할 수 없었다. 불경하기 짝이 없구나, 스마야…… 네 눈빛은. 그는 자신을 바라보는 시종장의 시선이 불쾌했다. 하지만 스마야는 거울일 뿐이었다. 그는 다윗이 자신의 죄를 돌아보게 하는 잘 닦인 구리거울에 불과했다.

그렇기에 다윗은 스마야를 증오했다. 그를 그렇게 만든 건 그 자신이었음에도 불구하고.

다윗은 왕궁 옥상에 올랐다. 멀리 우리아의 집이 보였다. 너울거리던 흰 빨래도, 아름다운 밧세바도 보이지 않았다. 사랑하는 내 암사슴아, 우리아가 죽었다는구나. 물에 담가도 맛을 내지 못하는 쓸모없는 암염巖鹽 같던 네 남편이.

밀회 중일 때 우리아의 이름은 금기였다. 이는 침대 위의 불문율이었다. 그날 어쩌면, 아기와 자신을 저버리지 않겠다는 왕의 약속을 듣던 밧세바는 남편의 죽음을 예감했을지도 몰랐다. 여자들의 예민한 감각은 그런 빌미를 놓치는 법이 없었다. 밧세바가 알아보았을까, 내 가슴 가득 일렁이던 보랏빛 불꽃을? 그러나 모르기는 다윗 또한 마찬가지였다. 죄의 연자맷돌에 연결된 긴 밧줄에 우리아를 묶은 다윗은 그 밧줄에 자기 자신과 밧세바와 아직 형태도 갖추지 못한 자궁 속 아기까지 연이어 묶였음을 끝내 깨닫지 못했다.

엘리바스가 당도했으니 요압이 보낸 전령 또한 밧세바의 집에 다다랐을 것이다. 그녀가 애곡할까. 가슴을 쥐어뜯으며 눈물 흘릴까. 분명한 예감의 급작스런 성취에 내심 안도의 한숨을 내쉴까.

다윗이 손을 펴 관자놀이를 문질렀다. 눈꺼풀이 떨렸고 머리가 지끈거렸다. 요압은 입 열지 않을 것이다. 아브넬의 일로 좌천당했던 요압은 선을 넘는 행위가 어떤 대가를 치르게 만드는지 명확히 알았다. 엘리바스는 무슨 일이 벌어졌는지 모르며, 스마야 또한 함부로 입 놀리지 않을 것이었다. 다윗은 과부가 된 밧세바를 왕궁으로 불러들일 생각이었다. 어리석은 우리아는 끝내 자기 집에 돌아가지 않았고, 아내를 돌아보지 않았다. 다윗은 장례가 끝나자마자 손을 써 뱃속 아기가 잡힐 꼬투리를 미리 떼어낼 작정이었다.

몸 전체를 덮는 검은 겉옷과 장식하지 않은 얼굴덮개로 과부의 복장을 할 밧세바를 들인 뒤, 배가 불러오기 전에 미리 비워둔 여리고 별궁으로 보내면 사람들을 속일 수 있으리라. 다윗은 그리 믿었다.

시종장마저 내보낸 뒤, 다윗은 엘리암에게 보낼 편지를 미리 썼다. 그대의 딸 밧세바가 홀로 되었다는 슬픈 소식을 들었소. 우리아는 강인한 용사였는데 어찌 그런 일이 일어났단 말이오. 경황이 없는 중에 낼 말은 아니지만, 내가 평소 어여쁘다 여겨온 그대의 딸을 내 곁에 두어 슬픔을 위로할까 하오. 그녀는 내 아내가 될 것이고, 그대와 나는 진작 이뤘어야 마땅했을 가족이 되는 거요.

다윗이 다시 한 번 우리아의 집을 바라보았다. 이스라엘 왕과 우리아의 집 사이에는 적막이 가득했다.

저 적막 이전엔 무엇이 있었던가. 이 테라스에서 나는 무엇을 보았던가.

우리아의 죽음이 다윗은 기뻤다. 완벽한 계략이었어. 다윗은 흡족했다. 그러나 이렇게 마음이 기쁜데 왜 관자놀이에 두통이 이는지,

다윗은 까닭을 몰랐다.

　이레의 애도 기간이 끝나자마자 밧세바는 다윗의 왕궁으로 옮겨졌다. 그녀의 옛집에, 밧세바가 이레간 입었던 검은 상복이 이제 채워질 일 없는 침상에 덩그러니 남았다.

16
왕관

왕궁으로 들어서자 거리의 소음이 멀어졌다. 비를 모두 쏟은 하늘이 한층 높아 보였고, 축축한 돌이 아침 햇살에 반들거렸다.

언제나처럼, 올려야 할 서류가 있었다. 그는 왕께 올라갈 서류를 다듬고, 내려온 서류의 집행을 확인하고, 기록이 될 서류를 보존하고, 그래선 안 될 것들을 태워 없앴다. 그게 그의 일이었다.

두 달 전 그는 다윗 성으로 돌아오라는 명령을 받았다. 좌천이 아닌 영전이었다. 다윗은 브나야의 빼어난 아들이 아버지만큼이나 탁월하다는 요압의 보고서를 받았고, 그를 가까이 두어 자기 짐을 덜어야겠다고 판단했다. 그는 먼저 떠났고, 병사들이 꾸린 그의 짐이 나귀에 따로 실려 다윗 성 브나야의 집으로 보내졌다. 전장의 먼지를 씻어내기도 전에 그는 왕이 직접 볼 서류를 매만지고 그를 위해 두루마리 매듭을 묶어야 했으며 작은 글자에 신경질을 내는 왕을 위해 밤마다 글씨를 크게 쓰는 연습을 했다.

서기관들의 방 앞에는 왕실 물품을 들이는 상인들이 와 있었다. 그를 본 동료 서기관들이 납품된 밀랍 덩어리와 다듬지 않은 골풀을 가리켰다. 그것들은 갈대로 짠 바구니에 담겨 있었다. 지난번 밀랍엔 불순물이 많았고 골풀은 너무 쉽게 물렀었다. 칼로 골풀을 깎아보고 등잔불에 밀랍을 대 몇 방울 떨어뜨려 본 그가 고개를 끄덕였다. 상인들의 표정이 그제야 조금 나아졌다.

자기 자리에 앉은 그는 어제 내려진 왕의 명령이 잘 수행되었는지부터 살폈다. 요단 강 근방 벧 메르학으로 물품을 보내라는 명령이 있었고, 명령이 수행되었는지에 대한 왕의 질문이 두 번 있었다. 좀먹지 않은 깨끗한 상등 밀 한 호멜Homer과 염소젖 치즈 다섯 덩어리와 큰 항아리에 가득 채운 포도주 두 통과 말린 무화과 열 덩어리와 갓 짠 올리브기름 두 항아리라니, 양이 꽤 많았다. 벧 메르학의 별칭은 먼 왕궁이었고, 왕가 별장이 거기 있었다.

그를 비롯한 다윗 성의 모두가 그곳에 누가 머무는지 알고 있었다. 매일처럼 전령들이 안부를 물으러 가는 곳, 하루가 멀다 하고 왕이 음식과 장신구와 옷감을 내려보내는 곳, 테라스를 서성이는 왕이 물끄러미 바라보는 그곳은 그녀가 머무는 장소였다. 높고 둥글게 솟은 배를 끌어안은 그녀의 다리는 기둥처럼 부었고, 갓 구운 빵처럼 통통한 뺨으로는 고통을 예비하는 땀방울이 흘렀다. 그녀가 늘어뜨린 흑단처럼 빛나는 머리채를 시녀들은 아침마다 빗어 내렸다. 침상에 누운 그녀가 달처럼 부푼 배를 어루만지며 그리운 꿈의 언어를 속삭인다고, 시종들은 소곤거렸다. 아가, 네 빛날 눈동자를 바라볼 날이 머지않았구나.

서기관들의 방을 나선 그는 왕의 창고로 향했다. 왕의 창고로 가는 길은 왕궁 뒤 성막으로 가는 길에서 비스듬히 갈라져 나갔다. 불개미 집 같은 곡물 보관 탑 십여 개가 하늘 높이 솟아 있었고, 돌로 지은 커다란 창고 옆에는 규모가 더 큰 창고들이 지어지는 중이었다. 그는 오늘 나가야 할 물품을 점검했고 이를 승인하기 위해 허리끈에 묶인 원통형 인장을 눌러 찍었으며 일을 빨리 진행시키느라 직접 나귀 뱃대끈을 조이기도 했다.

멀리서 승전 소식이 있었다.

그가 떠나야 했던 전장. 눈비로 축축한 땅을 칼날 같은 바람이 벼리는 곳. 흘러 얍복 강이 될 물들이 휘몰아치는 암몬 사람들의 자긍심. 물들의 성 랍바.

겹겹으로 두꺼운 성벽은 차근차근 찢겨져 나갔고 암몬 사람들에겐 신전과 왕궁을 둘러싼 성채 하나가 남았을 뿐이었다. 굶주리는 그들은 남은 자식을 불에 던질 순서를 정하려 주사위를 던졌다. 가깝게 들리는 어린아이들의 비명과 절규에 이스라엘은 이를 갈았다. 화가 난 요압은 공격하지 않았고, 절망에 찬 광란이 암몬 사람들의 숨통을 조이도록 내버려 두었다. 하지만 이미 전쟁이 막바지에 다다랐음을 그들 모두 알고 있었다. 이제 대가를 치러야 할 때였다. 탈취한 암몬의 귀중품을 찬탄 속에서 감상하며 이에 대한 목록을 작성해나가야 할 긴 밤들 또한.

왕궁으로 들어오던 그는 마구간으로 가던 왕자들을 만났다.

"샬롬."

서기관을 알아본 왕자들이 인사를 보냈다. 요새 변성기를 겪는다는 그들은 헤브론에서 태어난 다윗의 아들들이었고, 사춘기 소년답게 겸연쩍은 무뚝뚝함을 지니고 있었다.

"샬롬."

그 또한 마주 인사를 보냈다. 왕자들은 그와 열 살 정도 차이가 났다. 그는 젊었고, 그들은 어렸다. 하지만 그는 계속 왕의 신하이자 서기관이겠지만, 그들은 이미 왕자였고 어떤 무엇이 될지는 아무도 몰랐다.

아직 모든 게 장막에 덮인 시절이었다.

그들이 미소를 주고받았다. 입맞춤은 없었다. 교차로를 지난 그들은 엇갈리며 멀어졌다.

해는 아직 높아지는 중이었다. 바람이 조금 거세졌고 엷어진 햇살이 구름 사이로 들락날락거렸다.

지팡이를 다리 사이에 둔 나단이 주저앉았다. 해가 가장 높이 솟은 때였고, 다윗 성 수문 외문과 내문 사이가 잠시 한가해지는 때였다.

지난번 샘문에서 나단에게 절을 했던 장군은 보이지 않았다. 이제는 나단도 그가 누구였는지 알았다. 몸을 일으킨 선지자는 내문을 통과해 한적한 시장을 지나 왕성 방향 오르막을 비틀거리며 올랐다.

그는 고개 들어 다윗 성을 바라보았다. 조금의 영광도 거기 머물러 있지 않았다.

금관이 씌워졌건만 네 머리는 조금도 빛나지 않는구나.

그를 쥐어짜던 고통은 이제 옛일이 되어 있었다. 광야에서 그는 다시 신의 음성을 들었고, 다시금 기도의 기쁨에 깊이 잠길 수 있게 되었다. 나단은 회복되었던 것이다.

말씀은 그때 왔다.

지금 나단에게는 그 말씀이 담겨져 있었다. 흙으로 빚어진 그의 육신에 담긴 신의 말씀은 너무도 무겁고 진했다. 그는 이제 그걸 왕에게 쏟아 내야 했다. 나단은 보이지 않는 끈이, 세계 전체를 감아 바닥 없는 지하로 늘어진 이 끈의 반대편 끝이 자기 가슴을 묶어 잡아당기는 것만 같다고 생각했다.

왜 싸우지 않았는가. 그는 울분을 느꼈다. 왜 싸우지 않았던가!

싸웠더라면, 사방에서 침투하는 어둠에 맞서 죽기로 싸웠더라면.

그러나 이 모든 격분이 무슨 소용이란 말인가. 이제 다윗이 세웠고 다윗이 사랑한 이스라엘이 고통받으리라. 다윗을 세우고 다윗을 사랑한 이스라엘을 통해 다윗을 고통받게 하기 위해.

그들이 사람으로 그들 자신의 머리를 삼았음으로.

이스라엘이 자기 중 한 사람을 뽑아 숭배하길 바랐으므로.

그들이 신을 왕처럼 받들길 거부하고 왕을 신처럼 받들길 원했음으로.

그들이 여호와께 직접 다스려지기를 싫어해 다른 민족과 구별되는 영광을 거부했음으로.

머리를 끊어낼 수 없는 그들은 그들이 세운 머리를 향해 퍼부어진 저주를 함께 감당해야 했다.

너, 어리석은 처녀 이스라엘아. 너희는 기도하여 깊은 곳에서 도움을 얻으려 하지 않고 높은 왕성으로 달음질하여 호소하기를 즐기는구나.

나단은 끔찍한 고통을 느꼈다. 그 또한 이스라엘의 허리에서 나온 자손이었고, 왕을 올바로 세울 책임을 진 사람이었다.

나 또한 다윗이 넘어지게끔 내버려 둔 사람이었거늘. 하지만 다윗을 위해 뭘 해줘야 했었지? 왕관을 감당하겠다고 결심한 건 다윗이었고, 그로 인해 권력과 안락을 누린 것도 다윗이었다. 나단은 분통을 터뜨렸다. 왕관의 무게? 왕관의 무게가 그가 벌인 음란한 행위에 대한 핑계가, 잔혹한 계략을 꾸미며 저지른 살인에 대한 핑계가 될 수 있는가?

그의 가슴 속에서 무겁고 짙은 신의 말씀이 격렬하게 출렁였다. 그가 머물던 광야를 떠나 다윗 성으로 올라오게 만든 불덩어리가 나단의 가슴을 구르며 긴 자취를 남겼다. 검게 탄 자취에는 다윗의 죄와 그것으로 인해 왕과 왕의 집이 감당해야 할 붉디붉은 징계가 또렷이 새겨져 있었다.

그에게 허락된 권력과 그를 향한 여호와의 신뢰가 컸기에, 방종한 다윗이 치를 대가는 가혹할 것이었다. 나단은 무참함을 느꼈다. 이스라엘 왕이여, 그대는 이제 절절히 깨달을 거요.

왕관이 지닌 무게의 혹독함을.

그는 왕궁을 떠날 채비를 하는 중이었다.

나단이? 눈썹을 치켜세우며 다윗은 스마야를 돌아보았다. 선지자는 늘 기별 없이 왔건만, 다윗은 오늘 그 난데없음이 유난히 불쾌했다. 알현실로 모시라는 말이 나오기도 전에 문이 열렸다.

지팡이를 든 나단의 얼굴은 무척 엄숙해 보였다. 방은 다윗이 갈아입은 옷과 벗어 던진 장신구로 발 디딜 틈이 없었다. 다윗이 손을 내저어 시종들을 반대편 문으로 내보낼 때까지, 나단은 인사를 건네지도 몸을 움직이지도 않았다. 용연향, 고래 머리통에서 퍼 올린 옥빛 덩어리의 향이 진했고, 뿌리가 아직 촉촉할 때 채취해 농축한 나드는 말간 신선함을 풍겼다. 잘 닦인 구리거울 앞에 왕은 서 있었다. 나단의 날카로운 시선이 다윗은 불편했다.

"샬롬."

몸을 조금 구부리며 다윗이 선지자를 맞았다. 널브러져 있는 옷을 피하려 뒤꿈치를 든 다윗이 나단에게 걸어갔다. 왕이 선지자의 양쪽 어깨를 붙잡고는 화평의 입맞춤을 했다. 평안을, 나단.

입술이 닿는 순간, 늙은 선지자는 울음을 터뜨릴 뻔했다. 농익은 포도 껍질처럼, 그의 마음도 차오른 슬픔 때문에 한순간에 찢겨나가고 말 것 같았다.

"어디로 가십니까."

"포도원을 보러 갑니다."

사생아를 낳은 간통녀를 보러 벳 메르학에 간다고 할 수는 없는 노릇이었다.

"여호와께서 왕의 포도원에 탐스럽고 달콤한 포도를 많이 허락하시길 빕니다."

"고맙군요."

고개를 까딱거린 다윗이 나단의 시선을 응시했다. 선지자가 다윗성에 그냥 올 리를 없다고 생각한 그는 흘러나올 나단의 말을 기다리는 중이었다. 나단이 잠시 눈을 감았다 떴다.

"왕께 여쭤볼 일이 있습니다."

다윗이 고개를 끄덕였다.

"한 성에 두 사람이 살았는데 하나는 소와 양이 많은 부자였고 다른 하나는 작은 암양 새끼 한 마리밖에 없는 가난뱅이였습니다."

나단이 시선을 낮추었다. 자신에게 무슨 일이 닥쳐올지 모르는 다윗은 유유자적한 표정이었다.

"가난한 이는 새끼 양과 함께 행복하게 지냈습니다. 가난뱅이에게 새끼 양은 딸과 같았습니다."

나단의 목소리가 조금씩 오그라들었기에, 다윗은 선지자에게로 몸을 점점 기울여야 했다.

"그런데 부자에게 손님이 왔습니다. 그는 엄청나게 많은 자신의 소와 양이 아까워서 가난한 사람의 새끼 양을 가져와서는 그걸 요리해손님을 대접했습니다. 가난한 사람은 자신의 소유 전부를 잃었지요.

부자는 어떤 처벌을 받아야겠습니까?"

숨 쉴 틈도 없이 다윗이 판결을 내렸다.

"여호와께서 살아계심을 두고 맹세하는데 이런 일을 한 사람은 죽어 마땅합니다. 인정머리 없이 그런 나쁜 짓을 했으니 그 새끼 양을 네 배로 갚아주어야 합니다."

나단이 눈을 들어 왕을 바라보았다. 다윗은 불에 달군 쇠가 눈을 지지는 것 같았다. 선지자가 지팡이를 번쩍 들어 바닥을 내리찧었다.

"당신이 바로 그 사람이오!"

지팡이 끝을 마감한 쇠가 부르르 울렸다. 멍해진 다윗이 눈을 껌뻑였다.

"왕은 여호와의 말씀을 들으시오!"

선지자의 겉옷 자락과 은빛 머리칼이 마구 펄럭였고 눈에서는 광채가 쏟아져 나왔다. 보호를 구하려는 듯 손을 이마 위로 들어 올린 다윗이 뒷걸음치며 비틀거렸다.

"내가 너를 이스라엘 왕 삼으려 네게 기름을 붓고, 너를 사울의 손에서 구원하고, 네 주인의 집을 네게 주고, 네 주인의 아내들을 네 품에 두고, 이스라엘과 유다 족속을 네게 맡겼다. 만일 부족하였으면 네게 더 주었을 것이다."

선지자의 목소리는 땅 저 아래에서 올라오는 것 같았다. 나단의 지팡이는 불타는 것처럼 빨갰다. 허우적거리던 다윗이 엎드렸다. 나단이 내뱉는 말 한 글자 한 글자가 다윗의 가슴을 도려내며 그의 영혼에 박혔다.

"네가 어떻게 여호와의 말씀을 무시하고 악을 행하였느냐? 네가 헷 사람 우리아를 칼로 쓰러뜨리고 그 아내를 네 것으로 만들었다. 우리 아를 암몬 사람의 칼에 죽게 했다."

겁에 질려 벌벌 떨던 다윗이 몸을 일으키려다 허우적거리며 나동그라졌다. 기울었던 구리거울대가 베인 나무처럼 천천히 쓰러졌다. 끔찍한 소리를 내며 나뒹군 구리거울이 부르르 떨렸다. 벌컥 문이 열렸고 칼을 빼 든 브나야가 방에 들어섰다. 다윗은 입을 딱 벌린 스마야를 보았다. 그는 벌거벗겨진 기분이었다.

"네가 나를 업신여기고 헷 사람 우리아의 처를 빼앗아 네 처로 삼았으니, 칼이 네 집을 떠나지 않을 것이다!"

시종들이 달려와 다윗을 일으키려 했지만 그는 손길을 뿌리쳤다. 무릎 꿇은 다윗이 바닥에 엎드렸다. 그가 지금껏 눌러놓았던 양심의 제방이 한꺼번에 무너졌다. 치솟는 부끄러움을 다윗은 감당하지 못했다.

그가 어두운 침전에서 벌였던 일을 주목하는 시선이 있었다.

그가 추악한 마음을 움직여 짜던 음습한 계획을 듣던 귀가 있었다.

그가 몰래 움직이던 음모의 손가락을 살피던 눈동자가 있었다.

다윗이 입술을 깨물었다. 찢어진 입술에서 솟은 피가 이를 타고 괴었다. 참을 수 없을 정도로 치욕스러웠다. 여호와의 말씀 때문이 아니라, 그 말씀이 떨어지고 나서야 제가 행한 악행을 돌아보는 자신의 어리석음이 다윗은 창피했다.

"내가 네 집에 재앙과 환란을 일으키고 내가 네 처를 가져 네 눈앞에서 다른 사람에게 주리니, 그 사람이 네 아내들과 더불어 대낮에 동침하리라. 너는 은밀히 행하였으나 나는 이스라엘 무리 앞에 대낮에 행하리라."

납작 엎드린 다윗은 말씀에 짓눌릴 것만 같았다. 그러나 스마야를 비롯한 다른 사람들 눈에는 호통치는 나단 앞에 왕이 겸허히 엎드린 것처럼 보였을 뿐이었다.

나단의 혀에서 일고 있는 불꽃이 저를 사를 것만 같아 다윗은 두려웠다. 그는 땅에 댄 이마를 감히 들지 못했다. 다른 사람들은 나단에게 부어진 능력과 임재의 힘을 감지하지 못했지만, 다윗에겐 그것이 너무도 생생했다. 겁에 질린 이스라엘 왕은 두려움으로 질식할 것만 같았다. 엎드린 그에게서 자그마한 웅얼거림이 흘러나왔다.

"내가…… 여호와께 죄를 범했습니다."

왕이 어깨를 떨었다. 울음은 점차 커졌고 이내 통곡이 되었다. 양심의 매질이 다윗을 비명 지르게 했다. 눈물과 콧물이 수염과 앞섶을 적셨고 정수리에서 흐른 땀이 구레나룻에 뭉쳤다. 다윗이 고개를 들었다. 고인 눈물 탓에 나단의 형체가 흐리게 보였다. 다윗의 가슴에 내리꽂히던 빛과 지팡이의 불길은 사라지고 없었다.

"여호와께서 죄를 사하셨으니, 왕께서 죽지 않을 겁니다."

마른침을 삼킨 다윗이 온몸을 덜덜 떨었다. 엎드린 다윗이 나단을 올려다보았다. 그제야 다윗은 선지자의 눈에 가득 고인 눈물을 보았다.

"그러나 이 일로 여호와의 원수들이 크게 훼방할 거리를 얻었으니……"

다윗은 자신의 깃발들을 생각하고 있었다. 오색찬란한 깃발들과 그를 펄럭이게 했던 바람이 눈물 속에서 하늘거렸다.

엎드린 왕은 초라해 보였고 그것이 나단을 아프게 했다. 선지자가 고개 숙이자 발치로 눈물이 뚝뚝 떨어졌다.

"왕이시여. 당신이 낳은 아이가 죽을 것입니다."

망루의 좁은 돌계단을 소년은 뛰어올랐다. 그가 누군지 알아본 사람들이 조금씩 옆으로 물러섰고, 몸이 가벼운 소년이 그사이를 헤집으며 앞으로 나아갔다. 쇼파르 소리가 조금씩 가까워졌다.

소년이 마음에 두었던 자리는 이미 형제들이 차지하고 있었다. 그는 아직 어린 스바댜와 이드르암을 옆으로 밀어내곤 난간에 몸을 바짝 붙였다. 소년은 지난 사흘 내내 지금 이 순간을 고대해 왔다. 조바심이 심장을 간질였다.

위에서 보니 샘문을 중심으로 몰려선 사람들은 큰 부채꼴 모양을 이룬 것처럼 보였다. 그것은 끼얹은 물 자국을 연상시켰다. 수레 두 대 너비의 길을 유지하기 위해 뉘인 창을 든 병사들이 사람들을 밀어내고 있었다. 곧 원정군이 개선할 것이었다.

승전보다 더한 영광이 있을까. 소년은 생각해 보았다. 패배한 적을 밟고 발아래 엎드린 세상을 굽어보는 것이야말로 인간이 얻을 수 있는 가장 위대한 영광이었다.

성문을 점거해 랍바의 손과 발을 묶은 요압은 왕의 거동을 요청하는 전령을 다윗 성으로 보냈다. 다윗의 지휘를 받은 뒤에야 이스라엘 병사들은 랍바의 왕궁과 신전으로 진격해 갔다. 하눈의 호위병들이 죽음을 무릅썼고, 그 덕에 그을음을 뒤집어쓴 암몬 왕은 먼 유브라데 강가로 달아날 수 있었다.

많은 암몬 사람이 포로가 되었다. 다윗은 그들 대부분을 노예 삼았고, 사악한 불꽃에 아이들을 내던진 부모 모두를 황소 머리 신상 앞에서 베어 죽였다.

그리고 보름이 지났다.

가장 먼저 언약궤가 지났다. 성문 앞에 있던 모든 이스라엘 사람이 이마를 땅에 대 언약궤를 맞았다. 제사장 아비아달과 그를 돕는 레위 사람들이 황금빛 언약궤를 정중한 태도로 모셔갔다. 언약궤는 곧장 왕성 뒤에 자리한 성막에 모셔졌다.

저 멀리서 개선군의 모습이 보이자 사람들이 환호성을 질러댔다. 악기를 든 사람들이 저마다의 연주로 저마다의 기쁨을 드러냈다. 커다란 부채 모양의 대추야자가지가 건들건들 흔들렸고, 박수 소리와 기이한 환호로 샘문 전체가 시끌벅적했다.

창과 방패를 든 개선군의 늠름한 어깨를 길 양편에 선 이스라엘 사람들은 마음껏 두드렸다. 그들은 들것에 들려오는 부상자들의 가슴에 푸르고 붉은 들꽃과 갓 딴 무화과열매와 따뜻한 위로를 안겼다. 박수 소리와 환호성과 박자에 맞춰 발 구르는 소리로 샘문이 들썩였다. 병사들은 얼굴이 벌게지도록 쇼파르를 불었고 가죽이 엷어진 북을 두들겼으며 작은 나무망치로 둥근 징을 쳐댔다. 선두에 선 장군 뒤를 반장이 따랐고, 천부장들과 백부장들이 반장 뒤에서 병사들을 이끌었다. 개선군은 씩씩한 표정으로 샘문에 들어섰고, 열렬한 환호가 자아낸 희열과 만족이 그들의 이마를 태양처럼 빛나게 만들었다.

행진하는 부대 사이로, 손이 묶인 암몬 포로들이 어깨를 늘어뜨린 채 걸었다. 토목공사가, 지렛대와 통나무와 긴 줄을 써서 다듬어진 큰 돌을 마땅한 장소로 옮기는 일이, 그들을 기다리고 있었다. 다윗은 감역관監役官이라는 관직을 따로 마련해 서기관으로 있던 아도니람을 임명했다. 이제 그 이름이 포로들의 뇌리에 채찍질과 함께 새겨질 것이었다, 감역관 아도니람, 잠들지 않는 눈.

갖가지 보화를 담은 수레들이 좁은 길을 통과해 왕성으로 들어갔다. 흥분한 소들이 길게 울었고, 소를 부리는 자들이 코뚜레에 묶인 줄을 당기느라 애를 먹었다. 낙타털 융단에 덮인 수레엔 암몬 귀족들의 몸을 감쌌던 갑옷과 투구가 실렸고, 끈으로 단단히 고정되었다. 황금 방패들이 비스듬히 세워진 모습에 사람들은 상상 속 짐승의 거대한 비늘을 떠올렸고, 보석 박힌 칼자루를 보고는 어쩔 수 없는 탄성을 흘려보냈다.

가장 아름다운 약탈품인 금으로 만든 화살꽂이와 보석을 두른 갑옷은 며칠 전에 공수되어 이미 성막에 진열되어 있었다. 이 보물을 성막에 바치며, 다윗은 예술품이라는 호칭이 합당할 이 약탈품을 통해 이번 승전의 영광이 영원히 기려지길 바랐다. 성막을 관리하는 레위 사람들이 그것들을 잘 닦아 십자 모양으로 세운 나무 걸이에 걸어 진열했다. 성막을 드나드는 제사장들은 지성소 안에서 불어온 바람이 아름다운 화살꽂이 속으로 파고들며 웅웅 낮은 울음을 우는 것을 들었고, 갑옷에 달린 물고기 비늘 모양의 황금 조각들이 세 개의 등잔 불빛을 받으며 찬란하게 반짝이는 걸 보았다. 이 빛나는 약탈품은 그 후로 오랫동안 랍바에서의 영광을 기리게 될 것이었다. 파라오 시삭이 다윗의 손자이자 솔로몬의 아들인 르호보암을 굴복시키고 그 많던 금 방패와 함께 이집트로 약탈해가기 전까지.

분위기는 몰렉 신상에 이르러 최고조에 달했다. 다윗의 장군들은 넓고 두꺼운 쇠판을 신상의 목에 대고 망치질을 해 황소 머리를 끊어냈다. 발치에 자기 목을 둔 이 거대한 우상은 따로 제작된 수레에 실려 있었고, 아랫도리만 겨우 가린 암몬 제사장들이 이를 질질 끌고 있었다. 밧줄을 팽팽히 당기느라 그들의 벌거벗은 어깨가 경련을 일으켰고, 존귀한 신을 모셨던 그들의 다리가 고통으로 덜덜 떨렸다. 몰렉 신상이 실린 수레를 향해 이스라엘 사람들은 돌을 던졌다.

이스라엘 병사가 탈취한 적의 무기와 정강이 보호대와 암몬이 비축했던 붉고 푸른 세마포 더미가 신상을 뒤따랐다. 나하래의 신호를 받은 소년들이 축 늘어진 자루의 줄을 끌러 내용물을 한 주먹씩 뿌렸다. 환호성이 극에 달했다. 떨어지는 은 덩이를 낚아채지 못한 사람들이 바닥을 헤집으며 서로 머리를 부딪쳤다.

소년은 아버지를 찾아보았다. 관례에 따라 그는 개선 행렬 뒤쪽에 자리했을 것이었다. 지평선 너머로 소년은 시선을 두었다. 멀리, 왕관이 빛나는 것 같았다. 백성이 목이 쉬도록 외쳤다.

"이스라엘 왕이여! 여호와의 기름 부은 자여!"

쿠토네트 위에 황금 흉갑과 은으로 만든 정강이 보호대를 착용한 다윗은 털을 잘 빗긴 노새를 천천히 걸리는 중이었다. 남색 머릿수건에 검은 머리끈을 두른 다윗의 머리에는 홍옥이 박힌 소박한 황금관이 씌워져 있었다. 다윗이 손을 들어 환호에 답했지만 백성의 열광을 만족시킬 만큼 열정적이진 않았다. 소년을 비롯한 많은 사람은 왕이 피곤해 보인다고 생각했고, 실제로 그러했다. 어떤 휴식으로도 지우지 못할 것 같은 짙은 피로가 다윗을 짓누르고 있었다.

아버지를 보며 소년은 꿈을 꾸었다. 적에게 승리하고 영광 속에서 찬사를 누리고 싶어! 소년이 발돋움했다. 아버지! 제가 여기 있어요. 아버지, 아버지! 망루 난간에 위험할 정도로 몸을 기댄 소년이 손을 흔들었다. 다윗이 망루 위를 바라보았을 때, 소년은 아버지가 미소 지었다고 생각했다.

왕의 뒤에서 가장 **빼어난** 약탈품을 들고 오는 영광은 사령관 요압과 장군 아디노에게 베풀어졌다. 쿠토네트 위에 갑옷을 입고 문양이 화려한 겉옷을 걸친 요압은 나귀를 천천히 걷게 만들려고 고삐를 잡아당기는 중이었다. 이스라엘 사령관은 개선 행렬을 보다 충분히 즐기고 싶어 했다. 만면에 미소를 띤 그가 사방으로 손짓을 보내 사람들을 열광하게 했다.

나귀를 탄 아디노는 고삐 잡지 않은 손으로 널찍한 남색 쿠션을 가슴 앞에 받쳐 들고 있었다. 쿠션 위에는 거대한 순금 왕관이 번쩍거렸다. 금으로 만든 관 위로 뾰족한 뿔들이 빙 둘러섰고 옆에는 녹색과 황색과 붉은색의 보석이 쭉 박혔는데, 화려하기 이를 데 없었다. 몰렉 신전 깊은 곳에 바쳐진 이 왕관은 무게가 한 달란트약 34㎏에 달했다. 소년은 사흘 전 도착한 전령을 통해 왕관의 존재를 미리 알고 있었다. 사흘 내내 상상했던 왕관의 영롱한 광채와 뿔의 장엄한 굴곡은 실제 왕관의 화려함에 미치지 못했다. 지금껏 지나간 모든 약탈품이 보잘것없게 느껴질 정도로 왕관이 지닌 순도와 광채는 빼어났다. 눈부심이 소년을 잡아당겼다. 암몬의 왕관은 인간이 아닌 신의 머리에 얹어지기 위해, 신의 권능을 형상화하기 위해 만들어진 첨단의 공예품이었다.

"저걸 갖고 말 테다."

왕관과 아버지 사이 어딘가에 머문 소년의 시선이 꿈을 꾸는 듯 몽롱했다.

"저 흰색 군마 말이냐, 압살롬?"

팔짱을 낀 암논이 눈도 돌리지 않고 물었다. 행렬을 굽어보는 그는 심드렁한 표정이었다. 다윗 왕의 맏아들에게 개선식은 별다른 감흥을 주지 못하는 것 같았다. 소년은 하품하는 이복형을 힐끗 보았다. 다섯 살이나 어렸지만, 소년은 암논에 비해 엄지손가락 길이만큼만 작을 뿐이었다. 운동을 즐기지 않는 암논의 빈약한 가슴을 힐끔거린 그가 뒤로 묶은 긴 머리를 슬슬 흔들며 대답했다.

"아무것도 아냐."

따분해진 암논이 말이라도 건네려 고개를 돌렸을 때, 소년은 사라지고 없었다.

소년은 사람들 사이에 있었다. 그들을 마구 헤치며 소년은 개선 행렬로 다가갔다. 저걸 갖고 말테다. 사람들의 머리가 시야에서 복잡하게 얽히며 스쳐 지나갔고, 저 멀리 왕관과 아버지는 언뜻 교차했다가 멀어지는 것처럼 보였다. 저걸 잡고 말 테다.

사람들 사이를 달려나가며 소년은 웃음을 터뜨렸다. 차오르는 행복감에 절로 터져 나오는 웃음이었다. 백마를 탄 아버지의 뒤를 따라, 황금의 찬란한 왕관을 따라, 압살롬은 뛰었다. 왕자의 눈동자에 눈부신 황금관이 가득 차올라 있었다.

▶ 2권에서 계속

삼키는 칼 1

초판 1쇄 발행 | 2017년 3월 28일

지은이 | 이중세
발행처 | 마음지기
발행인 | 노인영
편집 | 박은혜
디자인 | 박옥 · 강지나
표지 삽화 | 문영인

등록번호 | 제25100-2014-000054(2014년 8월 29일)　　**주소** | 서울시 구로구 공원로 3, 208호
전화 | 02-6341-5112~3　　**FAX** | 02-6341-5115　　**이메일** | maum_jg@naver.com　　＊이 도서의
국립중앙도서관 출판예정도서목록(CIP)은 서지정보유통지원시스템 홈페이지(http://seoji.nl.
go.kr)와 국가자료공동목록시스템(http://www.nl.go.kr/kolisnet)에서 이용하실 수 있습니다.
(CIP제어번호: 2017007101)

ISBN 979-11-86590-20-1 04810 / 979-11-86590-22-5 04810 (세트)

마음지기는 여러분의 소중한 꿈과 아이디어가 담긴 원고 및 기획을 기다립니다.

마음지기는 ───────

성공은 사람을 넓게 만듭니다. 그러나 실패는 사람을 깊게 만듭니다. 마음지기는 성공을 통해 그 지경을 넓혀 가고, 때때로 찾아오는 어려움을 통해서 영의 깊이를 더해 갈 것입니다. 무슨 일에든지 먼저 마음을 지킬 것입니다.

높은 산꼭대기에 있는 나무의 뿌리가 산 아래 있는 나무의 뿌리보다 깊습니다. 뿌리가 깊기에 견고히 설 수 있습니다. 마음지기는 주님께 깊이 뿌리내리고 그 어떤 상황에서도 주님을 찬양할 것입니다.

"하나님과 가까이 교제하고 교감하는 사람은 그렇지 못한 사람보다 더 행복하다"라고 마시 시머프는 말했습니다. 마음지기는 하나님과 교감하고 교제하기 위해서 하루 24시간을 주님과 동행할 것입니다.

───── "모든 지킬 만한 것 중에 더욱 네 마음을 지키라 생명의 근원이 이에서 남이니라" 잠언 4:23